Mörder machen Fehler
Rätselkrimis für Spürnasen von S.Pomej

55 spannend-interessante Fälle
plus Lösungen

Gewidmet meiner fleißigen Oma, die meinte:
Je mehr sterben, desto besser der Film!

Vorwort

Wer hat noch nicht in schwachen Stunden der Wut, Gier, Eifersucht oder Verzweiflung an Mord gedacht? „Homo homini lupus!" pflegten schon die alten Lateiner zu sagen, was bedeutete: Der Mensch ist dem Menschen ein Wolf. Die Menschen werden oft leider erst erfinderisch, wenn es darum geht, einem anderen Schaden zuzufügen oder ihn gleich ins Jenseits zu befördern. Dabei trifft Heimtücke auf hohe Kreativität und perfide Sorgfalt auf Fleiß. Im morbiden Wien werden ebenso Mordpläne geschmiedet und ausgeführt wie überall auf der Welt. Nur Übereifer der Täter und Hartnäckigkeit der Ermittler führen oft zu einer beeindruckenden Kriminalstatistik inklusive einer Vielzahl gelöster Fälle. Kommissar Rau, ein lebenserfahrener gewiefter Fuchs mit Berufsethos und Ausdauer, lässt sich keine(n) Übeltäter(in) durch die Lappen gehen. Geschickt fragt er Verdächtige aus, ohne, dass sich diese verhört vorkommen und daher verplappert sich der eine oder die andere, ohne es selber zu merken. Der kluge Leser darf sich jedoch dabei ins Fäustchen lachen, wenn sich die Mörder(innen) verraten. Es gilt Details zusammenzufügen oder Zusammenhänge zu erkennen, um sich nachher auf die Schulter klopfen zu dürfen. Ja, manch ein(e) Leser(in) wird sich dann darüber klar werden, eigentlich den falschen Beruf ergriffen zu haben.

Fall 1: Tödliche Trümpfe

Wien, die Versuchsstation des Weltuntergangs – wie Karl Kraus einst scherzte – hat sich als Erfolgsmodell behaupten können. Es wiegt unglaubliche 42.000 Milliarden Tonnen, wie Forscher der Technischen Universität Wien errechnet haben, und bietet 23 wohlfeile Bezirke, in denen sich immer wieder Verbrechen abspielen, wie anderswo auch. Zum Beispiel im grünen Umland, welches sich zurzeit allerdings weiß präsentierte.
Der Polizist am Tatort war so hochgewachsen, dass Kommissar Rau sofort an die NBA dachte, obwohl er nur Spiele der NFL via Satellit verfolgte. Der Wienerwald bot den Anblick eines Wintermärchens: Bäume, Sträucher und Wege schienen mit weißem Zuckerguss überzogen worden zu sein, nur die Anwesenheit des Toten störte die Idylle. „Wer hat ihn gefunden?"
„Der Hund eines Anrainers beim Gassi-Gehen um 6Uhr33." antwortete der Hüne in Uniform. „Ich hab die Spurensicherung bereits verständigt, aber hier werden sie kaum verwertbare Spuren finden. Sehen Sie, womit er erschossen wurde." Aus der notdürftig vom Schnee befreiten Leiche ragte ein kahler Zweig. „Direkt von hinten durch den Schal in den Hals eingedrungen."
Rau nickte. „Der Täter hat womöglich alles, was er brauchte, im Wald gefunden, außer dem Messer, mit dem er den Zweig anspitzte und die Schnur, mit dem er einen Ast zum Bogen spannte. Wissen wir, wie das Mordopfer hieß?"
„Ja, Karl Kork! Er trug seine Brieftasche noch bei sich mit 8.900 € darin. Der Hundebesitzer vermutet, dass er an der wöchentlichen Poker-Runde seines Nachbarn teilgenommen hat. Ein gewisser Pek, Am Fuchsbüchel 7, zu Fuß keine 10 Minuten von hier."
„Na, dann seh' ich mir diesen Pek mal an." verkündete Rau, schlug den Mantelkragen hoch und stapfte durch 20 cm frischgefallenes Winterweiß, welches alle brauchbaren Spuren verdeckte, zur friedlichen Wohn-Siedlung. Er fühlte sich wie ein finnischer Landbriefträger, der eine Hiobsbotschaft im Gepäck trug. Vor Peks Gartenzaun standen ein Porsche, ein BMW und ein Mercedes. Im Garten befanden sich einige Stellen mit gelbem Schnee, jedoch ertönte auf Raus Klingeln an der Haustür der stattlichen Villa kein Hundegebell. Ein Herr im schwarzen Satin-Morgenmantel öffnete mit fragendem Blick.
„Guten Morgen, Herr Pek, kennen Sie einen Herrn Kork?" fragte Rau mit ruhiger Stimme ohne den amtlichen Unterton.
„Sicher, der hat uns gestern eine Menge Geld abgeknöpft. Was ist mit ihm?"
„Er ist tot." erklärte Rau und zeigte automatisch seine Dienstmarke her.

„Oh-äh, kommen Sie rein, Herr Kommissar…äh?"
„Rau! Aber das ist nur mein Name, nicht meine Ermittlungsstil." scherzte er, eingedenk er Tatsache, dass Humor auch in solchen Fällen nie schaden konnte.
„Na, da bin ich ja beruhigt." meinte Pek, in dessen Vorzimmer ein verglaster, gut bestückter Gewehrschrank stand.
„Beachtlichen Fuhrpark haben Sie." bemerkte Rau im Vorbeigehen.
„Nicht doch, mein Skoda steht in der Garage, die Luxuswagen gehören meinen Poker-Kumpels."
„Ach, die sind noch hier?" wunderte sich Rau, der wusste, dass sich ein Mörder nach der Tat eigentlich so weit wie möglich vom Tatort verdünnisierte.
„Haben keine Eile, meiner Gastfreundschaft zu entfliehen. Ich stell' sie Ihnen vor." Triumphierend führte ihn Pek in seinen Salon, wo drei versiffte Gestalten mittleren Alters um einen runden Tisch mit Spielkarten herum lungerten. Die Zeitschrift Schöner Wohnen hätte für die Einrichtung wohl keinen Preis vergeben.
„Jungs, das ist Kommissar Rau mit einer Hiobsbotschaft. Unser neuer Kumpel Kork ist äh…?" Ein fragender Blick zu Rau folgte.
„Erschossen worden." führte dieser den Satz zu Ende.
„Hähähä!" lachte einer der drei laut auf.
„Was ist denn so komisch, Herrr….???"
„Mop! Ironie des Schicksals. Dort, wo er nun ist, nützt ihm unser Geld nix mehr!"
„Hat einer von Ihnen kurz nach Kork das Haus verlassen?"
„Wir mussten leider alle mal raus." klärte ihn Pek auf. „Da gestern die Wasserleitung einfror und die WC-Spülung versagte."
„Hm. Sie haben sich im Garten erleichtert." wusste Rau.
„Exakt! Danach haben wir noch in meiner Küche einen kleinen Snack eingenommen und erst so um ein Uhr weiter gepokert."
„Ich möchte mit jedem von Ihnen unter vier Augen reden. Kommen Sie, Herr Mop!" forderte ihn Rau auf.
„Ich führe Sie in mein Büro im ersten Stock." kündigte Pek an und ging voraus. Mop setzte sich gleich an den Schreibtisch aus massiver Eiche, legte die Beine hoch und wisperte sofort nach Peks Abgang: „Ich war's nicht!"
Rau umkreiste ihn, wobei er schon sein Notizbuch aus dem Mantel holte.
„Was sind Sie von Beruf?"
„Schriftsteller!"
„Das ist kein Beruf, sondern eine Behauptung. Oder leben Sie davon?"

„Nein, vom Geld meiner Frau. Sie hat drei Boutiquen in der City." gab Mop missmutig zu und ließ dabei seinen Unterkiefer sinken, was ihn älter aussehen ließ als einen Angehörigen der Generation Y.
„Was schreiben Sie? Krimis?"
„Wieder falsch! Science Fiction. Aber ich benutze ein Pseudonym: S.Pomej. Mein letzter Roman heißt *Zivilflug zum Zeitriss*. Hab schon 39 Stück verkauft." ließ er nicht ohne Stolz verlauten.
„Oh, das ist aber nicht viel! Was könnte die niedrige Verkaufszahl verursachen?" legte Rau den verbalen Finger in Mops offene Wunde, um ihn aus der Reserve zu locken. Er schaffte er meist, den Menschen etwas tiefer in die Seele zu blicken. Und meist handelte es sich um schwarze Seelen!
„Der Umstand ein außergewöhnlicher Mensch zu sein! Die meisten Erfolgsautoren sind totaler 08/15-Durchschnitt. Daher können sie auch die Masse für sich begeistern. Bei mir spielt sich im Inneren viel Außergewöhnliches ab."
„Apropos Spiel... Ihre Frau hat nix gegen Ihre Spielleidenschaft?"
„Das ist der Preis für die Liebe eines Künstlers! Hat mir auch einen Porsche geschenkt." grinste er du kratzte sich im Schritt.
„Kannten Sie das Opfer schon lange?" fuhr Rau unbeeindruckt fort.
„Seit gestern. War ein gelinde gesagt undiplomatischer Mensch! Der ging schon sehr früh, so gegen 23 Uhr!"
„Deshalb hielten Sie ihn für undiplomatisch??" wunderte sich Rau.
„Nein, aber weil er auf meine Frage, warum er so früh geht, antwortete: ich kann eure Visagen nicht länger ertragen!" erklärte Mop mit verkniffenem Mund.
„In der Tat sehr undiplomatisch." pflichtete ihm Rau bei.
„Yeah, aber kein Grund, ihn umzubringen." fügte Mop hinzu. „Wenn ich schon wen kille, dann den Auswurf, der mir auf Amazon nur eine 2-Stern-Kritik verpasst hat! Der kurbelt meine Gewaltphantasien an!"
„Haben Sie die öfters?" erkundigte sich Rau interessiert.
„Nur im Einvernehmen mit meiner Frau. Ich müsste jetzt mal wieder austreten!"
Der nächste Verdächtige stellte sich nach Mops Abgang vor: „Mein Name ist Lipp, ich bin Tierhändler. Meine Spezialität sind Exoten." Sein buntes Hemd hatte etwas von einem Papageien-Federkleid.
„Ach, führen Sie auch Pfeilgiftfrösche, deren Rückensekret Curare enthält?" forschte Rau, der immer auf ein großes Allgemeinwissen zurückgreifen konnte.
„Klar! Wollen Sie welche? Lieferbar in-"

„Nein, kein Bedarf. Was hielten Sie von Herrn Kork?"
„Najaa, ein Meckerer. Unser Gastgeber ist ja passionierter Jäger…"
„Soo? Aber um den geht's ja nun nicht!"
„Sie sagten, Kork wär erschossen worden und unser lieber Pek hat einen Schrank voll Gewehre unten stehen! Nicht, dass ich ihn verpetzen will, aber Kork mokierte sich über zwei Pumpguns darin, die ja verboten sind."
„Danke für den Tipp. Welche Waffen bevorzugen Sie?"
„Ich? Meine kleinen grauen Zellen! Eigentlich wollte ich mir eine Pistole zulegen, bin aber leider durch den Psycho-Test gefallen. Weil dieser Psycho-Onkel null Humor hatte, ist wahrscheinlich von seinen bekloppten andern Patienten angesteckt worden und zuckte immer so komisch. Der fragte gleich zu Beginn: wofür brauchen's denn eine Pistole? Und ich scherzte: ich will den Präsidenten umlegen! Das hat der Volltrottel wörtlich genommen! Aber für manche reicht die Zeit zwischen Pubertät und Demenz nicht aus, sich genügend Knowhow anzueignen -Entschuldigen's, aber ich hab so einen trockenen Hals. Darf ich in die Küche gehen, mir ein Glas Wasser holen?"
Der Dritte aus der illustren Runde machte schon einen sehr verschlafenen Eindruck und nuschelte: „Ich bin Zink, Architekt, obwohl mich mein Papa lieber als Arzt gesehen hätte."
„Weil man da mehr verdient?" forschte Rau und setzte sich auf die Tischkante.
„Nee, er meinte: macht ein Architekt einen Fehler, steht der in der Landschaft für alle sichtbar herum. Macht ein Arzt einen Fehler, wird der begraben."
„Ein gutes Argument. Was war Herr Kork?"
„Blöd! Blöd geboren, nur dazugelernt, wie man andre nervt und noch stolz auf seinen miesen Charakter. Der hat Unverschämtheit mit Ehrlichkeit verwechselt. Aber der Blöde hat's Glück! Hat dauernd gewonnen. Entweder mit Bluff oder mit einem tollen Blatt!"
„Ich wollte seinen Beruf wissen." stellte Rau klar, notierte aber Zinks Worte.
„Ach sooo… Steuerberater. Ja genau, die haben doch viele Feinde. Vielleicht sogar hier in der Siedlung. Die Nachbarn sehen doch, wer von hier weggeht. Da hat ihn einer umgelegt und das Geld kassiert!" Ein breites Lächeln huschte über sein Pferdegesicht.
„Die Nachbarn konnten aber nicht sehen, dass er so viel Geld gewonnen hat."
„Nein, aber Hass ist doch Motiv genug. Ich kannte ihn nur drei Stunden und hasste ihn schon. Erst hat er mir verboten zu rauchen, dann äußerte er sich

negativ über mein After-Shave. Er sagte, das würde er echt nur für den After nehmen." Auf Raus kritischen Blick fügte er hinzu: „Aber ich bin ja ein friedlicher Mann! Sicher hat ihm ein unzufriedener Kunde aufgelauert."
Rau tippte sich auf die Nase. „Nein-nein. Meine Intuition sagt mir: der Mörder ist hier im Haus."
Pek machte auch schon einen müden Eindruck und gähnte: „Uaaah! Also ich lernte ihn im Zuge einiger Zahnarztbesuche kennen. Wir hatten zweimal denselben Termin und so kamen wir auf unsre gemeinsame Poker-Leidenschaft. Ich lud ihn dummerweise ein, denn ich konnte doch nicht wissen, was er für ein unangenehmer Mensch ist. Jemand, der sich anfangs von der Schokoladenseite zeigte, aber so gar nicht zu uns passt. Tut mir trotzdem leid, dass sein Besuch so fatal endete. Vielleicht war's ja ein Unfall durch einen Wilderer."
„Nein sicher nicht." beharrte Rau, der viel Erfahrung besaß.
„Aber welches Motiv sollten wir haben? Geld hat jeder von uns genug."
„Es sind schon viele Leute wegen einer Lappalie ermordet worden."
„Glauben Sie gar, einer von uns fühlte sich wegen Korks Glück in seiner Spielerehre gekränkt?" Pek schüttelte den Kopf. „Die paar Tausender…"
„Wo stand eigentlich der Wagen von Kork?"
„In der Werkstätte. Er ist mit der Eisenbahn gekommen und wollte gestern schnell zum Bahnhof, um den Mitternachtszug noch zu erreichen."
„Wussten das die andern auch?"
„Natürlich. Er hat doch noch von den Vorzügen der neuen Westbahn geschwärmt. Das einzige Lob aus seinem Mund. Sonst nur Kritik. Zu Mop sagte er beispielsweise, er sei ein Schundliterat."
„Finden Sie das auch?"
„Ach, wissen Sie, es gibt Nicht-Trinker, Nicht-Raucher, Nicht-Tänzer, ich bin Nicht-Leser." bekannte Pek lächelnd. „Obwohl ich nicht zu den 860 Millionen Analphabeten gehöre und auch nicht zu den 850.000 bei uns, die keine 4Worte sinnerfassend lesen können!"
„Wie äußerte er sich über die andern?" erkundigte sich Rau und ahnte nichts Gutes.
„Lipp bezeichnete er als Tierquäler, der Exoten qualvollen Reisestrapazen aussetzte, Zink als elenden Luftverpester, der Krebsgeschwüre verursacht-"
„Und Ihnen warf er vor, verbotene Pumpguns zu horten." klagte ihn Rau an.
„Ja, aber er hat mich nicht damit erpresst. Er motzte halt nur gern herum. Ich hab den Fehler gemacht, ihn nicht des Hauses zu verweisen, als er meine Gäste beleidigt hat. Je mehr man sich gefallen lässt, umso mehr nimmt sich der andere heraus!" dozierte Pek. „Im Leben kriegt man alles zurückgezahlt,

außer den guten Taten." Der letzte Satz klang verbittert und hallte etwas nach.

Schließlich sichtete Rau seine Notizen und ging dann zu den Verdächtigen in den Salon hinunter.

Mop hatte aus den Karten ein Häuschen gebaut. „Wann dürfen wir endlich gehen? Meine Frau macht sich sicher schon Sorgen."

„Ich bin, Gott-sei-Dank, nicht verheiratet." erklärte Zink und verdrehte die Augen. „Will aber auch schon in mein Bett daheim."

„Sie sind auf'm falschen Dampfer." lächelte Lipp. „Wir kennen uns alle ewig, keiner ist so eiskalt, einen andern zu erschießen."

„Genau!" empörte sich Zink. „Wir sind alle reich genug. Vielleicht haben nur ein paar Kinder Indianer gespielt."

Mop zerstörte mit einer Handbewegung sein Kartenhaus. „Prüfen Sie doch unsre Kontoauszüge. Da sehen Sie, dass wir die paar Piepen nicht vermissen."

„Yap, ich hab sogar noch einen großen Schein übrig, wollen Sie ihn sehen?" erkundigte sich Lipp großspurig.

„Ist er denn überhaupt beraubt worden?" wollte Pek wissen.

„Nein, er hat seinen Gewinn noch in der Börse und ich habe den Mörder in der Tasche!"

WER WAR ES???

Fall 2: Der tote Läufer

Der Albtraum aller Spurensicherer fiel in Form weißer Flocken vom Himmel auf den Tatort im Prater nahe einer Gartensiedlung. Eigentlich ein Ort der Ruhe, außer den üblichen Nachbarschaftsstreitigkeiten bezüglich Schneeräumung vorm Gartentor oder im Sommer des Rasenmäher-Terrors. Kommissar Rau traf noch etwas verschlafen um halb acht Uhr ein und begrüßte den amtierenden Gerichtsmediziner mit „Hallo Pille!" in Anspielung auf dessen Star-Trek-Fanatismus. Mürrisch wie immer kam der gleich zur Sache: „Männliche Leiche, circa 25-35, scheinbar ein Läufer, denn er hat nur einen Trainingsanzug und Turnschuhe an, keine Personaldokumente oder Schlüssel. Todeszeit mindestens vor einer Stunde, denn die Leichenstarre beginnt bereits. Todesursache ein Schlag auf die linke Schläfe, der zum Bruch der Augenhöhle führte. Durch die frische Schneedecke leider keine verwertbaren Spuren. Gefunden hat ihn ein Zettelverteiler vor circa 10 Minuten."

„Interessant." meinte Rau und machte vom Gesicht des Toten ein Foto mit

dem Handy. „So einen Todesfall hatte ich vor einigen Jahren am Golfplatz."
„Kein Golfball in Sicht." sagte Pille und zeigte auf ein Zwetschken-großes Eisbällchen. „Aber ein einzelnes Graupelkorn."
Rau guckte nach rechts auf eine kleine Anhöhe und kombinierte: „Wenn jemand nun einen Eisball in Golfballgröße von dort oben abgeschlagen hätte…"
„…dann wäre das genial, weil die Mordwaffe bzw. ein Teil davon dahinschmilzt ohne, dass er oder sie es vom Tatort beseitigen muss." fuhr Pille fort.
„Und außerdem ist so ein Ball im Tiefkühlfach leicht herzustellen. Alles, was der Mörder noch braucht, ist genügend Treffsicherheit! Ich nehme mir mal die Hausbesitzer der Gartensiedlung vor. Überall, wo Rauch aus den Kaminen aufsteigt, könnte der Täter wohnen." erkannte Rau und stapfte los. Je näher er kam, umso mehr fühlte er sich von Blicken hinter den Gardinen verfolgt.
Bei Nummer 12 kläffte ein Schäfer und es öffnete ein Herr in den besten Jahren.
„Guten Morgen, Kripo!" Rau zeigte seine Marke und trat automatisch ein. „In der Nähe gab es einen Mordfall, Herr…?"
„Oh, wie bedauerlich! Mein Name ist Musil und mein Hund heißt Hasso! Wer ist es denn?" fragte Musil in einem weißblauen Hausanzug und schloss hinter Rau die Haustür. „Doch nicht einer meiner Nachbarn? Obwohl, im Winter wohnen außer mir nur 3 Leute in winterfesten Häusern."
Rau zeigte das Foto der Leiche und wartete auf eine Reaktion. „Neee, den kenn ich nicht. Bin grad beim Frühstücken, darf ich Ihnen auch schwarzen Kaffee anbieten? Milch ist leider sauer geworden, da mein Kühlschrank kaputt ist."
„Nein danke. Spielen Sie Golf?" fragte Rau und zeigte auf einige verstaubte Pokale im Wohnzimmerschrank.
„Neee, die Pokale bekam ich für den schönsten Blumengarten. Nur Minigolf spiel ich manchmal, weil meine Schwester eine Anlage in Donaustadt hat. Da kann ich gratis spielen." Bedächtig setzte er sich an einen gedeckten Tisch und überlegte kurz, ehe er weitersprach. „So eine Mitgliedschaft im Golfclub ist ja sauteuer. Bitte, die 50.000 €, die man dort als Entree ablegen muss, hat zwar jeder von uns im rechten Hosensack, aber der Bentley, mit dem man dort standesgemäß vorfahren muss, übersteigt meine Barschaft. Wissen Sie, was ich glaube? Armut ist gewollt, weil sie dazu führt, dass es immer jemanden gibt, der dann die Drecksarbeit billiger macht!" meinte er sarkastisch, während er sich eine Zigarette anzündete.

„Müssen Sie noch arbeiten?" erkundigte sich Rau.
„Äh…neee, aber ich hab bis 65 geschuftet wie ein Esel, dem man mal die Karotte und mal den Prügel vor die Nase hält!" stellte er bitter fest und hustete.
„Spreche Anerkennung aus."
„Danke, davon bekam ich leider nie viel. Früher hat man die Leute mit Religion kontrolliert, heute mit Facebook. Da lassen sich die Leute freiwillig kontrollieren und geben Intimstes preis und hoffen nur darauf, dass jemand Notiz von ihnen nimmt und ihnen Anerkennung zollt. Arme Hunde!" gestand er mit Blick auf Hasso und blies Rauchringe in die Luft.
„Dann will ich nicht länger stören." sagte Rau, der eingefleischter Nichtraucher war, bei sich denkend: an dem ist ein Philosoph verloren gegangen.
Der Mann auf Nummer 16 stellte sich als Benno Bush vor, neben ihm bellte ein Dackel so lange, bis er „AUS!" brüllte. Rau sah sich im gediegen möblierten Wohnzimmer um, während sich Bush, der einen schwarzen Frotteemantel trug, kurz entschuldigte- scheinbar suchte er das Bad auf.
Auf dem Tisch lagen ein Kugelschreiber und eine Beileidskarte. Rau las den Text: *Wieder markiert der Erdumlauf den Zeitpunkt, wo du tauchtest auf, in der öden Weltgeschichte und machtest mein Leben zunichte!*
„Geburtstagsgruß an meine Exfrau!" erklärte Bush, der nun ein weißes Hemd und eine braune Hose anhatte, allerdings trotzdem nur das Charisma einer langen Unterhose verströmte. Sein grauer Bürstenhaarschnitt ließ ihn wie einen Igel wirken. Er griff sich ein Buch aus einem Karton und warf es schwungvoll in den brennenden Kamin.
„Ach, Sie verheizen schon Ihre Bibliothek?" fragte Rau erstaunt.
„Nein. Das hat mir meine Ex übrig gelassen. Die gelesenen Liebesromane und Hugo!" erklärte er, wobei er auf den Dackel zeigte. „Ich hab mal in einer Villa im Nobelbezirk gewohnt und nun muss ich in einer elenden Gartenlaube hausen!" beschwerte er sich und setzte sich müde.
„Spielen Sie Golf?" forschte Rau.
„Machen Sie Witze? Ja, früher mal, aber heute…selbst die Schläger hat meine gierige Alte versteigern lassen."
Rau zeigte neben den Kamin. „Aber der Schürhaken da sieht aus wie ein Golfschläger!"
„Ja, aber es ist keiner! Damit könnte ich keinen Blumentopf gewinnen."
„Was war denn Ihr Handicap?"
„Hab ich vergessen! Was wollen Sie eigentlich von mir?" bellte Bush.
„In der Nähe der Siedlung fand man diese Leiche!" bellte Rau zurück und

zeigte Bush das Foto. „Kennen Sie den Mann?"

„Hmmm, ja das ist der Irre, der morgens immer durch unsre Laube läuft und die Hunde aufweckt. Seit einem halben Jahr, obwohl ich ihn gebeten habe, seine Route zu ändern oder später zu laufen, läuft dieser Freak immer um 6 Uhr früh und weckt uns durch das Gekläff unserer besten Freunde auf! Mein Nachbar, der auf Nummer 12, hat sich auch schon bei mir drüber beschwert."

„So? War er so wütend, dass er den lästigen Läufer hätte töten können?" fragte Rau.

„Jawoll! Obwohl er gebrechlich aussieht, kann der noch selber Holz hacken. Ich glaub, den hat Reemtsma nachgebaut, um den Rauchern zu zeigen, dass man auch nach 45 Jahren Nikotinmissbrauch noch Leistung bringen kann!" zischte er. „Und der Nachbar auf Nummer 18, der sonst immer hier überwintert, ist gestern wieder in seine Wohnung gezogen, damit er heut nicht schon wieder wachgebellt wird. Aber wer weiß, vielleicht ist er auch hiergeblieben und hat den miesen Penner erledigt! Oder er ist nach der Tat gleich getürmt, hähä!"

Auf Nummer 18 öffnete keiner und auch aus dem Kamin stieg kein Rauch auf.

Die Dame auf Nummer 19 begrüßte Rau sehr freundlich und bat ihn in ihr gemütlich ausgestattetes Häuschen. Sie stellte sich als Frau Cos vor und hatte keinen Hund, dafür 2 Angorakatzen namens Mizzi und Luna. Den toten Läufer, dessen Foto ihr Rau präsentierte, hatte sie nach eigenen Angaben noch nie zuvor gesehen. An der Wand ihres Wohnzimmers sah sich Rau unzählige Zeitungsausschnitte an, die alle vom Krieg berichteten.

„Ich sammle alles, was der Mensch so anrichtet." erklärte sie und setzte sich auf ihre Couch. Sie hatte ein bauschiges Gesicht und trug ein buntes Strickensemble. „Eine einzige Kriegsgeschichte. Ich war nämlich mal Soziologin. Krieg ist immer, wenn Leute die sich nicht kennen, aufeinander schießen, auf Befehl von Leuten, die sich sehr gut kennen!"

„Aus eigener Erfahrung kann ich Ihnen sagen, dass der Frieden nicht viel weniger tödlich ist, als der Krieg." meinte Rau und überflog die Ausschnitte.

„Das ist es ja, egal ob Frieden oder Krieg, es wird bei jeder Gelegenheit getötet. Der Mensch ist eine Bestie!"

Rau nickte und wandte sich ihr wieder zu. „Aber müssen die Guten im Kampf gegen die Bösen nicht auch mal böse sein?"

„Na, Sie sind mir ja ein schräger Vogel!" ätzte sie. „So wie Steinwerfer bei einer Friedensdemo!"

„Sind Sie auch schon frühmorgens so gegen 6 wachgebellt worden, von den

Hunden Ihrer Nachbarn?"
„Nein. Ich trage ja Kopfhörer gegen nachbarschaftlichen Lärmterror." erklärte sie munter und zeigte ihm ein Paar altmodische blaue Kopfhörer.
„Und damit können Sie schlafen? Wenn Sie auf der Seite liegen, dann…"
„Ich schlafe nur mehr auf dem Rücken, weil auf der Seite verknautscht man sich ja das Gesicht!"
„Das heißt SIE hat der Jogger um 6 Uhr früh nicht gestört?"
„Nein, den kenn ich nur von den Beschwerden meiner Nachbarn Musil und Bush. - Ach, war das der bedauernswerte Junge auf Ihrem Foto?"
Wieder nickte Rau und fragte: „Hm, wohnt sonst noch jemand hier im Winter in der Gartensiedlung, außer den Herren auf Nummer 12, 16 und 18?"
„Nein, die andern haben ja alle nur Sommerhäuser. Jetzt wollen Sie sicher meine Meinung hören, wer es gewesen sein könnte?" mutmaßte sie.
„Vielen Dank, aber ich hab schon einen ganz heißen Kandidaten!"
WEN?

Fall 3: Der Tote aus Frankreich

Kaum, dass Rau sein Büro betreten hatte, klingelte auch schon sein Telefon und am andern Ende meldete sich sein Vorgesetzter, Oberst Braunsteidl: „Guten Morgen, mein Lieber! Pünktlich wie die Uhr! Kommen Sie doch einen Sprung in mein Büro!"
Dort angekommen, drückte ihm der Oberst die Hand, als würde er ihm gleich einen Orden verleihen. „Gute Arbeit! Ich wollte, ich hätte mehr von Ihrer Sorte in meiner Abteilung."
Oje, dachte Rau, Lob aus diesem Mund bedeutet oft Mehrarbeit!
„Jetzt habe ich ein Attentat auf Sie! Nun schauen Sie doch nicht gleich so erschlagen drein. Es handelt sich um Arbeitserleichterung! Sie bekommen einen tüchtigen Assistenten beigestellt. Eine große Hilfe. Ist übrigens der Neffe eines Ministers, aber das soll nicht heißen, dass Sie Jumbi schonen müssen. Ich sage es Ihnen nur der Vollständigkeit halber. Und falls Sie, wie ich Sie kenne, einen Blick in seine Personalakte werfen. Jedenfalls betrachten Sie ihn nicht als Protektionskind. Er hat sich seine Familie so wenig ausgesucht, wie Sie und ich. Das wär's! Viel Glück noch!"
Der frischgebackene Kriminalassistent Jurek Bimski schlummerte noch selig in seiner Garconnière den Schlaf des Gerechten, als er von wildem Geigengefiedel aufgeweckt wurde. Erbost sprang er aus seinem Schweden-Bett und zog sich den Morgenmantel an, um dem lauten Nachbarn Bescheid

zu stoßen. Wie er wusste, spielte sich dieser ab und an einige Knoten aus der Seele. Grade, als er die Wohnung verlassen wollte, läutete sein Handy und erwartungsgemäß war Kommissar Rau, sein neuer Chef, an der Strippe: „Aufwachen Jumbi, es gibt Arbeit für uns!"
Der Tatort, ein Billard-Café, das 24 Stunden offen hatte, bildete ein ödes Bild von Zerstörung. Zwischen zerschlagenen Bierkrügeln und zerbrochenen Queues lag ein männlicher Leichnam und ein 1,90-Meter-Mann säuselte: „Wirklich, Herr Kommissar, ich sage Ihnen, der brach ganz ohne unsere Teilnahme zusammen. Schauen Sie sich doch sein unversehrtes Gesichtchen an!"
„Das haben Sie mir schon dreimal erklärt, doch mir fehlt der Glaube." meinte Rau und begrüßte Jumbi wenig herzlich: „Unser Klient heißt Jürgen Byussy und stammt laut seinem Pass aus Frankreich."
„Und er ist so dick wie der Depardieu!" fügte der Hüne hinzu. „Der hat ganz klar einen Herzkasperl erlitten. Leider mitten in unserer kleinen Auseinandersetzung."
„Darum kommt mir der so bekannt vor." sagte Jumbi und besah ihn sich genauer. „In der Zeitung stand, dass 20 Morde pro Jahr übersehen werden. Vor allem Giftmorde."
Inzwischen war auch der Gerichtsmediziner Meinrad Matz vulgo ‚Pille' samt Spurensicherungs-Team aufgetaucht und nahm die amtliche Ermittlung auf. Rau und Jumbi blätterten in den Ausweisen des Toten, der davon gleich 3 Stück hatte, alle mit demselben Foto, aber unterschiedlichen Namen.
„Immerhin ist er stets Franzose geblieben." stellte Rau fest. „Einmal hieß er Byussy, dann De Busic und dann wieder Demarmel. Aber unter dem Namen Byussy hatte er auch einen Führerschein."
„Hier auf dieser kleinen Karte steht sogar die Adresse." meinte Jumbi. „Toll, der wohnt praktisch gleich bei mir um die Ecke. Kommen Sie, Herr Kommissar, ich fahr Sie in meinem Wagen hin."
„Sicher ein Geschenk Ihres Herrn Onkel!" konnte sich Rau einen Seitenhieb auf Jumbis hochwohlgeborene Herkunft nicht verkneifen.
„Sie können ruhig *du* zu mir sagen, Herr Kommissar!" ermunterte ihn dieser.
In der kleinen Wohnung des Franzosen im 5. Bezirk, in einem Wohnhaus, dessen Fassade bereits bröckelte, herrschte spartanische Strenge. Außer einem Schrank, einem Bett, einem Tisch und einem Stuhl gab es de facto keine Möbel und die Tapeten an dürften auch länger nicht erneuert worden sein. Darauf klebte ein Poster von Rory Gallagher, welcher schon 20 Jahre tot war. Im Bad befanden sich eine Dusche, ein Waschbecken und ein Bidet.
„Das kenn ich aus dem Urlaub!" fiel Jumbi ein. „In Frankreich gibt's in den

miesesten Hotels im Bad ein Bidet und aufs Klo muss man dann auf den Gang gehen."

„Das Klo ist sicher hinter dieser Tür." vermutete Rau und öffnete eine kleine Tür neben der Eingangspforte. „Aha, ziemlich sauber war er, riecht nach Limonen."

Jumbi hebelte gleich den Wassertank des Klosetts auf und fand eine Faustfeuerwaffe auf den Deckel geklebt. „Da schau her! Das sieht mir ganz nach Berufskiller aus und in der Klomuschel sind noch Brandrückstände. Da hat er sicher das Bild seines Opfers verbrannt."

„Ach, wir sind doch hier nicht in einem billigen Ami-Krimi. Der wollte hier nur ins Nachtleben groß einsteigen und ist bei der Übernahme gescheitert." überlegte Rau. „Vielleicht war dieses Billard-Café nur eine Tarnung für ein Bordell. Und unser Franzmann –„

„Das bezweifle ich, denn in dem Café war ich auch schon einige Male spielen. Keine Frau wagt sich dorthin. Da sind die Machos ganz unter sich." erklärte Jumbi und untersuchte die Waffe mit behandschuhten Händen näher. „Frisch geputzt, mit allen Patronen schussbereit. Wer weiß, vielleicht hatte er die nur zum Schutz vor Einbrechern."

„Aber was gibt's hier zu stehlen?" fragte Rau und sah sich genau um. Unter dem Bett wurde er fündig. Ein Laptop der neuesten Generation lag dort zusammen mit einem Bündel 500-Euro Scheinen. „Der hatte doch etwas vor."

Wie auf's Stichwort läutete ein Handy mit der Melodie der Marseillaise und nach kurzem Suchen fanden sie es im Schrank unter den weißen Hemden versteckt. „Oui?" meldete sich Jumbi und lauschte, wobei er auch Rau mithören ließ.

„Mann, wo stecken Sie denn, meine Alte ist gerade weggefahren! Wenn Sie sich nicht beeilen, erwischen Sie sie nie rechtzeitig!" keuchte eine Männerstimme aufgeregt ins Telefon. Jumbi schaltete schnell und mit französischem Akzent forschte er: „Nur zur Schicherheit, wie lautet dasch Kennzeichen?"

„Mausi 69!" schrie der Mann und pöbelte weiter: „Was soll das? Wollen Sie mich prüfen? Ich bin sicher nicht von den Flics! Also los jetzt, oder ich hol mir die Anzahlung wieder zurück!" Damit endete das aufschlussreiche Gespräch.

Mit einem Anruf war die Besitzerin des Kennzeichens schnell ausgeforscht und konnte als Marita Benzu, Besitzerin eines gut besuchten Fitness-Centers nur für Damen im ersten Bezirk, identifiziert werden. Rau und sein eifriger Assistent besuchten sie dort und fanden eine attraktive Dame mittleren

Alters vor, die auf die Anschuldigungen gegen ihren Gatten nur lachen konnte. „Also meine Herren, ich bin glücklich verheiratet und werde täglich von meinem Mann mit einem Bussi verabschiedet."
„Das ist schön, aber dass Ihr Mann einen Franzosen namens Bussi-äh Byussy auf Sie angesetzt hat, weniger!" sagte Jumbi.
„Ach, ein Franzose? Dann könnte es sich um meinen Ex-Mann handeln, denn der machte mir bei der Scheidung erhebliche Schwierigkeiten." flüsterte sie und wurde plötzlich ganz weiß im auf Sonnenbräune geschminkten Gesicht. „Er ist voller Heimtücke und rief mir immer wieder ins Gedächtnis, dass ich vor Gott immer noch mit ihm verheiratet sei. Ein richtiger Wirrkopf!"
„Gut, das schränkt unsern Aktionsradius zumindest auf 2 Personen ein." stellte Rau fest. „Denn es ist oft so wie in Filmen: manchmal ist der Schuldige jener, welcher nicht verdächtigt wird."
Zuerst nahmen sich Rau und Jumbi den aktuellen Mann der Dame vor, einen Herrn Zoran Benzu, wohnhaft in der ehelichen Wohnung eine Straße weiter, der sich die Anschuldigung ruhig anhörte, während er breitbeinig in einem Ledersessel saß. „Ich verstehe, dass unter solchen Umständen ich in Verdacht gerate, aber, wenn ich Sie recht verstanden habe, dann haben Sie ja mit dem Auftraggeber telefoniert, also müssten Sie meine Stimme wieder erkennen." verkündete er und strich sich über den gezwirbelten Oberlippenbart. Er machte den Eindruck eines eingebildeten Gecks.
Jumbi überlegt und sagte dann: „Naja, der Mann am Telefon keuchte so komisch." Rau nickte zustimmend.
„Wahrscheinlich hat er Asthma!" lächelte Zoran und lehnte sich entspannt zurück. „Wenn ich Ihnen raten darf, dann suchen Sie den Ex meiner Gattin auf. Er heißt Georg Mantilly und wohnt nahe Schönbrunn. Hier ist seine Karte, er ist Vertreter für Kosmetika und reist zwar oft nach Frankreich, aber ich bin mir fast sicher, dass er zur Zeit in Wien ist."
Mantilly, der in einer schönen Mansardenwohnung mit Ausblick auf Schloss Schönbrunn logierte, hörte sich ebenfalls alles ruhig an und meinte dann aufgeregt: „Das ist ein Komplott, der neue Mann meiner Frau macht mir das Leben schwer, er hat mir schon einige Schläger geschickt, die ich nur mit Müh und Not abwehren konnte. Zum Glück kann ich Karate! Sogar er selber hat mich schon angegriffen! Er joggt nämlich täglich, ist gern hier unterwegs und hat mich dabei einmal bei meinem Morgen-Spaziergang erwischt. Mon Dieu, was für ein Filou!" Beim letzten Wort gestikulierte er eindeutig.

Rau sah Jumbi kopfschüttelnd an und dieser erwiderte: „Tja, eigentlich kommt mir seine Stimme auch nicht bekannt vor. Aber ich glaube, ich weiß jetzt, warum die Stimme am Telefon so gekeucht hat."
WARUM?

Fall 4: Verleihnix!

Nacht über Wien. Kommissar Rau stand am Fenster seiner Mietwohnung in Oberlaa im 3. Stock und guckte sich die dunkle Luft an. Nach Dienstschluss endlich Ruhe. Doch plötzlich klopfte es zaghaft an seiner Tür. Mürrisch öffnete er und vor ihm zitterte Frau Pink, die älteste Nachbarin im Haus, auf einen Gehstock gestützt.
„Entschuldigen Sie die späte Störung", krächzte sie, „aber Herr Fink ist tot!"
„Ach? Haben Sie die Polizei schon gerufen?" fragte Rau.
„Ja, ich rufe Sie hiermit zur Klärung des Falles!" meinte sie und humpelte ihm schon voran Richtung Tür des Finks im selben Stockwerk. Sie trug die gleiche Frisur wie die Queen und war in einen braunen Wollmantel gehüllt.
„Ich wollte bei ihm läuten, aber die Tür war nur angelehnt, da bin ich rein und erblickte ihn blutüberströmt am Boden im Vorzimmer liegend. Ich hab ihn nur ganz kurz mit meinem Stock angestupst, aber er war mausetot und rührte sich nimmer."
Tatsächlich konnte sich Rau davon überzeugen, dass sein Nachbar nicht mehr unter den Lebenden weilte. Er lag auf dem Bauch, eine große Wunde auf dem Hinterkopf und neben ihm lag ein Nussknacker. So ein großer in Form eines englischen Wachsoldaten. Ganz offensichtlich war er damit erschlagen worden. Rau fühlte seinen Puls. „Er ist noch warm, es kann noch nicht lang her sein, dass man ihm den Schädel eingeschlagen hat. Was wollten Sie denn von ihm?"
„Nur meine Heizdecke. Die hab ich ihm vorigen Monat geliehen, als bei ihm die Heizung ausgefallen war. Nun ist es bei mir eiskalt und ich bräuchte sie wieder."
„Aber Frau Pink, wie konnten Sie dem etwas leihen? Hat es sich nicht bis zu Ihnen rumgesprochen, dass Herr Fink sich immer etwas ausleiht und nie zurückgibt? Ich lieh ihm vor einem Jahr bei seinem Einzug meine Leiter und sah sie seither nicht mehr!" erklärte ihr Rau und sah sich dabei in der Wohnung um.
„Jaja, aber er hat mir so leidgetan. Und ich bin sicher, wenn er noch gelebt hätte, hätte er mir meine Decke wiedergegeb- oh da ist sie ja!" rief sie aus. Sie war Rau in die Küche gefolgt und wollte ihr Eigentum, welches auf dem

klapprigen Küchenstuhl lag, wieder an sich nehmen."
„Halt! Das muss erst die Spurensicherung untersuchen!" mahnte er.
„Och, mir ist aber so kalt, er ist ja nicht damit erwürgt worden. Bitte!"
„Also gut!" ließ er sich überreden und gab ihr die Decke, nachdem er den Stecker abgezogen hatte. „Haben Sie jemanden im Stiegenhaus gesehen oder gehört, als sie zu ihm gingen?"
„Nein, aber meine Augen und Ohren sind leider nicht mehr die besten." gestand sie und machte sich mit der Decke davon. „Sie lösen den Fall schon!"
Na toll, dachte Rau, aber es ist möglich, dass sich der Mörder verplappert, wie schon so oft, wenn ich ihm auf den Zahn fühle. Der erste Nachbar, der infrage kam, lebte einen Stock tiefer und hieß Rimmel. Er öffnete im Jogginganzug: „Ja?- Oh, die liebe Polizei in Zivil."
„Guten Abend, Herr Rimmel! Schlechte Nachricht, unser Nachbar Fink ist tot!"
„Und das nennen Sie eine schlechte Nachricht? Da hab ich ja gute Chancen, endlich meinen Dampfreiniger zurückzubekommen." stellte er erfreut fest. „Der Vogel hieß zwar Fink, war aber eine diebische Elster! Wie ist er denn umgekommen?"
„Gewissermaßen Amtsgeheimnis!" sagte Rau. „Wann haben Sie ihn denn zuletzt gesehen?"
„Heute vor 2 Stunden. Da hab ich ihn erwischt, wie er im Parterre bei den Postkästen rumhantiert hat. Es sah so aus, als wollte er was rausfischen. Wahrscheinlich die Weihnachtskarten, in denen er Geld vermutet hat, das gierige Schwein!"
„Bitte etwas mehr Pietät, der Mann ist schließlich noch nicht lange tot!" mahnte Rau. „Außerdem hat er vielleicht in seinem eigenen Fach die Post entnehmen wollen, weil er den Postkasten-Schlüssel vergessen hatte."
„Falsch, Herr Kommissar! Er wohnt ja über mir, also hat er sein Fach unten. Verstehen Sie? Und er war mit seinen Giftfingern in einem der oberen Fächer. Zum Glück nicht in meinem, sonst hätte ich ihn-" hier stockte er.
„Jaaa? Was hätten Sie ihn?"
„Zur Rede gestellt. Aber als er mich sah, lief er gleich wieder die Treppe rauf, als sei der Teufel hinter ihm her. Und mehr weiß ich nicht!"
Gleich neben Rimmel wohnte Frau Klug und wunderte sich über Raus Besuch: „Nanu, der ehrenwerte Herr Nachbar. Was wollen Sie denn?" Sie trug Lockenwickler und einen bunten Schlafrock, der nach Patschuli roch.
„Ihnen traurige Nachricht geben. Herr Fink ist tot."
„Aha, das heißt, ich muss meine geliehenen Sachen dann bei der

Verlassenschaft anmelden. Ach, wo ich eh so in Not bin. Als Arbeitslose hat man es nicht leicht und dieser Trottel hat einmal mir gegenüber erwähnt, dass sich Arbeitslose in der sozialen Hängematte suhlen. So ein Idiot! Hängematte, pah, es fühlt sich eher an wie ein Strick um den Hals, den das Scheiß-AMS immer enger zieht! Dort sitzen menschliche Schnecken auf ihrem fetten Arsch, reden nur Scheiße und sollten ihr Gehalt in einer Geschenkbox kriegen!"
„Jaja, das tut mir sehr leid für Sie, aber-"
„Die Amis haben 12 Männer auf den Mond geschossen, warum nicht alle?"
„Frau Klug, bitte, bleiben Sie sachlich und sagen Sie mir, wann Sie den Toten zuletzt lebend gesehen haben." unterbrach sie Rau, während er die Augen rollte.
„Was weiß ich…äh- heute vormittags, glaub ich, ja, weil ich da einkaufen ging und da sah ich ihn, wie er in den Keller ging. Wann krieg ich jetzt meine Sachen zurück? Ein Ladegerät fürs Handy und etliche Werkzeuge wie Hammer, Schraubenzieher und ja, eine Küchenmaschine hat mir der Nassauer auch abgeschwatzt, mit dem Versprechen, dass ich's in einer Stunde wieder hab'!"
„Ich werde bald den Mörder haben!" verabschiedete sich Rau und klopfte an die Tür des Frührentners Weller, um ihn über den Todesfall zu informieren.
„Tot? Hat ihn der Schlag getroffen?" fragte der lachend.
„Wie kommen Sie denn darauf?" forschte Rau mit verengten Augen.
„Na, weil er heut Vormittag wie ein Wilder die Stiegen raufgerannt ist. Und ich frag ihn im Vorbeilaufen noch: Na, du Vogel, wann gibst du mir endlich meine Kaffeemaschine zurück? Aber unser Verleihnix hat kein Ohrwaschel gerührt. Dort, wo er jetzt ist, braucht er ja keinen Kaffee. Wahrscheinlich hat er sich sogar schon einen Sarg ausgeliehen, hähä!" Als Rau nicht mitlachte, fügte er noch hinzu: „Naja, man kann über alles lachen, nur nicht mit jedem! Haben Sie schon die Frühpension beantragt?"
„Nein. Ich fühle mich noch topfit!" rief Rau aus und streckte die Brust raus.
„Das wird sich bald ändern. Ging mir auch so. Heut noch fit und morgen kaputt! Wer weiß kriegen Sie noch eine Rente, wenn Sie bis 65, 67 rackern müssen oder gleich bis zum Umfallen, was? Aber Pension muss man religiös sehen: dran glauben, mehr ist da nicht, hähä!" Höhnisches Lachen begleitete Raus Abgang.
Der nächste auf Raus persönlicher Verdächtigen-Liste war Herr Peka im Erdgeschoß, der sich bei jedem Gespräch mit Rau über Fink beschwert hatte, weil ihm der seinen Staubsauger noch nicht rückerstattet hatte. Er öffnete in einem gelben Frottee-Bademantel. „Ah, Sie sind es."

„Abend! Ich mach's kurz: Herr Fink ist tot."
„Wundert mich nicht. Heut laufen Jupiter und Uranus retour. Das bedeutet unangenehme Überraschungen." erklärte Peka, der Astrologe war, aber nicht sonderlich gut damit verdiente. „Wissen Sie schon, wer ihn auf dem Gewissen hat?"
„Ich hab gar nicht gesagt, dass er ermordet wurde." stellte Rau fest.
„Warum sonst sollten Sie zu mir kommen? Um mich nach meinen Wünschen ans Christkind zu fragen? Klar hat denn einer kaltgemacht, weil er nie etwas zurückgegeben hat. Meinen Staubsauger-"
„Jaja, aber ich will wissen, wann Sie zuletzt mit ihm gestritten hatten?" versuchte ihn Rau aus der Reserve zu locken.
„Wer sagt, dass ich mit ihm gestritten habe? Vielleicht die blöde Klug, das faule Luder?" erkundigte sich Peka. „Natürlich. Die stand oben, als Fink zu mir in den Keller runterkam. Also nehmen Sie zur Kenntnis, dass ich sein Abteil durchsucht habe, weil ich nur meinen Staubsauger zurückwollte. Da kam er und brüllte mich an, dass ich ihn bestehlen will, der blöde Hund!"
„Aha, und was taten Sie dann?"
„Dann bin ich wieder zurück in meine Wohnung. Im Keller hat der nur einen kaputten Dampfreiniger gehabt. Das heißt, mein Staubsauger ist noch in seiner Wohnung!"
„Hm, der Dampfreiniger ist vom Rimmel, den werde ich nochmal besuchen." kündigte Rau an.
„Ja, und ich komm mit!" meinte Peka und eilte hinter Rau die Stufen empor.
An Rimmels Tür stand schon Frau Klug im Gespräch mit ihm. Mit ihrer schrillen Stimme keifte sie: „Der eingebildete Rau glaubt, er kann den Mörder entlarven. Pah, aber Optimismus ist ja das Ergebnis intellektueller Defizite."
Beide verstummten, als Rau mit Peka auftauchte und Rimmel höhnte sofort: „Na, haben Sie sich einen neuen Assi angelacht?"
„Pah, besser einen Azubi, würd ich sagen!" fügte Frau Klug hinzu.
Rau rief alle zur Ordnung. „Ich komme langsam dem Grund des Mordes nahe. Es scheint so zu sein, dass jemand Herrn Fink den Tipp gab, sich im Keller umzusehen, weil da jemand sein Abteil aufbrach!"
„Ja genau, so war es!" erkannte Peka. „Das muss mit dem Mord in Zusammenhang stehen."
„Wieso?" fragte Rimmel. „Ist er im Keller hingerichtet worden?"
„Nein! Er wurde in seiner Wohnung erschlagen." verplapperte sich Rau und hätte sich am liebsten die Zunge abgebissen.
„Sicher mit meinem Hammer!" vermutete Frau Klug. „Von Ihnen, Sie

lahmer Sterngucker! Sie haben mir versprochen, dass 2014 mein Jahr wird. Aber ich hab immer noch keinen Job!"
„Und das vor Weihnachten!" erinnerte Rimmel.
„Sie Niete!" brüllte Frau Klug und trat Peka gegen sein Schienbein. „Sie waren's!"
Peka schubste sie kurz wütend und schrie: „Nein, ich hab ihn nicht erschlagen!"
„Doch und zwar feig von hinten!" plärrte Frau Klug.
„Hört doch auf, das bringt doch nix. Der Verleihnix ist tot und wir müssen uns jetzt beim Anwalt auf einer Liste eintragen lassen!" sagte Rimmel.
„Das dauert ja so lang!" seufzte Frau Klug.
„Ich will meinen Staubsauger aber gleich haben!" forderte Peka lautstark.
„Ruhe bitte!" rief Frau Pink von oben runter. „Sie schreien ja so, dass sogar ich halbtaube Person nicht in Ruhe schlafen kann!"
„Gleich kehrt Ruhe ein, Frau Pink!" beruhigte sie Rau. „Denn ich habe soeben den Fall gelöst!"
WER WAR ES?

Fall 5: Rau ist ratlos

Kommissar Rau versuchte grade mit 2 Fingern ungelenk am Computer den Bericht über den letzten Mordfall fertigzustellen und ärgerte sich, dass weder seine Sekretärin noch sein Assistent gesund bei ihm weilten. Er sah sich mehr als Spürhund denn als Schreibtischhengst, außerdem fingen die schwarzen Buchstaben auf der weißen Word-Fläche wie Ameisen zu tanzen an. Genervt schloss er die Augen und lehnte sich zurück, als plötzlich eine Stimme hinter ihm vorwurfsvoll fragte: „Stör ich beim Büroschlaf?" Erschrocken fuhr er herum und erblickte eine ältere Dame, die ihn an Miss Ellie aus der TV-Serie Dallas erinnerte. „Nein, äh-ich hab Sie gar nicht klopfen hören!"
„Ich hab auch nicht angeklopft, weil ich unverzüglich einen tüchtigen Kommissar brauche, der meinen Nachbarn aufspürt." sprudelte sie Worte wie Kohlensäureblasen in Sodawasser hervor. „Herr Grippig war seit 3 Tagen nicht mehr in seiner Wohnung, die genau an meine im Gemeindebau grenzt - sonst hör ich jede Bewegung von ihm, aber seit vorvorgestern ist Totenstille. Sicher hat ihn einer umgebracht, denn er ist ein Erfinder und erzählte mir mal, dass ein ehemaliger Nachbar sogar eine seiner Erfindungen gestohlen hat!"
„Soso, da müssen Sie ihn als vermisst melden, gnä' Frau!" riet ihr Rau.

„Schlafen Sie immer noch? Ich sagte grade, dass ihn einer umgebracht haben muss!" stellte sie pikiert fest und setzte sich unaufgefordert Rau gegenüber. „Sie können mir schon glauben, ich verfüge über außergewöhnliche Intuition! Also schlage ich vor, dass Sie sich in Bewegung setzen und mal die 2 Haupt-Verdächtigen besuchen. Als da wären: Herr Frenzl, der ehemalige diebische Nachbar, wohnt nun in einer Eigentumswohnung. Frau Dusko, seine Ex, die ihn jahrelang ausgenutzt hat, lebt nun in einem Gartenhäuschen, wo man prima wen vergraben kann." Bei den letzten Worten holte sie einen Zettel aus ihrer Handtasche und reichte ihn Rau. „Und wenn Sie die Leiche vom Grippig gefunden haben, lassen Sie's mich bitte wissen, weil ich hab schon vor Jahren einen Antrag bei Wiener Wohnen gestellt, dass ich seine Wohnung dazu nehmen darf, falls er das Zeitlich segnet. Allerdings dachte ich, er stirbt bald auf natürliche Weise mit seinen 79 Jahren. Aber seit er vorvorgestern aus dem Haus ging, hab ich ihn nie zurückkommen hören. Genug Geld gespart hab ich auch schon, um die eine Wand durchbrechen zu lassen, aber das interessiert Sie ja bestimmt nicht." Bevor der staunende Rau noch ‚Piep' sagen konnte, war die Dame auch schon aus dem Büro geeilt.

Hm, dachte er, wahrscheinlich bestellt sie gleich den Tischler, damit er ihr die Nachbarswohnung für die Einrichtung vermessen kann. Also nahm er ihre Aufforderung als willkommene Abwechslung zur faden Büroarbeit, obwohl er sich vor den Verdächtigen immer wie eine Art Vertreter vorkam, wenn er sie zu Hause aufsuchte. Nur, dass er ihnen nix verkaufte, sondern sie ihm meist dreiste Lügen.

Frenzl wohnte im 19. Bezirk, öffnete die Tür in einem schönen blauen Nikki-Hausanzug und reagierte unwirsch auf Raus Diebstahls-Verdacht. „Pah, der ein Erfinder??? Freitag sah ich ihn beim Kopierer am Postamt. Den konnte der nicht bedienen, holte eine Schalterbeamtin herbei. Es ist nur so, dass er mir mal ein System für's Casino verraten hat. Da hab ich dann ein paar Mal gewonnen, ehe ich wegen Systemspielens Hausverbot bekam. Daher wohne ich jetzt ein wenig feudaler als vorher. Aber das System hätte er nie zum Patent anmelden können. Verstehen Sie? Und ich hab doch *mein* Geld gesetzt, also gehört mir der Gewinn, basta!" bestand er uneinsichtig.

„Jaja, das versteh ich." meinte Rau. „Nur ist er seit 3 Tagen fort, spurlos verschwunden!"

„Ach was! 95 % aller spurlos Verschwundenen kommen innerhalb eines Jahres wieder zurück. Der alte Krauter wird auch wieder auftauchen, glauben Sie mir." sagte er und begann dann hemmungslos zu lachen.

„Darf ich mitlachen?" fragte Rau.

„Ja-äh, ich lache weil, ... er mal etwas gebastelt hat, das explodiert ist, weiß auch nicht mehr, was es werden sollte. Hat mich damals geholt, damit ich ihm beim Aufräumen helfe, nachdem seine Nachbarin, die schon auf seine Wohnung lauert wie der Fuchs auf die Henne, das abgelehnt hat. Nie hat jemals eine seiner spinnerten Basteleien Erfolg gebracht. Ein österreichisches Schicksal! Hähähä!"

„Bis auf das Zahlen-System." erinnerte ihn Rau und wandte sich zum Gehen. „Haben Sie auf der Post mit ihm gesprochen?"

„Nein- äh-doch, aber nur aus Neugier fragte ich, an was er grade arbeitet, aber der eingebildete Fatzke herrschte mich an, dass mich das einen feuchten Dreck angeht!" erzählte Frenzl und lachte wieder. „Fragen Sie doch seine Ex, die dämliche Dusko, wohnt jetzt im 2. Bezirk, Gartensiedlung Haus Nr.23!"

Das wusste Rau ja bereits und an der Adresse angekommen, musste er zugeben, dass sich die Frau mit Inneneinrichtung bestens auskannte.

„Na, das höre ich aber gar nicht gern, dass mein geliebter Ex-Partner von der Erdoberfläche verschwunden sein soll. Ich habe mir nämlich immer ein Leben an seiner Seite erhofft, auch wenn seine Erfindungen nie Geld eingebracht haben. Nehmens Platz! Wollen Sie einen heißen Tee mit Rum?" fragt Frau Dusko, die um 11 Uhr vormittags noch immer in ihren lila Seiden-Schlafmantel gehüllt war.

„Ja, aber ohne Alkohol!" bat Rau, setzte sich und sah sich um. Auf dem Tisch vor ihm lag eine Rätsel-Zeitschrift, die Frau Dusko fast fertig aufgelöst hatte. Daneben jede Menge Postkarten, auf denen sie die Lösungen eingetragen hatte und sicher bald abschicken würde. Als Gewinn lockten Autos, Kreuzfahrten und Trostpreise wie Toaster, Wasserkocher und Mikrowellengeräte. „Haben Sie schon mal etwas gewonnen?"

„Ja sicher!" rief sie ihm aus der Küche zu. „Eine Stehlampe, ein Handtuch-Set und ein Bade-Entchen." Sie kam mit 2 Tassen dampfenden Kamillentees zurück und setzte sich zu ihm auf die bequeme Couch. „Hier bitte, Herr Kommissar!"

„Danke. Was können Sie mir also erzählen?" forschte er und nahm vorsichtig einen Schluck Tee.

„Oh, ich hab ein wunderbares Gedicht gelesen: Der tägliche nackte Wahnsinn! Nein, ich mag es nicht mehr lesen, was der Mensch, das ach so hohe Wesen, Grauenhaftes oft vollführt, das zutiefst mein Herz berührt! Täglich wird nur mehr gelitten, werden Köpfe hurtig abgeschnitten, werden Städte bombardiert, werden Völker massakriert, werden Menschen nach Belieben ziellos in die Flucht getrieben. Und wer seine Rechte geltend macht, wird postwendend umgebracht, und zunächst einmal gepeinigt, später öffentlich gesteinigt! Stadt für Stadt wird eingenommen, weil das Volk total versponnen, und sein Gott – so lautet's schlicht – nicht dem neuen Staat entspricht. Also muss man alle hassen! Ist der Wahnsinn noch zu fassen? Ja, ich sehe schwarz für Morgen, während andre sich um Promis sorgen! – Wie gefällt Ihnen das? Hat ein Kollege von Ihnen geschrieben!"

„Von mir?" fragte Rau verwirrt.

„Ja, Willi Bald, Oberst in Rente. Ich kenne ihn leider nicht, aber ein Nachbar von mir ist auch Bull-äh-Polizist und bekommt regelmäßig die Zeitschrift ‚Die Exekutive' herausgegeben von der Kameradschaft der Exekutive Österreichs. Der liest sie gar nicht, aber ich!"

Schuldbewusst sah Rau zu Boden, denn auch er legte die Zeitschrift immer nur oben auf den Postkasten, ohne auch nur einmal hineinzugucken. „Schön, aber ich bin nicht hier, um von Ihnen mit Gedichten zugetextet zu werden. Wann haben Sie Ihren Ex zum letzten Mal gesehen?"

„Freitag auf der Post!" sagte sie wie aus der Pistole geschossen. „Und sein liebster Feind und Ex-Nachbar Frenzl war auch anwesend! Besuchen Sie *den* doch mal!"

Nun war Rau so klug wie zuvor. Wieder im Büro setzte er sich sogleich an seinen Computer, um endlich den Bericht fertig zu tippen. Da läutete das Telefon und man teilte ihm sachlich mit, dass die Leiche eines gewissen Georg Grippig mit erheblichen Kopfverletzungen aus der Donau gezogen wurde. Sofort hatte Rau einen Hauptverdächtigen, der sich im Gespräch mit ihm verdächtig gemacht hatte.

WER IST ES WOHL?

Fall 6: Ein typisches Opfer

Kommissar Rau und sein Assi Jumbi waren gerade mit öder Administration beschäftigt. Sie mussten für das Wiederaufrollen eines Indizienprozesses Zeugenaussagen für den Staatsanwalt neu sichten.

„Puh", stöhnte Jumbi, „anstatt wie Fernsehbullen bei einer actionreichen Verfolgungsjagd erschossen zu werden, ersticken wir noch zwischen unzähligen Aktenbergen oder werden davon erdrückt."

„Ja, aber Polizeiarbeit ist oft langweilig. Sie besteht zum größten Teil aus Warten und Schreibtischarbeit, außer man ist bei der Funkstreife. Dort kann man dann täglich mehrere Familienstreits schlichten oder Besoffene festnehmen. Es gibt allerdings Kollegen, die sich anstatt in Ermittlungen lieber in gewerkschaftliche Aktivitäten stürzen und Polizeisportfeste

organisieren, um schneller befördert zu werden." plauderte Rau aus dem Nähkästchen, als es heftig an der Tür klopfte. „Herein!"
Eine junge Dame trat ein und ratterte mit piepsiger Stimme los: „Entschuldigen Sie, ich bin die neue Sekretärin und arbeite für Ihren Kollegen Kommissar Meringer, der sich heute krank gemeldet hat. Leider sind aber die Zeugen in einem Mordfall für heute bestellt und warten. Was soll ich jetzt machen?" Sie sah aus, als würde sie gleich zu weinen beginnen.
„Nun beruhigen Sie sich doch. Wir übernehmen das selbstverständlich."
Wenig später hatten sie den Akt auf dem Tisch und Rau instruierte Jumbi: „Ich führe die Gespräche und du protokollierst alles wörtlich! Wie ich sehe, handelt es sich um eine im Prater nahe Maria Grün erstochen aufgefundene, schon leicht verweste 51jährige Frau. Alle Zeugen sind…weiblich und stammen aus dem Telefonverzeichnis des Handys der Toten. Die muss ja viele Freundinnen gehabt haben. Hol mir die erste Dame rein!"
Gesagt, getan, die erste einer Reihe gepflegter Frauen trat zaghaft ein.
„Guten Tag, Frau Högl! Mein Name ist Rau, das ist mein Kollege, Herr Bimski! Es geht um den Mord an Ihrer Freundin, Frau Eva Reibl!" eröffnete Rau die Befragung und deutete ihr, gegenüber von ihm Platz zu nehmen.
„Na als Freundin würde ich *die* nicht bezeichnen." begann sie und ordnete ihre adrette Kleidung, die beim Hinsetzen Knitterfalten geworfen hatte. „Obwohl sie mich dazu machen wollte. Mit ihr hielt man es nur ein paar Stunden aus, verteilt auf ein paar Tage. Mir fiel als erstes auf, dass sie einen massiven Alters-Komplex hatte, denn als wir uns vor 4 Jahren im Englisch-Kurs kennenlernten, fragte sie mich nach meinem Alter, weil sie unbedingt wissen wollte, ob sie die Älteste unter uns ist. Ich verschwieg es ihr zuerst, aber sie fragte immer wieder und wurde fast hysterisch: *Jetzt sag mir sofort wie alt du bist. Sag es einfach!* Da hab ich mich 3 Jahre älter gemacht, um der Gestörten eine Freude zu machen. Der ist ein richtiger Felsen vom Herzen gefallen. Sie machte sich bei mir lieb Kind und schneite uneingeladen in meine Wohnung, wo sie ein Töpfchen von der Kredenz nahm, es kritisch beäugte und mir dann unter die Nase hielt. Z-z-z! hat sie gemacht, weil es staubig war. Ich wollte schon sagen: was glaubst du, wie staubig es erst in deiner Lunge ist, du Luftverpesterin. Sie war nämlich Kettenraucherin. Machen sich selber kaputt und geben dem Alter die Schuld für den körperlichen Abbau. Beim Spazierengehen konnte die nicht mit mir mithalten. Blieb immer stehen oder wollte sich hinsetzen oder wo einkehren. Auch musste sie alle halbe Stunde aufs Klo, wahrscheinlich ist bei einer ihrer drei Abtreibungen was schief gegangen! Aber ich hab sie dann einfach nimmer reingelassen. Da hat sie sich telefonisch beschwert und gesagt: *ich*

war gestern bei dir und du hast dich nicht gerührt! – bin ich zu schnell für Sie?" unterbrach sie ihren Wortschwall und drehte ihr hübsch geschminktes Gesicht zu Jumbi, der ununterbrochen auf die Tastatur seines PCs einhämmerte, worauf er nur den Kopf schüttelte.
„Der Kollege kommt schon mit, keine Sorge. Er kann schneller schreiben als manche Leute sprechen. Sie beendeten also den Kontakt?" resümierte Rau.
„Ja natürlich, glauben Sie ich lade jemand ein, der so unverschämt ist und mich auf ein wenig Staub in der Wohnung aufmerksam macht, obwohl er ein Leben geführt hat, dass einer Sau graust?" fragte sie rhetorisch. „Die Person war total verkommen, lebte aber mittlerweile ruhig, da sie schon völlig ausgebrannt war. Jedenfalls hab ich ihr gemailt, dass ich kein Interessen habe, mich mit jemanden zu treffen, der immer übers Alter faselt, als wär's eine Seuche aber raucht, damit er noch schneller altert und, dass sie ihren Komplex behandeln lassen soll! Darauf sandte sie mir ein Mail, in dem stand: Tatsachen anstatt Alters-Komplex, den ich nie hatte. Und dazu kopierte sie mir aus dem Internet den Artikel ‚Ältere haben mehr Probleme'!
– Ein selten blödes Weib! IQ Raumtemperatur! Mit dem Mail hat die doch noch bewiesen, was sie bestritt: ihre Gedanken kreisten dauernd ums Alter! Das nennt man Komplex, aber da sie ungebildet war, wusste sie das nicht! Naja, durch langen Nikotinmissbrauch war sie biologisch vergreist!"
Die nächste Dame hieß Sanela Lager und schien von Eva Reibls Tod nicht überrascht: „Sie war das typische Opfer. Ich hab mal eine Studie gelesen, wo Vergewaltigungsopfer vermessen worden sind. Durchschnittlich sind die 1,60 Meter klein und haben eine Hüftweite von 85 cm. Klein und mickrig. Das war sie. Sie wurde ja auch vergewaltigt, obwohl das bei der nicht nötig gewesen wäre. Sie erzählte mir, sie war im Urlaub in Griechenland! Dort gefiel ihr ein Grieche, dem sie aber zu notgeil war, denn er lehnte ab, mit der Ausrede, er wäre müde. Am Weg zum Hotel verfolgte sie dann ein Ausländer, der ihr auf Englisch erklärte, er kenne eine Abkürzung. Da weiß natürlich die Dümmste, was das heißt. Obwohl sie nicht mit ihm ging, hat er sie dennoch überfallen und naja…Hätte dieser Idiot gesagt: Ich bringe Sie sicher zu Ihrem Hotel zurück und keiner wird es wagen, sich an Ihnen zu vergreifen, dann hätte die Triebgesteuerte ihn mit auf ihr Zimmer genommen und er hätte mit ihr das gesamte Kamasutra durchexerzieren können. So kam er ins Gefängnis und müsste eh schon wieder draußen sein. Vielleicht ist er ihr nachgereist, um sich zu rächen! Zuletzt hat sie sich beim Nacktbaden einen Pensionisten angelacht, aber nach einem Wochenende war die Affäre schon wieder Geschichte! Und dass sie Einladungen eingefordert hat, ging gar nicht. Wir saßen im Gastgarten, wo das Schnitzel 8 Euro 90 kostet und

sie versuchte zuerst, mich zu manipulieren, nichtmal geschickt. *Ich hab ja so viele Freundinnen, die immer sagen, komm Liebes, ich lad dich zum Essen ein!* Na, ich war taub auf dem Ohr, und warnte sie: versuch nicht, mich zu manipulieren, das haben schon Leute probiert, die waren dir intellektuell weit überlegen und haben's auch nicht geschafft. Da fragte die Kuh doch tatsächlich mit siegessicherem Grinsen: *Soll ich meins zahlen, oder ladest du mich ein?* Ich hab aus Mitleid mit einem Gewaltopfer zugestimmt, mich dann aber nimmer bei ihr gemeldet und auch nie zurückgemailt. Bei Anrufen hab ich gesagt, ich hätte keine Zeit. Ich weiß nur, dass sie mit einer Säuferin befreundet war. Die hat sicher erst mit dem Saufen angefangen, als sie Eva kennengelernt hat! Ich bereute, mich mit so einer abgewrackten Type abgegeben zu haben."

Frau Andrea Arl schien schon ein Psychogramm von der Toten gemacht zu haben. „Also Dr. Freud hätte mir ihr eine Freude gehabt. Ihr Verhängnis war, dass sie im Kinderheim aufgewachsen ist. Das hat zu einer inneren Verzweiflung geführt, die sich immer Bahn gebrochen hat. Verstehen Sie?" Betroffen nickte Rau und Jumbi tippte wie ein Irrer weiter.

„Schon ihre bohrenden Blicke empfand man als Gegenüber unangenehm. Obwohl sie anfangs einen guten Eindruck auf mich machte. Den hat sie dann allerdings peu a peu wieder selber abgebaut. Mit der unguten Art, die sie sich im Heim angewöhnt hat, um in der Hackordnung aufzusteigen, hat sie sich außerhalb viele Chancen verscherzt. Wenn sie aus ihrer Vergangenheit erzählt hat - was sie beim Psycho-Onkel einen Hunderter pro Sitzung gekostet hätte - hat man immer den Punkt gemerkt, an dem sie einen Blödsinn plapperte oder machte und der andre die Flucht vor ihr ergriff!"

„So wie auch Sie, nehme ich an!" warf Rau ein.

„Ja, Freundschaft ist keine Therapie! Leider fehlte es ihr an Selbstreflexion, um ihr Fehlverhalten zu begreifen. Manchmal hat sie mich so gierig angeschaut wie mein Hund, wenn ich ein Schnitzel esse. Und sie war furchtbar dummdreist. Machte mir gegenüber einige unsinnige Bemerkungen, wie: *du verstehst das nicht! Du bist unrealistisch!* Ich hab es doch nicht nötig, mir von einem Heimkind sowas sagen zu lassen! Was die alles nicht verstanden hat, füllte ganze Lexika!"

In die gleiche Kerbe schlug auch Frau Inge Burda: „Die arme Närrin glaubte, Nymphomanie ist eine Leistung! Brüstete sich: Beim 500. Mann hab ich aufgehört zu zählen und freute sich, dass sie den ersten Sex schon mit 13 hatte! Das ist ein Missbrauch! Aber das war ihr gar nicht klar. Sie sagte: *Ich hab aufgepasst, dass mein erster Mann ein gescheiter war*. Ich meine, wenn einer mit einer Minderjährigen schläft, wo noch der Staatsanwalt die Hand

draufhält, dann kann er so gescheit nicht gewesen sein. Ja, sie war unsagbar stolz drauf, von einem Kinderschänder missbraucht worden zu sein, wenn auch mit ihrem Einverständnis, ich denke sogar, dass die Initiative von ihr ausging, weil sie sich wohl die Rettung aus dem Heim von ihm erhofft hatte. Erwartete sich den großen Kick und bekam nur einen kleinen Fick! Und freute sich noch drüber!
Du würdest dich wundern, wo ich schon überall war. Ich erwiderte: nein, mich wundert auch nicht, dass du dort nimmer erwünscht bist! Zum Beispiel lernte sie einen Mann kennen und forderte ihn auf, sie ins Nobelbordell mitzunehmen! Dort wunderte sie sich, dass die Huren nur gelangweilt herumhingen. Scheinbar glaubte sie, wenn sie kommt, würden die alle am Tisch tanzen! Sie bezeichnete sich als lesbisch und behauptete, schon 10 Frauen gehabt zu haben. Die jüngste sei 18 gewesen, die Älteste 50 und sie war zu der Zeit 35! Wenn eine über 500 Männer gehabt hat, wahrscheinlich eh nur Eintagsfliegen-Karnickelsex, dann kann sie nur bi gewesen sein, oder? Egal! Ich war froh, wenn sie mich nicht anrief oder gar persönlich vorbeikam, damit ich mir keine Ausreden ausdenken musste."
Gedankenverloren sah sie an Rau vorbei, strich sich einige geglättete Haarsträhnen aus der Stirn und offenbarte blanke Verachtung: „Warum die dumme Pute eigentlich nicht gleich selber Hure geworden ist? Das hätte ihr die Peinlichkeit erspart, ihre Freundinnen immer anzupumpen!"
Lautes Stimmengewirr am Gang verriet, dass sich die Damen draußen nicht ganz einig waren, wer die Nächste sei. Rau sprach ein Machtwort und holte eine Frau Irmgard Speidl herein. „Ich weiß keine Namen ihrer zahllosen Zufallsbekanntschaften, die wusste sie selbst nicht mehr, nur die Sternzeichen von den Männern, von denen sie kurz schwanger war. Da bekam der Begriff *entfernte Verwandte* eine ganz neue Bedeutung. Sie ging immer nach Quantität anstatt Qualität. Es war eigentlich verschwendete Zeit mit ihr, andererseits fühlte ich mich privilegiert, in einer Familie aufgewachsen zu sein, wenn es auch hin und wieder Streit gab. Aber die war ja hemmungslos, hätte es auch mit einem Affen getrieben, wenn keine Männer bereit gewesen wären, und hat dann sogar das Ufer gewechselt, als sie schon ganz Wien durchhatte. Triebhaft war in Bezug auf sie ein Hilfsausdruck und auch so unmanierlich, fiel einem immer ins Wort mit saudummen Bemerkungen. Ich hab etwas erzählt und sie kam scheinbar geistig nicht mit und hat eine blöde Meldung gemacht. So als würde wer am Ende eines Gebetes statt Amen Arsch sagen. Ich werf' meine Perlen doch nicht vor die Sau. Dann hat sie auch manchmal die Sätze der Erzieherinnen in der Anstalt, wo sie aufgewachsen ist, gebraucht: *Du hast dir das nicht*

gemerkt! Natürlich nicht, weil es nicht wichtig war für mich, was die so daher gefaselt hat. Tsiss, als Langschläferin beschwerte sie sich einmal über das Kirchenglockengeläut um 8 Uhr. Mir sind unsre Glocken lieber als ein Minarett, von wo aus der Muezzin um 5 Uhr zum Gebet kreischt! Aber das darf man ja gar nicht laut sagen, sonst ist man gleich ein Nazi, furchtbar! Tja, jetzt hat ihr beschissenes Leben ein jähes Ende gefunden. Dem Mörder sei Dank erspart sich der Staat wenigstens die Frühpension!"

„Vielleicht war es ja auch eine Mörderin!" warf Rau ein.

„Kommen Sie, in der Zeitung stand auch: von *einem Unbekannten ermordet worden*. Aber gut, vielleicht haben die nur zu gendern vergessen!"

Die nächste Dame, namens Rita Klaschka, schüttelte den Kopf, als sie von der Toten sprach: „Als sie zu Besuch kam, hatte sie kein Mitbringsel dabei, ich kredenzte ihr teuren Wein und die entblödete sich nicht, mich zu fragen, ob ich noch Jungfrau bin! Hihi! Drauf ich: Nein Steinbock! Drauf sie: Nein-nein, du weißt schon, was ich meine! Und dabei deutete sie unter meine Gürtellinie. Ich wollte schon fragen: Willst du nachschauen? Aber da fiel mir ein, dass die narrische Figur ja auch andersrum war. Die hat immer versucht, sich mit Sex Liebe zu erkaufen und ist zu spät draufgekommen, dass sowas nicht funktioniert. Sicher ist sie auch sexuell missbraucht worden?" Etwas Sensationsgier leuchtete aus ihren Augen.

Rau sah zu Jumbi, dann zu Frau Klaschka und erklärte: „Bei dem Verwesungsstadium war das nicht mehr feststellbar."

„Naja, vielleicht war sie dem Täter zu alt, das hat sie selber immer behauptet. Jedenfalls war ich hin und hergerissen zwischen Abscheu und Mitleid und überlegte krampfhaft, wie ich die aus der Wohnung bringe. Anfangs fand ich sie ganz nett, da hat sie sich am Riemen gerissen, aber später wurde sie extrem lästig. Der Umgang mit Zwangsneurotikern ist deprimierend. Manieren waren ein Fremdwort für die. Einmal hab ich sie während eines Telefonats mit mir urinieren gehört, pfui! Nein, da hab ich gesagt, dass ich mich auf meinen Beruf konzentriere - ich bin Steuerberatungsassistentin - und keine Freundschaften mehr führen will. Ich traf ja schon Leute, mit denen ich nicht hätte tauschen wollen, aber sowas von nicht-tauschen-wollen wie mit der – nein! Tut mir leid, dass ich Ihnen nicht weiterhelfen kann."

Nach ihrem Abgang nahm Helga Wissak vor Rau Platz und beschwerte sich nach einem tiefen Atemzug: „Das kommt davon, wenn man solche Leute kennt, man landet bei der Kriminalpolizei - womöglich noch als verdächtig?"

„Aber nicht doch!" beruhigte sie Rau. „Wir wollen uns nur ein Bild der Toten machen."

„Sie sah zuletzt verlebt aus und hatte einen Blick drauf wie der linke Schächer. So als würde sie einen anklagen, weil man in einer Familie aufgewachsen ist, was ihr verwehrt geblieben ist. Daher rührten auch ihre Schwierigkeiten. Der Psychiater Ringel hat mal gesagt, dass die Kindheit wie ein Topf sei, den man als Baby übergestülpt kriegt und der dann ein Leben lang an einem runterläuft! Das Leben hat es nicht gut mit ihr gemeint, aber sie hat auch viele falsche Entscheidungen getroffen. Auf der Überholspur leben kostet die Gesundheit. Ich erinnere mich noch an ihre fahrigen Bewegungen. Fast wie eine Ertrinkende im harten Strom des Alltags. Wenn es windig war, traute die sich gar nicht auf die Straße, oder nur vermummt wie ein Attentäter oder früher die Opernball-Demonstranten. Hatte wohl was mit den Nebenhöhlen. Hat gejammert: *im Alter kriegt man öfters Migräne!*" Sie starrte an Rau vorbei durchs Fenster, an dessen Scheiben nun Regentropfen trommelten. „Ach, ich hab keinen Schirm mit. Ich kann über die Verblichene nix Gutes sagen, außer dass sie immer blitzblank geputzte Fenster hatte. Und dass sie anfangs siebensüß, also überfreundlich war. Zuletzt traf ich Eva in der City. Als wir an einem Werbeplakat einer Parfümerie vorbeikamen, sagte sie*: jaja, so jung und schön bleibt ihr nicht, egal was ihr euch ins Gesicht schmiert!* Wie kann jemand, der in einer Werbeagentur gearbeitet hat, so naiv sein zu glauben, Photoshop-Models hätten in Wirklichkeit auch keine Falten beim Lachen?" Dabei guckte sie Rau wieder in die Augen. „Die Jugend war ihr einziger Joker, den zu verlieren sie so leiden ließ wie griechische Rentner, die umsonst vor der Bank warten und um Auszahlung kämpfen. Oder wie Dorian Gray, der sein gealtertes Bildnis sieht. Wer weiß, vielleicht ist es ein Segen für sie und ihre geschundene Seele, das letzte Stadium des Alterns nicht mehr erleben zu müssen."

Frau Hilde Weis brachte eine neue Spur in den Fall: „Sie war eine Ehebrecherin! Erzählte mir, sie hätte mit ihrem Chef, einem Werbeagentur-Fuzzi eine Affäre gehabt. Vor seiner Frau, der er erklärte: Ich hab dem armen Heimkind erlaubt, dass sie in unserm Pool plantschen darf, hast du eh nix dagegen? Dann erwähnte sie: *dabei war ich gar nicht die einzige, mit der er seine Frau betrogen hat!* Haha, die dachte doch echt, sie hätte das Exklusivrecht auf Ehebruch! Was sagen Sie dazu?"

Rau zuckte mit den Schultern und enthielt sich einer privaten Meinung.

„Ja, sie wundern sich auch über so eine verkorkste Frau, die ihr Leben mit Anlauf in den Sand setzt. Ein Neurologe attestierte ihr eine herabgefahrene

Affektivität. Das heißt gefühlsmäßig abgestumpft. Zweimal hat sie sich Geld von mir ausgeborgt. Bitte, ich bin ja bescheiden gemacht worden, bevor ich ausgehe, bleib ich lieber daheim und stricke. Aber bei mir hat sie geprahlt, wie viele reiche Freundinnen sie hätte, aber zum Geldleihen kommt sie ausgerechnet zu mir? Die wollte sich ein soziales Netz aufbauen, da sie keine Familie hatte, das heißt, sie hatte eine Großtante, doch die hat sie weder aus dem Heim geholt, noch sie zu Weihnachten eingeladen oder persönlich besucht. Die war froh, wenn sie sich nicht gemeldet hat, weil sie so eine nervige negative Art hatte. Bestimmt war sie als Kleinkind schon so unausstehlich. Sie gestand mir, immer wenn Adoptionswillige kamen, fühlte sie sich wie in Schönbrunn: alle gafften und gingen wieder. Und ein *Nein* hat die immer so betont. Das hat sie sich im Heim angewöhnt, wenn die Tante gefragt hat: wer von euch hat was angestellt, warst du es, Eva*? NEIIIIN*! Hat sie aufgejault wie ein Hund, dem man auf den Schwanz steigt. Ich glaube, darum hat ihr schon ein Chef bei einem Vorstellungsgespräch mit 29 gesagt, sie wär zu alt, weil er sie loswerden wollte. Davon hat sie einen Schaden davongetragen. Sie hat sich immer übers Alter beschwert, ja der Gebrauch des Wortes *Alt* war bei der inflationär, was mich so gestört hat, dass ich ihr die Freundschaft kündigte. Puh, nachher war ich erleichtert! Mit ehemaligen Heimkindern soll man sich wirklich nicht abgeben! Offenbar ist sie dort deppert geprügelt worden! Hihi"

Die nächste Zeugin, eine Dame namens Marie Kolb, schien traurig zu sein. „Ich weine um Eva, aber sie war schon ein schwieriger Mensch. Ich bin Alkoholikerin und trotzdem brachte sie mich dazu, ihr 100.000 Euro anzuvertrauen, als sie bei einer Vermögensberatung arbeitete. Das Geld war weg und sie behauptete, sie hätte keine Provision erhalten und es wäre halt Pech gewesen. Das hat mich doch enttäuscht. Und als wir spazieren gingen, hat sie manchmal so deprimierend geredet. Wenn ein alter Mensch mit Rollator daher kam, höhnte sie: *Schau Marie, das ist unsere Zukunft!* Trotzdem hatte sie manchmal gute Laune, wenn sie einen guten Tag hatte. Die Grundstimmung allerdings war negativ. Mir erzählte sie von einer ehemaligen Schulkollegin, die heroinsüchtig war. Anstatt ihr zu helfen, sagte sie nur: *steh dazu und mach das vor mir! Dann hab ich sie interviewt, was sie im Rausch sieht! Aber ich hab so etwas nie genommen!* Das fand ich schon charakterlos von ihr, einer Süchtigen beim Krepieren zuzusehen. Aber das lag daran, dass sie in dem Heim seelisch verpfuscht worden ist! Und auch geistig! Sie sah sich als Atheistin, zündete aber in Maria Grün ein Kerzerl an. Ein Atheist geht doch nur in eine Kapelle, um sich vor Regen unterzustellen oder den Opferstock zu plündern!"

Nach Frau Kolbs wankendem Abgang diktierte Rau: „Die Zeugin Gunda Gersinek hat sich gestern telefonisch bereits entschuldigt. Sie wolle nichts Schlechtes über Abwesende und Tote reden. Die Letzte auf der Liste ist eine Frau Tanja Polske."
Diese hatte auch nichts Positives über die Dahingemeuchelte zu berichten: „Stinkfaul war sie und ließ sich vom Staat durchfüttern! Behauptete, es läge an ihrem Alter, dass sie keinen Job bekommt, dann sagte sie, sie *will* ja gar nimmer arbeiten, obwohl mich das an den Fuchs erinnerte, dem die Trauben zu hoch hingen. Immer erzählte sie mir von den Dramen mit ihren Männern. Wenn man sich wie ein Flittchen verhält, dann wird man eben auch wie eines behandelt, oder? Manche schlafen sich wenigstens nach oben, wenn sie läufig sind, aber dazu fehlte der die Schläue! Wenn man der den kleinen Finger reichte, wollte die den ganzen Arm! Legte einen Bausparvertrag an, mit von einer Freundin ergaunertem Geld. Hat mich zum Kaffee in ihre miese kleine Wohnung eingeladen, das war kurz vor Weihnachten, da sah ich sie das letzte Mal, tippte auf ihrem Computer und forderte dann: *wenn du mir was schenken willst, dann einen Tablet-PC!* Als ich mich für die Einladung bedankte, fragte die mich: *und wann lädst du mich ein?* -Ich bin doch nicht die Onassis, und selbst wenn, die Freundschaft von so einer kaputten Person würd ich mir nie erkaufen!! Im Kinderheim versteckte sie sich einst, um das Christkind zu sehen und ertappte die Tanten beim Christbaum-Aufputzen, da schloss sie in ihrer infantilen Art, dass es auch Gott nicht gäbe, kaufte aber immer einen Adventskranz und meinte: *ich brauch schöne Sachen!* Was die gebraucht hätte, wäre Vernunft gewesen!"
Das Psychogramm einer ehedem wenig gesellschaftsfähigen Frau hing nach dem Abgang der letzten Person, die sie gekannt hatte, im Raum. Wie ein schmutziger Vorhang, den niemand der Mühe wert fand zu waschen.
„Nach all dem, was wir über die Tote erfahren haben, würden Sie sie gern gekannt haben?" fragte Jumbi, der seine Finger ineinander verkrallt hatte, um sie nach der vielen Tipperei wieder einigermaßen zu entspannen.
„Kaum! Aber darum geht es nicht! Im Obduktionsbericht steht, sie wurde vermutlich mit einer langen Nadel erstochen, daher sticht mir eine Zeugin besonders ins Auge!
WER?

Fall 7: Kommissar Rau vs. die 3 Muskeltiere

„Morg'n! Inspektor Woppel!" stellte sich der Streifenpolizist salutierend um ein Uhr früh Kommissar Rau vor, der noch ziemlich verschlafen aus der

Wäsche guckte. Das hätte er sich nicht gedacht, dass er um diese Zeit in einer schummrigen Kellerbar im 13. Bezirk vor einer Leiche stehen musste. „Morgen!" brummte er und betrachtete den ca. 55jährigen, der da ziemlich verdreht am Ende der Treppe lag. „Was war?"
„Alsdann, 3 Securities haben den da (er zeigte auf die Leiche) wegen Stänkerns rausbefördern woll'n und dabei is er ihna leider durch die Händ g'rutscht und da unt'n g'landet!" erstattete der Inspektor salopp Bericht. „Sei Gnack is hin!"
„Genickbruch also! Klingt nach einem Unfall!" murmelte Rau.
„Jaja, des kenn i scho! Erstens ham alle 3 wirr durchanand g'redt und zweitens liegt der Tote so drapiert da, wia a Hakenkreuz!" Tatsächlich lag der Mann mit seinen Armen und Beinen so da, dass man die Stellung schwer einem Sturz zuordnen konnte. „I hab allen 3 die Handys wegg'numma und sie getrennt in verschiedene Separees g'sperrt, damit sa se net verabreden kennan. Der Kollege schiabt Wach und die Spurensicherung is a scho alarmiert! Alle 3 behaupten, de Leich nie davur g'sehn zum ham! Als Toter will ihn kaner mehr angriffen ham, sie stell'n se faktisch bled, verstehns? Lustig find i, dass die alle schon schwarz angezogen sind wie Pompfüneberer - Der Hinnige haßt übrigens Stefan Protzina, laut Ausweis a g'stopfter Finanzdienstleister. Für mich schaut er eher wia a Zuhälter aus" Mit diesen Worten gab Woppel Rau eine gut gefüllte Brieftasche.
„Danke, Kollege! Sehr tüchtig!" lobte ihn Rau und dachte: nur an deiner Aussprache musst du noch arbeiten!
Der erste der Securities hieß Alfonso Prypke und hätte auch Wrestler sein können. Sein Boxerprofil zierte eine gebrochene Nase, die seine männliche Ausstrahlung noch verstärkte. „Wissen Sie Herr Kommissar, der Mann kam mir gleich so komisch vor. Er hatschte runter, als wär er schon betrunken und bestellte lallend einen Whisky nach dem andern. Dann hat er eine Frau betatscht, obwohl er einen Ehering trug. Erst als sich die Dame, die übrigens schon vor ihm gegangen ist, beschwert hat, haben wir eingegriffen. Erst sagten wir ihm, dass er bittschön gehen soll, dann als er das nicht ums Verrecken tun wollte, haben wir ihm beim Abgang geholfen! Ich hab ihn eigentlich gar nicht berührt, ich kenne den ja gar nicht. Die 2 andern haben ihn links und rechts geschnappt und dann ist er raus und wir sind wieder runter und rumsdiwums, hinter uns fällt der Besoffene wieder herunter. Da war die Stimmung endgültig am Nullpunkt! Ja genauso war's!"
„Hmm. Und Sie haben nicht gesehen, wie einer Ihrer Kollegen vielleicht-"
„Naa, sicher nicht! Wir waren ja alle 3 schon längst wieder herunten, als der Leichnam praktisch von allein runterg'fallen is. Wenn's mich fragen, war

das ein Angeber, der sich zuviel zugemutet hat, promilletechnisch. Und ich hab überhaupt noch nie etwas mit der Polizei zu tun gehabt, außer natürlich ein paar Strafmandate. Aber sonst bin ich vollkommen unbescholten und kenne den toten Herren auch gar nicht!"

Der zweite stellte sich als Ahmed vor, war nicht weniger muskulös als sein Vorgänger und gestikulierte bei seiner Aussage: „Der Mann war schon sturzbetrunken, wie er hereinkam und setzte sich an die Bar, um sich weiter nieder zu saufen. Dann wollte er mit einer Dame anbändeln, was aber zum Scheitern verurteilt war, weil er scheinbar verheiratet war und die Dame den Ring bemerkt hatte. So ein Depp, wenn man schon als Verheirateter jemanden anstrudelt, dann sollte man seine Ehehandschelle abnehmen, gell, Herr Kommissar? Dann begann er laut unverständlich zu stänkern und wir kolportierten ihn nach oben, wovon er kurz drauf wieder hinunterkam. Und zwar mit dem Schädel voran. Ich hab ihn nur ganz leicht am Ärmel gehalten, aber beim Rauftragen, beim Runterstürzen hab ich ihn nie angefasst! Und überhaupt, so ein Finanzhai ist doch zäh wie Leder, der sollte doch was vertragen. Wenn ich was vermuten müsste, dann dass der aus Frust sich selber ein Bein gestellt haben muss! Der war vorher nie bei uns, und wenn er den Sturz überlebt hätt', wär er auch nie wieder reingekommen. Solche Leute, die sich nicht benehmen können, kriegen bei uns totales Lokalverbot!"

Rau bedankte sich und ging zum letzten Verdächtigen. Ein ebenfalls stämmiger Hüne, der mehr wie ein Wikinger aussah und sich mit dem Namen Pedro Preller vorstellte. „Und was können Sie mir erzählen?" fragte ihn Rau und dachte gleich, er höre eine ähnliche Version. Denn die Männer schienen aufeinander eingeschworen zu sein wie weiland die 3 Musketiere. „Natürlich nur die Wahrheit! Es war leider so, dass der Herr schon illuminiert erschienen ist und sich bei einer Frau anheimelnd angeschmiegt hatte, was dieser aber nicht recht gewesen schien und so griffen wir eine halbe Stunde später, als der Mann in seinem sauteuren Anzug mit der protzigen Uhr und seinem schmierigen Grinsen noch dazu laut herumgeschrien hat, ein. Das heißt, eigentlich griffen ihn nur Ahmed und Alfonso unter die Achseln und schliffen ihn vorsichtig hoch, wobei er auch wieder übelst grundlos geschimpft hat, ich mag die Worte gar nicht wiederholen, so derb waren diese, aber leider, er war ja total betrunken, circa 2,9 % hat er schon im Blut gehabt, ist er holterdipolter wieder die Stufen hinabgestürzt! Ich hab nur von der Weite zugesehen, wie er von ganz allein nuntergefallen ist. Mein Beileid an die Frau Gemahlin!"

„Und von welcher Weite?" erkundigte sich Rau gähnend.

„Na, so ungefähr 3- äh oder 8 Meter!" schätzte Preller, breitete die Arme aus, sodass die Brustmuskeln sein schwarzes Hemd zu sprengen drohten, und lächelte dabei zuversichtlich.
„Danke!" sagte der Kommissar, denn er hatte genug gehört, um sich einen verdächtigen Muskelmann - oder besser gesagt, einen der 3 Muske(l)tiere noch einmal näher zur Brust zu nehmen. Denn der hatte sich verplappert und doch einen Hinweis gegeben, dass er den Toten gekannt haben musste! WELCHEN?

Fall 8: Dreifach geschieden und tot

In einer Eigentumswohnung im 13. Bezirk findet man, nach einem Anruf der Nachbarin wegen starken Leichengeruchs, die sterblichen Überreste einer 35jährigen Frau. Als Kommissar Rau eintrifft, kann ihm der tüchtige Gerichtsmediziner Matz schon erste Erkenntnisse berichten. „Das ist die Untermieterin Frau Alwine Mek, die mindestens schon 7 Tage tot neben der Heizung lag, die auf voller Stufe aufgedreht war. Der Wohnungseigentümer ist ihr Lebensgefährte, der seit 2 Wochen auf Montage ist, wie die Nachbarin wusste. Mek ist dreimal geschieden. Das wusste sie auch." Die Leiche war schon sehr unansehnlich und Rau drehte sich weg, obschon er in langen Berufsjahren einiges erleben musste. Aber frühmorgens auf nüchternen Magen war ihm dieser schauerliche Anblick doch viel zu viel und er atmete schwer.
„Ein Jammer, wie kam sie zu Tode?" fragte er, während er bereits mit Handschuhen ihre Unterlagen sichtete und ein kleines rotes Telefonbuch fand.
„Erwürgt mit einem Seidenstrumpf." erklärte Matz. „Übrigens hat die gesprächige Nachbarin auch die Namen der Ex-Ehemänner gewusst. Sie heißen Lot, Mock und Henke."
„Das nenn ich gute Vorarbeit." lobte Rau und schlug das Telefonbuch bei den Namen auf, die alle drin vermerkt waren. Allerdings mit dem Zusatz *Vollkoffer* bei Lot, *Hirni* bei Henke und *Perverser* bei Mock. „Fangen wir doch gleich beim Perversen an." sagte Rau zu sich selber.
Mock wohnte in einem Haus in einer feinen Gegend im 19. Bezirk und öffnete Rau lächelnd in der Unterhose, obwohl es kurz nach 15Uhr30 war.
„Ach, Verzeihung, aber ich hab jemand andern erwartet." stammelte er überrascht, wirkte wie aus einer Karikatur von Deix entsprungen und entschwand kurz ins Badezimmer gleich neben der Eingangstür.
„Ich komme mit einer traurigen Nachricht." rief ihm Rau nach und trat ein.

Nach einer halben Minute tauchte Mock in einem roten Plüsch-Bademantel wieder auf. „So? Sind Sie von der Finanzaufsicht? Ich mache keine Insider-Geschäfte mehr!" beteuerte er, wobei er sich wie zum Eid die rechte Hand auf das Herz legte und die linke kurz in die Höhe reckte.

„Ihre Ex-Frau wurde tot aufgefunden." teilte ihm Rau mit und beobachtete seine Reaktion.

„Das nennen Sie eine traurige Nachricht?" Ein Lächeln umspielte seine Lippen. „Verzeihung! So ein Pech aber auch. Aber mir ging es seit unserer Scheidung auch nicht viel besser. Bitte, nehmen Sie doch Platz, mein Herr." Rasch eilte er dem Kommissar in die Küche voraus, wo er auf die Ess-Ecke zeigte. „Was die mir gekocht hat, war für den Kübel! Ich hab es nur aus Hunger gegessen. Ich datete schon unzählige Damen in der Hoffnung, endlich besseren Ersatz für meine Alte zu finden, aber leider…alles Nieten." erschöpft setzte er sich Rau gegenüber. „Die erste sprach nur gebrochen Deutsch und fragte: was ist Block-Buchstaben? als ich sie bat, mir ihren Namen aufzuschreiben. Die zweite sagte gleich zur Begrüßung: ich bin schon 59, aber das ist nur bei der Arbeit ein Problem, nicht bei den Männern. Die dritte kam gleich mit der zukünftigen Schwiegermutter daher, die vierte brachte ihre 2 Kinder zum Rendezvous mit und die fünfte erschien in Nonnentracht."

Rau verdrehte die Augen und beschloss, gleich in die Offensive zu gehen. „War Ihnen das nicht recht? Ich meine, Ihre verstorbene Frau schrieb in ihr Telefonbuch neben Ihrem Namen den Vermerk *Perverser* dazu!"

„Unverschämtheit!" rief Mock aus und sprang verärgert auf. „Die soll froh sein, dass sie schon tot ist, sonst wär sie's jetzt! Wissen Sie, was das für eine Plage war, mit der verheiratet zu sein? Die hatte einen Geldbedarf wie unser Ex-Finanzminister. Wollte in die Gesellschaft von Reich &Schön von mir eingeführt werden. Zum Glück hat sie mir so ein Schwachmat, der ihr mehr zu bieten hatte als ich, abgenommen."

„Lassen Sie mich raten: Herr Lot?"

„Genau, haben Sie *den* schon verhört? Der hatte mehr Grund sie abzuschaffen als ich, den hat sie mindestens das Doppelte gekostet." Das klang triumphierend.

„Wann haben Sie Ihre Ex zuletzt gesehen?"

„Gottseidank, bei der Scheidung vor 2 Jahren." antwortete er spontan. „Darf ich Sie bitten, jetzt zu gehen, ich erwarte die sechste Ehe-Kandidatin, eine Mathematik-Lehrerin."

„Gut, noch ein Tipp von mir: empfangen Sie sie besser angezogen."

Im heruntergekommenen Bungalow von Lot, der im 14. Bezirk stand, öffnete dessen neue Gattin. „Ja, was wollen Sie?" fragte sie und maß Rau abschätzend von oben nach unten.
„Ich möchte Herrn Lot sprechen, in einer privaten Angelegenheit."
sagte dieser bestimmt.
Sie ließ ihn ein und schrie in der Lautstärke einer Sirene: „SCHATZIII! DA WILL EINER WAS VON DIR!!!"
Schon tauchte Lot auf, er trug einen an den Knien ausgebeulten Hausanzug und grüßte artig:„Gun Tag!"
„Tag, leider muss ich Ihnen mitteilen, dass man Ihre Ex-Frau tot auffand."
„Echt?" Sein Gesicht strahlte kurz auf, lief dann aber rot an und er schrie: „ENDLICH HAT SIE DER DEIFEL GEHOLT, DIE HEXE!!!"
„Schreien Sie doch nicht so!" forderte ihn Rau auf.
„ICH MUSS, SONST PLATZE ICH!"
„Aber Schatzi, bitte, beruhige dich!" besänftigte ihn seine Frau und wandte sich dann Rau zu: „Diese verdammte Person hat ihn um sein gesamtes Vermögen gebracht. Zum Glück traf er mich. Ich hab ihn wieder aufgerichtet. Seit 2 Wochen sind wir verheiratet!"
„Verstehe, wann hat er sie zuletzt gesehen?"
„VOR EINEM JAHR VOR GERICHT!"
„Kennen Sie sie auch, Frau Lot?" erkundigte sich Rau und notierte sich in seinem Notizbuch: Lot scheint unter Impulskontrollverlust zu leiden.
„Leider! Ich habe sie einige Male besuchen müssen, um noch ein paar Sachen von Schatzi abzuholen. Jedes Mal hat sie ein Riesen-Tam-Tam veranstaltet, als gehe es um die Kronjuwelen. Dabei waren es nur seine Kleidung und seine Dokumente, die ich holte."
„Wann waren Sie das letzte Mal bei ihr?"
„Vor zwei- nein drei Wochen, denn da holte ich seine Dokumente für unsere Hochzeit." Dabei blickte sie Schatzi an, als wär er der Kronprinz persönlich.
Der dritte Ex-Mann namens Henke logierte in einer 3-Stern-Pension in der Innenstadt und empfing Rau im gediegenen Salon. „Was sagen Sie da? Meine Ex-Frau ist ermordet worden? Schrecklich! Naja, das musste ja so kommen, nach unserer Scheidung vor 4 Jahren heiratete sie so einen komischen Kauz, danach einen Choleriker und nun ist sie mit einem herumvagabundierenden Monteur zusammen. Den sollten Sie sich vorknöpfen, der hat allen Grund, sie umzubringen, glauben Sie mir."
„Wie kommen Sie darauf? Standen Sie noch in engem Kontakt mit ihr?"
„Nein, äh, das heißt, naja, so ab und zu hat sie mir ihr Leid geklagt. Sie sagte immer: du warst der Beste, den ich je hatte, ich bereue, dass ich dich

verlassen habe. Aufgewärmt schmeckt zwar nur ein Gulasch gut, aber es ist nie was Besseres nachgekommen!"
„Hmm, wann haben Sie sie zuletzt gesehen?"
„Das ist schon ewig her…ich schätze", murmelte er, stand auf und ging umher, als wär er der Hausherr, „vor mindestens 2 Wochen. Da hat sie mir erzählt, dass die neue Frau von ihrem Ex lästig wurde. Wollte Geld für die bevorstehende Hochzeit von ihr, jawohl. Die sollten Sie sich auch vornehmen. Ich war sicher nicht der Letzte, der sie sah, denn ihr aktueller Lover, der ihr auch die Wohnung finanziert hat, war noch nicht auf Montage. Den sollten Sie sich auch-"
„„-vornehmen! Ja, sicher!" führte Rau seine Tirade zu Ende. „Auf Wiedersehen, Herr Hirni-äh Herr Henke!"
Rau bestellte telefonisch alle drei Ex-Männer noch am gleichen Tag zu sich ins Sicherheitsbüro für ein Protokoll. Doch schon im Vorzimmer begannen alle drei durcheinander auf ihn einzureden.
„WAS WOLLEN SIE DENN NOCH VON MIR? DER BASTARD HAT MIR DOCH SCHON ALLES GENOMMEN!"
„Wirklich, Herr Kommissar, ich bin jetzt glücklich mit der Mathe-Lehrerin und denke gar nicht mehr an meine Ex, die mich so bitter enttäuscht hat."
„Was ist mit dem Monteur? Ja, den sollten Sie sich vornehmen."
„DIE LEBTE WIE DIE MADE IM SPECK UND ICH MUSS VON DER GNADE MEINER NEUEN ALTEN LEBEN!"
„Herr Kommissar, ich bin nicht pervers. Bei dem Gedanken an meine verfaulte Frau packt mich das kalte Grauen."
„Haben Sie mit diesem Monteur schon gesprochen? Vielleicht ist der gar nicht auf Montage gefahren?"
„WIE LANGE MUSS ICH HIER NOCH DUNSTEN? BIN ICH NICHT SCHON GESTRAFT GENUG?"
„Meine Herren!" beruhigte Rau die Kontrahenten. „Zwei von Ihnen können gehen!"
WER MUSS BLEIBEN?

Fall 9: Tödlicher Flirt

Kommissar Rau ist Jumbis verlockender Erzählung vom schnellen Gewinn im Casino erlegen und sitzt nun mit großen Erwartungen in seinem besten Anzug am Roulettetisch. Der Abend ist noch jung und die blonde Dame neben ihm wirft ihm immer wieder mal einen aufreizenden Blick zu. Rau setzt auf die 27, die Dame auf die Null. Der Croupier säuselt sein „Rien ne va plus!" und die Kugel rollt im Kessel wie in einer Waschtrommel herum, ehe sie auf die Null fällt. „Zero!" verkündet der Croupier und die Dame freut sich wie ein Kind zu Weihnachten, worauf sie von ihm einen Blick erntet, als hätte sie gerade coram Publikum ihre Unterhose ausgezogen.

„Was denn, darf sie sich nicht freuen?" erkundigt sich Rau pikiert und erntet ebenfalls einen kritischen Blick.

„Ach, hier sind alle so steif." bemerkt die Dame und streicht ihren Gewinn ein. „Darf ich Sie auf einen Drink an die Bar einladen?"

„Sehr gern." freut sich Rau und folgt seiner neuen Bekanntschaft zur Casino-Bar. „Ich trinke aber nur ein kleines Gläschen."

„Zwei Glas Sekt!" ordert die Dame – eine aparte Frau, die ihn mit dem ganzen Gesicht anlächelt und stellt sich ihm vor: „Mein Name ist Holmkoller, sehr erfreut, einen Gentleman zu treffen."

„Danke! Ich heiße Rau." Geschmeichelt schüttelt er ihre zarte Hand. Beide trinken und der sonst eher kontaktscheue Rau blüht richtiggehend auf. „Ihre Freundlichkeit ist wie Balsam für mein Ego. Manchmal zieht das Leben an mir vorbei wie eine öde Landschaft an einer Zugpassagierin, der ein schlecht gelaunter Schaffner und unfreundliche Mitreisende die Fahrt vermiesen!" beschwert sie sich und Rau will eben mit seinem Small Talk beginnen, als ein Herr mit dem furchterregendem Blick eines Steuereintreibers zu ihnen stürmt. „Flirtest du schon wieder fremd?"

„Georg, bitte benimm dich, was soll sich dieser Mann von dir denken?" beanstandet Frau Holmkoller seine offensichtliche Eifersucht. „Wir haben uns nur unterhalten."

„Jaja, über Zweck-Sex als Schlankmacher und seine Logik im Spätkapitalismus als Verlängerung der Arbeit!" ätzt der Herr namens Georg lakonisch.

Sie wehrt genervt ab. „Ich habe ihn eben eingeladen und wollte-"

„Mit ihm ins Bett!" vervollständigt Georg ihren Satz und zieht sie rüde am Arm vom Barhocker, was sie beinah aus dem Gleichgewicht bringt.

„Also, ich muss doch sehr bitten, so geht man nicht mit einer Dame um!" empört sich Rau und erhebt sich, wobei er seine Wirbelsäule durchstreckt, um noch etwas größer zu wirken.

„Ach, erzählen Sie mir das unter Wasser! Ich rede mit meiner Alten so wie ich will!" ruft ihm der Rüpel zu. „Seien Sie froh, dass ich Sie vor der Plapperliesl rette. Die redet wie aufgezogen und immer nur einen Schmarren!" murrt er noch und verschwindet mit seiner widerstrebenden Gattin.

Unnötig zu bemerken, dass der Abend für Rau gelaufen ist.

Am nächsten Tag kommt er ins Büro und findet, vor Jumbi ganz zerknirscht auf dem Besucher-Stuhl hockend, den aufsässigen Gatten vor.

„Hach, so sieht man sich wieder!" meint er daraufhin und stellt sich vor Georg Holmkoller hin. „Sagen Sie nur nicht, Ihre Frau ist vermisst!"

„Nein, sie ist tot!" gibt Holmkoller widerwillig zu.

Raus erster Impuls ist es, ihm eine mit der Faust in die Fresse zu schlagen und er kann sich nur schwer beherrschen, es nicht zu tun.

„Ich war's nicht!" ruft der Hauptverdächtige, als hätte er Raus Absicht durchschaut. „Sie ist mir gestern davongelaufen und als ich 2 Stunden später heimkam, war sie noch immer nicht da. Erst heut früh fand ich sie tot in unserer Garage." erklärt der Neo-Witwer und sieht dabei betroffen oder auch schuldbewusst zu Boden.

„So, und wer könnte es Ihrer Meinung nach getan haben?" forscht Rau, während Jumbi stumm vorm Computer sitzt und bereits ein erstes Protokoll eintippt.

„Was weiß ich, irgendeiner ihrer vielen Liebhaber, oder glauben Sie, Sie waren der erste Mann, den Sie im Casino angepöbelt hat?"

„Sie hat mich nicht angepöbelt, sondern nur zu einem Drink eingeladen." stellt Rau klar und erklärt Jumbi: „Auf deinen Rat hin war ich gestern im Casino und habe dort zufällig die arme Frau dieses ….HERRN getroffen, worauf er ihr eine Szene gemacht hat!"

„Ja klar, das ist typisch für sie, die hat immer alle Männer ganz leicht um den Finger wickeln können, die Venusfalle. Und gestern reißt die sich noch dazu einen von der Polizei auf, na bravo!" erkennt Holmkoller sein Problem.

„Hören Sie auf, so despektierlich von Ihrer ermordeten Frau zu sprechen." warnt ihn Rau.

„Vielleicht starb sie ja auch eines natürlichen Todes." meint Holmkoller und knabbert verlegen an seinen Fingernägeln. „Durch den Stress des dauernden Fremdgehens kann sie durchaus auch einen Herzinfarkt erlitten haben."

„Matz ist gerade in der Garage und untersucht die Tote." klärt Jumbi Rau auf.

„Wetten, er findet einen Hinweis auf körperliche Gewalt!" sagt Rau.

„Wette dagegen!" motzt Holmkoller, der den Charme einer alten Wärmflasche versprüht.

Das Telefon klingelt und Jumbi hebt ab. „Ja, danke!" Mit einem vielsagenden Blick zu Rau sagt er dann: „Du hast die Wette eben gewonnen."

„Und woran starb sie jetzt?" will ihr Witwer wissen.

„Das wissen Sie sicher am besten." flüstert ihm Rau zu.

„Ich weiß jedenfalls wieder, welchen niveaulosen Lackel sie zuletzt getroffen hat." meint Holmkoller und holt sein Notizbuch aus der Sakko-Tasche, blättert kurz darin und zeigt dann auf einen Namen. „Willi Zermus, ein ehemaliger Freund von mir. Jaja, meiner Alten war nichts heilig, schon gar nicht meine Freunde. Und der hat immer von ihrem Schwanenhals geschwärmt! -Trauern Sie ihr nicht nach, Herr Kommissar, die ist es nicht wert, diese Nymphomanin!"

Auf dem Weg zu Zermus versucht Jumbi seinen Chef aufzuheitern. „Ich glaube es findet sowieso immer ein trauriges Ende, wenn sich ein unterbezahlter Bulle wie unsereins mit einer Dame der Oberschicht einlassen will."

„Schon klar, woran starb sie?"

„Tod durch Kehlkopfbruch, also Erwürgen." murmelt Jumbi.

„Typisch für so aufbrausende gehörnte Ehemänner."

„Wenn es stimmt, dass sie eine Nymphomanin war, dann-"

„Ach vergiss, was dieser eingebildete Dämel gesagt hat. Aus ihm spricht nur verletzter Stolz." doziert Rau und steigt an der feinen Wohnadresse von Zermus in der Nähe vom Belvedere aus.

Dieser empfängt seine unerwarteten Gäste und hört sich die Beschuldigungen seines ehemaligen Freundes ruhig an. „Frechheit, was sich dieser Mensch erlaubt. Und mich wundert es nicht, dass ihn seine Frau immer wieder betrog, denn der brachte nix zustande. Schon gar kein reibungsloses Eheleben. Immer hat er auf ihr rumgehackt und daher hat sie sich die Bestätigung bei andern geholt."

„Wann zuletzt bei Ihnen?" erkundigt sich Jumbi.

„Vorige Woche. Da hat sie mir auch mitgeteilt, dass ihr Mann immer brutaler wird. Er hätte sie am liebsten umgebracht."

„Hm, hatten Sie einen Grund, auf Frau Holmkoller böse zu sein?" fragt Rau.

"Neiiin!" schreit Zermus auf. „Wieso denn, der Georg will doch nur seine Schuld auf mich abwälzen. Außerdem hatte sie noch andere Liebhaber."

„Na, das wär doch ein Grund wütend zu sein, wenn man nicht der einzige ist." erkennt Jumbi und kann sich ein süffisantes Grinsen nicht verkneifen.

„Pah, mir war das völlig egal, Hauptsache ich kam zum Schuss bei ihr." grinst Zermus frech zurück.

Auf dem Weg zurück ins Kommissariat meint Rau: „Die Arme hatte einen schlechten Griff bei Männern. Ich glaube, wenn sie mir nahe gekommen wäre, dann wäre sie endlich so behandelt worden, wie es sich für Frauen gehört."

„Wer weiß, manche Damen wollen richtig hart angefasst werden. Die sehen das als eine Art Spiel und langweilen sich bei seriösen Herrn." tröstet ihn Jumbi. „Und manche verwechseln Brutalität mit Stärke!"

„Ich hab genug Menschenkenntnis, danke für die Psycho-Nachhilfe. Wenn ich dran denke, dass so widerliche Typen wie dieser Breivik 800 Liebesbriefe pro Monat ins Gefängnis geschickt bekommen…"

Jumbi kratzt sich am Hinterhaupt und überlegt laut: „Ich glaube, dass alles was geschieht, einen tieferen Sinn hat."

Rau schüttelt kurz den Kopf: „Meiner Erfahrung nach ist es der Mensch, der allem einen Sinn beimisst. Besonders dem Unbegreiflichen."

„Hmm, mag sein!" gibt Jumbi widerwillig zu.

„Wir brauchen ihre Handtasche, darin finden wir sicher ihr Handy und einen Hinweis, mit wem sie gestern zusammen war, wenn es doch nicht ihr Alter war, der sie getötet hat." murmelt Rau, der weiß, dass man immer in alle Richtungen ermitteln muss und sich nicht nur an einem Verdächtigen festbeißen darf.

Holmkoller sitzt noch immer im Büro und trinkt eine Tasse Kaffee, die ihm die Sekretärin gebracht hat. „Sehr nettes Personal haben Sie hier." lobt er schlürfend und sieht dabei so zufrieden aus wie ein gestilltes Baby.

„Kommen Sie, wir fahren zu Ihnen nach Hause und suchen die Handtasche Ihrer Gattin." fordert ihn Rau zum Gehen auf.

„Ach ja, daran hab ich ja gar nicht gedacht." fällt es dem Witwer ein. „Sicher hat sie gestern noch wen angerufen."

„Und Sie haben sie dabei erwischt." fällt ihm Rau ins Wort.

„Habe ich nicht. Kaum aus dem Casino raus ist sie mir doch entwischt. Ich weiß gar nicht, ob sie heut in der Garage überhaupt ihr Täschchen dabei hatte." Er scheint angestrengt zu überlegen.

Vor seiner Villa in Hietzing angekommen, treffen sie auf Matz, den Gerichtsmediziner, der eben mit dem Team der Spurensicherung abfahren will.

„Hast du die Handtasche der Toten gefunden?" fragt ihn Jumbi, der als erster aus dem Auto springt.

„Ja, sie lag unter dem Sportwagen in der Garage, scheint im Kampf dorthin gefallen zu sein." Er übergibt das kleine Abendtäschchen, das in einer Plastikhülle steckt, an Jumbi, worauf dieser es seinem Chef überreicht, der sich schon vorsorglich die Handschuhe anzieht.

Holmkoller steigt auch aus und sieht mit verengten Augen, wie Rau die Tasche öffnet und das Handy der Toten sucht. „Wenn sie nicht telefoniert hat, dann beweist das nur, dass sie gestern direkt zu jemandem gelaufen ist, den sie kannte." überlegt er laut.

„Alles gelöscht." erkennt Rau enttäuscht und sieht den Verdächtigen mit einem Blick an, als schmorte dieser schon auf dem Elektrischen Stuhl.
„Wenn es einen Kampf gab, dann finden wir die Spuren davon an Ihnen."
„Ja, aber wir haben doch gekämpft, drum ist sie ja gestern so schnell vor mir davongelaufen." rechtfertigt sich Holmkoller wild gestikulierend.
„Nach allem, was Sie heut gesagt haben, ist für mich ein Satz entscheidend, warum nur Sie der Mörder sein können."
WELCHEN MEINT ER?

Fall 10: Erfinder-Tod

Ein neuer Mordfall führt Kommissar Rau und seinen Assistenten Jumbi in den 22. Bezirk. In einer ziemlich wüsten Wohnung liegt ein alter toter Herr ausgestreckt am Boden in der Küche. Meinrad Matz, der nimmermüde Gerichtsmediziner, informiert die beiden Neuankömmlinge über den momentanen Stand der traurigen Dinge: „Ziemlich sicher vergiftet. Womit kann ich erst nach der Obduktion sagen. Der Postler hat ihn gefunden. Denn der musste täglich irgendetwas, das der Tote immer bestellt hatte, in den 4. Stock rauftragen. Außerdem wusste er, dass Herr Gribus, so der Name unsres Klienten, im ganzen Haus verhasst war."
„Sicher ein Messie, so wie es hier aussieht." mutmaßte Jumbi, der sich einige zerknüllte Briefe aus dem Papierkorb krallte und sie überflog.
„Negativ!" klärte ihn Matz auf. „Herr Gribus war Erfinder und hat sich mit seinen Geniestreichen bei seinen Nachbarn äußerst unbeliebt gemacht, wie der Postler wusste."
„Nicht nur bei den Nachbarn. Dieser Brief ist vom E-Werk. Da steht: Werter Herr Gribus! Bei der 10stelligen Nummer, von der Sie annahmen, dass sie ein Hinweis darauf ist, dass wir Ihre Erfindung - wie immer die auch geartet sein soll - gestohlen haben, handelt es sich nur um die Ordnungszahl Ihrer Nachtstrom-Anlage. Wir ersuchen Sie daher, uns nicht mehr in dieser Angelegenheit falsch zu verdächtigen. Mit freundlichen Grüßen….Das muss ja ein Wirrkopf gewesen sein."
„Schlimm! Trotzdem glaube ich, dass der Mörder in seiner Nähe zu suchen ist. Viel Glück dabei! Das Haus hat noch 14 Parteien." verabschiedete sich Matz.
„Auch das noch!" schnaufte Rau. „Am besten, wir teilen uns die Verdächtigen. Du nimmst die oberen beiden Stockwerke, ich die unteren."

So klingelte Jumbi also gleich bei dem direkten Nachbarn, Herrn Flögl, und fiel faktisch mit der Tür ins Haus: „Tag, Ihr Nachbar ist vergiftet worden und-"
„Na endlich eine gute Nachricht! Endlich ist Ruhe mit diesen schwachsinnigen Erfindungen."
„Ich finde diesen Jubel unangebracht, denn der bringt Sie doch sofort in Verdacht!" warnte Jumbi. „Was hat er Ihnen denn getan?"
„Kommen Sie mit!" forderte ihn Flögl auf und zeigte ihm einige dunkle Schimmelflecken auf seinem Plafond. „Bitte sehr! Würden Sie sich freuen, wenn in ihre Wohnung Regenwasser läuft, nur weil Ihr Nachbar, das verkannte Genie, ein Flak-Geschütz auf den Kamin am Dach gepfropft hat?"
„Ach… und zu welchem Zweck?" fragte Jumbi und begutachtete den schon entstandenen Schaden. „Doch nicht aus Angst vorm nächsten Weltkrieg?"
„Aber nein, als Anti-Tauben-Kot-Schutz!" zischte Flögl. „Das Ding schießt immer, wenn sich eine Taube nähert, einige Kugeln gepressten Korks auf die fliegende Ratte. Leider ist es so von dem alten Daniel Düsentrieb installiert, dass rundherum das Wasser bei Regenfall eindringen kann. Wer immer den abgeschafft hat, verdient einen Orden!"
Kommissar Rau sprach zur gleichen Zeit im zweiten Stock mit einer Frau Wigl, die ihn aber kaum zu Wort kommen ließ. Und wenn sie einmal eine Atempause machte, zwitscherte ihr Kanarienvogel. „Na Gott-sei-Dank ist der Spuk jetzt vorbei! Dieser Mensch war so eine Plage wie die einfallenden Hunnen. Was der unserem Haus alles angetan hat. Zuletzt hat er im Keller eine riesige Wiederaufbereitungsanlage für Asche installiert. Das Ding ist so konstruiert, dass man nur Asche einfüllen muss und dann macht das Trum zwei Stunden einen Wirbel, dass man glaubt, alle Furien der Hölle sind los. Und letztendlich kommen dann einige Daumennagel-große Stückchen Holz heraus."
„Und dafür hat er sich wohl den Nobel-Preis erwartet." schätzte Rau.
„Den unnoblen Preis für Idiotie hätte der verdient. Tsiss, einmal hat er doch tatsächlich eine nützliche Erfindung geschafft: das Fax-Gerät. Es ist ihm leider entgangen, dass es längst existierte. Aber jetzt ist er ja schon in den Himmel gekommen, obwohl, so wie der uns alle nervte, schmort er doch in der Hölle!"
„Sie hätten doch ausziehen können." meinte Rau.
„WIE BITTE? WISSEN SIE DENN, WAS LOS IST AM WIENER WOHNUNGSMARKT???" kreischte sie in der Lautstärke eines startenden Jets.

Rau flüchtete regelrecht zu der nächsten Partei, die gleich nebenan wohnte, eine Frau Lakl, die gerade beim Kochen war. „Natürlich ging er mir auch auf die Nerven, aber er war zweifellos ein Genie. Denn er konnte nix dafür, dass er nur Schrott erfand. Zum Beispiel seine selbstreinigenden Fenster, die er persönlich unter großem Lärmaufwand über Wochen in den Gängen einsetzte, erwiesen sich zwar als sauber, aber leider wurden sie dann aufgrund der Säure, die er in die Rahmen eingearbeitet hatte, undurchsichtig. Wie Milchglas. Aber sauber waren sie schon." betonte sie, während sie in einigen Töpfen rumrührte, worauf ein Geruch nach verbrannter Eierspeise aufstieg.

Jumbi befand sich eben im 3. Stock, wo er einen Herrn Triga zum Mord befragte und auch einiges über die Künste des toten Erfinders erfuhr. „Jaja, der Gribus, der war ein echtes Original. Leider ein unbrauchbares. Mir hat er diesen Parkettboden im Schlafzimmer verlegt. Gehen Sie mal ein paar Schritte." - Als Jumbi auf das Parkett trat, begann der ganze Boden zu schwingen, als stünde man auf einer aufgespannten weichen Wolldecke. „Da staunen Sie, was? Ja, er meinte, ich würde dann das Gefühl haben, als ginge ich auf Wolken. Zudem erfand er einmal lautlose Kopfhörer, die sollte man sich nachts aufsetzen, damit man beim Träumen Hintergrundmusik hört!"

Rau interviewte im Erdgeschoß einen Herrn Gager, der allerdings immer vom Thema abkam. „Gestern stand in der Zeitung, dass ein Deutscher ins All fliegen will. Weil er so schlechte Augen hatte, konnte er nicht Berufspilot werden und wurde stattdessen Zahnarzt. Was sagen Sie dazu?"

„Nichts, denn darum geht es gar nicht. Es geht um Ihren Nachbarn Herrn-"

„Na hören Sie mal, wer schlechte Augen hat, kann Zahnarzt werden? Zu blind, um in der Luft rumzufliegen, aber in meinen Zähnen darf er rumbohren? Das ist doch eine Frechheit."

„Eine Frechheit ist, dass Herr Gribus ermordet wurde." beharrte Rau.

„Ja, der war auch so ein Fall. Zu untalentiert, um eine gute Erfindung zu machen, aber talentiert genug, um mit einigen schlechten ins Buch der Rekorde einzugehen. Für den automatischen Fingernagelabschneider bekam er den Eintrag für den gefährlichsten alltäglichen Gebrauchsgegenstand: man steckt die Hand in den Apparat, dann kommt sie wieder raus mit abgeschnittenen Fingern, weil die ja ungleich lang sind- vorher zumindest. Und die Fingernägel können dann auch nicht mehr wachsen. Super!"

„Herr Gager, ich will wissen, wer Herrn Gribus auf dem Gewissen hat, nicht, welche unbrauchbaren Werke er schuf." erinnerte Rau.

„Was weiß ich, vielleicht hat er ja etwas erfunden, was ihm selbst den Garaus gemacht hat, einen Erfinder-Verschwinder, hahahaaa!" lachte er irre.

Jumbi wurde von einer der Nachbarinnen für einen Hausierer gehalten und rüde abgewiesen: „Gehen Sie zum Teufel!"
„Der schickt mich zu Ihnen, Frau Gellert. Ihr Nachbar, Herr Gribus aus dem letzten Stock, wurde ermordet."
„Ach sooo, dann kommen Sie doch rein, mein Lieber. Für so gute Neuigkeiten spendier' ich Ihnen einen Cognac. Ach, Sie sind ja im Dienst. Dann nicht, jedenfalls kann mir nun dieser Erfinder nicht mehr auf den Geist gehen. Zuletzt wollte er mir eine Anti-Hausierer-Tür montieren. Glücklicherweise war ich ja schon durch andre Nachbarn gewarnt, denen er üble Streiche gespielt hatte. Die Tür hatte nämlich einen Mechanismus, der beim Anklopfen den Besucher, egal wer es auch sei, zuerst mal einen Stock tiefer fallen ließe. Eine Art Falltür, verstehen Sie?"
Rau klopfte im gleichen Augenblick bei der Hausmeisterin, die gerade am Putzen ihrer Wohnung war. Ihr Gatte öffnete ihm und stöhnte: „Schlimmer als der Putzfimmel im Frühjahr ist nur der Verlust von meinem Haupthaar."
„Schon vernommen, was mit Herrn Gribus passiert ist?" fragte Rau.
„Natürlich, Ihre Kollegen von der Spurensicherung waren ja nicht unsichtbar. Und vorhin wurde ein Sarg rausgetragen, der Arme tut mir ja so leid." versicherte der Hausmeister.
„Sie sind der erste, der gut über ihn spricht." erkannte Rau.
„Tja, was soll ich Böses über einen Gehirn-Kranken sagen? - Fragen Sie doch alles weitere meine Frau!" - "Ja, wenn Sie mich fragen-" begann seine Gattin, „muss ich sagen: eigentlich macht Not erfinderisch. Aber bei uns wohnte einer, der verursachte die Not mit seinen Erfindungen erst!"
Nach 3 Stunden trafen sich Jumbi und Rau wieder und erzählten sich von ihren Verhören, ohne auch nur einen Schritt weiter gekommen zu sein. Da erreichte Rau ein Anruf auf seinem Handy: Matz hatte das Gift aus dem Blut des Opfers herauskristallisieren können. Es handelte sich um ein Mittel, mit dem man Vögel entwurmen konnte. „Ich glaub, ich kenne jemanden, der dieses Mittel auch im eigenen Heim verwendet hat." verkündete Rau.
WEN?

Fall 11: Lieber tot als verheiratet

„Ach, der Winter hört nicht auf, Karl Lagerfeld kann sich seine Frühlingskollektion sonst wohin schieben." schimpfte Jurek Bimski, seines Zeichens emotionaler Kriminalassistent, auf dem Weg vom Tatort zum vermutlich unschuldigen Täter. (Die schreckliche Beschreibung des Mordszenarios erspare ich dem zart besaiteten Leser hier einmal. Nur so

viel: vom Kopf des Opfers war nicht mehr viel übrig!)
„Ach, könntest du dir denn seine Preise leisten, Jumbi?" fragte Kommissar Rau und klingelte beim ersten Verdächtigen namens Erhard Brunblad, welcher im 11.Bezirk ein kleines Häuschen besaß.
„Ja, was wollen's?" fragte der genervt, als er die Tür nur in einem schmuddeligen Schlafrock öffnete, der sicher nicht von einem teuren Designer stammte. Dabei trug er eine unrasierte Visage zur Schau, die nur eine Mutter lieben konnte.
„Mit Ihnen reden." erklärte Rau knapp.
„Immer nur rein, wenn's nicht von der Polizei sind." scherzte Brunblad und ließ seine Gäste eintreten. Das Haus schien innen so desolat wie außen und bot ein Abbild der allgemeinen Wirtschaftskrise.
„Wir sind doch von der Polizei, hoffend, dass Sie uns bei einem Mordfall weiterhelfen können." erklärte Rau und zeigte kurz seinen Ausweis. „Sie kennen doch einen Herrn Werter?"
„Ja, leider, der hat meiner Tochter Avancen gemacht, der fiese Heiratsschwindler. Ist er tot? Dann mach ich gleich ein Fläschchen Sekt auf." kündigte er fröhlich grinsend an. „Ja schauen's mich nicht so g'schreckt an, ich konnt' ihn nicht leiden! Mit gutem Grund! Der hat sich bei meiner Sabrina als Arzt ausgegeben und von mir einladen lassen und dann prahlt der rum, sodass mir die Augen aus'm Schädel g'fall'n wären. Er wär ein Neuro-Chirurg, hat er behauptet, der die erste Hirntransplantation vornehmen dürfe."
„Aber das ist kein Grund, ihn zu erschlagen!" entkam es Jumbi, der eigentlich die Todesursache nicht von sich geben dürfte und einen strafenden Blick seines Chefs erntete.
„Ah sooo? Naja, ich war's nicht!"
„Haben's ein Alibi?" fragte Rau die typische Kriminalisten-Frage.
„Wann ist denn die Krätzen erschlagen worden?" erkundigte sich Brunblad.
„Heute so gegen 9 Uhr morgens." klärte ihn Jumbi auf.
„Gehn's da hab ich do noch g'schlafen wia a Murmeltier, leider allein."
Der nächste auf der Liste, die der Tote freundlicherweise selbst angelegt hatte, samt den teils erklecklichen Beträgen, die er seinen Opfern aus den Börsen geleiert hatte, war ein gewisser Herbert Löffat, der in Penzing ebenfalls ein Haus besaß, allerdings ein weit schöneres als Brunblad. Rau stieg aus dem Auto und Jumbi klingelte, worauf eine Frau mit schöner dunkler Bob-Frisur öffnete und fragte: „Ja bitte?"
„Wir kommen in der Angelegenheit Werter." sagte Rau.
„Na endlich, dass einer kommt und gegen diese Sau ermittelt. Kommens

herein!" lud sie die Frau ein und führte sie an Gelsenkirchener Barock vorbei in ein Hinterzimmer. „Herbertl, da san 2 Krimineser, wegen dem verreckten Hochstapler!"
Herbertl saß auf einer Couch und thronte vor dem Fernsehapparat, den er auf lautlos stellte, als Rau und Jumbi eintraten. „Da schau her, 2 von den 3 Stooges san do!"
„Haben Sie sie geschwänzt?" fragte Rau.
„Was?" fragte Herbertl Löffat, sein sardonisches Grinsen wich einem Spitzmund, welcher im krassen Gegensatz zu seiner Figur eines Preisboxers stand.
„Die Schule des Charmes!" erläuterte Rau. „Damit Sie es gleich wissen, wir kommen nicht wegen der unlauteren Geschäfte des Herrn Werter, sondern wegen seines gewaltsamen Todes."
„Ohjeh, da brauch i sicha a Alibi. Mei Frau wird bezeugen, dass ich-"
„Jetzt wart doch amal, wir wissen do no gar net für wann wir des brauchen." schalt ihn seine Gattin und beschrieb mit dem rechten Zeigefinger einen Kreis neben ihrer Schläfe.
„Für heut' um 9 Uhr!" präzisierte Jumbi.
„Auweh, da war i ja beim Friseur!" fiel es der Dame blitzartig ein und sie fasste sich ins gut frisierte und gesprayte Haar. „Tut ma leid, Herbertl."
„Hearst, amal brauch i di und dann sowas!!!" schrie sie ihr Mann enttäuscht an. „Ja, was kann i dafür, dass mei Alte grad net daheim war? Sondern beim Haartischler, der ihr de Perücken festgepappt hat. Da geht mir gleich des Messer in der Taschen auf!"
Auf einmal wurden von oben laute Klopfgeräusche hörbar, die in schier endloses Gepumper übergingen, so als trabte eine Herde Flusspferde herum. „Das ist unser Untermieter, der Hurenhund!" ärgerte sich Löffat. „Den möcht i a derschlogn! Der rennt in der oberen Wohnung herum, als hätt er Bleischuach an! Und den Werter, um den braucht kane a Träne vergießen, weil der war ja a Hundling! A wenn er endlich hin ist, ich hab gar ka Ehrfurcht vor dem, weil er hat mir solchane Wertpapiere, die er Ali-Baba-Aktien genannt hat, verdruckt. Total wertlos. Ka Wunder, dass den wer heimdreht hat! Und a ka Schad um ihn! Ich sags wie's is! Mehr brauch i a net sagn!"
Der nächste auf der langen Liste hieß Erwin Wurm und wohnte in einer Gartensiedlung, wo er dick vermummt in seinem Garten gerade Schnee schaufelte. Über den Zaun hinweg rief ihm Rau den Grund seines Besuches zu und wurde samt Jumbi herein ins spärlich möblierte Gartenhaus gewunken, wo auf einem Campingkocher eine Kanne mit Kaffee dampfte.

Wurm schenkte sich etwas daraus in ein großes Häferl ein und nahm einen Schluck. „Aaahh-Jaja, dieser Werter, der musste ja so enden. Meine Schwester hat der um den Finger gewickelt und ihr circa 20.000 € abknöpft. Mit dem Schmäh, dass er ihr eine Wohnung in Palm Springs kauft. Der typische Wiener Schmäh hat ihm auch immer neue Weiber zugetrieben. Dabei hat er immer Einblicke in seine tiefschwarze Seele gewährt. Dass den einer über die Klinge springen hat lassen, wundert mich net. Meine Schwester ist seither in psychologischer Behandlung. Die hat geglaubt er heiratet sie, dabei hat er zu mir noch gesagt- das heißt es ist ihm rausgerutscht, dass er lieber tot als verheiratet wär. Na, den Wunsch hat ihm ja einer erfüllt." höhnte er und stellte das Häferl wieder auf einem Tisch voll mit teils geöffneten Konserven ab.
„Und das mit ziemlicher Brutalität." ergänzte Jumbi.
„Und wo waren Sie, als man ihren Beinahe-Schwager ermordete?" fragte Rau.
„Was weiß ich, wann der den Löffel abgeben hat. Ich bin die letzten Tag überhaupt nimmer aus'm Haus raus, bei dem Sauwetter! Aber anstatt Schnee schaufeln, möchte ich liaber dem sei Grab ausheben, des könnens mir glauben, hähä!" ließ er verlauten, als er das Häuschen verließ und sich erneut an die Arbeit machte.
Ziemlich geknickt wollten die beiden Kriminal-Kopfarbeiter zum nächsten Verdächtigen fahren, als Rau plötzlich sagte: „Du, wir haben ja einen fast freudschen Versprecher, der uns zu einem freudschen Verbrecher führt. Denn einer gab durch das Wörtchen *auch* zu, dass er schon einen auf dem Gewissen hat."
WEN MEINT RAU?

Fall 12: 4 Hochzeiter + 1 Mordfall

Wieder einmal ein Einsatz im idyllischen Wienerwald. Kommissar Rau stapfte durch den vom Regen verursachten Matsch bis zu einem Hochstand. Was er von weitem für einen noch sauberen Schneehaufen hielt, entpuppte sich beim Näherkommen als Hochzeitskleid. Jemand hatte eine Braut im Wald ermordet.
Der Gerichtsmediziner Matz erhob sich und eröffnete Rau gleich die Todesursache: „Genickbruch, vermutlich durch den Sturz von diesem Hochstand." Er deutete auf das ziemlich wacklig scheinende Holzbauwerk neben sich, von dem nun ein Kollege der Spurensicherung hinunter spähte

und rief: „Kaum brauchbare Spuren. Das Dach ist undicht und der Regen hat so ziemlich alle verwischt."

Matz machte ein langes Gesicht und beschwerte sich: „Schade, dass wir nicht die Fähigkeiten der Fernseh-Profiler haben, die aus der Lage der Leiche schließen können, welchen Beruf der Täter ausübt, welche Hobbies er hat und ob er seine Mutter hasst. Sowas lernt man nur in Quantico!"

„Ich kann nur aus dem Leichenfund schließen, dass ein gewissenloser Mensch am Werk war." erkannte Rau. „Sicher ist sie an ihrem Hochzeitstag kaum selber runter gesprungen. Und auch, dass sie beim Selfie-Machen abgestürzt ist, halte ich für ausgeschlossen. Es war wohl mehr ein Wurf statt eines Sturzes. Blutspuren unter ihren Fingernägeln?" Rau sah sich die Tote näher an.

Matz schüttelte den Kopf: „Alle sauber manikürt. Wie es sich gehört, ist die Braut auf Hochglanz poliert."

„Ist sie etwa schwanger? Ich sehe gar keine Taille."

„Nein, sie ist nur mollig und trägt darum sogar ein Korsett. Gefunden hat sie übrigens der Jäger beim Streifen durch sein Revier. Er hat noch ihren Schrei gehört und wusste auch, dass es 5 Minuten von hier einen Gasthof gibt. Ich wette, dass dort noch die Hochzeitsgesellschaft feiert, denn sie ist weniger als eine Stunde tot."

Die Wette hatte er gewonnen, denn als Rau in den Gasthof ‚Zur lustigen Zecke' einkehrte, hörte er im großen Saal, an dessen Tür das Schild ‚Geschlossene Gesellschaft' prangte, lautes Singen- eine richtige Remasuri. Der Wirt kam her und wollte ihn abwimmeln, erschrak sichtlich bei der Mitteilung, dass es sich um eine dienstliche Ermittlung handelte, und holte sofort den Bräutigam.

„Sie sind also Herr Glanz, der Bräutigam?" Auf dessen fröhliches Nicken fuhr er ernst fort: „Vermissen Sie denn nicht Ihre Braut?"

Glanz, der schon eine beträchtliche Schlagseite vom Alkohol aufwies, schüttelte den Kopf. „Ach, die ist doch nur ein bisschen entführt worden. Von wem auch immer. Wir sind alle schon gespannt, wann sie wieder auftaucht und den Namen des Spaßvogels preisgibt."

„Es tut mir leid, aber Ihre Frau kann nicht mehr kommen. Sie liegt ermordet im Wald." konfrontierte er ihn mit der schrecklichen Wahrheit.

Bei diesen Worten schien er schlagartig nüchtern zu werden, denn er wandte sich um, stürmte in den Saal zu den andern und schrie: „Wer von euch drei Bastarden hat mir das angetan??? Nur einer von euch dreien kann Irmas Mörder sein!" Daraufhin verstummten alle und starrten ihn ungläubig an.

Rau, der ihm gefolgt war und nun in die Runde von circa 25 Gästen blickte, ergriff das Wort: „Ich muss Sie bitten, sich alle zu einer kurzen Befragung zur Verfügung zu halten."
„Sie brauchen nur drei von denen befragen." stellte Glanz fest. „Ihre drei Ex-Liebhaber, die ich auf ihren Wunsch hin leider auch einladen musste."
Der Wirt öffnete zur Befragung das versperrte Billardzimmer und Rau begann mit dem ersten Verdächtigen. „Wer sind Sie?"
„Ja, es stimmt, ich bin Alois Aberle, ein ehemaliger Freund von Irma. Aber ich hätte ihr nie auch nur ein Härchen gekrümmt. Wissen Sie, warum viele Leute heiraten? Die Männer wegen dem Sex, die Frauen wegen dem Geld. Bei Irma war's umgekehrt, die brauchte täglich Sex und der bucklige Bräutigam ihr Geld. Fragen Sie den mal, wie viel er jetzt erbt."
Daraufhin flog die Türe zum Billardzimmer auf und Glanz, der offensichtlich gelauscht hatte, stürmte empört herein. „Das ist eine Lüge, ein Rufmord! Ich habe Irma geliebt. Außerdem erbe ich doch gar nix. Weil wir noch gar nicht standesamtlich verheiratet waren und Gott leider keinen Erbschein ausstellt!" Im Eifer des Gefechtes hatte er sich einen Queue vom Billardtisch geschnappt und fuchtelte damit wild herum.
„Herr Glanz, legen Sie den Queue zurück und verlassen Sie sofort das Haus. Ich will Sie hier nicht mehr sehen." herrschte ihn Rau an, worauf Glanz geknickt abzog.
„Da sehen Sie, was das für einer ist. Der war es, glanz klar-äh ganz klar!" meinte Aberle. „Oder es war Mikula. Den mochte sie ganz gern. Ein Kerl wie ein Baum - wir nennen ihn Bonsai - hat wegen seiner 1,60 einen kleinen Napoleon-Komplex. Den hat Glanz auch gehasst wie die Zinsertragssteuer."
Mikula wirkte in Natura noch kleiner als 1,60, vielleicht weil er echt traurig in sich zusammengesunken war. „Wissen Sie, Herr Kommissar, wir haben alle unsre Fehler, aber dass Irma jetzt wegen ihrem Fehler tot ist, stimmt mich untröstlich."
„Den Fehler, den falschen Mann geheiratet zu haben oder den Fehler ihre drei Ex-Liebhaber eingeladen zu haben?" forschte Rau.
„Weder noch, den Fehler, sexsüchtig zu sein. Ich glaube, dass ihr geldgeiler Ehegespons sie beim Tete-a-Tete mit einem Rivalen erwischt hat und zack!" mutmaßte er, wobei er sich mit der Faust in die offene Handfläche schlug.
„Was zack?" fragte Rau, der drauf wartete, dass er sich irgendwie verplapperte.
„Naja, mit dem Messer oder mit den Händen. Ja, sicher ist sie erwürgt worden! Weil manchmal konnte sie einen ganz schön in den Wahnsinn treiben. Der Glanz hätte es sicher nicht lang mit ihr ausgehalten. Vor ihm hat

sie doch mich gefragt, ob ich sie heirate, aber ich denke nicht an Verehelichung. Mich kriegt keine in die kleinste Handschelle der Welt." Damit meinte er den Ehering und Rau nahm sich den letzten Verdächtigen zur Brust, einen stämmigen Mann mit rotem Schnauzbart vulgo Sexualbürsterl.

„Sehen Sie Herr Kommissar, Irma wollte eigentlich nur ihren Namen loswerden. Sie hieß Prutschurl. Und ich heiße Cibulka. Das wär keine Verbesserung gewesen. Aber Irma Glanz klingt doch direkt adelig. Ganz verliebt war sie in den Namen. Den Träger desselben hätte sie sicher bald abgeschossen. Denn Glanz ist nur ein Kurzstreckenliebhaber. Meiner Meinung nach ist bei dem nach der Hochzeitsreise schon die Luft raus und er kann nur mehr höchstens zweimal die Woche. Und das wär Irma viel zu wenig gewesen. Daher hätte sie wieder an meine Tür geklopft. Schade, dass sie das jetzt nicht mehr tun kann."

Rau schien ratlos und entschied sich, anstatt sich den andern Festgästen zu widmen, zu einem zweiten Durchgang mit den 3 Leider-doch-nicht-Hochzeitern.

„Herr Aberle, waren sie vor über einer Stunde draußen im Wald?" Mit seinem Stift malte er einen Galgen in sein Notizbuch.

„Nein!" protestierte er mit sehr beleidigter Miene. „Das heißt, ...eigentlich schon, aber nur ein paar Schritte vor die Tür bin ich gegangen, um in Ruhe eine zu rauchen. Hier ist doch Rauchverbot. Ich sage Ihnen, bald sterben weniger Raucher an Lungenkrebs, dafür mehr an einer Lungenentzündung!"

Mikula zeigte seine blank polierten Schuhe und stellte triumphierend fest: „Blitzblank! Direkt Glanzvoll! Genügt Ihnen das?"

Auf Raus „Nein!" guckte er erst verdutzt und fügte dann hinzu: „Ja, ich war nur kurz draußen, um zu urinieren, weil das WC besetzt war, und bin dann gleich wieder rein. Außerdem kann ich's nicht gewesen sein, denn ich hab Höhenangst!"

Cibulka hatte ziemlich dreckverschmierte Schuhe und gab an: „Ja sicher war ich kurz draußen, und zwar weil die feine Gesellschaft den Gangnam-Style getanzt und gegrölt hatte, und den hasse ich!"

Rau wollte schon den verwitweten Bräutigam aufsuchen, als er bei Durchsicht seiner Notizen sah, dass sich doch einer verplappert hatte!

WEN VERDÄCHTIGT ER ZU RECHT?

Fall 13: Auf Handtaschenjagd

Rau und sein Assistent Jumbi machen sich einen gemütlichen Nachmittag in der Kantine des Sicherheitsbüros, als plötzlich eine rothaarige Dame auf die beiden zustürmt und ganz aufgeregt kreischt: „Man hat mir eben meine Louis-Vuitton-Handtasche entrissen, mitten im Polizeipräsidium! Das ist ein Skandal!"
„Nun beruhigen Sie sich doch!" fleht sie Rau an und sieht sich pikiert um.
„Ja, Ruhe ist die erste Bürgerpflicht, dicht gefolgt vom Steuerzahlen!" fügt Jumbi hinzu.
„Sind Sie fürs Witzereißen angestellt?" ärgert sich die Dame und wendet sich wieder an Rau: „Stellen Sie sich vor, darin war praktisch mein ganzes Leben wie persönliche Dokumente, Pass, Führerschein, diverse Mitgliedsausweise, Visaunterlagen, Geld, Devisen-"
„Haben Sie eine Personsbeschreibung?" fordert Rau ungeduldig.
„Ja sicher: also er war so groß wie Sie und trug eine Uniform wie ein Verkehrspolizist!" rattert sie frustriert hinunter. „Sein Gesicht konnte ich nicht erkennen, es ging so schnell!"
„Was? Ein Bulle hat Sie bestohlen? Das glaub ich nicht!" meint Jumbi.
„Glauben Sie, ich lüge? Ich fürchte, in Temelin muss ein Reaktor undicht sein! Sehen Sie sich doch die Videoaufzeichnung an!" kreischt sie aufgebracht und schwingt ihre manikürten Hände hin und her, als wolle sie ein Orchester dirigieren.
„Tja, äh-leider ist die Anlage gerade abgeschaltet, denn sie muss ab und zu gewartet werden und-" gesteht Rau.
"Das darf doch nicht die Wahrheit sein!" schnauft die Dame, die schon so rot im Gesicht ist, als hätte sie das Rouge flächendeckend aufgelegt.
„Nicht wieder schreien! Der Polizist war natürlich nicht echt und ein Uniform-Träger mit einer Damenhandtasche fällt doch auf." erklärt Jumbi und rennt schon Richtung Ausgang, um die Verfolgung aufzunehmen.
Rau überlegt kurz und erkundigt sich dann: „Wer wusste denn, dass Sie hier sind und vor allem, dass Sie so viel Beute in der Tasche mit sich herum schleppen?"
„Naja, mein Mann und äh- mein Liebhaber leider auch. Hier haben Sie die Visitenkarte meines Mannes!" Sie wurschtelt umständlich eine Karte aus der Brusttasche ihrer weißen Bluse heraus und reicht sie ihm. „Und mein äh- Freund ist Fitness-Trainer im Body-Studio 554 auf der Taborstraße und fährt einen roten Ferrari."
„Ich wette, den haben Sie ihm finanziert?" fragt Rau und wirft einen Blick auf die Visitenkarte des gehörnten Gatten, eines gewissen Bert Brenna, Blitzschutzanlagen zum Bestpreis in Baden bei Wien.

„Jetzt machen Sie schon, ich will doch morgen verreisen, da benötige ich meinen Pass und Visa!" fordert sie ihn auf und schubst ihn sanft von sich. „Und wenn mein Alter rausfindet, dass ich fremdgehe, bringt er mich um!"
Jumbi steht vorm Polizeipräsidium und späht herum, doch er sieht, dass er nichts sieht. Rau kommt dazu und zeigt ihm die Karte. „Da, der Gemahl der Bestohlenen. Fahren wir vorher noch am Studio 554 vorbei, denn dort befindet sich der Hausfreund der feinen Dame."
„Und hoffentlich auch die abhanden gekommene Handtasche!" schickt Jumbi ein Stoßgebet himmelwärts.
„Tja, für Frauen sind Handtaschen dasselbe wie für uns Männer Autos: Statussymbole!" erklärt Rau beim Einsteigen in den staubigen Dienstwagen.
„Das erinnert mich an meine Ex!" fällt Jumbi unvermittelt ein. „Die hatte sogar Schneeketten im Tascherl drin!"
In besagtem Studio herrscht reger Betrieb und die Fitnesswütigen tummeln sich an allen Geräten. Der Trainer, etwa in der Größe von Rau, mit Namensschild KUMPA auf seinem Trainingsanzug, spaziert auf die beiden Neuankömmlinge zu und sagt nonchalant: „Na, Sie haben's auch nötig, sich bei mir anzumelden."
„Keine falschen Schlüsse!" warnt Rau und zeigt seinen Ausweis.
„Oh Mordkommission? Wen hat's denn erwischt?"
Jumbi meldet sich zu Wort: „Noch keinen, aber wir fühlen uns in unsrer Ehre gekränkt, denn-"
Rau fällt ihm ins Wort: „Wo waren Sie die letzten 15 Minuten?"
„Na hiiier!" schreit Kumpa. „Sie sehen doch, wie hier die Post abgeht!"
„Ja, und ich wette, dass es keinem der Anwesenden aufgefallen wäre, wenn Sie die letzte viertel Stunde nicht hier auf und ab gewandert wären." meint Jumbi. „Wo steht denn Ihr Ferrari?"
„Der ist in Reparatur, den krieg ich erst morgen wieder."
„Kennen Sie eine Frau Brenna?" fragt Rau.
„Natürlich, das ist meine Stammkundin!" gesteht er stolz und wirft sich in die Brust. „Aber die ist leider heute nicht hier. Sie sagte mir zwar, wo sie zu finden sei, aber ich hab's in dem Stress hier ganz vergessen."
„Geschenkt!" zischt Jumbi. "Dürfen wir mal in Ihren Spind sehen?"
"Sicher." Kumpa führt sie nach hinten und öffnet seinen Spind, der natürlich keine Uniform enthält und schon gar keine teure Handtasche.
Enttäuscht wendet sich Jumbi zum Gehen. Rau folgt ihm, nimmt vorher noch eine Visitenkarte des Studios mit und sie machen sich auf den Weg nach Baden. „Der hat ausgesehen wie ein richtiger Schmalspur-Casanova!" kritisiert Jumbi.

„Ja, aber er war gut in Form. Der ist ein heißer Typ, kann sicher laufen wie ein Weltmeister." entgegnet Rau. "Und fahren wie Niki Lauda."
In Baden finden Sie Herrn Brenna in seinem Betrieb. Nachdem ihm Rau seinen Ausweis vor die Nase gehalten und erkannt hat, dass auch Brenna dieselbe Körpergröße wie er hat, fängt er auch schon mit der Befragung an:
„Wo waren Sie die letzte halbe Stunde?"
„Na hier, wo sonst, das ist doch mein Geschäft." antwortet Brenna. „Was wollen Sie denn von mir? Ich hab noch keinen umgebracht!"
„Ach noch?" forscht Jumbi. „Welchen Wagen fahren Sie?"
"Den dunklen Mercedes vorm Haus. Jetzt wollen Sie sicher gleich nachprüfen, ob der Motor warm ist?" Auf Jumbis Nicken fügt er hinzu: „Ist er, denn ich war kurz weg und hab mir ein Sandwich gekauft!" Er holt die Verpackung aus dem Papierkorb. "Hier ist das Corpus Delicti!"
„Schon verdächtig!" freut sich Rau. „Dürfen wir uns mal hier etwas umsehen?"
„Ja aber sicher, denn ich hab nichts zu verbergen!"
Sie durchsuchen den Schreibtisch, den Schrank und sogar das Auto, doch von einer Uniform samt Tasche fehlt jede Spur. Schließlich verabschieden Sie sich und Jumbi wundert sich: „Der hat gar nicht gefragt, wonach wir eigentlich suchen."
„Wenn er es war, hat er die Uniform am Weg hierher vielleicht aus dem Fenster geworfen." überlegt Rau auf der Rückfahrt von Baden nach Wien und telefoniert dann kurz mit Frau Brenna, deren Telefonnummer auf der Rückseite der Visitenkarte ihres Mannes steht. „Haben Sie vielleicht noch jemandem von ihrem Besuch bei uns erzählt? Oder hat jemand mitgehört, als Sie davon erzählt haben? -Hmmm, danke!"
„Und?" fragt Jumbi. „Sicher hat sie sich auf die beiden eingeschossen. Vielleicht ist ihr die Tasche gar nicht gestohlen worden, möglich, dass sie nur auf Kopien der Unterlagen scharf ist."
„Dann müsste sie aber gewusst haben, dass unsre Videoanlage gerade gewartet wird und das wird doch nicht vorher angekündigt." meint Rau und telefoniert nochmal. Diesmal mit dem Studio 554. „Hallo, Herr Kumpa, ich habe vorhin vergessen zu erwähnen, warum wir Sie aufgesucht haben. Kommen Sie doch nochmal zu uns ins Büro. -Doch das ist sehr wichtig, denn ich muss Ihre Aussage protokollieren." Er bedeutet Jumbi zum Studio zu fahren, von dem sie nur wenige Kilometer entfernt sind.
„Da bitte! Herr Kumpa in seinem Ferrari. Damit haben wir ihn!"
WARUM?

Fall 14: Wer stirbt, verliert

Kommissar Rau hat endlich seinen lang aufgeschobenen, wohl verdienten Urlaub angetreten und befand sich eben auf der AIDA Aura, dem Kreuzfahrtschiff mit dem erotischen Kussmund vorn am Bug, das noch friedlich im Mittelmeer dahin dümpelte. Zum Glück hatte man noch kein überfülltes Flüchtlings-Boot gesichtet und so konnten sich die Passagiere dem schonungslosen Braten ihrer rosigen Haut hingeben. Gerade schrieb Rau in seiner Kabine eine Ansichtskarte an seinen Assistenten Jurek Bimski, die er beim nächsten Landgang in Korfu aufgeben wollte: Hallo Jumbi!
Wetter schön, Essen gut, Fahrt ruhig –
POCH-POCH-POCH! Ein lautes Klopfen unterbrach ihn und er rief: „Herein!"
Mit einem „Schönen guten Tag!" trat der Schiffsarzt Herr Herbert HERBERT (seine Eltern fanden den Nachnamen wohl so schön, dass sie ihn gleich auch noch zum Rufnamen erkoren) ein.
„Nanu, ich hab Sie doch gar nicht gerufen. Entgegen der Meinung meines Assistenten bin ich gar nicht seekrank." eröffnete ihm Rau.
„Leider ist etwas passiert." begann Herbert mit Leichenbittermiene. „Ein Passagier namens Lovritsch ist ins Koma gefallen. Soweit ich seinem Blutbild entnehmen konnte, ist er hier an Bord mit Arsen vergiftet worden. Zum Glück war die Menge zu gering. Ich hoffe, dass ich ihn durchbringe."
„Aha, und nun führt Sie wohl die Hoffnung zu mir, dass ich in Kriminalroman-Manier so diskret wie möglich seinen Möchtegern-Mörder finde."
Herbert nickte nur und Rau folgte ihm zur Kabine des Unglücksvogels Lovritsch. Dort sah alles sehr ordentlich aus, denn der Room Service hatte bereits aufgeräumt. Rau suchte zuerst im Kleiderkasten nach Hinweisen, fand aber nichts und so konzentrierte er sich auf den kleinen Schreibtisch, wo ein Briefblock und Kugelschreiber zur Verfügung lagen. Aus dem Pass von Lovritsch wusste er, dass der Deutsche 58 Jahre alt war und nahm an, dass er in diesem Alter auch noch altmodisch Briefe und Ansichtskarten an die Daheim-Gebliebenen schrieb. Tatsächlich erwies sich der Briefblock schon benutzt, denn der Kugelschreiber hatte deutliche Spuren am Papier des Nachfolgeblattes hinterlassen. Kommissar Rau hatte immer einen Bleistift dabei und so schraffierte er nun damit die Vertiefungen und konnte leicht den Text des abgerissenen Blattes lesen. Sogar datiert. Den Brief schrieb er gestern. Laut las Rau dem Schiffsarzt vor: *„Liebe Gundel, Du wirst es nicht glauben, aber an Bord sind zwei meiner ehemaligen Konkurrenten. Nämlich*

Lobek und Kuma. Besonders Letzterer ist mir schon mehrmals über den Weg gelaufen und hat mir wegen unsres damaligen Geschäftes laute Vorwürfe gemacht. Der meint, ich hätte ihn damals übers Ohr gehauen. Na klar, Du kannst Dich sicher erinnern. Und Lobek tut so, als erkenne er mich nicht wieder. Aber sonst ist alles in Ordnung. Ich durfte schon die Brücke besichtigen und dem Kapitän bei der Arbeit zugucken. Mach Dir keine Sorgen – Dein Lolli-Boy"

Herbert schüttelte den Kopf: „Schlimm, er hat sich absolut sicher gefühlt und dann passiert ihm so etwas."

„Die absolute Sicherheit gibt es nicht. Schon gar nicht auf einem Schiff." meinte Rau und begab sich mit dem Arzt zum Käpt'n.

Kapitän Wuppich zeigte ihm die Passagierliste und dieser konnte Rau entnehmen, dass Lovritsch und seine Ex-Konkurrenten am gleichen Deck untergebracht worden waren. „Dann will ich mir die Gesellen mal zur Brust nehmen." kündigte Rau an.

Worauf der Käpt'n mahnte: „Aber bitte mit aller Höflichkeit. Wir sind schließlich seit 15 Jahren für unsren hervorragenden Service und modernsten Komfort bekannt."

„Ich wette, Sie haben gar keine Gefängniszelle an Bord."

„Nein, aber ich kann die Krankenstation abriegeln lassen." erklärte Wuppich stolz. „Natürlich käme der Mörder in ein andres Zimmer als sein Opfer."

„Naja, noch ist er ja kein Mörder. Lovritsch lebt schließlich noch."

„Ja, ich sehe gleich mal nach ihm." versprach Herbert und enteilte.

In der Kabine von Kuma sah es sehr unordentlich aus, als dieser Kommissar Rau empfing. Auch beim Grund für seinen Besuch zuckte er mit keiner Wimper.

„Was war denn das für ein Geschäft, bei dem Sie Lovritsch übervorteilt haben sollen?" erkundigte sich Rau bei ihm.

„Matratzen. Wir waren beide im Matratzen-Handel tätig. Als Partner. Er wollte sich auf Anti-Allergie-Unterbetten umstellen. aber ich lehnte ab, denn die sind viel zu teuer in der Anschaffung. Da bleibt zu wenig Gewinnspanne, wenn Sie wissen was ich meine." erklärte Kuma.

„Verstehe." murmelte Rau, der sich denken konnte, dass da zwei Geier aufeinander geprallt sind. „Und weiter?"

„Und weiter?" wiederholte Kuma verständnislos. „Er hat die Preise erhöht und behauptet, er hätte Anti-Allergie-Matratzen bestellt, trotz meiner Bedenken. Und später erfuhr ich durch Kunden-Beschwerden, dass er ihnen normale Matratzen zweiter Wahl angedreht hatte. Alle Schuld schob er auf mich, da ich ja für den Einkauf zuständig war. Allerdings konnte ich 2

Wochen lang wegen Grippe nicht meine Aufgabe erfüllen, was dieses Schlitzohr schamlos ausgenutzt hatte, um sich zu bereichern. Klar?" Die Erregung verursachte Kuma ein rotes Gesicht.

„Das ist natürlich eine Unverschämtheit." musste Rau zugeben. „Aber kein Grund, ihm Arsen ins Essen zu mischen."

„Frechheit! Ich verbitte mir jedwede Verdächtigung! Das muss an der deftigen Küche hier liegen, dass er im Koma liegt. Weil von mir hat er nichts bekommen. Schon gar kein Arsen. Ich weiß doch gar nicht, wie man an das Zeug kommt und außerdem wusste ich doch nicht, dass ich *den* hier treffe." verteidigte sich Kuma.

„Tja, man trifft sich im Leben immer zumindest zweimal. Und unangenehme Leute trifft man sicher noch öfter." sagte Rau und verabschiedete sich fürs erste.

Lobek befand sich gerade an Deck und als ihm der Kommissar den Grund für Lovritsch' Koma eröffnete, tat er sehr betroffen. „Ja so etwas! Tut mir das leid zu hören, aber mir geht es auch nicht gut. Ich bin nämlich Diabetiker und kann daher nicht alles essen, was man uns hier so auftischt. Schade, schade."

„Ihre Sorgen hätte Herr Lovritsch sicher gern."

„Ja, das glaub ich. Aber was hat das eigentlich mit mir zu tun? Sie verdächtigen mich doch nicht etwa? Außerdem haben Sie hier doch gar keine Polizeigewalt."

„Richtig. Aber ich darf im Auftrag der Schifffahrts-Gesellschaft Nachforschungen anstellen und wenn ich den Attentäter finde, wird er im nächsten Hafen, das ist Korfu, festgenommen." stellte Rau zufrieden fest.

„Du meine Güte. Also ich bin es jedenfalls nicht." war Lobek überzeugt. „Ich habe mich noch vorgestern mit Lovritsch prächtig unterhalten. Wir haben unser Kriegsbeil begraben." verkündete Lobek siegessicher. "Fragen Sie ihn doch, wenn er jemals wieder erwacht. Haha, damals hat er immer zu mir gesagt: wer zu spät kommt, verliert! Heute kann ich darüber nur lachen."

„Soso. Und was hatten Sie damals für Schwierigkeiten mir ihm?" forschte Rau.

„Ach, nicht der Rede wert. Wir waren beide im Import-Export tätig. Und er hat mich oft preislich unterboten, wodurch mir einige lukrative Geschäfte entgingen." gab Lobek nolens volens zu. „Aber das ist lange her. Berührt mich gar nicht mehr. Sie sehen ja, ich kann mir eine teure Kreuzfahrt leisten. Genauso wie er!"

Als Rau zum Kapitän ging, konnte er ihm schon erste Verdachtsmomente präsentieren. „Es war ziemlich einfach, einen der beiden bei einer Lüge zu

erwischen. Hier steht der Name dessen, den Sie internieren sollten, bis wir in Korfu anlegen."
WER HAT GELOGEN?

Fall 15: Die Stimme des Todes

Der eifrige Kriminalassistent Jumbi ist gerade mit dem Aufkleben der neuen Tatort-Fotos beschäftigt, als sein Chef bei der Tür hereinstürmt. „Uff, endlich daheim!"
„Aber Chef! War's auf dem Kreuzfahrtschiff nicht schön?"
„Schön aber langweilig!" beantwortete Rau die Frage und ließ sich auf seinen Sessel fallen. „Furchtbar öde! Außer einem Mordversuch war praktisch nichts los. Und immer nur essen. Essen ist der Sex des Alters. Viele haben sich gleich 3mal zum Frühstück angestellt. Einmal um 7 Uhr einmal um 9 und einmal um 11! Ich natürlich auch und daher hab ich glatt 5 Kilos zugelegt."
„Sieht man gar nicht!" log Jumbi und klebte weiter. „Aber vielleicht haben wir demnächst eine wilde Verfolgungsjagd und dann schmelzen die Kilos beim Laufen dahin!" Die Fotos zeigten eine brutale Szene. Eine Frau lag ausgestreckt in ihrem Blut.
„Jedenfalls hab ich nach einer Mast-Woche abgebrochen und bin per Flugzeug heim. Wenn man bedenkt, dass alle Erfindungen hauptsächlich zwecks Zeitersparnis gemacht wurden…. Was man an Zeit beim Flug spart, verliert man bei den Sicherheitskontrollen." erzählte Rau und atmete tief durch.
„Besser als von Terroristen mit Taschenmessern aufgeschlitzt zu werden."
„Was haben wir denn da für einen Fall?" erkundigte sich Rau und stand auf, um die Bilder näher in Augenschein nehmen zu können.
„Gestern, um kurz nach 17 Uhr wurde die 42jährige Martha Quadrata in ihrem Tonstudio regelrecht hingemetzelt. Der Gerichtsmediziner, unser lieber Freund Matz, schätzt die Tatwaffe auf circa 27cm lang. Entweder ein an der Spitze schon abgestumpftes Messer oder ein Schraubenzieher ist der armen Frau mit aller Wucht mehrmals in den Oberkörper reingerammt worden." klärte Jumbi seinen Chef auf und deutet auf die betreffende Stelle am Foto.
„Und? Hast du schon einen Verdacht?"
„Tja, ich hab mir die letzten Anrufe auf dem AB angehört. Von 17 Bewerbungen als neue Stimme für das kommende Weihnachtshörspiel sind auch 3 Drohungen drauf. Aber Hunde, die bellen, beißen ja nicht."

„Pah!" machte Rau. „Diesem dummen Spruch verdanke ich 4 Tollwut-Spritzen in den Bauch! Lass hören!"
Jumbi schaltete ein und eine brummige männliche Stimme erscholl: *Sie untalentiertes Kretin! Wie können Sie's wagen, meine Stimme als ungeeignet für das Krippenspiel zu beanstanden? Ich bin die ideale Stimme für den Herodes Antipas, Sie Anti-Talent!*
„Tsiss, glaubt der tatsächlich, die überlegt es sich, bei dem Ton?" wunderte sich Jumbi. „Ein gewisser Gerd Blech aus Favoriten war das, laut ihren Notizen hier in diesem Katalog."
„Jetzt kann sie es sich ja nicht mehr überlegen. Und die andern beiden?"
Eine hohe weibliche Stimme meldete sich auf dem AB: *Hallo Frau Quadrata! Sie können bald Ihren Laden dicht machen oder schon mal Ihre Beerdigung in Auftrag geben, wenn Sie nicht einmal erkennen, dass ich die perfekte Mutter Gottes bin!* Dann folgte wieder eine männliche Fistelstimme: *Sie aufgeblasene Person! Glauben Sie wirklich, dass ich auf Sie angewiesen bin? Bei Ihnen ist doch eine Schraube locker, wenn Sie meine Stimme als nur für den Stall-Esel geeignet empfinden!*
Jumbi schlug eine Seite im Katalog um und erläuterte: „Die Dame heißt Nadja Pip, wohnt in Wieden und der Herr ist Artur Wex aus Döbling."
„Schön, dann fahre ich mal zu Herrn Blech und du nimmst dir Herrn Wex vor und in 2 Stunden treffen wir uns bei Frau Pip." schlug Rau vor.
Herr Blech wohnte in einem heruntergekommenen Gemeindebau und stritt bei Rau's Ankunft eben mit seinem Nachbarn. „Was wissen Sie schon, Sie Banause! Ich muss meine Stimme trainieren. Dazu gehört nun mal, dass ich schon morgens um 7 laut *Halleluja* singe!"
„Dann lassen Sie sich Ihre Wohnung schalldicht machen!" schrie ihn der Nachbar an und knallte ihm vor der Nase die Tür zu.
„Entschuldigen Sie, Herr Blech, aber ich komme in einer ernsten Angelegenheit zu Ihnen!" begrüßte ihn Rau.
„Wenn Sie mich auch verklagen wollen, müssen Sie sich hinten anstellen."
„Es geht um Frau Quadrata."
„So? Na dann, kommen Sie rein!" ließ er den Kommissar eintreten und ging ihm voraus ins Wohnzimmer. „Hat Sie es sich anders überlegt?"
„Bedaure, aber sie ist mausetot!" eröffnete ihm Rau.
„Geschieht ihr recht, wenn die auch so mit ihren Talenten umspringt. Hat sie sehr gelitten?" Ein Lächeln umspielte seine wulstigen Lippen.
„Anzunehmen, wo waren Sie gestern nachmittags?" forschte Rau.
„Na hier und habe lautstark geübt. Fragen Sie meine belämmerten Nachbarn, die haben meine Stimmübungen immer mit lautem Pochen gegen die

ohnehin schon ramponierte Wand begleitet." behauptete Blech.
„Werde ich tun, obwohl, es könnte doch auch sein, dass Sie ein Tonband haben laufen lassen." meinte Rau und sah sich die Anlage von Blech an.
„Ja, das könnte sein, aber es war nicht so!" antwortete dieser knapp und sah den Kommissar herausfordernd an. „Beweisen Sie mir doch das Gegenteil!"
„Kann es sein, dass nicht Ihre Stimme, sondern Ihre unangenehme Art ein Engagement verhindert hat?" fragte Rau seinerseits provokant.
„Kaum! Es geht doch alles über Vitamin B. Beziehungen sind wichtiger als Talent. Auf RTL sitzt so eine blonde Schnalle mit einem Nuschel-Sprachfehler! Nur dank ihres Pantscherls mit einem Sender-Bonzen bekam sie ihren Job! Ja, ich müsste meine Körpersäfte auch mit denen einer Oberindianerin vermischen!" seufzte er mit einer Prise Selbstmitleid. „Aber ich bin zu integer!"
Jumbi sprach eben mit Wex in dessen Villa in Döbling. „Tolles Haus! Haben Sie das mit Ihrer Stimme verdient?"
„Kaum mein Lieber, denn man gab mir nur selten eine Chance mein wunderbares Organ auch in der Kunst zu Worte kommen zu lassen. Es war vielmehr eine Erbschaft, die mir diese komfortable Wohnmöglichkeit verschaffte." gestand Wex. „Wollen Sie einige Kostproben meiner Stimme-"
„Nein, vielen Dank, ich will Ihre Stimme nur hören, indem Sie mir beantworten, wo Sie gestern so zwischen 16 und 17 Uhr gewesen sind!" wehrte Jumbi ab.
„Naja, da war ich unterwegs. Ich suche nämlich einen Künstler-Agenten."
„Aha, und wohin führte Sie diese Suche?" forschte Jumbi weiter.
„Naja, leider in die Nähe von dem Tonstudio der hingemeuchelten Dame, deren Tod Sie nun aufzuklären haben, Sie Armer. Leider kann ich keine Zeugen dafür aufbringen, es nicht gewesen zu sein. Naja, aber das muss ich ja auch nicht. Sie müssen mir Zeugen bringen, die mir meine Schuld nachweisen. Ist es nicht so?"
Das musste Jumbi bejahen und er beließ es vorläufig dabei, um rechtzeitig beim Treffen mit Rau vor der Wohnung von Frau Pip ankommen zu können. Pips Wohnung schien die typische Messie-Unterkunft zu sein. Überall Zeitschriften, Stofftiere und Kleidungsstücke, sowie Bücher und Schuhe lagen verstreut herum und gaben nur einen kleinen Platz inmitten des Kabinetts frei, wo sie an einem Tischchen saß und ihre beiden Besucher fragend ansah.
„Frau Pip, wir müssen Ihnen leider mitteilen, dass Frau Quadrata ermordet worden ist." begann Rau.
„Keine Schade um die blöde Schlampe!" freute sie sich unverhohlen.

„Ein wenig mehr Pietät wäre angebracht!" mahnte Jumbi.
„Wieso? Sie hatte auch keine Manieren. Ich hab doch eine schöne Stimme, oder etwa nicht?" warnende Blicke begleiteten diesen Satz, als sie von einem zum andern sah. „Und diese bösartige Person- nein, nicht böse, denn zur Bosheit gehört ja Denkarbeit, diese dumme Haut meinte glatt, dass es nur eine Dutzend-Stimme sei, der es an Ecken und Kanten fehle. Dabei muss die Mutter Gottes doch eine so schöne, weiche Stimme haben wie ich, ohne Ecken und Kanten! Sie muss faktisch nur hauchen."
„Jaja, Aber wo waren Sie denn, als Frau Quadrata ihr Leben aushauchte?" fragte Jumbi ungeduldig und tappte schon mit einem Fuß auf dem Linoleum herum.
„Na hier! Ich bin immer sehr beschäftigt, meine Sachen zu sortieren." erklärte sie triumphierend. „Schauen Sie sich nur um."
„Ja, da gibt's ja viel zu schauen. Zeugen haben Sie keine für Ihr Alibi?" forschte Rau, welcher schon die Antwort ahnte.
„Nein, ich lebe allein. Schade, dass Caruso schon tot ist, der wär der richtige Mann für mich. Wär sie morgens gestorben, hätte ich die Supermarkt-Kassiererin als Zeugin anführen können, aber sooo…..Und überhaupt, glauben Sie vielleicht, so eine zarte Person wie ich könnte so etwas Grässliches wie einen Mord begehen?"
Die beiden verabschiedeten sich und verglichen auf der Fahrt zum Kommissariat ihre Ergebnisse, die sie im Alleingang ermittelt hatten.
„Dieser Brummbär stützt sich auf seine von seinen Lautmalereien geplagten Nachbarn."
„Und der mit der Fistelstimme gab sogar zu, in der Nähe des Tatortes gewesen zu sein. Der weiß genau, dass wir ihn nur deswegen nicht festnehmen können." bedauerte Jumbi.
„Moment!" stellte Rau plötzlich fest. „Nur eine Person hat uns ein Alibi geliefert, ohne überhaupt die Tatzeit zu wissen."
WER?

Fall 16: Wer früher stirbt

Da Mörder keine Pause machen, befinden sich unsre Helden wieder im Einsatz. Ein verdächtiger Todesfall wurde in einem privaten Altersheim im 19. Bezirk gemeldet. Das satte Grün der Anlage wirkte wie Urlaub für müde Augen.

„Wär's ein Film, könnte sich der Ältere von uns dort als Insasse einschleusen und den Mörder in flagranti ertappen." scherzte Jurek Bimski, der damit natürlich seinen Chef Rau meinte.
„Sehr witzig, Jumbi, aber ehe ich mich in so ein Heim verfrachten lasse, spring ich lieber freiwillig mit Anlauf in die Grube." parierte Kommissar Rau und stieg im gepflegten Park des Heimes mit dem klingenden Namen ‚Wartezimmer zum Himmel' aus dem Dienstwagen. Schon eilte ihm eine adrett gekleidete Schwester entgegen. „Guten Tag! Wir sind von der Mordkommission."
„Schönen guten Tag, naja, vielleicht ist es doch kein Mord gewesen. Möglich auch, dass sich Herr Michalek unfreiwillig ins Messer gestürzt hat." meinte die Schwester etwas atemlos.
„Sollen wir wieder gehen?" fragte Jumbi mehr rhetorisch, als er halb aus dem Wagen ausgestiegen war.
„Nein-nein, kommen Sie bitte so unauffällig wie möglich mit mir." forderte Schwester Ilse, wie auf ihrem Namensschild zu lesen stand. „Bei uns passiert gewöhnlich rein gar nix."
„Erzählen Sie mir gleich etwas über diesen armen Herrn Michalek." forderte sie Rau auf.
„Ach, er lebte einfach so für sich hin. Ich bin auch erst seit 2 Wochen hier." erklärte sie auf dem Weg zum Zimmer des Toten. Jedenfalls lag er von vorne erstochen vor seinem Bett. Das Messer ragte aus seinem Brustraum wie ein verrutschtes Fieberthermometer. Er trug einen gestreiften Pyjama und ein zufriedenes Lächeln auf den Lippen.
„Scheint ja ein schöner Tod gewesen zu sein." meinte Jumbi und sah sich automatisch in dem Zimmer um, wobei er drauf achtete, seine Fingerabdrücke auf dem Nachttischchen zu vermeiden. In dessen herausgezogener Lade befanden sich einige Medikamenten-Packungen.
„Das sind alles vom Arzt verordnete Pillen." stellte Schwester Ilse erhobenen Hauptes fest. „Entschuldigen Sie mich, aber ich muss jetzt Herrn Orental baden."
„Na, der hat's aber gut." grinste Jumbi. „Da möchte ich glatt mit ihm tauschen."
Ohne ein weiteres Wort entschwand sie und Rau tadelte Jumbi mit einem bösen Blick. „Wir sind rein dienstlich hier. Also lass deine Flirtversuche!"
„Keine falsche Verdächtigungen, ich war nur höflich. Soll ich gleich mit der Befragung der Insassen beginnen?"

„Gute Idee und ich ruf schon mal die Spurensicherung an, obwohl ich kaum glaube, dass sich auf dem Heft des Messers die Fingerprints vom Täter befinden." meinte Rau.

Gleich nebenan befand sich ein Zimmer, dessen Tür offen stand. Jumbi klopfte trotzdem an und eine weibliche Stimme rief „Herein!"

„Guten Tag, erschrecken Sie nicht, aber ich bin von der Mordkommission."

„Warum sollte mich das erschrecken?" sagte eine sehr fein gekleidete Dame, die Jumbi auf circa 80 Jahre schätzte. „Ich lebe schon so lange, dass mir nix Menschliches mehr fremd ist."

„Ach, ich würde Mord eigentlich als etwas Unmenschliches bezeichnen." erläuterte er trocken.

„Sooo? Wen hat es denn erwischt?" fragte sie wenig beeindruckt.

„Ihren direkten Nachbarn, Herrn Michalek."

„Ei, ei, ei, das ist aber ewig schade um den, denn wir hatten so viel Spaß zusammen."

„Beim Bingo-Spielen?" fragte Jumbi und guckte sich in dem geschmackvoll eingerichteten Zimmer um. Scheinbar durften sich die Heiminsassen ihre alten Möbel mitbringen.

„Seien Sie nicht albern, junger Mann. Wir hatten tollen Sex miteinander!"

Jumbi meinte sich verhört zu haben und machte große Plüschaugen.

„Jaja, Sie haben schon richtig verstanden. Wir hatten sogar mal eine Dame hier, die hat sich eine Perücke aufgesetzt und gab sich für Geld jedem hin, der ihre Dienste in Anspruch nehmen wollte." erklärte sie fast stolz.

„Je oller, je doller." entschlüpfte Jumbi. „Und wann hatten Sie zuletzt äh-"

„Sex mit Michi? Gestern abends. Aber er war natürlich nicht mein einziger Liebhaber." gestand sie und klimperte kokett mit den aufgeklebten Wimpern.

„Sie könnten meine Uromi sein und reden so wie meine kleine Schwester. Haben Sie mit Herrn Orental auch Sex?" fragte er, da er einen Eifersuchtsmord vermutete.

„Neiiin, der ist doch schon bettlägerig. Aber ich hatte mit noch einem andern Herrn Sex." verkündete sie grinsend.

„Zugleich?" Jumbi konnte gar nicht glauben, was er da so erfuhr.

„Natürlich nicht. Ich bin doch keine 60 mehr. Da kommen 3er nimmer für mich infrage." wehrte sie mit einer zusätzlichen Geste ab.

„Tja, was soll ich sagen….Können Sie sich vorstellen, wer Herrn Michalek um das Vergnügen brachte, sich weiter mit Ihnen zu treffen?" forschte er.

„Nein, aber der Fraß hier ist so entsetzlich, dass er vielleicht an Botulismus gestorben ist."

Als Jumbi die Dame wieder verließ und auf Rau traf, informierte er ihn über die lockeren Sitten hier. „Das ist das reinste Freudenhaus. Der Himmel auf Erden."

„Ich sprach vorhin mit einem Herrn Rippl, der sich über die schlechten Mahlzeiten mehr erregt hat als über den Tod des Herrn Michalek. Er meinte, dass es praktisch eine Erlösung sei schon gestorben zu sein, da man hier langsam vergiftet würde."

Da spazierte eine Dame mit einem Rollator über den Gang und tippte Jumbi auf die Schulter. „Sie erinnern mich an meinen Sohn. Der alte Depp ist schon 38 und will nicht heiraten."

„Seh ich schon so alt aus?" empörte der sich. „Sagen Sie mir lieber, was hier in diesem Altenheim so los ist."

„Sodom und Gomorrha!" kicherte die Alte und machte sich von dannen.

„Wenn ich noch lange hier bin, werde ich depressiv." ahnte Rau. „Die treiben's scheinbar sehr bunt. Wir fragen am besten mal in der Leitung dieser promisken Anstalt."

Die Direktorin, Frau Zigmut, empfing die Herren von der Polizei und packte gleich einige Prospekte ihres Heimes aus. „Sehen sie nur, wie schön es bei uns ist."

„Liebe Dame!" begann Rau. „Wir wollen nicht hier einziehen."

„Ja, aber vielleicht Ihre Verwandten. Sie haben doch Verwandtschaft."

„Erinnern's mich nicht daran." wehrte er ab. „Zur Mordsache Michalek!"

„Bitte reden Sie nicht in dem Ton mit mir, ich bin doch keine Verbrecherin!" protestierte sie.

„Entschuldigen Sie, aber mich interessiert nur, wer hier ein Messer in die Brust eines Bewohners gestochen hat. Haben Sie eine Ahnung, was in Ihrem Heim so vor sich geht?"

„Wenn Sie das Intimleben meiner Bewohner meinen, natürlich! Der Sexualtrieb hört doch nicht einfach so auf! Oder glauben Sie, wenn man alt und gesund ist, hat man den Wunsch, sich mit andern körperlich auszutauschen, einfach ad acta gelegt?"

Jumbi ergriff das Wort: „Das sollte doch kein Vorwurf sein. Wir denken, dass Herr Michalek aus Eifersucht erstochen worden ist. Also, wer käme dafür infrage?"

„Jeder, der ein Messer halten kann, würde ich sagen." antwortete sie pikiert. „Aber ich spioniere doch meinen Patienten nicht nach! Ich passe nur auf, dass sie nicht so billiges Viagra aus dem Internet bestellen und sich damit in Lebensgefahr bringen."

Von Frau Zigmut war kein weiterer Hinweis in Erfahrung mehr zu bringen und so mussten sich Rau und Jumbi wieder auf die Heimbewohner konzentrieren. Im Aufenthaltsraum trafen sie auf einen weiß gekleideten Herrn, den sie für einen Doktor hielten, obwohl er rauchte, was ein Doktor eigentlich als ungesund ablehnen müsste.
„Nein, ich bin kein Doktor, aber dieser Verdacht schmeichelt mir." antwortete er. „Ich heiße Rembek und wohne hier erst seit einem Monat. Die Behandlung ist hervorragend, aber das Essen zweitklassig." Er machte mit der rechten Hand eine wegwerfende Geste, während er mit der linken genüsslich an seiner großen Zigarre zog.
„Ja, das hörte ich schon anderweitig." erinnerte sich Rau. „Haben Sie etwas Ungewöhnliches bemerkt? Es wurde nämlich Herr Michalek tot in seinem Zimmer aufgefunden."
„Na, der hat's nun hinter sich. War ein agiler Mann. Hätte keiner drauf gewettet, dass der so früh den Löffel abgibt." meinte er wenig überrascht. „Wissen Sie, die Pfleger haben hier so eine Art Todesspiel, das haben die sich aus einem dieser Dirty-Harry-Filme abgeguckt."
„Nicht möglich, was man hier so alles für lustige Ablenkung hat." sagte Jumbi.
„Jeder schreibt eine Liste mit ein paar Namen auf, und der, der die meisten Todesfälle errät, hat gewonnen." berichtete Herr Rembek. „Momentan sind 500 Euro im Pott! Ich spiele übrigens auch mit!"
Aufgrund dieser interessanten Info begab sich Rau in den Personalraum, während Jumbi sich noch mit dem Küchenpersonal unterhielt: „Wie ich schon von einigen Einwohnern ihrer illustren Anstalt hörte, soll das Essen hier nicht gerade 5-Hauben-Niveau haben."
Der Koch echauffierte sich: „Unverschämt, was erlauben Sie sich?"
„Eigentlich alles, ich bin sehr gut zu mir."
„Das ist eine Frechheit, zu behaupten, mein Essen wäre ein Schlangenfraß, so wie es diese verwöhnten alten Lustgreise taten."
„Vermissen Sie ein Messer?"
„Nein, mein Werkzeug hängt hier am Magnetband!" sagte er stolz und deutete auf die Wand, an welcher sich ein Metallband mit zahlreichen scharfen Messern befand.
Rau verhörte gerade einen der Pfleger namens Jochen. „Also, was wissen Sie?"
„Nur, dass es hier sehr munter und laut zuging. Man hätte glatt einen Porno drehen können. Aber bisher starben eigentlich alle eines natürlichen Todes. Fragen Sie doch den Anstaltsarzt. Ein Doktor Steinfels."

Der zweite Pfleger namens Ernst erzählte Rau etwas anderes: „Hier war rein gar nix los. Nur hin und wieder mal ein Herzinfarkt. Komisch nur, dass wir einen der Alten im falschen Zimmer auffanden. Aber das geht uns gar nix an, wenn die die Betten tauschen."

Rau fragte sich, ob Ernst absichtlich die Augen vor der hier ablaufenden Unzucht verschloss oder ob er wirklich keine Ahnung von den nächtlichen Aktivitäten der Insassen hatte. „Und wo ist Dr. Steinfels?"

„Der hat doch seine eigene Praxis und kommt nur jeden 2.Tag zu uns. Wenn einer eine Spritze braucht, dann haut ihm die Frau Zigmut eine in die Venen rein."

Rau schüttelte nur den Kopf über diese Zustände, zumal es sich doch um ein privates Heim handelte. Da tauchte Jumbi auf, der eine dieser Todeslisten aufgetrieben hatte. „Hier, die hing gut sichtbar unten neben den Waschräumen. Oben steht der Name des Bewohners, der mit einer Ansichtskarte aus Solingen bedacht wurde, und als nächster steht hier ein Herr Orental. Wenn der arme mal nicht gerade ersäuft wird."

Auf der Suche nach Herrn Orental begegnete ihnen wieder Schwester Ilse. „Herr Orental liegt schon wieder brav in seinem Bettchen auf Zimmer 13."

„Auch das noch!" schnaufte Rau. „Eine Unglückszahl!"

In Zimmer 13 lag Herr Orental in tiefem Schlummer. Jumbi guckte neugierig in seine Nachttischlade und fand die berühmten blauen Pillen. „Da sag noch einer, dass Frau Zigmut nicht großzügig ist. Hat sicher die Pillen verschrieben, damit der arme Orental nicht auf Billigzeug aus'm Internet angewiesen ist."

„Nein, ich fürchte, dass ihn jemand mit den Pillen ins Jenseits befördern will, damit er seine 500 Euro gewinnt." vermutete Rau und besah sich die Liste näher. „Der Schrift nach ein Linkshänder. Ich weiß, wer hier alles mit links erledigt."

WER?

Fall 17: Der Enkel mit der Posaune

Als Jumbi frühmorgens mit einem blauen Auge im Büro ankam, erklärte er seinem Chef gleich ungefragt: „Gestern stoß ich beim Einparken ein Moped um. Grad wie ich's aufheb', kommt so ein junger Schnösel daher und fragt: *Du Krankenhaus?"*

„Tsiss, diese Jugendsprache! Wollte der, dass du ihn ins Spital bringst, oder meinte er, dass er dich dort reinbringt?" witzelte Rau.

„Wohl letzteres, denn plötzlich hab ich seine kleine Faust im Aug und seh' erst Sterne, dann nur mehr seine Auspuff-Wolke! Ach, der könnte ruhig in den Dschihad ziehen, der Anarcho!"
„Hast du dir sein Kennzeichen gemerkt?" fragte Kommissar Rau belustigt.
„Scheiß drauf, wenn ich den Hosentaschen-Attila noch einmal erwisch, dann leg ich ihn rein privat auf ein Schnitzel zusammen! – Gibt's heut noch keinen Mord?"
„Nein, aber eine alte Dame war hier und meldete ihren Enkel Alois als vermisst. Sie ist in großer Sorge, da sie seine Posaune, die sie ihm zu Weihnachten geschenkt hat, einfach auf der Straße liegend fand. Auf ihre Anrufe reagiert er nicht, hebt nicht einmal ab."
„Die soll froh sein, dass er nicht zu ihr schnorren kommt. Die Jungen wollen doch alle bloß Geld für Handy und Computer und zum Koma-Saufen. Apropos, wie steht's mit einer Gehalts-Erhöhung?"
„Schlecht, solang du dir im Privatleben mehr Blessuren holst als im Dienst."
Rau erhob sich von seinem Chef-Sessel und ordnete an: „Solang wir nix zu tun haben, suchen wir den Enkel von-"
„Aber wir sind doch für Vermisste gar nicht zuständig." protestierte Jumbi.
„Ich hab es ihr versprochen! Wir gehen ihrem einzigen Hinweis nach. Einem gewissen Roland Kaiser – nein nicht der Schlagersänger – er ist bei der Post beschäftigt, aber ein zwielichtiger Geselle, laut der Oma. Und wohnt in der Schlachthausgasse."
„Na, wenn das nur kein schlimmes Omen ist!" meinte Jumbi und folgte ihm widerwillig.
An der besagten Adresse öffnete ein Junge in Jeans, der aussah wie 13 aber einen Spruch führte, als wär er schon 30. „Sie sind von der Polente, was? Sowas seh ich gleich. Haben's einen Haussuchungsbefehl?"
„Das nenn ich eine vielsagende Begrüßung." sagte Rau. „Nein, wir kommen in einer Ermittlungssache. Sie sind doch ein Freund von Alois Stigl!"
„Ja sicher, aber der ist nicht hier. Spielen's also woanders Räuber und Gendarm." entgegnete Kaiser und wollte schon die Tür schließen, als Jumbi seinen Fuß dazwischen stellte und forsch verlangte: „Riskier mal keinen Kieferbruch, Kleiner!" Worauf Kaiser erwiderte: „Wer so redet, muss bald mit einem zweiten Veilchen rechnen, du Opfa!" Drauf wieder Jumbi noch forscher: „Du solltest den andern sehen. Der liegt auf der Intensivstation!" Wobei bei dieser Behauptung einige Speicheltröpfchen auf Kaisers Antlitz spritzten.
Kaiser schluckte kurz und wischte sich die nasse Sprache ab. „Warum gehen Sie nicht zu Eberhard Watzek? Der wohnt in der Schnirchgasse 37 im

Parterre und pflegt dort eine Hanf-Plantage. Womöglich hat er sich mit Ali gestritten. Ich weiß wirklich nicht, wo das Kellerkind sonst herumkugeln könnte."

„Na gut." sagte Jumbi und nahm seinen Fuß aus dem Türspalt. „Aber wenn wir dort keine erschöpfende Auskunft erhalten, kommen wir wieder."

„Ich fang schon mal zu zittern an!" höhnte das Früchtchen und schlug die Tür zu.

„Sollte der nicht um diese Zeit die Post austragen?" fragte Rau mehr sich selber.

„Wahrscheinlich ist er im Krankenstand oder die ganze Post kugelt bei ihm daheim herum." antwortete Jumbi. „Wär eine Erklärung, warum ich noch immer keine Antwort auf meinen Liebesbrief an meine Freundin in Deutschland habe."

In der Schnirchgasse machte sich im Parterre schon ein süßlicher Geruch breit. „Riecht fast wie Shit!" wusste Jumbi. „Kenn ich aus meinem Holland-Urlaub."

Auf Raus Klopfen öffnete ein ebenfalls sehr junger Mann in einem blaukarierten Holzfäller-Hemd und guckte fragend. „Wir suchen Alois Stigl! Wissen Sie, wo er sein könnte?"

„Na!" Schon wollte auch er die Tür wieder zumachen, doch diesmal stellte Rau seinen Fuß dazwischen und rief kurz drauf: „Aua!"

„Tschul'gen! Aber was müssen's auch ihre Stelze dazwischen stell'n."

„Jetzt hör mal zu, Pursche!" schrie ihn Jumbi an und wieder spuckte er mehr unabsichtlich seinem Widersacher ins Gesicht, während er ihn am Hemdrevers packte. „Wir interessieren uns nicht für deine Shit-Plantage, sondern suchen Ali, weil sich seine Omi große Sorgen um ihn macht!"

„Nicht brutal werden, Alter! Ich weiß nicht, wo Ali ist, aber ich glaub', er hatte mit vielen Leuten Krieg. Besonders mit Burgwart Tanka. Der wohnt gleich vis-a-vis auf Tür 13. Ich hab mit Ali nur ein paar Joints geraucht. Wir leben beide von der Mindestsicherung. Da kann man sich kein andres Vergnügen leisten."

„Man kommt sich vor wie ein Ping-Pong-Ball." beanstandete Rau. „Aber solang wir noch keine Leiche haben, können wir die alle nicht zum amtlichen Verhör bestellen."

Burgwart, ein etwas älterer ‚Knabe' in einem Camouflage-Anzug, ließ die beiden ohne weiteres eintreten, hörte sich ihr Begehr an und drückte sich danach sehr gewählt aus: „Bedaure, aber ich kann Ihnen zu Alis Aufenthaltsort keine näheren Angaben machen. Und Omis sind immer so

überfürsorglich. Vielleicht ist er einfach verreist, ohne irgendwem Bescheid zu geben." Hätte bohrende Langeweile ein Gesicht, wäre es seines gewesen.
„Worum drehte sich denn Ihr Streit mit ihm?" wollte Rau wissen.
„Er wollte in meiner Band mitspielen. Nur, weil er von seinen Verwandten eine Posaune geschenkt bekommen hat. Aber wir spielen Heavy Metall, da passt doch keine Posaune rein, außer die von Jericho."
„Ja, aber kennen Sie nicht Jethro Tull? Da spielt Ian Anderson wundervoll die Flöte." wandte Rau ein, der ebenfalls ein Faible für härtere Klänge hatte.
„Sicher, aber Ali spielt wie Rembrandt. Besser, er hätte zu malen begonnen."
Ratlos zogen sie wieder ab und Rau beschloss, mit Jumbi mal die Wohnung von Alois zu besuchen. Laut Meldeadresse logierte er in der Rabengasse 17. Dort angekommen, fanden sie seine Wohnungstür nur angelehnt. Mit ungutem Gefühl betraten sie seine ziemlich modern eingerichtete Bleibe und fanden sie menschenleer vor. Das Festnetz-Telefon läutete und Rau hob ab.
„Ja bitte?- Ach, Sie sind es, Frau Stigl. Ich befinde mich gerade in der Wohnung Ihres Enkels und wir haben schon eine heiße Spur." log er, während sich Jumbi im Badezimmer umsah und einige geraucht Joints in der Toilette vorfand. „Sobald wir ihn gefunden haben, rufe ich Sie sofort an. Versprochen!"
Da kam Jumbi eine Idee: „Vielleicht hat der seine Plantage im Keller!"
Im Keller fanden sie ein Abteil aufgebrochen und darin lag, fein verschnürt, der gesuchte Alois mit einem dicken Knebel im Mund. Hilflos zwinkerte er ihnen zu und Rau befreite ihn von dem zusammengeknüllten Socken, worauf Ali erleichtert japste: „Uff! Länger hätt' ich's nimmer ausg'halten!"
„Ja, Sie brauchen uns auch gar nicht sagen, wer Sie so toll verpackt hat." eröffnete ihm Rau und holte sein Handy aus der Hosentasche, um die besorgte Omi anzurufen.
„Jawohl!" stimmte Jumbi zu. „Ich weiß auch, wer's gewesen ist."
WER?

Fall 18: Blutiger Valentinstag

Am Tag der Liebenden hätte Jumbi, alias Jurek Bimski eigentlich was anderes zu tun gehabt, als mit seinem Chef, Kommissar Rau, durch die Gegend zu kutschieren, um wieder mal den Mörder einer Leiche ausfindig zu machen.
„Nun schau nicht so traurig!" forderte ihn Rau auf und fügte noch missmutig hinzu: „Liebe ist nix andres als eine psychische Störung."

Gern hätte Jumbi widersprochen, aber das tut man nicht, wenn man befördert werden will. „Wohin fahren wir denn so schnell, dass wir bald eine Zivilstreife am Hals haben werden?"

„Nach Baden. Aber nicht, um ins Casino zu gehen. Eine Dame ist erschossen worden. Die hätte sich den 14.Feber sicher auch anders vorgestellt."

„Tja, die Liebe kann leider auch in Hass umschlagen." wusste Jumbi und schwang sich aus dem Wagen, den Rau vor einem schmucken Einfamilienhaus geparkt hatte. „Na, arm war die nicht."

„Auch Reiche haben ein Anrecht auf Leben!" ermahnte ihn Rau und ging voran ins Haus, wo schon Rechtsmediziner Matz mit der Spurensicherung werkte.

Matz zeigte auf die weibliche Leiche in einem Whirl-Pool voll Blut. „Die Frau hieß Wilma Winter. Zwei glatte Durchschüsse in der Herzgegend. Die Putzfrau fand sie und ich denke, da war sie schon mindestens 3 Stunden tot. Das heißt, der Mörder muss sie um kurz nach 12 Uhr getötet haben."

„Vielleich war er sauer, dass das Essen noch nicht fertig ist." scherzte Jumbi und fing sich einen sehr kritischen Blick seines Chefs ein. „Tschuldigung."

Rau guckte aus beruflicher Neugier in alle Schubladen - natürlich mit den durchsichtigen Handschuhen, die er immer bei sich trug - und fand bald in der untersten ein samtrotes Tagebuch, in dem auf der ersten Seite stand: Mein geheimes Manifest, aus welchem leider die letzten Seiten herausgerissen waren. Mit seinen behandschuhten Händen blätterte er es durch, überflog die Zeilen und sagte dann: „Nur das Übliche."

„Liebeskummer?" fragte Jumbi.

Rau las vor: „10. Februar: meine Friseuse sagte den Termin ab und ich musste einen andern Salon aufsuchen. 11. Februar: bin mit meiner neuen Frisur überhaupt nicht zufrieden. Der Salon sieht mich nie wieder." 12. Februar: Kegel hat mich zweimal angerufen. Dieser Idiot beginnt mich zu nerven."

„Schätze, dann können wir ihn ausklammern aus dem Verdächtigen-Kreis."

„Irrtum, Jumbi!" konterte Rau. „Wer weiß, der Kerl dachte, er sei besonders schlau, wenn er die letzten Seiten rausreißt und absichtlich eine mit seinem Namen drin belässt."

Hmmm, der hat vielleicht eine Laune, dachte Jumbi, der inzwischen in der Handtasche der toten Frau deren Handy nach der Telefonnummer von diesem Kegel durchsuchte. Natürlich auch mit Handschuhen. „Da haben wir ihn schon. Der wohnt in der Nähe des Casinos. Auch kein Armer. Sie hat übrigens keine Nachrichten mehr bekommen seit gestern. Da rief ein gewisser Strnad an."

„Gut, dann fahren wir erstmal zu diesem Kegel!" bestimmte Rau.
Im Haus von Kegel öffnete dessen Haushälterin und führte sie in sein Wohnzimmer, wo er - ein richtiger Couch-Potato mit ausgeprägter Stirnglatze - vor der Playstation saß und ein Ego-Shooter-Spiel spielte.
„Was kann ich für Sie tun?"
Jumbi wollte schon etwas sagen, hielt sich aber vornehm zurück, denn er wollte nicht schon wieder in ein Fettnäpfchen treten.
„Kennen Sie eine Frau Winter?" begann Rau und sah sich Kegels Reaktion an.
„Ja sicher, Wilma und ich sind fast verlobt. Ich muss nur noch einen schöneren Ring für sie finden, denn der erste, den ich ihr anbot, hat ihr nicht gefallen." beantwortete er ausführlich die Frage, während er ungerührt weiterspielte.
„Dann habe ich eine traurige Nachricht für Sie. Frau Winter ist tot."
„Nein!" sagte Kegel und ließ sein Spielzeug sinken. „Wie?"
„Ermordet!"
„Das kann nur mein Rivale sein, dieser, dieser-" stammelte er.
„Strnad!" half ihm Jumbi.
„WER? Strn-? Nein, ich meine diesen widerlichen Menschen, dessen Name mir nicht- ah ja, jetzt weiß ich's wieder: Kulik! Harry Kulik heißt der Kretin. Nur der kann es gewesen sein."
„Was macht Sie so sicher?" erkundigte sich Rau.
„Weil der in einer Unterliga spielte. Verstehen Sie, Wilma war eine sehr exklusive Dame, da kann man nicht kommen und sagen: ja, ich bin zwar reich, aber ich habe grad kein Geld flüssig."
Jumbi durchforstete die Nummern im Handy der Toten und fand einen Kulik samt Adresse in Wien. „Aber richtige Beweise haben Sie keine gegen ihn?"
„Was wollen Sie denn noch? Ein Foto vom Tathergang?" empörte sich Kegel. „Ich habe seit gestern das Haus nicht mehr verlassen, da können Sie meine Haushälterin fragen, weil die schwört jeden Eid auf mich!"
„Davon bin ich überzeugt." sagte Rau und verließ mit Jumbi das Haus. „Der heißt Kegel und sieht eher aus wie eine Bowling-Kugel."
„Der war gut, Chef!" lobte Jumbi, der schwarzen Humor liebte. „Übrigens wohnt dieser Strnad auch in Wien, sogar im selben Bezirk wie Kulik. Im 4."
„Dann geht gleich alles in einem Aufwasch." freute sich Rau.
In Kuliks Wohnung herrschte das Chaos. Überall dreckiges Geschirr und Schmutzwäsche quer durch die 50-qm-Wohnung verteilt. An den Fenstern keine Vorhänge, dafür einige Spinnweben und auf den Fensterbrettern 2

verdorrte Topfpflanzen. „Nein, das kann nicht sein, ich war doch gestern noch bei ihr!"

„Hatten Sie Streit?" forschte Jumbi.

„Neiin! Ich versprach ihr noch, sie heut abends mit einem Leihwagen abzuholen und groß auszuführen." murmelte er und es zeigten sich sogar Tränen in seinen Augen.

„Was sind Sie von Beruf?" wollte Rau wissen, der bezweifelte, dass Kulik das Geld für den Leihwagen oder die Restaurant-Rechnung besaß.

„Schauspieler, ich bin erst seit 3 Wochen aus Hollywood zurück. Meine letzte Gage wurde mir noch nicht überwiesen. Wilma war so großzügig und lieh mir ein paar hundert Dollar-äh Euro. Wissen Sie, ich lebte einige Jahre in L.A. und muss mich hier erst akklimatisieren." Ziemlich mitgenommen sammelte er einige Kleidungsstücke auf und warf sie auf einen Haufen.

„Wenn ich das Geld schon hätte, wäre ich längst in Baden und wir würden zusammen ‚Happy Valentine' feiern. Aber sooo…muss ich noch auf den Geldbriefträger warten."

Jumbi wollte noch erwähnen, dass er sicher noch länger warten müsse, hielt aber seinen Schnabel und verließ mit seinem Chef die heruntergekommene Bleibe, um zu Strnad zu fahren, der vier Straßen weiter wohnte in einer sehr schönen Wohnung. Er öffnete ihnen in einem schönen schwarzen Anzug.

„Das hätte ich mir eigentlich denken können, dass sie bald so endet." sagte dieser wenig überrascht von der Todesnachricht. „Ich war das vorige Jahr einige Monate mit ihr fix zusammen und es lief immer wieder drauf hinaus, dass sie irgendwelche Abenteuer suchte. Aber ich verstehe das. Sie langweilte sich in dem ganzen Reichtum und da kam-"

„Kulik!" setzte Jumbi fort.

„Wer?"

„Kulik, der Hollywood den Rücken gekehrt hat."

„Nein, nicht dieser Schmierenkomödiant. Der hat's in Hollyschutt zu nix gebracht und hat hier eine Melkkuh gesucht. Wissen Sie, wie der sich in Amerika genannt hat? Harry Killroy! Das arme Schwein dachte, dass sich die Amis von dem Namen und seiner Hühnerbrust beeindrucken lassen. Da hat er sich aber geschnitten. Der schaut doch aus wie ein Hausbesetzer nach dem letzten Polizeiräumungsbefehl! Ein armes Würstchen, das unter Realitätsverweigerung leidet und höchstens eine Leiche darstellen kann. One-Trick-Pony nennen das die Amis. Nein, ich meine diesen Fettwanst, diesen Kegel mit dem breiten Rückwärtsscheitel. Der nahm sie immer mit zum Wettschießen in seinen Schießclub, dann hat er sie noch eingeladen zu Wochenend-Flügen nach Paris, London und so weiter."

„Und das hat Sie wohl geärgert." stellte Rau fest.
„Sicher, aber nicht aus Eifersucht, ich wusste ja, dass ihr dieser feiste Fresssack bald fad wird." behauptete Strnad siegessicher. „Und wie sie mir erzählt hat, vorgestern glaub ich, hat sie ihn auch abserviert. Steht sicher auch in ihrem Tagebuch. Wer weiß, vielleicht hat er einen Killer auf sie angesetzt und ssssst!" Er fuhr sich mit dem Daumen über die Kehle und deutete einen Schnitt an. „Tja, jetzt kann ich daheim bleiben, denn ich wollte eben zu ihr fahren, um sie zu überraschen." Langsam zog er sich sein Sakko aus. „Sie wird mir fehlen, auch wenn sie eine Kanaille war."
„Das ist ja ein Herzchen." sagte Rau auf der Fahrt zurück zu Kegel nach Baden. „Aber wenn dieser Kegel in einem Schießclub war, könnte er Zugang zu einer Schusswaffe gehabt haben."
„Oder aufgrund seines Geldes wirklich einen Killer angeheuert haben."
Vor dem Grundstück der Toten sahen die beiden tatsächlich Kulik aus einem teuren Auto steigen, dieser guckte wie ertappt, als er deren Blick auffing.
„Was machen Sie denn hier?" fragte ihn Jumbi.
„Well- ich wollte sie noch einmal sehen."
„Sie ist längst im Leichenschauhaus. Was wollen Sie wirklich hier?" forschte Rau. „Und woher haben Sie den Wagen?"
„Es ist Wilmas Wagen, sie hat ihn mir geliehen und ich wollte ihn hier abstellen, damit Sie mich nicht verdächtigen, ihn gestohlen zu haben." gestand Kulik. „Trotzdem würde ich sie noch gern ein letztes Mal sehen. Sehen, ob sie noch Symptome der Schönheit an sich hat, die mich doch sehr an sie banden."
„Jetzt werden Sie nicht melodramatisch!" warnte ihn Jumbi. „Sie haben sich Geld von ihr geliehen, und als sie es zurück haben wollte, haben Sie sie-"
„Nein, ich hätte ihr nie ein Haar gekrümmt!" schrie er ihn an.
„Jetzt lassen Sie mal diese kitschigen Filmzitate!" empfahl ihm Rau. „Es ist gar nicht nötig, uns den Unschuldsengel vorzuspielen. Wir wissen, wer es war."
„Ach?" fragte Jumbi ratlos, der den entscheidenden Hinweis überhört hatte. WELCHEN?

Fall 19: Mords-Zeugnis

Als Kommissar Rau von seinem Kurzskiurlaub auf der Rax ins Büro zurückkehrte, erwartete ihn schon sein Assistent Jurek Bimski - kurz Jumbi - mit einem neuen Mord: „Herzlich willkommen daheim, Chef! Wir haben eine männliche Leiche namens Guntbert Wartling, ein Personalchef, der in seinem Büro nach Dienstschluss gegen halb5 vor 2 Tagen erschlagen wurde. Keine Fingerabdrücke, keine Mordwaffe, keine Zeugen."

„Vor 2 Tagen schon? Und hast du schon eine Spur?" fragte Rau und sah sich den Akt an.

„Sicher, ich war ja nicht untätig. Also-", machte er eine Kunstpause, bis ihn sein Chef ansah und fuhr fort: „-er war äußerst unbeliebt, aber voriges Monat kündigte er 3 Angestellte und schrieb allen ein zwar schön formuliertes aber katastrophales Zeugnis aus – wie so oft üblich bei Personalisten, die haben ja ihren eigenen Jargon. Hier sind die Namen der Verdächtigen: Frau Pink, Herr Irsch und Herr Brak. Übrigens hab ich der Presse nicht erzählt, dass er mit nur einem Schlag eines stumpfen Gegenstandes aufs Haupt erledigt worden ist."

„Gute Vorarbeit! Dann fang ich mal an: Ladies first." kündigte Rau an und fuhr sofort in den 2. Bezirk, wo er die Dame noch im blumengemusterten Schlafrock antraf. „Schönen guten Morgen, Frau Pink!"

„Morgen!" murmelte sie und ließ ihn nach Vorweis seiner Dienstmarke eintreten. Es muffelte wie in einer Branntweinstube. „Sie kommen sicher wegen dem widerlichen Schmalzvogel, dem einer den Schnabel für immer gestopft hat."

„Wenn Sie Ihren ehemaligen Personalchef meinen, ja."

„Warum sollte sonst jemand von der Polizei eine Arbeitslose daheim besuchen? Dieses Aas hat mir meine Zukunft verbaut. Schauen Sie mich an, ich bin schon 49 und werde wohl nichts mehr finden." klagte sie und schlurfte in ihre kleine Küche, die aussah, als hätte jemand mitten in der Inventur inne gehalten.

„Für Sie ist das Wasserglas wohl immer halb leer!" mutmaßte Rau.

„Pah, welches Glas? Und das Wasser rinnt mir aus den Augen! Ich finde nix mehr, weil die Lohnnebenkosten für mich zu hoch sind! Schon gar nicht mit dem Zeugnis, das jeder Beschreibung spottet!" schimpfte sie und bereitete sich auf dem Gasherd einen Tee zu. „Und das außerdem falsch ist!"

„Was hat er denn reingeschrieben?" erkundigte sich Rau und prüfte in Schwiegermutter-Manier, ob auf der Küchenkredenz Staub lag.

„Pfff! Sie war äußerst kommunikativ und gesellig. Was so lieb klingt, heißt auf Deutsch: sie stand ständig beim Kaffeeautomaten, wo sie die andern Mitarbeiter mit Getratsche von der Arbeit abhielt. Ich war schon bei der AK, aber dort sagte man mir, man könne nix machen!" berichtete sie, während sie sich den verlängerten Rücken kratzte.

„Das tut mir leid, aber ich muss Sie das jetzt fragen: wo waren Sie vor 2 Tagen so gegen halb5?" stellte er die Alibi-Frage und beobachtete ihre Reaktion.
Sie tauchte den Teebeutel einige Male heftig in ihre Tasse und verzog keine Miene: „Wo schon? Hier zu Hause, saß vorm Computer und hab' wie eine Wilde Bewerbungen geschrieben. Zeugen hab ich leider keine. Außer Haus war ich nicht, weil es wie in Alaska schneite."
„Das war's fürs erste. Halten Sie sich aber weiter zur Verfügung." warnte Rau.
„Soll das ein Witz sein? Als ob ich die Stadt verlassen könnte. Geht doch laut AMS nicht! Wissen Sie, was AMS überhaupt heißt? Alle Maßnahmen sinnlos! Man kriegt von denen total unnütze Kurse. Die haben verdeckte Dienstanweisungen, wie z.B.: treibt die Verlierer in den Krankenstand oder besser noch in den Selbstmord! Ja, solche Mittel wenden diese Schreibtischschurken an!"
Rau überprüfte mittels Anfrage beim Wetterdienst, ob es am Tat-Tag tatsächlich geschneit hatte, und fuhr dann weiter in den 8. Bezirk zu Herrn Brak. Dort öffnete niemand auf sein energisches Klopfen. Bis die Nachbarin neugierig den Kopf aus der Tür steckte und ihm mitteilte: „Falls Sie Herrn Brak suchen, der ist im Rudolfs-Spital. Er lässt sich die Gallensteine entfernen, die ihm sein ehemaliger Chef verursacht hat."
„Vielen Dank, gnä' Frau!" bedankte sich Rau und setzte seinen Weg zum nächsten Verdächtigen Herrn Irsch fort, welcher im 9. Bezirk wohnte.
Irsch öffnete die Tür und stand in einem verschwitzten roten Jogging-Anzug vor ihm. Scheinbar war er gerade vom Laufen heimgekommen. „Ah, Sie sind sicher kommen, um mein Alibi zu prüfen, net wahr?"
„Ich habe Ihnen noch gar nicht meinen Dienstausweis gezeigt." wunderte sich Rau.
„Nicht nötig, so wie Sie sehen alle Kiberer aus." merkte er launig an und ließ ihn eintreten. Seine Bleibe machte einen aufgeräumten Eindruck. „Also ich war wie immer sportlich unterwegs. Circa 50 Leute haben mich gesehen, doch ich kenne deren Namen nicht. Müssen Sie halt rumfragen!"
„Das werden wir tun. Was hielten Sie von Herrn Wartling?"
„Mieses Schwein! Hat gegen's neunte Gebot verstoßen!"
„Du sollst nicht begehren deines Nächsten Weib?" mutmaßte Rau, der sich in kirchlichen Dingen nicht so gut auskannte.
„Nein: du sollst kein falsches Zeugnis geben wider deinen Nächsten. Und das miese Schwein unterstellte mir, dass ich die weiblichen Mitarbeiter

begrapscht haben soll. Blödsinn, jedenfalls hat sich keine beschwert." Dabei griff er sich in den Schritt.

„Wie formulierte er es denn?" fragte Rau neugierig auf eine neue Floskel, die er noch nicht kannte. Das Notizbuch wie immer bereit, sich alles Wichtige zu notieren.

Irsch ließ sich müde auf einen abgewetzten Plüsch-Fauteuil fallen und zitierte: „Er hat sich stets mit großer Anteilnahme der persönlichen Angelegenheiten seiner Kollegen gewidmet. - So eine Sau! Dabei war ich nur höflich zu den Katzen!"

„Z-z-z!" machte Rau scheinbar kritisch, doch wissend, dass die Anschuldigung wohl stimmte.

„Das Wort Sau nehme ich zurück, weil eine Sau ist ein Nutztier, aber der war ja unnütz auf der Welt!" In der Wohnung war es zwar aufgeräumt, doch lagen einige Sportgeräte, wie Hanteln und eine Springschnur herum. Der Mann schien seinen Körper täglich für die Damenwelt zu stählen. „Aber es kommt auf jeden der Tag. Er hat mir eine auf's Dach gegeben und hat dafür selber eine auf's Dach gekriegt. Im wahrsten Sinne des Wortes, hähähäää!" lachte er und winkte Rau zum Abschied nonchalant zu, während er sich langsam aus seinem Jogging-Anzug schälte.

Im Rudolfs Spital besuchte Rau den frisch operierten Herrn Brak, welcher apathisch im Bett eines Einzelzimmers lag. „Wie geht es Ihnen nach Ihrer Gallenstein-OP?"

„Na schlecht natürlich. Kommen Sie mir jetzt nur nicht mit dem Mord an dem boshaften Personalmenschen daher. Der hat es ja richtig herausgefordert. Wissen Sie, was mir der ins Zeugnis geschrieben hat?"

„Leider nein, aber Sie werden's mir sicher gleich sagen." vermutete Rau und spitzte die Ohren.

„Er stand stets voll hinter der Firma. Wissen Sie was das bedeutet? Voll! Dass ich ein Säufer bin, so eine Frechheit! Dabei hab ich nur ein Glas Rotwein pro Tag in der Schreibtischlade stehen gehabt. Und einmal, wie der Teufel will, kam er in mein Büro, als ich grad am Pissoir war und öffnete die Lade, wobei das Glas umfiel und sich der köstliche Inhalt auf einige Unterlagen darin ergossen hat. Na und? Ist das ein Weltuntergang? Rotwein ist, wie jeder weiß, gut für das Herz und die Arterien! Und wegen des Resveratols oder wie das Zeugs heißt, auch gegen das Altern. Aber das wusste der Ignorant ja nicht. -Huch, ich darf mich ja gar nicht aufregen. Gehen Sie jetzt bitte, ich fühl mich wirklich schlecht, direkt hundsmiserabel."

„Gute Besserung." verabschiedete sich Rau und fuhr zurück in sein Büro, wo Jumbi bereits auf ihn wartete.
„Und? Den Fall anhand der Befragung wieder mal gelöst?" empfing ihn dieser.
„Hmmm." machte Rau, sah sich seine Notizen an und gestand dann selbst überrascht: „Ja!"
WER WAR'S???

Fall 20: Happy Mordsday!

Der weißhaarige Mann bot einen traurigen Anblick: zusammengesunken saß er an seinem Esstisch vor einem Teller, auf dem ein angebissenes Stück Sachertorte lag. Kommissar Rau sah sich in der feudalen Villa am Stadtrand Wiens etwas genauer um, während die Leute von der Spurensicherung, wie immer in eine Art weiße Ganzkörper-Kondome gehüllt, den Tortenrest einpackten. „Kann es nicht einfach ein simpler Herzinfarkt gewesen sein?" fragte er die weinende Haushälterin des Toten, Herrn Gerry Glenschek.
„Neiiin!" protestierte sie und ein weiterer Schwall von Tränenflüssigkeit ergoss sich aus ihren Augen. „Das war einer seiner feinen Blutsverwandten, die schon wie die Geier auf die Erbschaft lauern, das können Sie mir glauben! Einer hat ihm die Torte per Post zum Geburtstag geschickt! Obwohl als Absender eine Konditorei angegeben war, die eine Gratiskostprobe anpries. So eine Gemeinheit!!!"
„Und wen haben Sie da genau im Verdacht?" hakte Rau nach.
„Alle Fünfe! Und darum hab ich die auch sofort angerufen und hierherbestellt."
„Das war aber voreilig von Ihnen. Sie haben doch nicht etwa gesagt, dass Sie glauben, der alte Herr sei vergiftet worden?" befürchtete Rau, denn er hoffte, dass sich einer der Verdächtigen bei seiner Befragung verplappern würde.
„Doch, natürlich, die brauchen doch nicht glauben, ich sei verblödet!"
Da tauchte auch schon der erste Mordverdächtige auf, ein soignierter Herr im besten Alter und stellte sich vor: „Mein Name ist Harry Glenschek, der Neffe des armen Toten. Glauben Sie bloß nicht alles, was Ihnen diese übereifrige Frau Fasnacht erzählt hat."
Die Haushälterin hatte sich schluchzend zurückgezogen und Rau erkundigte sich: „Dass er vergiftet worden ist?"
„Nein, das mag schon sein, aber dass sie mich und sicher auch die andern Verwandten angeschwärzt hat. Hat Ihnen sicher alle unsre Sünden runter gebetet."

„Dazu hatte sie noch keine Zeit." gab Rau zu und zückte wie immer sein Notizbuch.

„Na Gottseidank, ist eh alles nur Neid, denn die wollte immer selber alles abstauben und drängte ihn förmlich dazu, uns zu enterben." verkündete Harry. „Aber wenn Sie recht haben sollte, dann kann es nur Bob, unser Apotheker gewesen sein, denn der hat immer uneingeschränkten Zugriff auf alle möglichen Gifte. Von Blausäure über Arsen und wie das noch alles heißt."

„Und wann haben Sie den toten Onkel zuletzt besucht?"

„Äh, gestern, ich brachte ihm mein Geschenk, einen neuen Gehstock mit echtem Silberknauf, außerdem ist im Stock selbst noch eine Klinge verborgen, mit der er etwa Einbrecher erstechen kann- äh hätte können." frohlockte Harry und setzte sich in das Herrenzimmer neben dem Speiseraum, wo gerade der Tote begutachtet wurde.

Schon klingelte der nächste der freudigen Erben und trat ein, nachdem ihm Rau die Tür geöffnet hatte. „Kommen Sie bitte mit, Herr???"

„Glenschek! Ich bin Sigi, der Großneffe des Alten. Und wenn ihn einer vergiftet hat, dann kann das nur unser Hobby-Gärtner Alfons sein!"

Während er Rau in ein Zimmer im oberen Stock folgte, plapperte er weiter: „Ich vermute, es ist ihm aufgrund der vielen giftigen Pflanzen in seinem Garten eingefallen. 3 kleine Blüten vom Goldregen genügen ja schon, um einen Erwachsenen zu töten."

„Und was sind Sie von Beruf?"

„Ich bin äh- Privatier. Denn ich habe von meiner seligen Mama ein großes Erbe übernommen." stellte er fest und blickte aus dem Fenster. „Oh, da kommt ja Bob!"

Schnell eilte Rau zur Tür, um den Apotheker in Empfang zu nehmen. „Mein Beileid, Herr Glenschek, in welcher Beziehung standen Sie zu dem Verblichenen?"

„Ich war sein jüngster Bruder, leider verstanden wir uns nicht so gut, aber es gab nie so große Probleme, dass ich ihn ermorden wollte."

„Wen haben Sie im Verdacht?" fragte Rau und führte Bob in die Küche.

„Vor allem Harry, der hat seine Finger bei jeder Schurkerei im Spiel."

„Was ist denn Harry von Beruf?"

Bob überlegte kurz: „Oh, der wechselt dauernd die Profession. Zuletzt war er bei einer Finanzdienstleistung tätig. Wahrscheinlich hat er sich verspekuliert und brauchte dringend Geld. Da ist es nur mehr ein Schritt, den eigenen Onkel umzulegen."

„Ich kenne jetzt schon Harry, Sigi, Sie und habe schon von Alfons gehört. Wer ist der fünfte Verwandte, der vom Tod des alten Herrn profitiert?"
„Kurt, der Zocker-Neffe. Verbringt seine Abende im Kasino und gewinnt öfters. Der hätte es eigentlich nicht nötig, sich die Finger schmutzig zu machen." meinte Bob.
Kurz nach diesem Gespräch erschien Alfons mit einem Strauß weißer Lilien.
„Stimmt es wirklich, dass mein älterer Bruder tot ist?"
„Leider ja, einer der lieben Verwandten sagte mir schon, dass Sie in Ihrem Garten jede Menge giftiger Blumen züchten." eröffnete ihm Rau und geleitete ihn in den Salon.
„Jawohl, aber die verkaufe ich und missbrauche sie nicht, um andere ins Grab zu befördern. Außerdem war mein Verhältnis zu Gerry einwandfrei. Geld brauche ich auch keines. Lassen Sie mich raten, ….es war sicher Harry, der mich verdächtigt hat!"
„Nein, es war Sigi, wenn Sie es genau wissen wollen."
„Wer hätte das gedacht. Bis vor kurzem hat der noch bei mir Quartier genommen, weil er angeblich seine Wohnung neu renovieren lässt und nun dankt er es mir auf diese infame Weise!" erregte sich Alfons und schüttelte die Lilien so sehr, dass sie gelben Blütenstaub auf dem Teppich im Salon verstreuten. „Nach all meinen Bemühungen, ihm die Gärtner-Kunst näherzubringen."
Die Unterredung wurde von der Ankunft Kurts unterbrochen, den Rau im Vorzimmer in die Pflicht nahm. „Wann haben Sie Ihren Onkel das letzte Mal besucht?"
„Vorgestern, denn ich hatte gestern ein Poker-Turnier, das ich übrigens gewonnen habe. Also ich bin nicht scharf auf ein schnelles Erbe. Fragen Sie doch Harry, der ist unser schwarzes Schaf." schlug Kurt vor. „Oder Bob, der in seinem Apotheker-Schrank alle möglichen Gifte hortet. Und es ist immer derjenige, der am leichtesten Zugriff zur Mordwaffe hat, nicht wahr?"
„Nicht immer, manchmal ist es einer, auf den vorerst kaum Verdacht fällt und der vordergründig nicht die Möglichkeit hat, sich Gift zu beschaffen." erklärte Rau und blätterte seine Notizen durch.
„Oh, Sie sind ja wie Inspektor Columbo, von dem glauben die Schurken, dass er dumm ist und wenn sie merken, dass er gewitzt ist, sind sie schon überführt." scherzte Kurt.
„Ja, ich glaube, ich habe den Täter schon. Ich muss nur noch warten, bis der toxikologische Befund meinen Verdacht bestätigt
Wen verdächtigt er?

Fall 21: Schön, aber blöd und tot

In einer Bildungseinrichtung des AMS ist es auf der Damen-Toilette zu einem bestialischen Mord gekommen: eine hübsche blonde Frau liegt blutüberströmt über die WC-Schüssel gebeugt. Als Kommissar Rau eintrifft, hat man die Tote schon umgedreht. Der Gerichtsmediziner Matz hat auch schon die Todesursache festgestellt: „Ein Stich mit einer Nagelfeile mitten ins Herz. Noch nicht lange her, sie ist noch warm. Mit unglaublicher Wucht durchgeführt. Das muss ein Mensch gewesen sein, der dem Wahnsinn sehr nahe ist."
„Das wäre ich auch, wenn ich meinen Beruf nicht hätte. Wir haben es hier wohl mit einem total desillusionierten Arbeitslosen zu tun, der so verzweifelt ist, dass er bereits die einfachsten Regeln menschlichen Zusammenseins nicht mehr beachtet." erkannte Rau
„Vor allem, wenn er wie hier üblich mit völlig sinnlosen Spielen gequält wird. Die müssen zum 100. Mal den Lebenslauf überarbeiten und sich Binsenweisheiten anhören, nur damit der Kursanbieter etwas Geld vom Steuerzahler für jeden teilnehmenden Arbeitssuchenden erhält." wusste Matz und winkte den Sargträgern, die Tote abzuholen.
Rau fragte die Kursleiterin, Frau Jesch, die ziemlich blass um die Nase mit schwarzgefärbtem Haar, fast wie ein ältliches Schneewittchen, dastand.
„Wer hat denn die arme Frau gefunden?"
„Unsre Putzfrau, ich hab sie schon heimgeschickt. Die Tote war unsere Personalberaterin Frau Pamela Zynid. Sie war verantwortlich für die 4 Damen im Team 6 und hat mit jeder schon ein langes Gespräch geführt. Sehr schwierige Damen." erklärte die zitternde Jesch.
„Zeigen Sie mir einen Raum, wo ich mit einer nach der anderen reden kann, aber sagen Sie ihnen nicht, worum es geht." ordnete Rau an.
In einem kleinen Büro saß Rau der ersten Verdächtigen gegenüber.
„Mein Name ist Pok und ich frage mich, was ich jetzt schon wieder erzählen soll." begann sie genervt. „Dauernd will wer was von mir. Zuerst der bekloppte AMS-Berater, der mich saublöd gefragt hat, warum ich arbeitslos bin. Hat scheinbar die Wirtschaftskrise verpennt, der Vollidiot! Dann die schwarzhaarige Hexe, die mir erzählt hat, dass ich ein neues Foto am Lebenslauf brauche, obwohl das alte erst 2 Monate drauf ist. Dann die Wasserstoffblonde, die sich kiloweise Theaterschminke in die Visage schmiert und jetzt noch *Sie*!"
„Nur ganz kurz: was halten Sie von Frau Zynid?" fragte Rau und notierte den Gesprächsschwall, der nun kommen sollte.

„Ich habe mich bereits beschwert! Diese total zugeschminkte, eingebildete, blödsinnige Figur ist doch total ungeeignet für den Job hier. Die behandelt uns, als seien wir hier in Geiselhaft. So eine Frechheit! Man sagte mir, die sei durch ein Studium befähigt und behandle andere mit Wertschätzung. Dass ich nicht kichere! Die einzige Befähigung, die das dumme Trutscherl hat, ist die einer Maskenbildnerin, wie man an ihrer Maquillage unschwer erkennen kann. Und mit Wertschätzung behandelt die nur ihr Spiegelbild. Soll sie doch den Beruf wechseln, dann kann sie zwar mit ihren Klienten nicht mehr so diktatorisch umspringen wie mit uns, verdient aber mehr, und das Geld ist doch das Wichtigste für so eine oberflächliche blöde Person, nicht wahr?? Und haben Sie schon bemerkt, wie dreckig es hier überall ist? FUUURCHTBARR!! Ich leide hier entsetzlich, denn ich bin sehr empfindlich und außerdem-"
„Frau Pok, entschuldigen Sie, dass ich Sie unterbreche, aber ich bin von der Polizei und nicht vom AMS. Frau Zynid ist gerade ermordet worden."
„Nicht schade um sie, das muss ich schon sagen. Wer immer es war, wenn ich Geschworene bin, kriegt er von mir einen glatten Freispruch!"
„Jaja, aber momentan sind SIE verdächtig!"
„Frechheit, ich werde mich über Sie auch beschweren. Geben Sie mir Ihre Dienstnummer!" forderte sie ihn mit sich überschlagender Stimme auf.
„Waren Sie heute auf der Toilette?"
„WAAAS? Nein, natürlich nicht, ich gehe so ungern auf fremde Toiletten, überhaupt hier, wo alles vor Dreck nur so strotzt! Ist es Ihnen denn gar nicht aufgefallen? Wie sieht es denn bei Ihnen zu Hause aus???"
Da Rau erkannte, dass mit dieser Frau nicht gut Kirschen essen ist, entließ er sie und bat sie noch, ihm die nächste Kursteilnehmerin zu schicken.
Frau Till wirkte wie eine liebe Handarbeitslehrerin und lächelte ihn an. „Was soll ich über andere schlecht reden. Diese junge Dame ist mir sofort unsympathisch gewesen. Sie roch so stark nach penetrantem Parfum, dass es mir in ihrer Nähe den Atem verschlug. Auch fachlich scheint sie mir sehr fraglich. Sie verstand gar nicht, was ich ihr alles mitteilte, dabei hat sie mich oft gar nicht angesehen, sondern spielte währenddessen mit ihrem Handy herum. Hat wahrscheinlich nachgesehen, ob sie Nachricht von ihren Galanen bekommt."
„Das kann sie nun nicht mehr, denn sie ist tot."
„Oh, ich kann nicht sagen, dass es mir leid tut. Wer sich so tussig benimmt, fordert oft sein Schicksal selber heraus. Aber wussten Sie, dass es im Vorjahr zu 1.823 Übergriffen auf AMS-Berater und deren Konsorten gekommen ist? Weil die uns alle nicht als ihre Arbeitgeber sehen, sondern

als lästige Verlierer! Ich hab keinen Job, aber der oder die Hirnkranke, welche die Stadt Wien mit Frankenkrediten um 300 Millionen Euro gebracht hat, schon!"
„Waren Sie heute auf der Toilette?" fragte Rau, ohne auf diesen Vorwurf näher einzugehen.
„Ich wüsste nicht, was Sie das was angeht." stellte sie schnippisch fest.
„Weil Frau Zynid dort erstochen wurde." entfuhr es Rau, schon sehr zornig.
„Das kommt davon, wenn man sich nicht benehmen kann, dann wird man abgestochen wie ein Schwein. Fragen Sie doch die Männer in unserm Kurs, 20 an der Zahl und alle haben Stielaugen bekommen, wenn die vorbeigewackelt ist. Angestrichen wie ein frisch lackiertes Hutschpferd. Außen hui, innen pfui. Pfui Teufel!!! Ich bin zivilisiert, ich gehöre gar nicht hierher, zwischen all diese Primaten! Mehr kann ich Ihnen nicht sagen. Außer, dass mein Leben einem Steeplechase-Rennen gleicht. Kennen Sie sowas? Die Hürden werden so hoch gemacht, dass der arme Gaul beim Drüberhupfen stürzen muss!" Damit entfernte sie sich überstürzt.
„Ich heiße Wank!" stellte sich die nächste in der Verdächtigen-Runde vor und auch sie beantwortete die Frage von Rau nach der Ermordeten negativ.
„Diese äh-Dame hat auf meine Beschwerde gesagt, dass es hier Platz genug gäbe. 57 Quadratmeter, aber das stimmt nicht. Es sind vielleicht 57 Kubikmeter, auf denen wir alle 25 eingepfercht sind. Und nichtmal ein Fenster kann man öffnen. Die Luft ist so stickig, ich leide nämlich an Asthma. Aber das interessiert dieses affige Arsch-Fräulein ja gar nicht. Wissen Sie, mit welch üblen Gesocks man hier kaserniert ist? Mit versoffenen Vorbestraften, denen eine Alkoholfahne aus dem Maul weht, stupiden Proleten und ehemaligen seelisch verwahrlosten Heimkindern, die nach Nikotin stinken, weil sie ihr erbärmliches Leben nicht anders ertragen können, als zu rauchen! Mit denen muss *ich* die muffige Atemluft hier teilen! Wenn man da keine Depressionen hat, dann bekommt man welche! Und die Scheißpolitiker können nur hohle Phrasen im Parlament dreschen, hoffentlich haut einmal einer eine Handgranate rein!"
„Nana! Beruhigen Sie sich. Politiker sind auch Menschen!" beschwichtigte sie Rau.
„Ja, aber unnötige! Solche braucht kein Volk!" ereiferte sie sich gestikulierend.
„Gehen Sie einmal auf einen Fußballplatz, dort sehen Sie, dass das Volk genau die Politiker hat, die es verdient!" riet ihr Rau.
„Pah! Die arbeiten doch gar nix! Schauen Sie sich eine Debatte im Fernsehen an, da ersparen Sie sich das Kabarett! Aber im Kassieren sind die

Weltmeister. Wollen alle nur ein Nummernkonto in der Schweiz und einen Platz im Geschichtsbüchl!" Die herben Worte klangen zunehmend wie herausgekotzt.

Ich kann doch auch nix dafür, dachte Rau und rollte kurz die Augen nach oben.

„Und *Sie* sehen mich auch so verständnislos an!" keifte sie weiter und legte ihre Stirn in Sorgenfalten, da sie sich um die mickrige Notstandshilfe offensichtlich kein Botox leisten konnte.

„Das täuscht! Frau Zynid ist tot!" erinnerte sie Rau an den Grund seiner Befragung.

„Erstickt?"

„Nein, erstochen!"

„Hmm, ein schönerer Tod. Fast beneide ich sie, aber die war auch zu blöd, um weiterleben zu können. Nur die Haare waren das Schönste an ihr. Blondgefärbte Locken, wie das Nürnberger Christkindl sah sie aus. Welche Ironie der Geschichte, dass sie auch genauso sterben musste, wie einst Kaiserin Sisi mit ihren schönen Haaren, die von Luchesi mit der Feile erstochen worden ist."

„Er hieß, soweit ich weiß, Lucheni." korrigierte Rau ausatmend.

„Auch gut! Also nein, ich war nicht auf der Toilette, weil ich so wenig trinke."

Die nächste Verdächtige hieß Zink und warf ihm einen feindseligen Blick zu. „Worum geht's denn nun? Welches hirnrissige Spielchen veranstaltet man denn jetzt mit uns? Ich frage mich, wer sich sowas immer ausdenkt. Dem muss jedenfalls unheimlich fad sein. Es soll jemand abgemurkst worden sein?"

„Woher wissen Sie das?"

„Ein Kurskollege hat mit der Putzfrau gesprochen, die ganz hysterisch war. Die hat ihm erzählt, sie hätte eine Tote gefunden?"

„Ja, Frau Zynid!"

„Kein Wunder, dass der jemand den Hals umgedreht hat. Mir wollte die weismachen, sie hätte einen Job im Kunstbereich. Pah, die hat so wenig so einen guten Job zu vergeben, wie ich Geld in der Schweiz! Die war so aufgeputzt wie wenn sie zum Opernball wollte. Wie ein Pfingstochse! Der hat nur mehr das richtige Ballkleid gefehlt. Mit einem Abend-Makeup vor Arbeitslosen zu sprechen ist direkt provokant. Wollte die sich gar über uns erheben? Hat so getan, als wär sie was Besseres! Pah! Und jetzt gibt es sie nur mehr in schlechter Erinnerung!" Genugtuung schwang in dieser Aussage mit.

„Waren Sie auf der Toilette?" erkundigte sich Rau.
„Ja, ich musste mich übergeben, da die Räume derart schmutzig und stickig waren. Ich habe schon die ganze Woche Spannungs-Kopfschmerz, aber das kümmert ja hier keine Sau. Das nächste Mal speib' ich denen aber direkt vor die Füße, das können Sie mir glauben! Das wird eine Hetz!" Dabei rieb sie sich in Vorfreude schon die Hände.
„Ist Ihnen auf der Toilette was aufgefallen?"
„Nein, das heißt - es war dort verhältnismäßig sauber, bevor ich gekotzt habe. Mir ist schon wieder schlecht! War's das jetzt?"
Frau Jesch erschien nach Frau Zink und wollte wissen, ob er schon eine der Damen in Verdacht habe.
„Oh ja", fiel Rau auf, als er seine Notizen überflog, "sie hat sich verraten."
WER WAR ES???

Fall 22: Katastrophales Karma

Kommissar Rau steckte im Stau der Wiener Rush Hour. Halb5 und alle wollten heim, aber keiner zu Fuß. Über die Freisprechanlage vermittelte ihm sein Assistent Jumbi, alias Jurek Bimski, der sich bereits am Tatort im 19. Bezirk befand, die Fakten zum jüngsten Mord: „Die erstochene Dame wohnte passenderweise in der Sternwartestraße, sie war eine Astro-Seherin. Das heißt sie erstellte Horoskope und-"
„Sah auch in die Zukunft." setzte Rau fort, dessen Fahrzeug nunmehr ein Stehzeug war.
„Nein, sie sah in die Vergangenheit, denn sie hatte sich auf Rückführung spezialisiert." erläuterte Jumbi, der mit Handschuhen auf den Computer der Toten einhämmerte, nachdem die Spurensicherung festgestellt hatte, dass sich darauf nur die Fingerabdrücke einer Person, vermutlich also ihre, befanden. „Du glaubst es nicht, was sich damit verdienen lässt. Sie hatte 666 Kunden in ihrer Datei."
„Oje, die Zahl des Teufels." wusste Rau, der sich mit seinem Auto nur zentimeterweise auf dem Ring fortbewegte.
„Falsch!" korrigierte ihn Jumbi. „Ich las einmal, dass die Zahl des Teufels die 616 sei, und die 666 nur auf einem Schreibfehler beruht."
„Wie viele Kunden empfing sie heute?"
„5! Von 8Uhr 30 im 2-Stunden-Takt. Die Letzte, eine alte Dame, die um 16 Uhr 30 bestellt war, fand die Wohnungstür nur angelehnt, die Seherin unter einer Heizdecke und alarmierte uns. Die Tote hieß Leila Lejeune – sprich Löschönn – und wurde mit 5 Stichen ermordet. Vermutlich der erste ging

gleich ins Herz, denn die andern 4 sind sternförmig ausgeführt, sodass sich ein Pentagramm ergibt, wenn man sie miteinander verbindet."
„Okkultismus lässt grüßen. Da könnte das Motiv liegen."
„Klar, einer der heutigen Kunden ist draufgekommen, verarscht worden zu sein. Die hatte nämlich nur 5 Varianten der Inkarnation eines früheren Lebens. Und zwar: 1. Staatsoberhaupt, also König, Kaiser, usw, 2. Krieger, also General, Feldmarschall, 3. Enger Verwandter des Kunden, also Vater oder Mutter,-"
„Verstehe, ich sah mal in der Talkshow von Hans Meiser eine Frau, die von ihrem Geliebten nicht loskam, da erzählte ihr so ein Scharlatan, sie wäre in einem früheren Leben seine Mutter gewesen. Und Hans Meiser fragte sie: Haben Sie ihm dann gesagt: mein Sohn, ich bin es?"
„Genau!" fuhr Jumbi fort. „4. Opfer, also Sklave oder Galeerensträfling, der rebelliert hatte, und 5. Krösus, also ein rücksichtsloser Reicher, wie Großgrundbesitzer und Plantagenbetreiber. So erklärte sie schlüssig, warum es den Leuten heute eher schlecht geht. Genial und sehr einträglich."
„Jaja, aber was ist mit ihren heutigen Kunden?" forschte Rau, der schon rasch mit seiner Befragung der Verdächtigen beginnen wollte.
„Einer heißt Leo Loki und wohnt in der Landesgerichtsstraße 13."
„Sehr gut!" freute sich Rau und bog mit dem Wagen vom Ring ab. „Den nehm' ich mir gleich vor und wer weiß, vielleicht zieht er bald ins Graue Haus, dem Landesgericht, in seiner Nähe."
Herr Loki hörte sich erstaunt die Mitteilung vom Tode seiner spirituellen Beraterin an und bot Rau Platz in seiner feudal eingerichteten Wohnung an.
„Das sind ja entsetzliche Neuigkeiten. Schade, dass ich meinen Termin um 14 Uhr 30 auslassen musste, aber ich fühlte mich leider nicht wohl." Etwas theatralisch griff er sich an den Brustkorb, wo er sein Herz vermutete und trank einen Schluck aus seinem Cognac-Schwenker. „Möchten Sie auch einen?" Auf Raus Kopfschütteln fuhr er fort. „Tja, also ich erfuhr durch sie, dass ich früher Pharao Ramses der II war und darum mit allen möglichen Leuten Schwierigkeiten habe, weil das vermutlich meine früheren Untergebenen waren, aber um es zu beweisen, müssten die auch einer Rückführung bei ihr zustimmen."
„Was die natürlich nicht taten." mutmaßte Rau völlig zu recht.
„Exakt. Ich habe wirklich absolut keinen Grund, sie ins Jenseits zu befördern, denn dann würde ich mir doch mein Karma für zukünftige Inkarnationen ruinieren."
„Sicher, sagen Sie mir trotzdem, ob es für die Zeit der Konsultation, die sie ausgelassen haben, Zeugen gibt." schlug Rau vor.

„Leider nicht. Ich konnte mir nur als ehemaliger Pharao einen Hofstaat leisten."

Rau erhob sich, als ihm seine Lendenwirbelsäule deutlich Zeichen einer Abnützung gab und sein Gesicht sich vor Schmerz leicht verzog.

„Naaa, zwackt das Zipperlein?" spottete Loki. „Da fällt mir ein Zitat aus ‚Stirb langsam' ein: Auf was reagiert der Metalldetektor bei Ihnen: auf das Blei im Arsch oder das Blech im Kopf? Hahahaaa!"

Rau überlegte ob er ihm sagen sollte: Sind Sie heut früh schon als Arschloch aufgewacht, oder haben Sie den ganzen Tag überlegt, wie Sie mich beleidigen können? – aber er ließ es und fuhr weiter Richtung Tatort.

Jumbi meldete sich telefonisch wieder: „Die erste Kundin, ebenfalls eine alte Dame, hat auch ihren Termin abgesagt. Sie ließ sich lieber ihre Frostbeulen operieren."

„Ach? Ohne vorher zu fragen wie die OP ausgehen wird?"

„Wie denn, wenn die Seherin nur in die Vergangenheit gucken kann. Du hast also nur mehr 2 Verdächtige. Der nächste auf der Kundenliste ist ein gewisser Albert Fleck und wohnt in der Operngasse 4."

Herr Fleck gab gerade einen kleinen Umtrunk in seiner großen stylischen Wohnung und bat Rau in die Küche, wo eine weitere Platte von Brötchen für seine 6 Gäste bereit stand. „Wie schrecklich, von einem bestialischen Mord einer so lieben Person zu hören. Sind Sie hungrig?" Dabei deutete er ihm aufmunternd zuzugreifen.

„Nein danke, -aber mich interessiert, wo Sie vor 4 bis 5 Stunden waren."

„Na hier, ich musste doch alles für meine lieben Gäste vorbereiten. Darum hab ich kurzerhand meinen Termin um 12 Uhr 30 abgesagt. Wissen Sie, wie Frau Lejeune früher hieß? Eva Wutzerl. Kein schöner Name, was? Sie hat deswegen eine Änderung beantragt. Vielleicht hilft Ihnen das ja weiter."

„Ja, möglicherweise. Aber was hat Sie Ihnen erzählt von einem früheren Leben?" erkundigte sich Rau neugierig.

„Leider habe ich eine sehr schmutzige Scheidung hinter mir und Frau Wutzerl, pardon, Frau Lejeune eröffnete mir, dass meine abtrünnige Ehegattin früher mal meine vernachlässigte Tochter war."

„Das erklärt natürlich, warum sich die Geschiedene an Ihnen schadlos halten wollte." erkannte Rau grinsend, während er sich alles notierte.

„Jawoll, schlimm, wenn alle einen aussaugen wie die Geier." murmelte er und griff beherzt zu einem Brötchen. „Aber es blieb mir ja genug Geld über."

Die Letzte auf der Liste war eine Frau namens Katherina Burg, die auch im 19. wohnte, in der Höhenstraße 24 auf Untermiete bei ihrer Tochter. Sie

zeigte sich ob der Todesnachricht empört. „Nein so etwas, und ich habe doch noch einen Termin bei ihr gehabt, aber leider ganz darauf vergessen, um 10Uhr30 auch hinzugehen. Wissen Sie, ich war früher eine reiche Dame, die immer ihr Personal schikaniert hat und darum bin ich unter anderem mit Vergesslichkeit gestraft."
„Aber Sie würden nicht etwa vergessen haben, Ihre Sterndeuterin gekillt zu haben?" scherzte Rau.
„Unerhört! Ich verbitte mir Ihre Unverschämtheiten. Sie waren früher sicher mal ein mieser Steuereintreiber, der mir schon damals auf den Wecker gegangen ist. Verlassen Sie mein Haus!"
„Sie meinen das Haus Ihrer Tochter?" erinnerte sie Rau.
„Ach, die kommt auch noch dran!" stellte sie verbissenen Gesichtsausdrucks fest.
„Was soll das heißen?"
„Nur, dass das Schicksal jede Ungerechtigkeit bestraft!" flüsterte sie, als wäre das ein gut gehütetes Geheimnis.
Endlich in der Wohnung des Opfers angekommen, sah sich Rau um und Jumbi klickte sich immer noch durch den Computer. „Hat sich einer verdächtig gemacht?" fragte er und, ohne die Antwort abzuwarten, rief er aus: „Da im Kalender für heute steht sogar noch: Achtung! Der Vater zürnt mir schon, weil er seinem Geld nachtrauert."
„Den Himmelvater kann sie ja wohl nicht meinen." murmelte Rau und guckte in seine Notizen, wobei ihm ein Licht aufging. „Ach soo, *den* meint sie."
WER WAR ES?

Fall 23: Mord am Ball

Die Debütantin am WC der Oper bot einen elenden Anblick. Sie schien wie eine verwelkte weiße Blume in ihr Kleid eingesunken, einem schrecklichen Anblick zum Opfer gefallen zu sein, denn ihre großen blauen Augen waren weit aufgerissen und auch ihr kirschroter Mund war wie zum letzten Aufschrei geöffnet. Kommissar Rau erfuhr von Gerichtsmediziner Matz, dass sie wahrscheinlich einem feigen Giftanschlag zum Opfer gefallen ist. Sein Assistent Jumbi schlug sich mit der Hand auf die Stirn: „Oh mein Gott, jetzt müssen wir 7.000 feine Leute als Zeugen befragen."
„Hast du Lotte Tobisch nicht gehört?" erkundigte sich Rau. „7.000 feine Leute gibt's auf der ganzen Welt nicht. Außerdem kommen wie üblich nur einige wenige in ihrem Umkreis als Zeugen infrage. Hier sind doch 100e

weiß gekleidete Debütantinnen unterwegs gewesen, von denen kaum eine jemand aufgefallen sein dürfte."

„Übrigens, der Arbeiter, der sie um halb4 Uhr früh fand, wusste, dass sie keine diesjährige Debütantin sein konnte, denn ihr Krönchen stammt aus dem Jahre 2009." erklärte Matz.

„Mich erinnert der Opernball immer an den Almabtrieb, wo die aufgeputzten Kühe mit Glocken um den Hals-"

„Jumbi!" ermahnte Rau seinen Assistenten. „Das ist nicht der rechte Augenblick, sich über das alljährliche Großereignis der Wiener Society lustig zu machen."

„Tschuldigung." sagte er kleinlaut. „Früher, wo die Übertragung 50 Minuten dauerte und die Berichte zur Opernballdemo mit den ganzen Vermummten nur 5 Minuten, wünschte ich mir immer es wär umgekehrt."

Matz reichte Rau ein kleines weißes Büchlein. „Das hatte sie verborgen in ihrem Ausschnitt."

Während Rau darin blätterte, sinnierte Jumbi: „Jede 4. Minute passiert ein Mord, stand vorgestern in der Zeitung, frage mich, wo alle die Leichen dazu sind? Gibt es das perfekte Verbrechen doch und haben die Täter ihre Opfer alle im Wienerwald oder am eigenen Grundstück vergraben?"

Matz verabschiedete sich und meinte zu Jumbi: „Jede Sekunde stirbt ein Mensch und 2 neue werden geboren. Das heißt, dass der Storch weit erfolgreicher ist als der Sensenmann, macht's gut!"

Rau klopfte Jumbi auf die Schulter, was diesen leicht zusammenfahren ließ. „Sie hieß Erni Songul. Hier in ihrem Telefonbüchlein sind nur drei männliche Namen eingetragen. Ich wette, dass sie mit einem derjenigen hier gewesen ist."

Der Erste im Verzeichnis hieß Arno Alsbach und wohnte im 2. Bezirk mit einem herrlichen Blick auf das Riesenrad. Als Rau samt Assi klingelte, öffnete er noch im Frack. Dank seines Mittelscheitels fiel ihm rechts und links je ein Haarbüschel in die Augen und er wirkte mit seinen 1Meter60 wie ein Pinguin. „Ja, was wollen Sie denn?"

„Haben Sie nicht vergessen, Fräulein Erni heimzubringen?" fragte Rau und zeigte seine Dienstmarke zum gefühlten 1.000sten Mal in seinem Leben.

„Und darum schickt mir die Kuh gleich die Bullen auf den Hals?"

„Nein, die Kuh ist tot!" zischte Jumbi zornig und fing sich dafür einen bösen Blick von Rau ein, der schon bedauerte, ihn mitgenommen zu haben.

„Oh, das tut mir leid. Aber wie die mir auf'n Wecker gefallen ist, können Sie sich nicht vorstellen. Erst wollte sie was trinken, kostete mich 10 Euro, der reine Wucher." fing er an und ging den beiden Kriminalbeamten in seine

spartanisch eingerichtete Wohnung voraus. „Dann wollte sie noch was essen. Kostete mich 80 Euro. Dann war ich pleite und verließ den Tatort."
„Ach, sie war zu dem Zeitpunkt schon tot?" fragte Jumbi spontan.
„Nein, natürlich nicht. Sie hatte einen Jugendfreund von ihr entdeckt, einen gewissen Sonny, mit dem sie 2009 den Ball einst eröffnen durfte. Ohne ein Wort des Abschieds ist sie entfleucht, so um halb 12. So eine- naja, über Tote sagt man ja nix Schlechtes. Woran starb sie denn?"
Jumbi öffnete schon den Mund zum Sprechen als ihm Rau zuvorkam: „Noch kein Befund. Wir melden uns wieder."
Der zweite Verdächtige, ein Bursche namens Mario Batu, öffnete die Tür seiner Wohnung im 11. Bezirk nahe dem Zentralfriedhof in einem Streifen-Pyjama, das ihn wie einen Sträfling aus Stummfilm-Zeiten wirken ließ und gähnte: „Müssen Sie um die Zeit bei mir Krach machen?"
„Ja, denn wir brauchen Informationen über Ihre Freundin Erni." erklärte Rau.
„Ach, ist sie am Opernball erdrückt worden?" grinste er frech.
„Nein, vergiftet!" rief Jumbi und griff sich dann rasch auf den vorschnellen Mund.
„Ach, dann kann's nur Sonny gewesen sein." meinte das Streifenhörnchen. „Der war nämlich auch da. Sie war übrigens gar nicht mit mir dort. Ich hab sie nur von weitem gesehen mit so einem hässlichen Zwerg. Schiacher als die Zinsertragssteuer!"
Rau blätterte in Ernis Büchlein. „Heißt dieser Sonny mit bürgerlichem Namen vielleicht Richard Sonnblick?"
„Genau. Zu *dem* müssen Sie gehen, der hatte auch allen Grund sie zu vergiften, weil sie den immer wieder mal gestalkt hatte. Hat sie mit mir auch gemacht, aber ich wusste mir ja zu helfen, hähä!"
„Und wie genau?" fragte Jumbi.
„Mit einer Erdnuss, gegen die war sie nämlich allergisch. Man brauchte ihr nur eine Erdnuss unter die Nase zu halten und sie ist schreiend davongelaufen." berichtete der Pyjama-Boy lächelnd. „Ich geh nie wieder auf den Scheiß-Ball. Dort ist es doppelt so voll wie am Zentralfriedhof, aber nur halb so lustig!"
Im Auto auf der Fahrt zu Richard Sonnblick überlegte Jumbi: „Wer weiß, vielleicht hat dieser Ritschi ihr gemahlene Erdnüsse in ein Getränk gemischt, dann wär sie an einem allergischen Schock gestorben."
„Dann müsste er erstens gewusst haben, dass sie auch am Opernball ist und zweitens die Nüsse schon in gemahlenem Zustand im Hosensack gehabt haben." spann Rau den Gedanken seines Assis fort.

Als sie bei der Adresse Sonnblicks im 20. Bezirk ankamen, stieg dieser gerade torkelnd aus seinem Porsche aus. Als er die zwei Polizisten in Zivil erblickte, fielen im gleich die Mundwinkel herunter. „Oje, erwischt! Ja, ich hab ein paar Promille, aber ich hab niemanden umgebracht!"
„So? Woher wissen Sie denn, dass Ihre Ex-Freundin tot ist?" forschte Rau.
„Naja, sie kam so lang nicht von der Toilette. Da dachte ich, dass sie möglicherweise gestorben worden ist. Weil sie hat ja Streit mit ihrem neuen Freund gehabt, diesem Blödmann Arni oder wie das kleine Arschloch heißt." lallte er und tippte sich dabei neben die Stirn.
„Worum drehte sich denn der Streit?" fragte Jumbi und nahm dem besoffenen Burschen die Auto-Schlüssel ab.
„Naja, der ist doch so arm wie ne Kirchenmaus. Und sie ist anspruchsvoll wie ne Kronprinzessin. Wollte trinken, fressen, fick-äh…."
„Das haben Sie alles mitbekommen? Das heißt, Sie haben die beiden verfolgt!" kombinierte Rau.
„Quatsch! Ich war zufällig in der Nähe und als sie mich gesehen hat, da hat sie sich gleich wieder in mich verliebt und das Blödmännchen war ausgestochen, hickshähä!"
„Das Blödmännchen hat das Fest um halb 12 verlassen." erinnerte sich Jumbi.
„Nein, ich hab auf meine Taschenuhr gesehen, er ist um halb 3 abgehauen. Nachdem er fünfmal versucht hat, sie von mir wegzulotsen. Erfolglos. Ätschibätsch!" lallte Sonny amüsiert. „Der hat ihr auch was ins Getränk gemischt, ich hab's genau gesehen."
„Und Sie haben sie nicht gewarnt?" fragte Rau empört.
„Ne, ich hab geglaubt, es wär nur Zucker gewesen, damit sie schneller besoffen wird und leichter abzuschleppen ist."
Wieder bei Arno Alsbach angekommen, konfrontierte ihn Rau mit Sonnys Aussage. „Immer auf die Kleinen! Ich hab nie behauptet, den Ball um halb12 verlassen zu haben. Sie hat mich um halb 12 stehen lassen und ich hab mich noch allein amüsiert und bin erst viel später weg. Wann…. weiß ich gar nicht. Und in ihr Getränk konnte ich nix mischen, weil sie es direkt vom Kellner entgegennahm."
„Wussten Sie, dass Erni gegen Erdnüsse allergisch war?" fragte Rau.
„Sicher. Aber ich hatte ja keine bei mir. Das muss schon einer der beiden andern gewesen sein."
„Ich glaub, ich hab's!" rief Jumbi aus. Einer der drei hat sich widersprochen. WELCHER?

Fall 24: Date mit dem Tod

Heute war ein trauriger Tag für Rau, denn sein treuer Assistent Jurek Bimski, der fröhlich-nützliche Jumbi, der ihm bisher brav zur Seite stand, verabschiedete sich für eine einjährige Auszeit. Sein Sabbatical wollte er in den USA verbringen, um dort seine Polizeiarbeit zu perfektionieren und die Mordrate etwas zu senken. Rau brachte ihn noch höchstpersönlich zum Flughafen Schwechat, umarmte ihn wie einen Sohn, erkannte jetzt erst, wie sehr ihm der junge Schnösel ans Herz gewachsen war und stellte traurig fest: „Kein guter Tag, um Abschied zu nehmen."
„Ja", pflichtete ihm Jumbi bei, „aber dazu ist wohl kein Tag gut genug!"
Rau wartete noch, bis Jumbi hinter der Tür zur Sicherheitskontrolle entschwand und als er um 10 Uhr wieder ins Büro zurückkehrte, wartete schon der nächste knifflige Fall auf ihn. Wenig später fand er sich also diensteifrig in einer sehr sauberen Wohnung in der Innenstadt wieder, in welcher die Putzfrau in Tränen aufgelöst im Vorzimmer saß. „Ach, wenn ich die gnä' Frau doch früher gefunden hätte. Dann hätte ich doch niemals nicht das Bad und den Flur sauber gemacht."
„Nun machen Sie sich doch keine Vorwürfe! Haben Sie Blut weggewischt?" erkundigte sich Rau und beugte sich ein wenig zu ihr runter. Sie roch nach Zitrone und Salmiak.
„Nein. Nur eine Packung Haarfarbe. Sie hat sich die Haare blond gefärbt, da hab ich mir nix weiter gedacht. Wahrscheinlich wollte sie ganz neu anfangen!" schluchzte sie. „Ich weiß, dass sie ein Verhältnis mit einem verheirateten Mann hatte."
Rau ging ins Wohnzimmer und besah sich die Tote nochmals. Mit einer großen Wunde am Hinterkopf lag sie vornüber gesunken auf einem Glastisch. Er duckte sich, um von unten ihr Gesicht erkennen zu können. Mit aufgerissenen braunen Augen starrte sie ihn an, so als wolle sie posthum Anklage erheben. Der Streifenpolizist Spindler kannte Rau und informierte ihn kurz: „Unser Gerichtsmediziner ist gerade auf einer Star-Trek-Convention unter dem Titel Opernball auf Gliese 587f. Wird noch eine Weile dauern bis er da ist. Grad hab ich mit einer Nachbarin gesprochen. Sie sah die erschlagene Frau Gralla vor 2 Stunden beim Bipa Kosmetika kaufen."
„Dann ist die Spur des Täters noch ganz frisch." meinte Rau und holte mit behandschuhten Fingern aus der teuren Handtasche das Handy der Toten. „Wenig überraschend alles gelöscht." stellte er desillusioniert fest.
Spindler, der ebenfalls Handschuhe trug, fand ein Notizbuch in einer

Schreibtischlade und reichte es Rau.
„Ihre Firma liegt gleich ums Eck!" meldete sich die Putzfrau zu Wort, welche sich schon etwas beruhigt hatte. „Oh, an ihrer rechten Hand trug sie immer einen großen Diamantring."
„Das könnte ein Tatmotiv sein." erkannte Rau. „In dem Buch steht die Adresse und der Name eines Mannes mit Herzchen verziert: Manfred Kramer, Grenzgasse 17A. Den nehme ich mir als ersten vor, dann fahr ich in ihre Firma."
Kramer verzog bei der traurigen Nachricht keine Miene. „Ja, ich kannte sie. Sie hat vor kurzem mit mir Schluss gemacht. Mit einer selten blöden Begründung: nach dem Tod ihrer Mutter hätte sie ein Klopfen gehört, das sie als Warnung aus dem Jenseits verstand. Ich wär nicht gut für sie, weil ich mich nicht scheiden lassen kann. Dabei war es sicher die Wärmeaustauschpumpe der Heizung, die geklopft hat! Sowas Blödes!" ärgerte er sich. In seinem Nadelstreif-Anzug sah er wie ein Gangster aus den 20ern aus.
„Hm, man könnte auch sagen, es war blöd von ihr sich mit einem verheiratetem Mann einzulassen, der sie nur besucht hat, wenn ihn seine Ehefrau abgewiesen hat!" provozierte ihn Rau.
„Falsch, ich kam nicht zu Gitta, weil meine Frau mich abwies, sie klagte zwar öfters über Migräne aber… ich liebte Gitta!" verteidigte sich der elegante Ehebrecher.
„Na, Migräne ist doch die klassische Ausrede. Hätten Sie Ihrer Gattin öfters Blumen gebracht und schon-"
„Ach was!" unterbrach ihn Kramer rüde. „Da fällt mir der Witz ein, wo sich 2 Frauen treffen und eine sagt: mein Mann brachte mir heut Blumen, da muss ich doch die Beine spreizen. Und die andre sagt: Wieso? Hast du keine Vase?"
„Ihre Geliebte ist tot und Sie machen obszöne Witze." kritisierte ihn Rau.
„Sie erinnern mich an meinen Wirtschafts-Anwalt. Der lacht auch nur, wenn er Geld von mir sieht!"
„Und ich lache, wenn ich einen Mörder entlarve!" stellte Rau fest und fuhr ungeachtet des Ablenkungsmanövers fort: „Weiß Ihre Frau von der Affäre?"
„Nein! Lassen Sie meine Frau aus dem Spiel! Ich verbiete Ihnen, sie zu behelligen!" warnte Kramer in sehr eindringlichem Ton.
„Sie haben wohl Angst vor dem, was sie mir erzählen könnte?" wusste Rau, dem bekannt war, dass die Damen den Herren verbal oft weit überlegen waren.

„Ach…" entfuhr es Kramer. „Jeder redet pro Tag circa 10.000 Worte. Wenn ich mit meinen am Ende bin, ist meine Frau erst am Anfang, wenn ich heimkomme. Außerdem hat sie noch weitere 10.000 in petto." Damit wies er Rau die Tür.

In einer Justament-Aktion fand Rau die Handynummer von Frau Kramer auf seinem iPhone im Herold und wählte sie sogleich. Kaum saß er in seinem Auto meldete sie sich und er stellte sich vor: „Guten Tag, mein Name ist Kommissar Rau von der Mordkommission."

„Ah, ist meinem Mann etwas passiert?" fragte sie sofort besorgt.

„Nein, es geht um einen andern Mordfall. Könnten wir uns treffen?"

„Bedauere, ich bin noch immer auf dem Flughafen Zürich. Wegen Schlechtwetter wurde mein Flug gecancelt." Im Hintergrund hörte Rau eine Durchsage, dass sich ein gewisser Herr Schnetz oder Schletz zum Informationsschalter bemühen soll. „Die Zeit, die man beim Fliegen spart, büßt man beim Warten und bei den Sicherheits-Checks wieder ein!"

„Wie schade, dann melde ich mich vielleicht ein andermal." Schnell machte er sich noch eine Notiz, ihr Alibi bei Bedarf zu überprüfen und fuhr in die Firma der Toten, eine Spedition, wo sie als Geschäftsführerin tätig war.

Dort angekommen traf er auf zwei Kolleginnen. Frau Illmüz und Frau Habler.

„Leider habe ich eine schlechte Neuigkeit für Sie!" begann Rau, nachdem er sich ausgewiesen hatte. Bei der Todesnachricht zuckte die erste mit dem linken Auge und sagte: „Ach, darum ist sie heut nicht ins Büro gekommen. Wir dachten sie hat ein Date."

Und die zweite rümpfte die Nase. „Na, das hat ja so kommen müssen. Sie war mit so einem Windhund zusammen. Der wollte immer nur das eine von ihr und hatte das geistige Level eines Neandertalers." klärte Frau Habler Rau auf und schnäuzte sich lautstark. „Männer sind eben miese Schweine, die uns nicht zu schätzen wissen."

„Danke für Ihre Einschätzung." sagte Rau pikiert. „Und Sie?"

Frau Illmüz zuckte die Schultern. „Was soll ich sagen, sie hörte nicht auf uns. Immer fiel sie auf den Schmalspurcasanova rein."

„Hmmm." machte Rau und wunderte sich, dass die Damen so wenig gesprächig waren. „Meinen Sie er wäre zu einem Mord imstande?"

„Der Casanova?" fragte Frau Illmüz. Rau nickte. „Naja. Ja!"

„Ja, das glaub ich auch!" meinte Frau Habler. „Ich hab ihn mal gesehen und er wirkte auf mich so –äh- brutal. So ein Unterkiefer hat der gehabt wie ein Rottweiler und einen stechenden Blick wie eine Königskobra."

„Könnte es noch einen andern Grund gegeben haben, warum man sie getötet

hat? Hatte sie Geld oder Schmuck?" forschte Rau weiter.
Illmüz zuckte wieder ihre schmalen Schultern und Habler machte Pfff!
„Waren Sie beide mal bei ihr daheim?" Beide nickten betreten.
„Und wann zuletzt?" erkundigte sich Rau.
„Ich war vorige Woche bei ihr, weil sie mich mit einem privaten Weg beauftragt hat. Ich sollte ihr aus der Apotheke was mitbringen." erklärte Frau Habler.
„Und ich war schon vor 2 Wochen bei ihr, weil sie jemanden zum Sprechen brauchte." sagte Frau Illmüz.
„Und was besprach sie mit Ihnen?" wollte Rau wissen.
„Naja, wie schwierig sie es hatte, sich nach dem Tod ihrer Mutter allein zurecht zu finden. Der Don Juan war ja keine große Hilfe."
„Ja, typisch Mann. Wenn man einen Halt braucht, lassen die einen ganz schnell fallen. Und für so ein Weichei, das sich nicht von seiner reichen Alten lösen kann, hat die Arme sich noch die Haare gefärbt." wetterte Habler.
Illmüz fiel etwas ein: „Ich glaube, sie hatte gar kein Geld mehr, weil sie alles für das Begräbnis ihrer Mutter ausgegeben hat."
„Dann kann es ja kein Raubmord gewesen sein." stellte Habler fest.
„Ach Hauptsache, man findet den Mörder!" meinte Illmüz. „Warum er es getan hat ist doch nebensächlich. Und die Tatortermittler werden aufgrund der Spuren ganz schnell den Richtigen gefunden haben."
Rau grinste, denn er hatte den Fall ganz ohne Gerichtsmedizin gelöst.
WER WAR ES?

Fall 25: Tod im AKH

Als Kommissar Rau am Telefon die Stimme einer alten Freundin hörte, erhellte sich seine sonst so düstere Miene. „Claudia, was verschafft mir die Ehre deines Anrufs?"
„Eine Katastrophe, ein Freund von mir liegt tot im Spitalsbett und der Krankenschwester ist das noch nicht einmal aufgefallen!" schluchzte sie herzzerreißend. „Bitte komm schnell ins AKH!" Rau hatte Schwierigkeiten die Abteilung und Zimmernummer zu verstehen, raste aber sofort hin.
Nach kurzer Suche fand er sie in einem 2-Bett-Zimmer neben dem besagten Freund, der aussah als schliefe er nur. Tröstend nahm er sie in die Arme und fragte: „Erzähl mir ganz ruhig, was passiert ist." Dann drückte er sie sanft auf den Besucherstuhl zurück, auf dem sie Totenwache gehalten hatte. Im Zimmer lag ein Geruch zwischen nicht entleerter Bettpfanne und frisch

gechlortem Schwimmbad.
„Ich kam um 10 Uhr rein und fand ihn so. Als ich ihn aufwecken wollte, fühlte ich, dass seine Stirn schon ganz kalt war. Das ist ein Skandal. Aus dem AKH kommt man nur lebend raus, wenn man George Michael heißt!" wisperte sie und tupfte sich die Tränen ab. „Sein Bettnachbar ist auch verschwunden oder haben sie den auch schon um die Ecke gebracht!"
Rau sah sich im Zimmer um - im Abfalleimer fand er eine leere Phiole Ambene, was bedeutete, dass der Tote oder sein Bettnachbar eine Spritze bekommen haben musste. Ein starkes Schmerzmittel, das sich auf Leber und Galle schlug, wie er wusste. „Und du hast nicht auf die Klingel gedrückt, um die Schwester zu rufen?"
„Nein, das ist doch sinnlos. Der arme Pedro hat sich ins falsche Spital einliefern lassen oder hat keinen Platz in einem guten bekommen."
Da wurde plötzlich die Tür aufgerissen und ein Herr im Nachthemd schneite herein. „Nanu, gleich 2 Besucher für meinen lieben Freund. Hat der ein Glück!"
„Sie sind der Bettnachbar von Pedro?" vergewisserte sich Rau.
„Der bin ich! Mein Name ist Anton Topf. Der schläft heut aber fest, sonst ist er um die Zeit schon munter und motzt herum." erklärte der Herr und setzte sich auf sein Bett.
„Wann sind Sie denn aufgestanden?" fragte Rau.
„Och, schon um 8 oder kurz danach." sagte er ruhig. „Übrigens, das Frühstück hat er nicht angerührt, also hab ich's für ihn gegessen."
„Weil er tot ist!" klärte ihn Claudia auf.
„Oh! Herzliches Beileid!"
„Also Moment mal!" mischte sich Rau ein. „Die Schwester brachte das Frühstück und weckte- bzw. versuchte gar nicht ihn aufzuwecken?"
„Sie haben keine Ahnung von dem Betrieb hier. Da gibt's keine Nettigkeiten. Da wird man wie ein Häftling abgefertigt. Tür auf, Frühstück auf das Nachtkasterl, Tür zu. Später Tür auf, Tablett observieren, Tür zu- fertig."
„Und wer hat ihm die Spritze verabreicht?" erkundigte sich Rau und zeigte ihm die Phiole.
„Keine Ahnung! Fragen Sie doch Elga!" antwortete Topf.
„Und ist diese Elga noch die Nachtschwester?" hakte Rau nach, worauf Topf zu lachen anfing.
"Hahaha-auauau!" stöhnte er dann und hielt sich den Bauch. „Ich wurde vorgestern operiert und darf nicht lachen, weil mir das wehtut."
Die Tür wurde erneut aufgerissen und herein kam diesmal eine Schwester

mit einem Gesicht, das aussah, als hätte sie gerade erfahren, dass all ihr Hab und Gut zwangsversteigert worden ist. „Herr Topf! Sie sollten doch nicht lachen!"

„Ich bin dienstlich hier und möchte Schwester Elga sprechen!" forderte Rau.

„Wen? Sie meinen doch nicht etwa die Elektronische Gesundheitsakte, von der sich so viele schon abgemeldet haben?" grinste die Schwester mit Seitenblick auf Topf, der wieder mit seinem Bauch gegen den Schmerz des Lachens ankämpfte.

„Na, Sie sind mir ja ein Komiker!" meinte Claudia ärgerlich. „Schämen Sie sich im Angesicht eines Toten so dämliche Witze zu reißen!"

„Wer ist hier tot?" fragte die Schwester auf deren Namensschild Marie stand, ehe sie sich zu Pedro hinunterbeugte und etwas beschämt dreinsah.

„Tut mir leid, heute früh sollte Lernschwester Nicole die Patienten mit Frühstück versorgen!" Energisch drückte sie den Klingelknopf, worauf wenig später eine junge Krankenschwester erschien. „Sagen Sie mal, haben Sie einfach nur serviert, ohne sich nach der Befindlichkeit der Patienten zu erkundigen?"

„Äh, ja! Es sollte doch ganz ganz schnell gehen." gestand die junge Frau, der die Schwesterntracht ausgezeichnet stand.

„Einer ist schon eine ganze Weile tot und Ihnen ist es nicht aufgefallen!" schimpfte Schwester Marie, worauf Nicole zu weinen begann. „Ach hören Sie auf und drehen Sie Ihre Wasserleitung ab, das zieht nicht bei mir! Ich sorge dafür, dass Sie ganz ganz schnell zur Putzbrigade versetzt werden!"

Rau ergriff wieder das Wort: „Wer hat dem Patienten das Mittel hier gespritzt?"

„Ich war's nicht!" piepste Nicole. „Ich hab nur das Tablett gebracht, auf dem auch die Medikamente waren, die Spritze sollte ihm Schwester Marie schießen!"

„Deswegen bin ich gekommen. Rechtzeitig aber trotzdem leider zu spät. Doch Ambene kann nicht die Todesursache sein. Er hat es immer gut vertragen." erklärte diese ohne Gefühlsregung.

„Mir ist einiges bekannt über Medizin. Es gibt Injektionen, die man intramuskulär und solche, die man intravenös verabreicht. Verwechselt man das oder gibt die Spritze zu schnell, kann es tragisch für den Patienten enden." dozierte Rau.

„Hören Sie, ich bin schon jahrelang in diesem Beruf, mir passiert sowas sicher nicht!" verteidigte sich Marie und sah Nicole an mit einem Blick, der dieser die Tränen erneut aus den Augen trieb. „Hören Sie auf! Sie weinen, wenn ein Patient stirbt, Sie weinen, wenn Sie wer eines Kunstfehlers

verdächtigt – gibt es eigentlich eine Gelegenheit, bei der Sie nicht weinen?"
„Wenn ich was sagen darf…", meldete sich Anton Topf zu Wort. „Er war ziemlich schwach auf der Brust. Und so humorlos. Hat kein einziges Mal gelacht, wenn ich einen Witz gemacht habe, dabei ist doch Lachen die beste Medizin." Dabei legte er sich ins Bett und deckte sich zu. „Besonders hier im AKH. Wenn ich reich wäre, hätte ich mich in ein Privatspital einweisen lassen. Aber sooo…meine Oma sagte schon: wenn du als armer Hund geboren bist, wirst du als armer Hund sterben!" Es klang als wie ein Abgesang.
„Wo waren Sie eigentlich die ganze Zeit, nachdem Sie 2 Frühstücke herunter geschlungen haben?" forschte Rau.
„Mir die Beine vertreten. Ich will doch nicht zunehmen!"
„Na toll! Hat Ihnen Dr. Seltnik nicht verboten, doppelt zu essen nach Ihrer schweren Operation?" mahnte Schwester Marie. „Wissen Sie, er hat seinem armen Bettnachbarn öfters das Futter weggefressen."
„Eine Ausdrucksweise haben Sie!" bemängelte Claudia und eilte aus dem Zimmer.
„Tja, dieser Beruf ist nichts für zarte Gemüter!" stellte Marie fest und warf Nicole wieder eisige Blicke zu.
„Sie sind nur eifersüchtig, weil Dr. Seltnik mich zum Ärzte-Ball eingeladen hat und nicht SIE!" rief Nicole und eilte ebenfalls davon.
„Wie eingebildet solche Jungschwestern sind." rümpfte Marie die Nase. „Ich glaube jedenfalls, dass ihm jemand die Spritze gesetzt hat, der wenig Ahnung davon hatte, warum auch immer. Fragen Sie doch die Besucherin, die eben das Zimmer verlassen hat, ob aus dem Nachtkästchen Wertgegenstände fehlen. Das wäre doch ein Motiv, oder?"
„Zustände sind das!" mokierte sich Rau. „Wo ist eigentlich die Einwegspritze mit der das Mittel verabreicht wurde?"
„Wird gesondert entsorgt, damit sich keiner stechen kann, wenn er in den Abfalleimer greift. Es gibt nämlich so gierige Leute, die sogar dort nach etwas Essbarem suchen, vor allem wenn sie auf Diät gesetzt sind!" erklärte Marie mit Blick auf Topf, der sich zur Seite drehte und sein Gesicht abwandte.
„Tja!" resümierte Rau. „Nach dem momentanen Ermittlungsstand kommt für mich eigentlich nur eine Person als verdächtig infrage!"
WER?

Fall 26: Menschen im Hotel

Der strömende Regen in Wien erinnerte Kommissar Rau an seinen letzten London-Urlaub: Superstadt aber Sauwetter! Eben schlürfte er seinen Morgenkaffee aus einem Plastikbecher, als ihn sein Telefon aus den verwaschenen Erinnerungen holte. "Hallo Herr Kommissar! Hier spricht Mario Belzo. Sie werden sich vielleicht erinnern, da Sie mich ja mal als Messermörder in Verdacht hatten."
"Ah, der Mord mit dem Käsemesser! Was gibt es Neues?"
"Eine Katastrophe!" seufzte Belzo. "Ich habe vor einigen Monaten das Hotel Roter Hahn im 3. Bezirk gekauft. Nun ist mir doch einer meiner Gäste...(er schluckte) unglücklich verstorben. Können Sie bitte unverzüglich allein herkommen? Bitte, ich äh-möchte kein Aufsehen! 2. Stock, Zimmer 12!"
"Na schön, bin in einigen Minuten bei Ihnen!" Rau rief sich den Typ in Erinnerung: Ende 40, soignierte Erscheinung, beginnende Stirnglatze, hektische Bewegungen und immer zusammengekniffene Augen, als würde ihn die Sonne blenden oder er eine Brille benötigen. Damals war er unschuldig, obwohl er mit dem Opfer Streit hatte.
Um 8 Uhr 9 betrat Rau das besagte Hotel und ging am Portier vorbei.
"Wohin der Herr?" fragte der und musterte den Neuankömmling.
"Ihr Chef erwartet mich auf Zimmer 12!" sagte Rau und dachte sich beim Anblick des weißhaarigen Portiers, dass sich dieser wohl seine Rente aufbesserte. Die Tür zum Hotelzimmer stand offen und Belzo wischte sich eben mit einem Taschentuch den Schweiß von der Stirnglatze, die seit seinem letzten Zusammentreffen mit Rau noch gewachsen war. "Herr Belzo, Sie sehen aus, als hätten Sie einen Geist gesehen!"
"Ich habe einen Toten gesehen. Da sitzt er vor dem abgeschalteten Flat-TV und wurde scheinbar mit einer kleinkalibrigen Waffe in den Kopf geschossen. Als ich die Misere sah, hab ich sofort an Sie gedacht. Dass Ihnen damals nur durch geschicktes Befragen aller Verdächtigen gelang, den Mörder ausfindig zu machen, hat mir mächtig imponiert. Wissen Sie, ich will doch baldmöglichst ein 4-Stern-Hotel aus dem Betrieb machen und das gelingt mir kaum, wenn hier eine Hundertschaft von Polizisten herum wimmelt!"
"Na Sie haben Nerven! Im Angesicht des Todes eines Ihrer Gäste denken Sie nur an das Prestige Ihres Neo-Hotels." kritisierte ihn Rau, während er den Erschossenen näher in Augenschein nahm. Mitten auf dessen Stirn klaffte ein kleines Loch, was zur Schlussfolgerung anregte, dass der Täter wenig Dreck machen wollte. Kaliber 22 vermutete Rau, denn damit konnte man sichergehen, den Kopf nicht zu durchbohren und an der Wand einen Riesenblutfleck zu hinterlassen. "Ist Ihnen klar, dass ich auch Sie wieder als

Verdächtigen in meine Ermittlungen mit einbeziehen muss?"
"Völlig! Aber ich verlasse mich auf Ihre Spürnase. Also: er hieß Martin Cases, kam aus Meran und war Vertreter für Wasserfilter. Gestern wollte er mir auch für jeden Wasserhahn einen andrehen, was ich aber ablehnte. Er wollte Punkt 8 Uhr mit einem kleinen Frühstück geweckt werden, das ich ihm persönlich brachte, da ich noch Personalnotstand habe." Auf dem Tisch vor dem Toten stand ein Tablett mit einer Tasse dampfenden Kaffee und einem Teller mit einem Croissant. "Als er auf mein Klopfen nicht öffnete, kam ich rein - die Tür war unversperrt - und erlitt den Schock meines Lebens. Ich bin sofort runter zum Portier, ein Pensionsanwärter, der an Schlaflosigkeit leidet, und fragte, ob jemand während der Nacht hier war. Nein, keine Vorkommnisse. Die Nacht war außergewöhnlich ruhig. Da muss ein Profi mit einem Schalldämpfer am Werk gewesen sein und ich vermute, er ist noch hier im Hotel, einer der Gäste, denn um raus zu gelangen, hätte er am Portier vorbei müssen, oder durch unautorisiertes Öffnen der Fenster die Alarmanlage auslösen."
"1A-Bericht!" lobte Rau. "Wer wohnt sonst noch hier?"
"Ein Professor Boerne, Zimmer 10, ein Herr Dufkin auf Zimmer 6 im ersten Stock und eine Frau Elisch auf Zimmer 5. Alles ehrenwerte Leute, soweit ich das einschätze."
Rau klopfte auf Zimmer 10, worauf ein Mann im blauen Seiden-Pyjama öffnete und sich seine Brille aufsetzte. "Sagen Sie mal, guter Mann, sind Sie des Lesens nicht mächtig? Ich diktierte doch Ihrem Rentner unten in der Portiersloge, dass ich erst um 9 Uhr geweckt werden möchte und zwar mit einem Wiener Frühstück!" Trotz seines zerzausten Haares machte der Professor einen sehr gepflegten Eindruck.
"Entschuldigen Sie die Unannehmlichkeiten, aber Ihr Zimmernachbar wurde leider Opfer eines Verbrechens. Kopfschuss, und da muss ich natürlich (er zeigte ihm seinen Ausweis) fragen, ob Sie etwas gehört haben."
"Na, ich muss schon sagen... in Russland werden die Leute auf offener Straße erschossen und hier in Wien diskret im Hotelzimmer. Da merkt man doch gleich, dass man in einer Kulturhauptstadt logiert." mokierte sich Boerne und gestikulierte abwehrend. "Und nein, ich habe weder etwas gehört noch gesehen. Irgendwie erinnern Sie mich an einen Kollegen von Ihnen in Münster, wo ich als Gerichtsmediziner tätig bin, und diesem Kommissar auch immer wieder mal zur Seite stehen muss. Der wirkt genauso hilflos wie Sie."
"Was ist denn der Grund Ihres Besuches in unserer sonst so ruhigen Stadt?" forschte Rau, während draußen vorm Hotel mit hörbar lauter Sirene die

Feuerwehr vorbei raste.

"Wie, Sie wissen nicht einmal von dem Medizinerkongress, der morgen über die Bühne geht?" Verschmitzt blickte Boerne an Rau rauf und runter.

"Nein, ich weiß nur von einer KAV-Ärzte-Demo am Donnerstag vorm Rathaus." erwiderte dieser und versuchte erfolglos, den überheblichen Blick Boernes zu spiegeln.

"Dort bin ich morgen nach dem Kongress zur Weinverkostung." erklärte Boerne.

"Freude, Mäßigkeit und Ruh schließt dem Arzt die Türe zu!" meinte Rau und zog die Tür vor Boernes Nase zu. So ein arroganter Asch, dachte er noch, als er Boerne hörte: "Aber der Tod schließt Ihnen die Augen zu und dann landen Sie auf meinem Tisch!"

"Nur wenn ich das Pech habe in Münster zu sterben!" rief Rau und ging ein Stockwerk tiefer. Die Tür 6 öffnete ein Mann in einer Calvin-Klein-Unterhose. "Herr Dufkin, ich störe nur ungern, aber leider geschah im Zimmer über Ihnen ein Mord. Haben Sie einen Schuss gehört?" Wieder präsentierte Rau seinen Ausweis.

Dufkin hob die buschigen Augenbrauen, er hatte leichte Ähnlichkeit mit dem jungen Sean Connery. "Heut Nacht? Ne, wirklich nicht, aber ich schlafe wie ein Toter." Barfuß schlurfte er ins Zimmer und Rau folgte ihm. Das Bett sah zerwühlt aus und Dufkin schickte sich an ein Fenster zu öffnen, hielt aber inne und fragte: "Ist es schon 8? Da wird nämlich die Alarmanalage abgeschaltet und man kann das Fenster aufmachen. Hier mieft es ganz schön nach Mottenkugeln."

"Tun sie sich keinen Zwang an." meinte Rau und wartete bis das Fenster offen war. "Sind Sie beruflich in Wien?" Dufkin schien sehr durchtrainiert zu sein.

"Ne! Bin mal hier und mal da. Beruflich lass ich das Geld für mich arbeiten." Rau grinste: "Versuchen Sie mal einem Hunderter Spitzhacke und Schaufel in die Hand zu drücken, dann sehen Sie, dass Geld nicht arbeiten kann!"

"Da hab ich andre Erfahrungen. Falls Sie auf die nächste Finanzkrise anspielen: man muss nur rechtzeitig abspringen." erklärte Dufkin und schlüpfte in seine Jeans. Die Muskeln seines Oberkörpers bewegten sich dabei wie lebende Wesen unter seiner Haut.

"Und Sie wissen die rechte Zeit?"

"Oh ja! Ich hab immer ein Super-Timing!" prahlte Dufkin und lächelte überlegen.

"Haben Sie mit Herrn Cases gestern noch gesprochen?"

"Nein. Ich hab ihn nur kurz gesehen." murmelte er und zog sein Hemd an.

"Was hatten Sie für einen Eindruck von ihm?" erkundigte sich Rau.
"Mich interessieren andre Leute nicht."
"Was denken Sie treibt einen Menschen dazu, jemanden im Hotel zu töten?"
"Keine Ahnung! Aber ich weiß, dass auf jeden einzelnen mindestens zwei kommen, die ihn tot sehen wollen."
Der redet freiwillig nur das Nötigste, erkannte Rau und besuchte Frau Elisch auf Zimmer 5, welche eine elegante Dame um die 30 war und ihn bereits voll bekleidet empfing und auf die Todesnachricht seltsam reagierte. "Nein wie schrecklich, da lebt man im selben Hotel und weiß nichts voneinander. Warum wurde der arme Mann wohl getötet? Manchmal ist es auch kein Mord, sondern nur ein etwas außer Kontrolle geratener Scherz! Vielleicht hat er auch Selbstmord begangen aus Angst vor dem Tod?"
Rau fragte sich, ob das nun als Witz gemeint war oder die Dame geistig abgehoben sei. Sie war alles andere als hässlich, gehörte aber leider zu den Personen, die beim Sprechen an Attraktivität verloren.
"Sie müssen wissen, ich verdiene mein Geld als Esoterikerin. Ich weiß: alles hat seinen Grund und beruht auf Karma. Jemand hat entweder im vorigen Leben falsch gehandelt oder in diesem und wird bestraft für etwas aus dem vorigen Leben oder auch noch in diesem." dozierte sie und machte dabei ein Gesicht wie eine Lehrerin vor einer Horde Kindern, die alle an ADS leiden. "Ich schlafe grundsätzlich mit Ohrstöpseln, denn nur so kann ich meinen Geist vor schlechten Einflüssen während des Schlafes bewahren und meine Träume besser analysieren."
Die hat total einen an der Klatsche, erkannte Rau und forschte: "Haben Sie mit dem Opfer gestern noch gesprochen?"
"Ja, er wollte mir einen Wasserfilter verkaufen und ich ihm eine Beratungsstunde. Er wollte sogar einen Tausch, den ich allerdings abwies. Er schien mir irgendwie eine verlorene Seele zu sein. Jemand, der vorgibt, etwas ganz anderes zu sein und zu wollen, als er sagt." erzählte sie, während sie einige Kosmetikartikeln pedantisch in ihr Beauty-Case einordente.
"Hmmm." machte Rau und dachte: wenigstens im letzten Satz könnte sie Recht haben. Cases könnte nur vordergründig mit Wasserfiltern gehandelt haben und aufgrund seiner wahren Tätigkeit zum Opfer geworden sein. Das Motiv lag im Dunkeln, aber der Täter könnte sich selber ins Licht drängen.
Schließlich saßen um 9 Uhr 15 alle 3 verbliebenen Gäste in der gediegenen Lobby des kleinen Hotels, fast wie in einer Szene aus einem Agatha Christie-Krimi, und Rau richtete seine Frage an alle: "Wer könnte sich vom andern vorstellen, der Mörder zu sein?"
Boerne meldete sich als Erster zu Wort: "Na hören Sie mal, ohne den Toten

auch nur gesehen zu haben, werde ich hier doch keine Verdächtigungen aussprechen."
Dufkin lachte und offenbarte ein gebleichtes Gebiss: "Ich hab doch nicht das zweite Gesicht, wie die Dame hier, und weiß, wer dem armen Teufel ein drittes Auge verpasst hat."
Frau Elisch schlug die Beine übereinander und säuselte: "Jeder muss seine Aufgabe im Leben selbst lösen. Aber wenn Sie wollen, kann ich Ihnen und dem Hotelbesitzer gern eine Beratungsstunde geben."
Rau lächelte selig, denn er brauchte keine Beratung mehr, denn er wusste, wen er nun verhaften musste.
WEN?

Fall 27: Freitag der 13.

"Auweh!" brüllte Rau als er morgens im Flur des Sicherheitsbüros auf's Steißbein fiel und automatisch wie ein umgefallener Maikäfer alle Gliedmaßen in die Höhe reckte.
Die Putzfrau kam mit ihrem Wagerl dazu und meinte nur schnippisch: "Nau, wann Se a mit Ledersohl'n daher kumman, dürfen's Ihna net wundern, wenn's Ihna am Oasch haut! I hab grad allas picobello g'schrubbt! Ziagn's Ihna Spurtschuach an!"
Der Kommissar rappelte sich mühsam hoch und dachte nur: und sowas kassiert 8,50/Stunde! Da eilte auch schon die Sekretärin, Frau Affenzeller herbei, die eine verblüffende Ähnlichkeit mit Margaret Thatcher aufwies, und rief entsetzt: "Herr Rau, eine Katastrophe ist passiert: der Promifriseur, zu dem ich auch immer gehe, ist ermordet worden! In seinem Geschäft in der Innenstadt. Bitte, Sie müssen sofort hin!"
Auf dem Weg dorthin baute Rau einen Beinah-Unfall und ärgerte sich. Aber typisch, heut war auch Freitag, der 13. Triskaidekaphobie nennt man übrigens die Angst davor, die ziemlich weit verbreitet ist.
Im Promi-Friseurladen von Friedrich Hildebrand wuselten schon die Spurensucher herum und Pille, der Gerichtsmediziner mit Vorliebe für die Serie Star Trek, empfing Rau wenig herzlich: "So eine Scheiße! Der Täter hat den ganzen Vorrat an Wasserstoffperoxid ausgeschüttet. Fast unmöglich hier noch brauchbare DNA-Spuren sicherzustellen. Ich kann dir nur sagen, dass er vor circa einer Stunde - also 8Uhr15 - mit einer Schere in den Kehlkopf gestochen worden ist!"
In einem Hinterzimmer saß schluchzend eine aufgetakelte Friseurin, die der Kommissar sofort ins Gebet nahm: "Nun beruhigen Sie sich erstmal! Ich

weiß, es ist schrecklich, wenn man einen guten Arbeitgeber verliert, aber die Zeit heilt alle Wunden!"
"Ach, hören Sie doch auf mit dem Schwachsinn!" fuhr sie ihn an. "Dafür bleiben die Narben und die Zeit reißt neue Wunden auf!"
"Was können Sie mir über Ihren Chef erzählen, außer dass er einer der teuersten Coiffeure der Stadt war?" forschte Rau und rieb sich sein angeknacktes Hinterteil.
"Heute sollte ich um 8 Uhr im Geschäft sein, aber weil ich verschlafen hab, kam ich etwas später und fand ihn blutüberströmt. So als hätte ihn der irre Sweeney Todd in der Mangel gehabt! Keine Ahnung wer von unsern Kundinnen es gewesen ist. Der Terminkalender ist verschwunden!" ratterte sie im Eiltempo herunter.
"Interessant! Einen Mann als Mörder schließen Sie kategorisch aus?" fragte Rau.
"Klar, er hat doch nur Damen frisiert. Ich hab schon überlegt, wer freitags immer kommt. Da ist die Kommerzialrätin Bruck, die sich mal über eine schiefgegangene Dauerwelle beschwert hat, dann die Frau Spiegl, die mit ihrer letzten Blondierung haderte und Frau Mugl, die lauthals beanstandete, er habe ihr 5 cm zu viel von ihrer Haarpracht abgeschnitten."
"Komisch!" wunderte sich Rau. "Und trotzdem wollten sie weiter bei ihm Kundinnen sein?"
"Naja, macht ja jeder einmal einen Fehler. Außerdem wollten die Damen alle deswegen eine Gratis-Behandlung." erklärte die Friseurin, die ihre Platinmähne schüttelte, welche größtenteils aus Extensions bestand.
Rau ließ sich die Adressen geben und fuhr zuerst zur Kommerzialrätin, die nicht weit vom Tatort entfernt eine Eigentumswohnung besaß.
"Schönen guten Tag! Mein Name ist Rau von der Mordkommission!" stellte er sich vor und zeigte wie gewohnt seinen Ausweis. "Leider hab ich eine traurige Nachricht für Sie, gnädige Frau! Ihr Friseur ist umgekommen!"
"Ojemineh!" jammerte sie gleich los. "Wo soll ich nun hingehen? Kommen Sie doch rein!" In ihrer Wohnung sah es ziemlich chaotisch aus. Frau Bruck hatte ein Handtuch um den Kopf gewickelt. "Wissen Sie, ich hatte zuletzt das Pech, dass mir Friedrich eine Dauerwelle mit einem Präparat für asiatisches Haar verpasst hat, wodurch mein feines Haar abgebrochen ist."
Als sie das Handtuch vom Kopf nahm, erblickte Rau nur mehr ein Zentimeter lange Stifteln, die sie wie einen Igel wirken ließen.
"Und mit dieser Frisur wollten Sie heut wieder zu ihm?" fragte er ungläubig. "Ich hätte ihn an Ihrer Stelle sofort verklagt!"
"Das bringt doch nix! Er hat es doch nicht mit Absicht getan. Wer arbeitet,

macht eben Fehler! Ihnen sind doch sicher auch schon einige Mörder durch die Lappen gegangen! Außerdem hat er mir angeboten, dass er mir die nächsten Termine keine Rechnung stellt." erklärte sie und schien darob sehr erfreut.

"Hm, und wo waren Sie um 8Uhr15?" forschte er, während er immer noch den Blick auf ihr haariges Desaster geheftet hatte.

"Na hier! Ich hab ausgiebig geduscht, gefrühstückt und wollte eben weggehen! Glauben Sie gar, ich hätte ihn...? Das ist eine FRECHHEIT!!"

"Beruhigen Sie sich, gnä' Frau! Ich musste Sie das fragen. Ein Motiv haben Sie auf alle Fälle. Zeugen haben Sie nicht?"

"RAUS HIER!!!" kreischte sie.

Bei Frau Mugl im 13. Bezirk empfing ihn die Bedienerin und bot ihm Platz im Salon an. "Ich werde der Gnädigen sofort Bescheid geben!"

Rau sah sich um und fand alles pipifein. Die Dame musste im Geld schwimmen oder Schulden wie ein Stabsoffizier haben. Als sie die Treppe herabschritt, heftete er den Blick sofort auf ihre Frisur, einen hübschen brünetten Pagenkopf. "Guten Tag! Mein Name ist Rau von der Mordkommission. Ihr Friseur ist leider nicht mehr unter uns."

"Wie bedauerlich!" sagte sie ruhig und deutete ihm Platz zu nehmen. "Ich war immer sehr zufrieden mit ihm. Außer beim letzten Mal, da hat er ein wenig zu viel von der Länge weggenommen. Aber das machte mir überhaupt nix aus. Und in seiner Freundlichkeit hat er mir angeboten, mich nächstes Mal kostenfrei zu frisieren."

"Und das wäre heute gewesen?" fragte Rau und setzte sich neben sie auf's Ledersofa.

"Ja, richtig! Leider hab ich den Termin versäumt, weil ich noch einige wichtige eMails schreiben musste." erklärte sie mit hochgezogenen aufgemalten Brauen.

"Hm, und Ihre Hausdame kann bezeugen, dass Sie das Haus nicht verlassen haben?"

"Sicher, die würde aber auch alles bezeugen, schließlich zahle ich sie sehr gut." gestand Frau Mugl lächelnd.

"Hm, sehr ehrlich von Ihnen. Haben Sie wegen der fehlenden Zentimeter mit Herrn Hildebrand lang debattiert?"

"Aber überhaupt nicht! Probleme sind wie Goldfische, sie wachsen, je mehr man sie füttert. Ich hab nur knapp erklärt, ich sei nicht zufrieden, schon kam sein großzügiges Angebot. Eine Behandlung kostet immerhin 500 Euro."

"Puh!" entfuhr es Kommissar Rau und er fuhr sich automatisch durch sein eher zerwühltes Haar, das sich an den Ecken deutlich lichtete.

"Aber es lohnt sich, wie Sie sehen!" säuselte sie und strich sich durch ihre Frisur. "Wie schön sie glänzen, nicht wahr? Also ich hab keine Ahnung, wer ihm den Lebensfaden so brutal durchgeschnitten hat, hihi."
Das wird zäh, befürchtete Rau am Weg zur letzten Verdächtigen, Frau Spiegl.
Diese öffnete die Tür ihres Hauses am Stadtrand persönlich und trug eine leicht orangestichige zerzauste Mähne zur Schau. Wie bei den andern stellte er sich vor und wurde herein gebeten. "Tut mir leid, dass wir uns auf diese Weise kennenlernen, gnä Frau! Sie hatten heute einen Termin bei Herrn Hildebrand?"
"Jaja, aber ich hab gestern schon abgesagt. Schließlich wollte ich nicht wieder mit verfärbtem Haar dastehen. Der Alte verlor zusehends sein Gespür für die Kundinnen. Und seine Angestellte, diese eingebildete Person, ist ja noch unfähiger als er. Beide sind total überbezahlt. Nein-nein, ich suche mir einen andern Friseur." stellte sie fest.
"Und bei wem haben Sie den Termin abgesagt?" forschte Rau.
"Na, bei ihm selber. Gestern lebte er ja noch, oder? Er wollte mich sogar noch überzeugen, dass er das Malheur vom letzten Mal mir-nix-dir-nix beseitigt, aber ich blieb hart. Selbst wenn er es kostenlos tun wollte. Mein Haar ist mir viel zu schade für den!"
"Und wo waren Sie heut Morgen um viertelneun?"
"Oh, jetzt wird's etwas prekär. Ich war bei meinem Toyboy! Mein Mann und ich sind Dinos, das heißt Double Income no Sex! Also muss ich mir meine sexuellen Bedürfnisse wo anders stillen lassen, hähä!" grinste sie und reichte ihm die Karte eines Gigolos.
Rau verabschiedete sich schnell, er hielt es eigentlich für unnötig, den Gigolo anzurufen, denn der konnte für sein Alibi auch gekauft worden sein, wollte es aber vom Sicherheitsbüro aus tun.
Als er sein Büro betrat, hantierte Frau Affenzeller mit einer Schere herum und fragte erwartungsfroh: "Na, haben Sie den Fall schon aufgelöst?"
"Oja, wenn ich an die Aussagen denke, dann kommt nur eine der Damen infrage!"
WELCHE?

Fall 28: Der Irre

Eigentlich wollte sich Kommissar Rau die partielle Sonnenfinsternis ansehen, hatte sogar eine Schutzbrille beim Optiker gekauft, doch wie so oft, kam ihm eine dienstliche Sache dazwischen. Und zwar in Form eines alten

Schulkameraden, welcher nach kurzem Anklopfen den Kopf ins Büro steckte. "Hallo Rau, erkennst du mich noch?" Seine Züge hatten einige Falten vom harten Leben ins Gesicht gebügelt bekommen, doch er war es unverkennbar: Sigi Lenz, der einstige Klassenclown. "Mensch Sigi, alter Schwede!" freute sich Rau und umarmte den einstigen Mitstreiter in unzähligen Kämpfen in und außerhalb des Klassenzimmers. "Was führt dich denn zu mir? Doch keine Mordgeschichte?"

Lenz trat ans Fenster, spähte kurz raus und gab dann zu: "Leider doch! Wie dir vielleicht zu Ohren gekommen ist, bin ich Privatdetektiv geworden. Mit eigenem Büro in München. Und nun führt mich ein heikler Auftrag in die alte Heimat, direkt zu dir!"

"Also raus mit der Sprache!" forderte ihn Rau auf und setzte sich.

"Ein Klient hat mich beauftragt den Mörder seiner Frau zu finden. Es ist schwer, die Sache kurz zu machen, aber ich will nicht deine kostbare Zeit überbeanspruchen: Die deutsche Polizei fand heraus, dass das Opfer, eine Dame Ende 40, in ihrem BMW von einem Anhalter vor 2 Monaten erwürgt worden ist. Nach dem Mord hat er ihr, sie wog über 100 Kilo, ein Stück aus dem Bauch herausgeschnitten und es verspeist. Leider sind die DNA-Spuren unbrauchbar, denn er hat das Auto angezündet. Durch viele Recherchen gelang es mir seine Spur aufzunehmen. Nach Zeugenaussagen ist er groß, kräftig und total irre. Bei den Einzelheiten wie Haarfarbe und so weiter gibt es Widersprüche, doch schließlich endet seine Spur in Steinhof. Ich nehme an, er ist vor 3 Wochen dort gelandet. Leider bekam ich als privater Ermittler keinen Zutritt zur geschlossenen Anstalt. Und da kommst nun du ins Spiel, mein Lieber!"

"Hmmm!" machte Rau. "Du willst, dass ich ihn enttarne, damit du den Lohn einstreifen kannst?"

Lenz nickte. "Die Wirtschaftskrise ist auch an mir nicht spurlos vorbeigegangen. Ich hab Schulden und für die deutsche Polizei ist der Fall schon bei den Akten. Mein Klient zahlt mir 10.000 Euro, wenn ich ihm den Mörder liefere!" er holte ein Foto aus seinem Sakko heraus und reichte es Rau. "Das war sie, Mechthild Krotke."

Rau nahm das Bild an sich, welches eine blonde mollige Dame zeigte. "Weißt du warum ich Detektiv geworden bin?" Bei der Frage machte Lenz einen gehetzten Eindruck.

"Weil du deine Nase so gern in fremde Angelegenheiten steckst?" witzelte Rau.

"Nein, weil ich zuviel Raymond Chandler gelesen habe." gestand er wehmütig. "Vielleicht wollte ich auch nur einmal ein Arschloch K.O. schlagen!"

Rau konnte sich ein Lächeln nicht verkneifen ob so viel Sozialromantik.

"Aber die Realität ist noch viel härter als die Literatur. Damit meine ich, dass man zwischen Aufträgen viel Leerlauf mit Existenzängsten hat und während der Aufträge viel Stress mit Verfolgen, Warten, Berichteschreiben und wieder Warten auf die Bezahlung. Ein Leben zwischen Boreout und Burnout."

Nix mit Romantik und Abenteuerlust, dachte Rau, als er die geweiteten Pupillen von Lenz bemerkte, welche auf die Einnahme starker Medikamente schließen ließen. "Also gut, in Erinnerung an gute alte Zeiten." stimmte er einer Zusammenarbeit zu und fuhr mit Lenz nach Steinhof. Die Sonne, welche sich heute über 60% verfinstern sollte, schien wie üblich strahlend von einem wolkenlosen Himmel, und wenn die Medien nicht eigens drauf hingewiesen hätten, wäre eine durch den Mond verursachte Finsternis gar nicht aufgefallen.

Wie zu erwarten war, erlaubte man Rau ohne weiteres Zutritt zur geschlossenen Abteilung, nachdem er sich ausgewiesen hatte. Ein Pfleger namens Sascha, an die 2 Meter hoch, führte ihn zu den schweren Fällen.

"Wer ist denn erst kurz hier, seit Anfang März? Kräftiger Kerl, total irre!"

"Da haben wir 3 Neuzugänge im Angebot! Total irre sind hier aber alle." meinte Sascha und ließ ihn zuerst in die Zelle von einem gewissen Jakob Chwatal, einem Psychotiker. Der reagierte erst gar nicht auf ihn, tat, als säubere er sich seine Fingernägel mit den kleinen Mauszähnen, die er ihm immer wieder kurz zeigte.

"Herr Chwatal! Ich will Ihnen helfen! Offensichtlich hat man Sie hier gegen ihren Willen eingesperrt." versuchte Rau sein Vertrauen zu gewinnen und wartete.

"Nicht ganz!" sagte Chwatal plötzlich. "Sie sind schon mitten unter uns!"

"Wer?"

"Die Außerirdischen!" flüsterte er und kam näher. "Und ich hab mich hier versteckt, damit sie mich nicht finden. Sie sehen so aus, als glauben Sie mir nicht, aber ich hab Beweise. Die Marsmission! Wie sonst hätten die einfältigen Menschen ein funktionierendes Marsmobil auf einen millionenweit entfernten Planeten schicken können?"

"Ich hab auf NTV eine Doku gesehen. Wissen Sie, wie oft diese Bemühungen schief gingen? 50mal! Einmal explodierte die Rakete beim Start, dann beim Abflug, dann verfehlte sie den Planeten, dann zerschellte

sie bei der Landung auf der Marsoberfläche! Der Mars wird schon als Bermudadreieck des Alls bezeichnet!"
"Jajaja!" schrie Chwatal. "Das weiß ich auch. Aber letztendlich klappte es doch."
"Warum sollten Aliens denn zu uns kommen? Die müssten uns doch technisch weit überlegen sein, sodass wie für sie völlig unterentwickelt scheinen."
"Waren Sie schon mal im Wald und haben einen Ameisenhaufen gesehen? Jeder bleibt stehen und stochert mit einem Ast darin herum." flüsterte Chwatal und kicherte.
"Und Sie, haben Sie schon mal wo herumgestochert? Haben Sie einen von denen erwischt und -äh sagen wir ausgeschaltet?" fragte Rau, zeigte ihm das Foto der Toten und beobachtete Chwatal.
Der rieb sich den Hinterkopf. "Nein Sir! Aber ich hab sie gefühlt, es ist wie wenn jemand Sie beobachtet und, immer wenn Sie ihn ansehen, wegsieht, hachachach!"
Rau ließ sich zu dem nächsten Patienten einschließen, einem monströsen Kerl namens Waldemar Wexl, welcher ihn aufmerksam musterte.
"Herr Wexl, ich soll Sie fragen, ob hier alles zu Ihrer Zufriedenheit ist." begann Rau und beachtete dabei, einen Sicherheitsabstand einzuhalten.
Wexl schüttelte den Kopf. "Ne! Sicher nicht! Die Welt geht bald unter und Sie fragen so saudumm ob ich zufrieden bin? Die Prophezeiung erfüllt sich: im Jahr der 2 Päpste und einer Sonnenfinsternis geht unsre schnöde Welt zugrunde!"
"2 Päpste?" wiederholte Rau verständnislos.
"Na klar! Benedikt der XVI. ist im Ruhestand und der neue Franziskus ist am Ruder. Dazu die Zahl des Teufels, die nicht 666 sondern 616 ist. Verstehen Sie, der XVI!" ereiferte er sich und strich sich dabei über die Stirn.
"Ah ja, natürlich!" stimmte Rau zu und begann innerlich schon zu verzweifeln. "Darauf wär ich nie gekommen. Haben Sie vielleicht versucht, etwas zu unternehmen, um dem Ende der Welt zu entgehen?" forschte er, und hoffte, dass Wexl ihm nun erzählt, wie das Essen von Menschenfleisch davor schützen könne, oder so ähnlich.
"Ha, glauben Sie wirklich, dass es etwas gibt, was das alles aufhalten kann, was die Menschen so in die Wege geleitet haben, damit es überhaupt so weit kommt? Ich war in der ganzen Welt unterwegs und habe überall nur Gewalt und Zorn und Neid und all die andern Todsünden miterlebt! Nein, nun ist die letzte Stunde gekommen. Und weder eine Religion, noch eine Sekte, noch

Politik, noch Vegetarismus kann uns alle retten."
"Kennen Sie diese Dame?" Rau zeigte ihm das Foto. "Waren Sie mal in Deutschland?"
"Ja, das ist die Merkel!" sagte er, ballte eine Faust und grinste. "Die kann das Weltende auch nicht aufhalten, die fette Kuh!" Er riss Rau das Foto blitzschnell aus der Hand, schob es sich in den Mund und aß es auf.
Der letzte Verdächtige saß teilnahmslos auf seiner Pritsche und hörte auf den klingenden Namen Blümel. Sein zerfurchtes Gesicht verriet ein hartes Leben unter ständiger Anspannung. Rau sprach einige Zeit beruhigend auf ihn ein, wie auf das sprichwörtlich kranke Ross, ehe der sich äußerte.
"Was immer Sie von mir wollen, die Ärzte reden mir ein, ich wär schizophren und bräuchte Medikamente. Aber ich lass mich doch nicht vergiften. Alles ist vergiftet." Bei diesen Worten rollten seine Augen in den Höhlen wild umher.
"Ja, man muss aufpassen, was man isst. Was essen Sie denn gern?" forschte Rau und erspähte im linken Mundwinkel seines Gegenübers noch einen undefinierbaren Speiserest. Es konnte aber auch eine beginnende Fieberblase sein, schließlich war das Herpes-Virus sehr verbreitet.
"Schnitzel und Würmer!" erwiderte Blümel. "Und Sie?"
"Vegetarisch! Kennen Sie eine Frau Mechthilde Krotke?" fragte Rau, der ihm das Foto ja nun nicht mehr zeigen konnte. "Waren Sie mal in Deutschland?"
"Nein!"
"Was heißt nein?"
"Nicht in Deutschland!" erklärte Blümel.
"Kennen Sie Frau Krotke?"
"Nein - vielleicht doch. Beschreiben Sie sie mir mal." forderte ihn Blümel lächelnd auf, wandte sich aber von ihm ab.
"Also sie ist Ende 40, verheiratet, blond und fuhr einen BMW!"
Blümel überlegte, kratzte sich nervös an der Schläfe fast blutig. "Ne, für Frauen hab ich auch nicht viel über, selbst wenn sie freundlich zu mir sind, diese drallen Blondinen interessieren mich nicht! Aber SIE sind mir sympathisch, alter Junge, irgendwie!" gestand er, sah Rau an und kam langsam näher.
Der verabschiedete sich rasch und stieg wieder zu Lenz ins Auto ein, welcher schon begierig auf die Ermittlungsergebnisse seines alten Schulkollegen harrte. "Na, wie war's?"
"Schrecklich, aber erfolgreich! Ich kann dir einen Verdächtigen nennen."
WEN?

Fall 29: Mordsgenie

Der ältere Herr ging aufgebracht in Raus Büro herum, die Hände auf dem Rücken, so als hätte man ihm Handschellen - vulgo den 8er - angelegt und schimpfte: „So eine Unverschämtheit! Ich sage Ihnen doch, Professor Miuki ist ermordet worden und zwar von einem meiner Gäste!!!"
Der Kommissar saß an seinem Schreibtisch, verdrehte die Augen und versuchte beruhigend zu wirken: "Schon gut, Professor Bursen, rekapitulieren wir mal alles: Sie haben sich 4 Gäste eingeladen, alles Erfinder so wie Sie, von denen einer vorgestern tot im Bett lag, worauf Sie auf eigene Kosten eine Obduktion veranlassten, weil Sie dem Arzt den Herzinfarkt-Tod nicht glaubten, aber nun aufgrund dieser keine andern Ergebnisse wie Vergiftung oder Verstrahlung erhielten. Richtig?"
Professor Bursen setzte sich Rau gegenüber und nickte. "Aber ich schwöre Ihnen, der Tote war das blühende Leben und ist von einem meiner Kollegen ins Jenseits befördert worden."
"Nun gut. Wissen Sie welches Motiv infrage käme? Wer erbt?" fragte Rau.
"Soviel ich weiß, eine Stiftung in Japan, seiner Heimat, aber als Motiv könnte auch eine neue Erfindung oder einfach nur eine Allmachtsphantasie infrage kommen! Jemand denkt, er könne dank seiner Genialität den perfekten Mord begehen."
"Das wird schwer mit der Beweislage. Mord mit einer Waffe, die es noch nicht gibt?"
Der Professor beugte sich zu Rau vor. "Jaja. Darum hab ich mir folgendes überlegt: Sie kommen als Journalist getarnt in mein Haus und fragen meine drei Pappenheimer aus."
Wenig später befand sich Rau also im großen Haus des Professors im 11. Bezirk, klopfte nolens volens an die Tür des ersten Verdächtigen und betrat nach dem Ruf *HEREIN* dessen ziemlich chaotisches Gästezimmer. "Schönen guten Tag, mein Name ist Rau von der Mord-äh Modernen Zeitschrift *Erfinder heute*."
"Oh, von der hab ich noch nie gehört. Mein Name ist Professor Fiser. Sie wollen sicher ein Interview?" fragte ein älterer Herr, der aussah wie Einsteins Bruder.
Rau nickte: "Wie mir zu Ohren kam, verstarb vorgestern einer Ihrer Kollegen hier in diesem Hause?"
"Ja, es war schrecklich. Professor Miuki ist dem natürlichen Materialermüdungsprozess zum Opfer gefallen. Reden wir lieber von mir.

Also meine neueste Erfindung ist ein Bürgerchip. (Auf Raus ratlosen Blick fuhr er fort) Ein Mikrochip, der jedem Menschen unter die Haut implantiert wird, sodass Geld überflüssig wird, da jeder seine Leistung und die dafür vorgesehene Konsumation auf dem Chip nachweisen kann. Kapiert?"
"Ach wie lustig." stellte Rau fest. "Ich las vor kurzen ein Science-Fiction-Buch *Zivilflug zum Zeitriss,* wo genau das auch praktiziert wird! Tolle Utopie!"
"Nur, dass es bald keine Utopie mehr sein wird! Die globalen Zentralbanken haben mehr als 10 Billionen Dollar - das sind 10.000 Milliarden - seit der Krise elektronisch gedruckt. Und damit ist das Finanzsystem natürlich nicht gerettet. Es bleibt denen also gar nix andres übrig, als das Geld abzuschaffen und auf mein System umzusteigen. Die Hardware dazu hab ich ja bereits geliefert!"
"Und wie denken Sie sich das bei Leuten, die nicht arbeiten können, also krank sind?"
"Naja, human wie ich bin, hab ich eine Zeit von 3 Wochen vorgesehen, wo sich jeder ausnahmsweise mal auf die faule Haut legen kann."
"Und dann kriegt er nix mehr?" fragte Rau entgeistert. "Das ist ja ein totalitäres System. Ein Kollege von mir liegt schon seit 6 Wochen krank im Spital."
"Das ist ja genau der Punkt, den so viele nicht verstehen. Wenn der Mensch weiß, dass ihm nix passieren kann, baut er ab. Wenn er aber weiß, dass er gefordert wird, wächst er über sich selber hinaus!" eiferte sich der Professor und lächelte siegesgewiss.
Rau erkannte, dass weitere Diskussion zwecklos waren und forschte ganz sachlich weiter: "Was haben Sie denn zuletzt mit Professor Miuki gemeinsam gemacht?"
"Hm, wir sahen uns alle einen Hitchcock-Film an. *Psycho!* Nicht grade sein bester. *Die Vögel* haben mir wesentlich besser gefallen!"
Der nächste Verdächtige saß im Salon und trank gerade ein Glas Cognac, als sich Rau ihm wieder als Journalist vorstellte und gleich zur Sache kam.
"Was sagen Sie, Herr Professor Lewy, zum Tod Ihres Kollegen Professor Miuki?"
"Tja, das Alter zum Sterben hatte er ja schon. Dagegen hat noch keiner was erfunden. Ich selber hab mich mit dem Tod beschäftigt und erfand zuletzt die *schaukelnden Särge."*
"Klingt komisch!" meinte Rau verdutzt. "Ich hörte nur von einer Idee Tote stehend zu beerdigen, um Platz am Friedhof zu sparen."
"Bei meiner Idee handelt es sich um verzinkte Särge, die in einer Art Wippe

eingegliedert werden und wie moderne Kunstwerke am Friedhof auch zum Spielen anregen. Die Waisenkinder können dann aktiv auf den Särgen ihrer Väter oder Mütter sitzen und schaukeln, bzw. auf- und abwippen verstehen Sie?"

"Völlig!" log Rau. "Darf ich fragen, was Sie zuletzt mit dem toten Professor unternommen haben?"

"Ja natürlich. Wir sahen uns *Psycho* an. Gut gemacht, obwohl mir *Marnie* mehr zusagte, weil ich ein Fan der Tippi Hedren bin!" erklärte Professor Lewy verklärt.

Der letzte auf der Verdächtigen-Liste war ein gewisser Professor Semrad, der aussah wie Alexander Solschenizyn mit seinem schwarzen Vollbart, und sich in der Küche eben ein Fertiggericht in der Mikrowelle zubereitete.

"Schlimme Sache, das mit dem toten Miuki. Ich bewunderte ihn, obwohl mir seine letzte Erfindung mit dem Haustier-Sofortpräparator nicht gerade erfolgversprechend erschien."

"Können Sie mir das näher erklären?" fragte Rau und setzte sich zu ihm an den wackligen Küchentisch. "Als Journalist bin ich ja so neugierig."

"Sicher. Es handelt sich um ein Gerät so wie dieser Mikrowellen-Herd, allerdings viel größer, in welches man das tote Tier reinlegt und auf einen Knopfdruck versteift es sich wie ein Präparat. Ich selbst hab da weit innovativere Ideen."

"Das glaub ich sofort. Haben Sie sich zuletzt mit Miuki zusammen auch *Psycho* angesehen?" forschte Rau, der schon seine Mission der Aufklärung scheitern sah.

"Jaja. Flauer Film. Von Hitchcock gefällt mir *Cocktail für eine Leiche* am besten, haha! Jedenfalls ist meine letzte Erfindung der Renner: ein Gerät, mit dem man aus Eisen Gold machen kann. Man braucht zwar mindestens tausendzweihundertmal so viel Eisen wie dann Gold entsteht, aber ich habe schon aus zahlreichen Ländern Angebote eingeholt!"

Die sind alle irre, dachte Rau. Schließlich kam er ziemlich geknickt zu Professor Bursen in den Garten. "Sieht schlecht aus. Keiner hat sich verplappert oder verdächtig gemacht."

"Wie ärgerlich!" schmollte der Professor. "Ach, wenn Hitchcock noch unter uns weilte, hätte er einen Film aus dem Fall gemacht, der nun ja keiner ist."

"Moment mal!" fiel Rau ein. "Wenn ich mich recht erinnere, dann hat Hitch den Fall gelöst, was das Motiv angeht! Aber wie der schlaue Professoren-Fuchs es angestellt hat, kann ich natürlich nicht sagen."

"Wen verdächtigen Sie?" fragte Professor Bursen erwartungsvoll.

WEN VERDÄCHTIGT RAU?

Fall 30: Unter die Autoren gekommen

In der Prosektur hatte es gefühlte Minus 8 Grad und Kommissar Rau stellte den Mantelkragen auf. Von Frühling war auch draußen nicht viel zu merken, aber hier schien wirklich der ewige Winter zu herrschen.
Pille, der Gerichtsmediziner, zeigte auf den dicken, nackten toten Mann und erklärte: "Ich hätte es fast übersehen. Die Färbung der Zunge zeigt eine Vergiftung an. Um welches Gift es sich handelt, muss ich erst feststellen. Aber du willst ja immer alles sofort wissen. Also gebe ich dir, was ich über ihn habe: er ist Anfang 60, hieß Walter Wurmig und war beim Weltbildverlag beschäftigt. Als Lektor musste er natürlich viele Autoren ablehnen. Da ich selbst schon mal ein Buch eingesandt habe, hatte ich auch schon die Ehre eines Ablehnungsbriefes. Aber ich sag dir gleich: ich war's nicht!"
"Dich hätte ich auch sofort ausgeschlossen. Todeszeitpunkt?" fragte Rau.
"Gestern abends. Gefunden wurde er heute Morgen von seiner Bedienerin. Sie gab den Beamten am Tatort, die ihn für einen Infarktpatienten hielten, auch den Hinweis, dass es Mord sein könnte, weil er auch Drohbriefe bekommen hatte."
"Dann mach ich mich mal gleich auf den Weg zu ihm heim." kündigte Rau an und holte sich aus dem Kuvert mit den persönlichen Dingen des Toten Schlüssel und Handy heraus, welche schon erfolglos auf fremde Fingerabdrücke untersucht worden waren. Auf der Fahrt in den 19. Bezirk dachte Rau daran auch einmal ein Buch zu schreiben, auch wenn die Chance auf Veröffentlichung bei der enormen Konkurrenz eher gering einzuschätzen war.
In der Villa Wurmigs glänzte alles picobello. Rau sah sich im Büro um und merkte gleich, dass der PC nicht heruntergefahren war. Auf dem Display war ein Bildnis von Goethe als Bildschirmschoner und als er in die Dateien wollte, merkte er, dass alles gelöscht worden war. Da klingelte das Festnetztelefon des Mordopfers und Rau hob ab. "Ja, hallo?"
"Hallo, Herr Wurmig, ich bin es, Herr Salkon. Erinnern Sie sich an mich?" tönte eine sonore Stimme und fuhr ohne Pause fort: "Wir haben uns doch letzte Woche im Café getroffen und Sie versprachen mir, eine baldige Entscheidung über mein Buch „Das blaue Wunder von Loch Ness' zu fällen."
"Es tut mir leid Sie enttäuschen zu müssen!" begann der Kommissar. "Aber Herr Wurmig kann Ihr Gespräch nicht mehr annehmen. Darf ich Sie an

seinerstatt persönlich treffen?"
"Sicher, kommen Sie doch gleich zu mir, ich wohne nur 20 Minuten entfernt, Grinzinger Steig 11."
Dort angekommen fand Rau einen ebenfalls dicklichen Herrn vor, der in ebenso guten Verhältnissen lebte. Im Salon kredenzte ihm Salkon einen trockenen Martini und fragte dann: "Aber verzeihen Sie, wer sind Sie eigentlich? Herr Wurmig erwähnte mit keinem Wort einen Stellvertreter von sich."
Rau wies sich aus und informierte ihn über den plötzlichen Tod des Lektors. Salkon strich sich betreten mit einer Hand über die hohe Denkerstirne. Gerade, wo wir uns so gut verstanden. Wir hatten per Telefon ein tolles Einvernehmen. Schriftlich kennen wir uns schon 10 Jahre. Ich habe immer so viele Romane an ihn geschickt."
"An seine Privatadresse?" forschte Rau.
"Nein, natürlich an die Verlagsadresse. Anfangs fand er meine Manuskripte wie alle anderen, eher durchschnittlich, aber mit der Zeit wurde ich besser und er viel zugänglicher." erklärte Salkon. "Übrigens erzählte er mir erst vorgestern am Telefon, dass er von einem jungen Autor einen frechen Brief erhalten hat. Der heißt Jakob Jenner und schreibt Thriller, bei denen man leider einschläft. Das sagte Wurmig wörtlich. Und im Brief beschimpfte er ihn wie ein beleidigter Anfänger. Wurmig sagte zu mir noch: der Brief ist besser formuliert als der angebliche Thriller. Haha!"
"Dann mach ich mich mal auf den Weg zu dem jungen Frechdachs. Sie wissen nicht zufällig seine Adresse?"
"Nein, Herr Kommissar, bedaure. Ich kannte auch Wurmigs Wohnadresse nicht. Aber ich bin sicher, dieser Jenner steht im Telefonbuch, in der Hoffnung, dass ihn mal ein Verleger anruft und ihm die Chance seines Lebens bietet. Haha!" meinte Salkon.
Jenner stand tatsächlich im Herold und Rau stand alsbald vor seiner Tür im 16. Bezirk. Die Wohnung sah aus wie die eines Messies. Überall leere Flaschen, leere Fertigpackungen und Bierdosen. Der Geruch erinnerte Rau an ein schlechtes Wirtshaus und Jenner selbst an einen Junkie, mit fettigen Haaren und Kleidern aus dem Rot-Kreuz-Sack, obwohl seine blauen Augen sehr wach wirkten.
"Was will denn die Polizei von mir?" fragte er lakonisch, nachdem er Raus Ausweis erblickt hatte und beantwortete sich dann selber die Frage: "Kann sich nur um den Wurm handeln, der mein Buch abgelehnt hat. Ja, ich hab ihm ein bisschen gedroht. Der Alte weiß nicht, was sich heutzutage gut verkauft. Hat wichtige Trends versäumt. Kommt aus dem vorigen

Jahrhundert angeflogen. Wie ein wurmstichiger Opi, der nur mehr seinen Urenkerln Märchen vorlesen kann. Will immer nur mit der uralten Scheiße punkten. Aber da wird sich die kleine Leseratte täuschen." Ein hämisches Grinsen zog kurz seine dünnen Lippen in die Breite.
"Das kann er nicht mehr." stellte Rau fest. "Weil er mausetot ist."
"Ah, das heißt wohl, dass ihm einer das Lebenslicht ausgeblasen hat, was? Shit happens! Jetzt hat der Teufel einen neuen Compagnon! Toten soll man nix Schlechtes nachsagen, aber der konnte nichtmal einen Ablehnungsbrief fehlerfrei formulieren und spielte sich gottartig zum Richter über meine Literatur-Fähigkeiten auf! "
"So jung wie Sie sind, können Sie kaum über Lebenserfahrung verfügen. Was prädestiniert Sie denn zum Erfolgsautor, wenn ich fragen darf?" forschte Rau.
"Naturtalent!" gab der Jüngling schlagfertig und von sich überzeugt zurück. "Schon in der Schule wucherte ich mit meinem Talent! Wir waren damals 14 und eine Freundin aus der Klasse bat mich, einen Liebesbrief für sie zu formulieren. Für so einen Sugar-Daddy. Ich fabulierte also, dass die Kleine noch Jungfrau sei und sich für die große Liebe aufsparen möchte und so einen Schmus. In der Ich-Form versteht sich. Und was soll ich Ihnen sagen, hat der von mir Aufgegeilte doch, in der unberechtigten Hoffnung bei ihr als Erster zum Schuss kommen zu dürfen, die Puppe mit Geschenken nur so überhäuft!" prahlte er und grinste dabei in sich hinein, als hätte er einen Preis dafür gewonnen.
"Und alles nur dank Ihres Naturtalents?" stellte Rau die Story infrage.
"Natürlich hab ich sie auch gecoacht, was sie ihm sagen soll, wenn sie mit ihm zusammen ist und wo sie ihn anfassen muss, ohne dass er gleich kommt, klar?"
"Wo waren Sie gestern abends?" fragte Rau, dem die einschlägigen Tipps des Nachwuchs-Schriftstellers reichten.
"Fragen's einen Wachmann mit einem Strohhut!" ätzte der unwirsche Knabe, gab aber auf Raus kritischen Blick zu: "Ich war hier!"
"Allein?"
"Ausnahmsweise! Ich hab im Internet nach einem Verlag gesucht, der mein Werk zu schätzen weiß." eröffnete ihm der talentierte Aufriss-Helfer.
"Und wurden fündig!" ahnte Rau.
"Sicher. Ich hab mir jede Menge Adressen ausgedruckt." antwortete Jenner und zeigte Rau ein verknittertes Blatt Papier, auf dem mit schon nachlassender Tintenpatrone einige Zeilen gedruckt standen.
"Das ist aber kein Beweis, das ist Ihnen schon klar?"

"Natürlich, aber es entspricht nun mal der Wahrheit. Die ist immer schwer zu glauben. Ich kann mir aber auch eine tolle Story ausdenken, die Sie auch nicht überprüfen können!" reizte ihn der Bursche und setzte noch eins drauf: "Wollten Sie nicht schon lang in Pension gehen? Der Job ist doch viel zu anstrengend für einen Mann in Ihren Jahren."
"Na, mit Ihnen nehm' ich es immer noch locker auf, Bürschchen! Sie sehen doch aus, als wären Sie unter die Räder gekommen." entgegnete Rau selbstsicher und nahm sich insgeheim vor, wieder mit Jogging anzufangen.
"Jetzt werden Sie mich sicher verhaften, stimmt's oder hab ich Recht?" schmunzelte der Junge und hielt ihm schon die Hände für die Handschellen hin.
"Nein! Mir scheint, Sie wollen nur mal ins Gefängnis, um dort das Milieu für Ihren nächsten Thriller zu studieren." schätzte Rau. "Den Gefallen tu ich Ihnen nicht. Aber ich werde nachdenken und weiter forschen, wer den Lektor auf dem Gewissen hat. Vielleicht komm ich wieder her!"
"Ich brech' vor Angst gleich zusammen!" scherzte Jenner und geleitete Rau tänzelnd zur Tür. Mit seiner dummdreisten Art hätte er besser in ein quotenstarkes TV-Jugend-Format gepasst als in die seriöse Literaturszene.
Auf der Fahrt zu Wurmigs Villa erinnerte sich Rau nochmal an die Gespräche mit den beiden Verdächtigen und trat auf die Bremse. "Ja klar, warum ist mir das nicht gleich aufgefallen. Der Kerl ist fällig!"
WEN MEINT RAU?

Fall 31: Tod eines Geizhalses

Im Sicherheitsbüro blieb immer etwas Papierkram liegen, den irgendeiner aufarbeiten musste. Und diese Arbeit blieb meist an Rau hängen. Besonders, wenn es sich wieder mal um eine Leiche handelte. Missmutig las er sich die Zeugenaussagen durch, die sich wieder einmal widersprachen. Einmal war der Verdächtige groß, dann eher mittel, dann dick, dann eher muskulös, usw. Das Opfer, Pius Pfann - ein unbeschriebenes Blatt, nicht mal ein Strafzettel - war in seiner Wohnung in Favoriten erstochen worden. Laut Obduktion mit einem stumpfen Gegenstand, in Klammern stand: vermutlich einem Brieföffner. Der Mageninhalt wies zudem eine geringe Menge des Giftstoffes Cytisin auf. Hm, dachte Rau, da schien wer nicht warten zu wollen, bis das Gift wirkt, und gerade in dem Zeitraum, in dem ich meinen Wochenendurlaub in Tirol genossen habe. Rau ließ sich den damals ermittelnden Beamten rufen. Wiking hieß er und sah auch wie ein Wikinger aus. Zottelige blonde Fransen hingen in ein unrasiertes Gesicht, aus welchem

aber angriffslustige Augen starrten. "Tja, ich weiß, dass der Fall kein Ruhmesblatt für mich ist, aber es ist nun mal so, dass alle, die ich befragt habe, gemauert haben!" murrte er. "Sogar eine Hausdurchsuchung bei dem einen, Piber heißt der Mann, brachte nix. Er scheint sie regelrecht erwartet zu haben."
"Wie kommen Sie darauf?" wollte der Kommissar wissen. „Naja, wir haben in seiner Wohnung nur verfaulte Eier, schimmligen Käse und im Wandschrank eine vergammelte Bananenschale gefunden."
„Hmm, das sind allerdings einige Indizien, die für Ihren berechtigten Verdacht sprechen. Und was fanden Sie im Kühlschrank?" fragte Rau.
„Benutzte Taschentücher und im Tiefkühlfach eine gebrauchte Damenbinde!"
"Und was hofften Sie zu finden?"
"Geld und Wertgegenstände, die dem Opfer gehört haben. Ich bin sicher, dass er deswegen erstochen wurde. Laut Zeugen war er weder in krumme Geschäfte verwickelt, noch kriminell veranlagt. Er hat immer brav gearbeitet und gespart, hatte aber in seiner Wohnung weder Wertgegenstände noch Bargeld." erörterte Wiking.
Rau beschloss, sich selber zu Piber zu bemühen. Der wohnte in Simmering und staunte, als sich der Kommissar auswies. "Nanu, kommen Sie gar wegen der alten Sache? Diesem Pfann?" forschte Piber, der ziemlich heruntergekommen wirkte.
"Solange wir den Mörder nicht haben, werden wir ihn weiter suchen. Außerdem ist der Fall erst knapp 2 Wochen alt."
"Ihr Kollege war schon mal hier und hat mir die ganze Bude auf den Kopf gestellt. Und wie der aussah. Wie mein Arsch in Verzweiflung!"
"Nana, nun befleißigen Sie sich mal einer salonfähigen Diktion. Mein Kollege ist immerhin ein tüchtiger Beamter." stellte Rau klar.
"Sieht man gar nicht! Aber egal. Jedenfalls hat der bei mir nix gefunden, hähä! Suchen Sie doch mal bei Pfanns Nachbarn, diesem, wie heißt er, Frugan! Der hat zwar keine Vorstrafe so wie ich, aber das ist wie im Krimi: es ist meist der, auf den man am wenigsten tippt!" ratterte Piber seinen Frust herunter.
"Und Sie dachten, da Sie vorbestraft sind, kommt sicher einer von uns zu Ihnen?"
"Na klar! Bei mir trauen Sie sich, aber dem Frugan die Wohnung umräumen, trauen Sie sich nicht!" beschwerte sich Piber. "Überhaupt war ich nur einmal in Pfanns Wohnung zum Kartenspielen. Und das ist schon 3 Wochen her!"
Rau überlegte kurz, ob er Frugan aufsuchen sollte, besann sich aber und

besuchte stattdessen die Ex des Opfers, Milli Murat. Sie wohnte gleich um die Ecke und staunte ebenfalls über Raus Besuch. "Huch, ich dachte, Sie hätten den Fall längst zu den Akten gelegt!"

"Nicht bevor er gelöst ist. Erzählen Sie mir mal, was Sie über den Mord wissen!" forderte sie Rau auf. Er roch Alkohol und süßliches Parfum als er eintrat.

"Da gibt's nicht viel zu erzählen. Ich kannte ihn einige Wochen, dann wurde er richtig geizig und wollte mich nicht mehr einladen, außer zum Würschtelstand. Ich fragte, ob er sich nicht schäme, wo er doch so gut verdient und mir nix gönnt. Dann fand ich ihn blutüberströmt in seiner Wohnung - die Tür war offen - und holte die Bulle-äh die Polizei."

"Und Sie haben nicht noch vorher seine Wohnung nach Geld durchsucht?" fragte Rau.

"NEiiiin!" kreischte sie, so als hätte ihr eine Tarantel in die Finger gestochen.

Rau sah sich um und erkannte, dass die Möbel ziemlich neu waren. So als hätte sie seine Gedanken gelesen, fügte sie hinzu: "Ich hab ein wenig Geld im Lotto gewonnen und mir davon eine neue Einrichtung beim XXXLutz gekauft. Außerdem hatte ich Angst, dass der Mörder noch in der Wohnung lauert!"

Das leuchtete Rau ein, denn die Frau war zierlich und hatte einen ängstlichen Blick. Er wusste, dass in ihrer Zeugenaussage stand, sie hätte beim Rausgehen einen hausfremden Mann gesehen. Dieser Aussage schloss sich der Nachbar namens Frugan an. Nur bei der Beschreibung waren sich die beiden uneinig.

"Sieht mein Heim nicht toll aus?" fragte Frau Murat lächelnd. "Und in der neuen Vase dort hab ich Goldregen aus dem Garten meiner Mutter!"

"Sie sollten Innenarchitektin werden!" lobte Rau und verließ sie.

Als er bei Frugan klingelte, der neben dem ermordeten Pfann wohnte, spähte dieser erst durch den Spion, bevor er öffnete. "Na das ist aber eine Überraschung. Sie sind sicher von der Kripo, was? Ihr seht alle gleich aus. So amtlich!"

Rau war etwas betreten darüber mit Wiking verglichen zu werden, protestierte aber nicht. "Dann wissen Sie sicher, warum ich zu Ihnen komme?"

"Ja, wegen dem armen Schwein nebenan, den man so brutal erstochen hatte. Haben Sie den Mörder schon?"

"Nein, deswegen suche ich ja noch. Dass er erstochen wurde, stand ja in der Zeitung, aber woher wollen Sie wissen, dass er brutal erstochen wurde?"

wunderte sich Rau.
"Naja, weil...es doch sicher Brutalität brauchte, den alten Geizkragen zu durchlöchern, oder? Ich bin viel zu feinfühlig für sowas! Aber der Kartenzinker, dieser Piber, der wär dazu fähig! Glauben Sie mir!"
"Woher wissen Sie denn das?"
"Weil ich ihn kenne." gab Frugan an. "Wenn der nix mit dem Mord zu tun hat, lass ich mich da reinstechen!" Dabei zeigte er sich seitlich auf den Hals. Pfann war direkt in die Kehle gestochen worden, erinnerte sich Rau an den Obduktionsbericht. Trotzdem konnte er Frugan nicht ausschließen. Nolens volens verabschiedete er sich und schlenderte gedankenverloren durch die Straßen, als ihm plötzlich etwas Wichtiges einfiel. Ja, damit war der Fall klar!
WAS FIEL RAU EIN?

Fall 32: Totalabsturz

Auf dem Heimweg, so gegen 22 Uhr 30, fuhr Rau wie gewöhnlich gemächlich dahin und dachte an nichts Böses, als plötzlich *KRACH!* ein Körper auf seiner Motorhaube landete. Geschockt, obwohl er im Laufe seiner Karriere schon so einiges hatte mitansehen müssen, bremste er mit quietschenden Reifen und sprang aus dem Wagen, wobei er sich fast im Sicherheitsgurt verhedderte. Doch dem Mann, welcher mit verdrehten Gliedmaßen auf dem verbogenen Blech lag, konnte er nicht mehr helfen, wie er traurig feststellte, als er an dessen Halsschlagader griff. Sicherheitshalber legte er noch seinen Kopf auf dessen Brust, konnte aber keinen Herzschlag mehr hören, roch aber Alkohol, der beim Trinken wohl auf das feine Hemd gespritzt war. Berufsmäßig schätzte Rau das Opfer ein: circa 30-40 Jahre, beginnende Stirnglatze, 1Meter80 groß, gut gekleidet, blaue Augen, die weit aufgerissen ins Leere starrten und offener, wie zum Schrei geöffneter Mund. Rau hatte aber keinen Schrei gehört, er konnte ihn auch nicht überhört haben, da er das Autoradio nicht eingeschaltet hatte. Mit einem Blick nach oben an der Fassade des 6-stöckigen Hauses, aus dem der Mann offenbar gefallen war, konnte er auch kein offenes Fenster entdecken, was ihn zum Schluss brachte, dass der arme Mensch wohl vom Dach gesprungen, gestoßen oder gar bei einer Mutprobe gefallen sein musste. Um an seine Personalien zu kommen, durchsuchte Rau noch die Innentaschen des Designer-Sakkos von dem Toten, konnte aber weder Führerschein, noch Mobiltelefon finden. Während er unten an der Gegensprechanlage drückte, wählte er automatisch die Notrufnummer mit seinem Handy und gab den

Einsatzkräften die Adresse. Schließlich meldete sich über die Gegensprechanlage eine Dame namens Walek und fragte, wer denn da sei. „Rau, Mordkommission, öffnen Sie bitte!" Als er in das Haus eintrat, kam ihm ein Herr mit einem Hund entgegen. „Guten Tag, darf ich Sie bitten, mal einen Blick auf ein Unfallopfer zu werfen? Vielleicht kennen Sie den Mann ja!" sprach ihn Rau an.

„Naja, wenn's sein muss!" sagte der Herr, der wohl schon in Rente war und nicht mehr der Agilste zu sein schien. Draußen guckte er teilnahmslos auf den Toten und meinte dann nur: „Nein, den hab ich noch nie gesehen. Fragen Sie mal die feine Dame oben im letzten Stock. Die kriegt immer so viel Herrenbesuch und ist ein richtiger Wanderpokal! Typisch! Im Hirn von einem Spatz ist nur fürs Vögeln Platz! Hat wahrscheinlich eh schon AIDS!"

„Vielen Dank für die ausführliche Auskunft!" meinte Rau und ging wieder in das Haus hinein zum Lift, um nach oben zu fahren. Oben angekommen, empfing ihn jene Dame, bei der er geklingelt hatte. „Frau Walek? (sie nickte kurz) Eben ist mir ein Mann auf's Auto gefallen. Darf ich Sie bitten mit hinunter zu kommen-"

„Ich hab schon aus dem Fenster geguckt. Den armen Hund kenn ich nicht! Der ist sicher aus der Wohnung von der Schebesta entkommen. Die Funsen hat einen Männerverschleiß, dass einem schwindlig wird. Frag mich, ob die es nicht eh gewerbsmäßig treibt." unterbrach sie ihn und verschwand wieder in ihre Wohnung.

Rau klingelte also an der Wohnung mit dem Türschild *Schebesta*. Eine zaundürre Frau mit gebleichten Extensions und Solariumbräune öffnete ihm und sah ihn fragend an. „Frau Schebesta, ich hab möglicherweise eine schlechte Nachricht für Sie. Hatten Sie eben Herrenbesuch?"

Sie überlegte kurz. „Naja, vor einer halben Stunde hab ich den Kurti rausgeschmissen!" Rau zuckte kurz, wusste aber, dass sie damit nicht meinte, ihn aus dem Fenster geworfen zu haben. „Beschreiben Sie mir mal den Besucher."

„1,85 groß, gutaussehend, Geheimratsecken." sagte sie und kratzte sich im Schritt ihres pinkfarbenen Jogginganzuges. „Warum fragen Sie mich das?"

„Weil der Beschriebene unten tot auf meiner Motorhaube liegt!"

„WAAAAS?" kreischte sie auf und rannte wie vom Teufel geritten nach unten.

Rau entdeckte eine offene Glastür am Ende des Ganges und schritt die kleine Treppe dahinter hinauf zu einer schön begrünten Dachterrasse. Auf ihr standen einladend ein Tisch und einige Campingstühle. Auf dem Tisch befanden sich ein Pappbecher und eine leere Flasche Henkell Trocken. Von der hölzernen Balustrade aus konnte er hinuntersehen, wie bereits Ambulanz und Polizei eintrafen und die Schreie von Frau Schebesta vernehmen. Er vermied es, auf dem Holz seine Fingerabdrücke zu hinterlassen, um der Spurensicherung nicht die Arbeit zu erschweren, und eilte wieder hinab zur Tür von Frau Walek.

„Was wollen Sie denn schon wieder?" fauchte sie ihn an. Mit ihrem hübsch zurechtgemachten Gesicht und der Hochsteckfrisur wollte sie vielleicht in die Oper gehen.

„Entschuldigen Sie, aber mir fällt nicht alle Tage ein Mann auf die Motorhaube. Da will ich natürlich wissen, was ihn zu dieser Verzweiflungstag bewogen haben könnte." erklärte Rau. „Sie hatten Recht, er kam aus Frau Schebestas Wohnung. Allerdings dürfte er vor seinem unglücklichen Absturz noch auf der Dachterrasse gewesen sein und–"

„Jaja, mit ihr war er oben, dem notgeilen Stück, ich hab sie ja gehört. Die schreit ja so beim Reden. Fast noch lauter als beim Sex. Und ich muss mir das immer anhören! Schlafen kann ich nur mit Ohrstöpseln! Furchtbar!" empörte sich Frau Walek. „Ich hab schon einen Zettel an ihre Tür gepickt, wo draufstand: *Die Ruhe ist eine liebenswürdige Frau und wohnt in Nähe der Weisheit!* Hat nix genutzt! Und wenn man bei Wiener Wohnen anruft, sagt der bei der Beschwerde-Hotline nur: *Ich werd's für Sie urigieren.* Jaja, deutsche Sprach' ist schwere Sprach'! Aber ich war sicher nicht oben und hab mich derartig danebenbenommen wie die beiden! Saufen um die Wette! Prosten sich zu! Pah!"

In dem Augenblick spie der Lift den Herrn mit dem Hund aus. „Haben's schon gehört, Frau Walek?" fragte der Herr. „Einer von Schebestas Gigerln hat die Abkürzung runter genommen, höhö! Fihuuuu!!" Er ahmte ein abstürzendes Flugzeug nach und machte eine passende Handbewegung dazu.

„Wie pietätvoll Sie sich ausdrücken!" bemerkte Rau ironisch. „Aber er war ein Mensch und hat wohl doch nicht ganz freiwillig die Terrasse verlassen, oder?"

„Warum nicht?" fragte Frau Walek. „Besoffen genug war er ja!"

„Woher wissen Sie denn das? Sie sagten doch, Sie hätten ihn noch nie gesehen!" fiel Rau auf.

„Falsch!" fauchte sie ihn an. „Ich sagte, den kenn ich nicht! Gesehen hab ich ihn öfters!"

„Aber ich hab den noch nie gesehen!" stellte der Hundebesitzer fest. „Und auf der Dachterrasse bin ich auch nie!"

Inzwischen kam Frau Schebesta weinend hoch. „Huhu, er war die Liebe meines Lebens!"

„Fragt sich nur die wievielte!" mischte sich Frau Walek ein.
„Komisch ist, dass er nichts bei sich hatte." merkte Rau an. „Keine Geldbörse, weder Personalpapiere noch Handy, seltsam!"
Frau Schebesta kreischte: „Einer hat ihn bestohlen und dann von oben runtergestoßen!"
Frau Walek rief: „Ja! *Sie* waren doch mit ihm oben!"
„Vor über einer Stunde!" rechtfertigte sich Schebesta. „Dann muss er wieder ohne mich hochgegangen sein!"
„Ja, wahrscheinlich wollte er die Sektflasche bis zur bitteren Neige leeren! Und ist dann im Suff runtergepurzelt!" vermutete der Herr, dessen Hund laut zu knurren begann. „Jaja, mir gehen eh gleich heim, Nebukadnezi!"
Frau Walek tat empört: „Was streiten Sie denn ab, dass Sie ihm nachgegangen sind? Ich könnte wetten, dass ich euch zwei vor knapp einer viertel Stunde noch grölen gehört habe!"
„Nein, ich war die letzte halbe Stunde im Bad und hab geduscht!" schrie Schebesta und weinte wieder. „Er hatte noch ein paar 5ooer in der Brieftasche. Einer war oben und hat sie ihm geklaut und ihn runtergeworfen!"
„Ja!" pflichtete ihr Rau bei. „Und ich weiß auch schon wer!"
WER?

Fall 33: Leichenfledderer

In der Mittagspause ging Kommissar Rau gern in irgendein Wirtshaus in der Nähe des Sicherheitsbüros, um dem eintönigen Mampf in der Werkskantine zu entkommen. Als er also so dahin schlurfte und überlegte, welchen Wirt er wohl beehren könnte, wurde er von einem hageren Mann ganz in schwarz angesprochen: „Verzeihung, Sie sind doch Kommissar Rau?" Auf sein Nicken fuhr der schwarz gekleidete Mann fort: „Ich war grad am Weg zu Ihnen, wir kennen uns vom Zentralfriedhof. Sie erinnern sich vielleicht?"
„Natürlich!" fiel Rau ein. „Sie sind der Friedhofswärter, Herr -äh?"
„Brodil! Es geht um einen getöteten Kollegen von mir. Sein Name war Reto Schlumpf, er stammte aus der Schweiz und fiel einem unbekannten Täter zum Opfer. Die Polizei - Ihre Kollegen - geht von einem Totschlag aus, ich jedoch glaube es war Mord."
„In dem Fall schlage ich vor, Sie begleiten mich ins nächste Wirtshaus und erzählen mir die Ihnen bekannten Fakten beim Essen." schlug Rau vor.
Wenig später saßen sie im Gasthaus Wickerl bei Wurstfleckerl mit grünem Salat. Während normalen Leuten bei derart makabren Gesprächsthemen der

Appetit abhandengekommen wäre, mampften beide genüsslich und Brodil erzählte: „Es fing damit an, dass einzelne Gräber gutbetuchter Verstorbener geöffnet wurden. Erst dachten wir an Satanisten, doch die hinterlassen andere Spuren. Kerzen, Schmierereien an Grabsteinen und so weiter. Doch nichts davon ließen die Grabschänder zurück. Es sah so aus, als hätten sie nur aus Neugier Särge geöffnet. Den Leichen fehlte nichts, sie hatten Ringe und Uhren noch an. Möglicherweise wurden sie fotografiert, um auf YouTube zu landen. Der Zeitung war die Sache nur eine kurze Erwähnung wert. Und vor einer halben Woche lag Schlumpf mit eingeschlagenem Schädel in der Nähe eines geschändeten Grabes, was naturgemäß den Verdacht nahelegte, er hätte die Übeltäter in flagranti ertappt und sei von denen mit einer Schaufel aus dem Weg geräumt worden. Schlumpf war als Schweizer ziemlich nutzorientiert, um nicht zu sagen, geldgeil. Daher vermute ich, er hat mit den Tätern zusammen gearbeitet und ist dann, als er zuviel gefordert hatte, von ihnen ermordet worden!"
„Welche Gräber wurden genau geöffnet?" wollte Rau wissen.
„Komischerweise nur solche, von gut verdienenden Toten. Das heißt, von solchen, die zu Lebzeiten gut verdient hatten." erklärte Brodil und wischte sich einen Speiserest aus den Mundwinkeln. Mit seinen langen Fingern der rechten Hand griff er sich in den Hosensack und holte ein kleines Stückchen Papier hervor, das er eilig entfaltete. „Gernot Plantenrieder, Genforscher. Benedikt Klagsäumer, Chemiker. Marieluise Hintersinn, Biologin. Die Hinterbliebenen wurden selbverständlich informiert und gaben uns eine Liste mit den Schmuckstücken, die sie den Anverwandten mit ins Grab gaben. Es fehlt nichts davon." Bei den letzten Worten schüttelte er nachdrücklich den Kopf und es war ihm deutlich anzusehen, wie sehr er die Taten verachtete. „Heutzutage hat man nicht einmal als Toter seine Ruhe."
Der Kellner fragte, ob die Herren eine Nachspeise wünschten und empfahl ihnen geschäftstüchtigerweise die frischen Apfelspalten, doch die beiden verneinten - Rau vor allem wegen seiner schlechten Cholesterinwerte.
„Und haben Sie irgendeinen konkreten Verdacht?" forschte Rau, dessen Interesse nach der Schilderung geweckt war und nun vertieft werden wollte.
„Keinen, da nix gestohlen wurde. Hätte was Materielles gefehlt, hätte ich auf Sigmund Penz getippt. Ein kleiner Gauner, der auf großem Fuß lebt."
„Ja, der Name kam mir schon bei Ermittlungen unter!" stimmte Rau zu.
Eine Stunde später stand er bereits vor der Tür der Eigentumswohnung in Hernals, wo Penz mit einer Frau zusammenlebte. Auf sein Klingeln öffnete Penz, erkannte Rau und ließ die Mundwinkel sinken. „Oje, da hat einer was ausgefressen und jetzt führt Sie die Ratlosigkeit situationselastisch zu mir!"

„Sie wurden schon einmal der Leichenfledderei überführt." erinnerte Rau.
„Jaaaa, aber das ist eeewig her!" greinte Penz und ging in die gemütliche Wohnung voraus, ahnend, dass ein Verhör bevorstand. „Und ich hab niemanden umgebracht! Das war zwar ein Komplize von mir, damals, der mir aber über den Mord nicht die kleinste Kleinigkeit verpetzt hat!"
Rau folgte ihm auf dem Fuße und belehrte ihn: „Wer sich einmal am Eigentum eines Toten vergriffen hat, dem traut man es auch ein weiteres Mal zu."
„Wieso? Den Leichen vom Zentral ist doch gar nix geklaut worden, stand in der Zeitung!" verteidigte er sich empört.
„Stimmt! Aber mir schien der Weg zu Ihnen logisch. Sie kennen sich in der Szene aus." beharrte Rau auf seinem Verdacht.
„Ich hab gar keine Kontakte mehr dahin, aber man macht sich so seine Gedanken." erklärte Penz kryptisch und ließ sich auf ein blaues Sofa fallen. Vor ihm stand ein Beistelltisch, auf welchem eine Zeitung aufgeblättert lag.
„Verraten Sie mir auch welche?" fragte Rau und atmete tief durch, denn er mochte es nicht, wenn jemand um den heißen Brei redete oder seine Zeit verschwendete.
„Als ich gelesen hab, dass die Ausgegrabenen alle so große Eierköpfe waren, heißt, dass sie sehr gescheit im Kopf gewesen sein mussten, dachte ich, es wäre so eine Art Reliquien-Raub. Jemand hat denen die Haare abgeschnitten und verkauft sie jetzt an Wissenschaftsfans auf eBay um 1.000 € pro Locke."
„Hmmm!" machte Rau und hob die Augenbrauen. Auf diesen Einfall wäre er nicht gekommen, musste er sich innerlich eingestehen.
In dem Augenblick stakste die Freundin Penz' aus der Küche. Eine großgewachsene Frau in einem türkisen Minikleid, mit langen schwarzen Haaren und Solarium-gebräunter Haut. „Ich muss schon sehr bitten! Mein Mann ist in letzter Zeit nur mehr auf dem Pfad der Tugend unterwegs! Und in seiner, zugegeben, bewegten Vergangenheit hat er wenigstens nichts den Lebenden weggenommen, so wie unsere Herren Politiker! Nehmen wir die Steuergesetze her. Da werden jene gemolken und ausgepresst, die brav arbeiten. Und was die Arbeitslosen betrifft, die würden gar nicht so viel kosten, wenn man sie nicht in vollkommen zwecklose Kurse zwingen würde. Da wird jemandem ein 4einhalbtausend Euro teurer SAP-Kurs aufs Auge gedrückt, der nur mehr 7 Monate bis zur Pension hat! Das ist nicht nur Schikane, sondern auch Steuergeldverschwendung der Extra-Klasse. Aber an der Not anderer muss ja wer verdienen. Da fällt mir meine Oma ein, die im Krieg gezwungen wurde, am Fließband Kriegsmaterial im Akkord herzustellen. Sie bettelte: ich kann das nicht! Und der Vorarbeiter schrie sie

an: Sie müssen das können! Diese verdammten Nazis haben meine Oma zur Arbeit gezwungen und trotzdem den Krieg verloren, hiahahaaaa! Hiahahiahiaaa!" lachte sie lauthals fast hysterisch los und Penz stimmte in ihr hämisches Gewieher mit ein.
Nachdem sich Rau bei den beiden Lachhyänen verabschiedet hatte, rief er Brodil an, um sich zu erkundigen, ob den Toten die Haare abgeschnitten worden sind. Kurzes Schweigen am anderen Ende der Leitung. Dann Brodils sonore Stimme: „Eigentlich…mir schien es schon so, als wären die Leichen etwas verrauft gewesen."
Neugierig geworden fragte Rau: „Erinnern Sie sich an einen Fall von Reliquien-Jägern?"
„Ja, bei der Baroness Vetsera wurden die Gebeine gestohlen, von einem leicht verwirrten Mann, der ihren Tod aufklären wollte, wenn ich mich recht erinnere. Aber das ist doch schon Jahre her."
Dem Kommissar schien es am schlüssigsten, sich bei den Hinterbliebenen zu erkundigen. Er ließ sich von Brodil deren Adressen geben und fuhr zuerst zur Witwe von dem Genforscher Plantenrieder. Sie wohnte in einem kleinen Häuschen in Liesing und war immer noch in Trauer. „Wie krank müssen Menschen sein, die so etwas tun? Tote exhumieren, um sich an ihrem Anblick zu ergötzen." Mit dem Blick ins Leere gerichtet saß sie in einem antiken Lehnstuhl und wirkte wie auf einem alten Gemälde.
„Es geht wohl nicht nur um den Anblick, ich-"
„Jaja, der üble Geruch kommt auch noch erschwerend dazu." meinte sie und putzte sich seine Nase, ehe sie weinerlich fortfuhr: „Aber das Schlimmste ist, dass es meinen Gatten erwischt hat, der sich um die Forschung so verdient gemacht hat!"
„Gnädige Frau! Ich denke, jemand hat ihm –äh wie soll ich es Ihnen schonend beibringen - einige Haare entnommen, um sie wohl gewinnbringend an die Fans von ihm zu verkaufen." brachte es Rau auf den Punkt.
Nun wirkte sie, als hätte sie eine göttliche Eingebung und hob kurz eine Hand hoch, um dann einen Finger abzuspreizen. „Jetzt weiß ich wieder, ich hatte kurz nach Gernots Tod Besuch von einem merkwürdigen Herrn, der mich zu fragen wagte, ob ich ihm nicht einige Tropfen Blut, wahlweise auch einige Haare samt Wurzeln entnehmen ließe, um ihn zu klonen!"
„Das könnte es sein!" entfuhr es Rau. „Hat er Ihnen seinen Namen gesagt?"
„Nein, aber er ließ mir seine Karte hier." Mühsam erhob sie sich und ging in den Nebenraum, aus dem sie nach einer für Rau gefühlten Ewigkeit mit einer Visitenkarte wiederkam. „Alexander Riobart heißt die Kanaillie!"

So fand sich Kommissar Rau eine halbe Stunde später in Baden bei Wien ein, wo Riobart laut Karte wohnte. Das Haus machte einen schon etwas baufälligen Eindruck, wirkte jedoch so uralt, dass es wohl unter Denkmalschutz stand. Und als der Hausherr Rau empfing, vermeinte dieser einem verrückten Professor gegenüber zu stehen. Das weiße Haar hing strähnig in Riobarts rotwangiges Gesicht und sein ausgemergelter Körper steckte in einem schäbigen grauen Anzug, welcher nach Mottenkugeln duftete.

„Das ist korrekt, ich habe die Dame besucht und ihr diesen, wie ich finde, plausiblen Vorschlag gemacht. Sehen Sie, die Menschheit hat doch ein Recht darauf, dass große Genies über den Tod ihres verbrauchten Körpers hinaus ihr weiter zur Verfügung stehen." erläuterte er, während er nervös auf und ab ging.

Unter seinen Schritten ächzte das Fischgrät-Parkett, außerdem waren polternde Geräusche aus dem Keller zu vernehmen. „Haben Sie da unten ein Labor?"

„Nein! Bestimmt nicht!" antwortete Riobart rasch, wobei sich einige Speicheltröpfchen aus seinem Mund verabschiedeten, was Rau an den Oberst erinnerte, der ihn einst einschulte.

„Wenn Sie der Forschung einen Dienst erweisen wollen, brauchen Sie doch-"

Riobart unterbrach ihn: „Wenn ich z.B. Neil Armstrong klonen könnte, hätten wir für die erste Marslandung schon den richtigen Mann!"

„Ich kenne Armstrongs Vita. Er hatte einige Male Glück, nicht bei seinen Missionen draufzugehen. Das könnten Sie trotz Klonen nicht wiederholen!" Falsch! Das sehe ich anders! Nicht Glück, sondern Geistesgegenwart!" widersprach der Weißhaarige resolut.

„Schluss mit dem theoretischen Quatsch! Haben Sie auf dem Zentralfriedhof nach passenden Klon-Spendern, oder wie man das immer nennen mag, gesucht?" herrschte ihn Rau an.

„Nein, aber als ich in der Zeitung davon las, dachte ich sofort, dass jemand dieselbe Idee wie ich hatte und sogar Kollateralschäden in Kauf nahm. Aber ich bin nur ein von der Wissenschaft ignorierter Gelehrter, der auf der Johns Hopkins University studiert hat! Als ich heimkehrte, kümmerte das keinen von den eingebildeten Professoren an der Akademie der Wissenschaften! Keiner schenkte mir Gehör, doch ich werde es mir verschaffen! Und ich werde weiter versuchen, an genetisch kostbares Material zu kommen, indem ich die Hinterbliebenen darum ersuche!"

Nun reichte es Rau und er kündigte an: „Ich bleibe hier und rufe nun den Staatsanwalt wegen einer Hausdurchsuchung an. Rufen Sie schon einmal Ihren Anwalt an!"
WARUM WOHL?

Fall 34: Ein SF-Fan klagt an

In seiner Freizeit machte Kommissar Rau gern mal Besuche in diversen Clubs. Auch im Science-Fiction-Club war er gern gesehener Gast. In letzter Zeit fand er allerdings selten die Gelegenheit, daher besuchte ihn nach Dienstschluss der Obmann, ein gewisser Lassober, in seiner Wohnung, just als es sich Rau gemütlich gemacht hatte. „Entschuldigen Sie die späte Störung, aber die Sache ist äußerst wichtig!" tat er geheimnisvoll.
„Was ist denn passiert, hoffentlich kein Mord?" fragte Rau gähnend und winkte ihn zum abgewetzten Sofa.
„Oh, ich fürchte doch!" flüsterte Lassober, so als sei die Wohnung des Kommissars verwanzt. „Stellen Sie sich vor, heute erst erfahre ich, dass unser Ehrenmitglied, Herr Demon, verstorben ist. Und das obwohl er noch keine 60 – also viel jünger als ich - und bei bester Gesundheit war!"
„Tja, sowas passiert öfters: jemand, der jung und fit ist, bricht plötzlich beim Sport zusammen oder-"
„Nein, das ist es ja. Er wurde untersucht, ich habe den Totenschein vom Amtsarzt eingesehen, und es fanden sich komische Spuren auf seinem Körper."
„Oh nein, sagen Sie jetzt nur nicht, er wäre den Aliens auf der Spur gewesen und die hätten ihn ins Jenseits befördert." befürchtete Rau.
„Haben Sie nicht in der Zeitung gelesen, dass einst Reagen Gorbatschow einen Pakt gegen die Außerirdischen angeboten hat? Warum wohl? Weil er wohl wusste, dass sie real existieren und der Roswell-Zwischenfall erst die Vorhut von einer Alien-Invasion gewesen ist! Und Demon war jedes Jahr in Roswell und hat sich auf der Farm, wo das UFO abgestürzt ist, umgesehen. Er wollte übersehene Fundstücke finden." erklärte Lassober.
„Jaja, ich hab diverse Dokus darüber gesehen und gebe zu, es ist schon seltsam, dass das Militär immer neue Versionen des Falls angibt. Aber Demon kann nach über einem halben Jahrhundert nichts mehr gefunden haben. Schließlich wurde tagelang alles abgesucht. Zum Teil sind die Leute damals auf den Knien gerutscht, um alles zu finden." widersprach Rau.
„Aber es waren auch nur Menschen und Menschen machen Fehler und übersehen so einiges! Aber bitte, wenn Sie mir nicht glauben, dann gehen

Sie doch ins Leichenschauhaus und begutachten Sie den Leichnam Demons!" schlug Lassober vor und verabschiedete sich eilig.
Am nächsten Tag fand sich Rau also pflichtbewusst und neugierig im Leichenschauhaus ein und ließ sich die sterblichen Überreste Demons zeigen.
„Aber Herr Kommissar!" sagte ein Leichendiener. „Warum tun Sie sich das an, schließlich hat der Doktor doch auf dem Totenschein eine natürliche Todesursache eingetragen."
„Ich kannte Demon von einigen Clubabenden flüchtig und es wurden mir Zweifel an seinem natürlichen Dahinscheiden zugetragen." erklärte Rau und besah sich den Toten, der in bedenklichem Zustand gewesen sein musste, als er noch am Leben war. Die Glieder waren ziemlich ausgemergelt und sein Bauch sehr aufgeblasen, wie es eigentlich erst nach längerfristigem Ableben üblich ist, wenn die toxischen Gase des Darmes aktiv werden. Auf der pergamentartigen Haut fanden sich diverse rote Stellen. „Wofür halten Sie das?"
Der Leichendiener guckte kurz und meinte dann: „Naja, Ileus gemeinhin Darmverschluss oder auch Darmlähmung genannt. Die roten Flecken könnten auch auf eine Allergie hinweisen."
Das genügte Rau, um eine Obduktion anzuordnen. Dann fuhr er zu Lassober in den SF-Club, wo bereits 2 Mitglieder mit ihm diskutierten. „Ich wette, es geht um den Tod von Demon."
„Wette gewonnen!" stimmte Herr Morz, ein hagerer Typ um die 40 zu. „Wir können uns nicht erklären, warum er auf einmal tot ist!"
„Ja genau!" pflichtet ihm Frau Romp bei, eine gepflegte Dame, die Rau immer an die lang verstorbene Opernsängerin Maria Callas erinnerte. „Da ist etwas im Busch. Er war kerngesund und nun ist er einfach gestorben?"
So waren die SF-Clubmitglieder, witterten immer gleich Verschwörungen, wenn etwas Unvorhergesehenes geschah.
„Nun, ich hab ihn mir angesehen und lasse ihn gerade obduzieren, aber es würde helfen, wenn ich wüsste, wo er in letzter Zeit gewesen ist?"
„Vorgestern saßen wir noch alle hier beisammen, nicht wahr, Freunde?" sagte Lassober und sah von einem zum andern. „Wir haben wie immer diskutiert und uns an einem Obstler, den ich selber gebrannt habe, gelabt, dabei alte Schwarz-Weiß-Fotos angesehen, wie Sie wissen, entwickle ich die Fotos ja immer noch selbst auf die altmodische Art und Weise, aber zurück zu Demon, der war wie immer geistig auf der Höhe und hat uns von seinem letzten Ausflug nach Amerika berichtet. Wir haben getrunken und gelacht und-"

„Ja!" erinnerte sich Morz. „Er schien so aufgeregt zu sein, weil er mit einem Amerikaner in Verbindung stand, der ihm immer Neuigkeiten von damals verklickerte."
„Der hieß Smith, kein origineller Name, sondern eher ein Pseudonym." meinte Romp mit ihrer Sopran-Stimme. „Ich finde, Sie sollten eine Dienstreise in die USA anstreben und den aufsuchen."
„Na, wenn ich keinen Vornamen bekomme, hat das wohl wenig Sinn." befürchtete Rau.
„Aber dieser Smith ist doch hier! Demon hat ihn eingeladen. Zu sich in seine Wohnung, warten Sie, ich gebe Ihnen die Adresse." erklärte Lassober.
Im ersten Bezirk, wo Demon einst wohnte, in einem schönen Ringstraßenhaus, schritt Rau die Stufen hinauf und wurde von Jazz-Musik auf dem Flur fast schon zur Wohnung des Toten gelotst. Als er klopfte, verstummte die Musik augenblicklich und die Tür wurde geöffnet, von einem Mann, der aussah wie die schnelle Wiedergeburt von Percy Sledge.
„Yes?"
„Oh, I'm sorry to disturb you!" begann Rau in holprigen Englisch.
„Sie können Deutsche mit mir spreche, ich habe gelernt von Herren Demon!" bot ihm der amerikanische Besucher vom toten Wohnungseigentümer an. „Herre Demon is leiderleider kaputt. War so eine gute Mann!"
„Darf ich fragen, ob Sie ihn nun beerben?" forschte Rau, der sich fast schäbig vorkam, einen schwarzen Mann, noch dazu einen Ausländer verdächtigen zu müssen.
„No, I don't, äh- ich bekomme keine Geld, aber Doktor sagen, ich darf bleiben bis mein Flugzeug wegflitzt!"
„Ach, Sie haben den Arzt gerufen?"
„Yes! Demon es ging so schlecht, dass ich Angst haben und rufen Doktor in Filofax von Demon er haben seine Nummer inside."
„Und der Doktor konnte ihm nicht mehr helfen?"
„No, war schon dead-äh-tot!" sagte Smith traurig und es schien so, als füllten sich seine Augen mit Tränen.
„Danke, und herzliches Beileid!" verabschiedete sich Rau, um dem Doktor einen Besuch abzustatten.
Dr. Stein, ebenfalls ein SF-Club-Mitglied, befand sich in seiner Praxis und empfing Rau zwischen 2 Patienten, was die Wartenden etwas erzürnte.
„Mein lieber Freund Demon ist nun mal auch nur ein Mensch gewesen. Auch er ist sterblich so wie wir alle."
„Und auf dem Totenschein haben Sie nach oberflächlicher Untersuchung

einfach eine natürliche Todesursache eingetragen?" erkundigte sich Rau empört.
„Natürlich nicht! Ich habe sicherheitshalber dem Amtsarzt diese traurige Tätigkeit überlassen. Aber wenn Sie mich fragen, dann war er einfach am Ende seiner natürlichen Ressourcen angekommen. In der Technik nennt man das Material-Verschleiß, verstehen Sie, mein Lieber?"
„Wer erbt denn nun eigentlich?" forschte Rau.
„Soviel ich weiß, eine Stiftung zur Erforschung der näheren Umstände von dem Roswell-Absturz, die er in den USA gegründet hat." klärte ihn Dr. Stein auf.
„Ist der Vorsitzende dieser Stiftung vielleicht ein gewisser Mr. Smith?"
„Nein, es handelt sich um einen gewissen Mr. Holtfield." wusste Dr. Stein.
Verunsichert kehrte Rau in den Club zurück. „So, ich habe nun einiges erfahren und - (da klingelte sein Handy) Ja? – So? – Interessant! – Ja, vielen Dank!"
„Und? Schon etwas Neues in dem Mordfall?" fragte Frau Romp.
„Ja, die Todesursache ist eine Vergiftung mit einem seltenen chemischen Element, das auch zur Filmentwicklung verwendet wird und beim Opfer einen Darmverschluss verursacht hat- Oje, mir geht ein Licht auf! Ich fürchte, ich kenne den Mörder, der vermutlich nur eine Flasche verwechselt hat!"
WEN MEINT RAU?

Fall 35: Mordscomic

Im Grunde seines Herzens war Kommissar Rau ja ein Donaldist, liebte aber auch Fix und Foxi, Asterix und Schwarzbart. Nur die Mangas hasste er, diese schwindsüchtigen Figuren mit den weit aufgerissenen Augen und den fast nicht vorhandenen Nasen. Und nun stand er in der Wohnung eines hingemetzelten Comic-Zeichners, betrachtete den über den Zeichentisch gebeugten Leichnam, aus dessen Rücken ein großes Fleischermesser ragte und fragte sich, ob er wohl ein Fan von ihm geworden wäre. Der uniformierte Polizist namens Woppel, der Rau gerufen hatte, machte sich gerade über ein Stück Pizza her. "Sagen Sie, müssen Sie jetzt essen?" fragte Rau pikiert.
"Tschuldigen, aber ich hab' heut' gar nicht gefrühstückt." erklärte Woppel. "Es war so, dass der Pizzabote erfolglos an der Tür des Toten geklingelt hat und dann am Fenster im Erdgeschoss geklopft hat, welches nur angelehnt war, sodass er - in schlimmer Vorahnung - eingestiegen war und die Misere

sah. Nachdem er die Funkstreife gerufen hatte, fragte er mich, was er denn nun mit der bestellten Pizza machen solle, da hab ich sie ihm abgekauft. Verstößt hoffentlich nicht gegen die Vorschriften?"
"Nein. Aber daraus lässt sich schließen, dass der Ermordete nicht lang tot sein kann, denn die Lieferzeit für eine Pizza beträgt doch nur...?"
"Laut Aussage des Boten 8 Minuten. Er stand allerdings 5 Minuten im morgendlichen Stau, also hat unser Mörder einen Vorsprung von rund einer viertel Stunde." folgerte Woppel und biss wieder herzhaft in die Pizzaspalte.
"Hm, wissen wir den Namen des Toten?" erkundigte sich Rau, der interessiert die mit Zeichenskizzen tapezierten Wände des Zimmers, in dem der Tote nun ausblutete, betrachtete. Auf weißen Blättern tummelten sich dickbäuchige knollennasige Männchen und verzerrte Tierfiguren, sowie fleischfressenden Pflanzen.
Woppel schluckte und berichtete: "Laut Boten hieß er Romuald Blabla und war ein Stammkunde, bestellte immer Pizza Diablo. Sein Laptop und das Handy liegen dort im Aquarium mit den toten Fischen. Laut Nachbarin, die ich schon vernommen habe, war er ziemlich bekannt in der Szene und bekam öfters Besuch von einem Kollegen, der einen roten VW Polo fuhr mit dem Kennzeichen W 83517. Das hat sie sich gemerkt, da ihr Sohn am 17. Mai 1983 geboren wurde und bald Geburtstag hat. Ich hab bereits in der Zulassungsstelle angerufen und den Fahrzeughalter erfragt."
"Und wie lautet der Name?" fragte Rau. - "Warum." - "Na weil ich ihn aufsuchen will!" - "Nein-nein, der heißt so: Willibald Warum!" - "Komische Namen haben diese Zeichenkünstler, Blabla und Warum. Naja, geben Sie mir die Adresse, bitte." beendete Rau das kurze Wortgefecht.
An der angegebenen Adresse fand Rau einen Mann vor, der einer Deix-Karikatur entsprungen sein konnte. Feistes Gesicht, nackter Oberkörper mit Büsten-Ansatz, Bierbauch und O-Beine, die in einer verwaschenen grauen Jogging-Hose steckten, die irgendwann einmal schwarz gewesen sein musste. Als Rau seinen Ausweis vorwies empörte sich Warum sogleich: "Was kommen Sie zu mir?? Ich bin noch nie zivil- oder strafrechtlich in Erscheinung getreten."
"Merkwürdig!" meinte Rau. "Sonst erkundigen sich die Leute immer erst, was denn passiert sei."
"Ich bin Künstler!" verteidigte sich Warum. "Ich verdiene mein Geld mit Ums-Eck-Denken! Kommen Sie herein."
"Ach, können Sie von Ihrer Kunst leben?" forschte Rau und folgte ihm in eine ziemlich chaotische kleine Wohnung. "Die Konkurrenz ist groß."
"Ja und nein. Ja, die Konkurrenz ist groß, aber ich bin gut in dem was ich

mache und nein, ich muss nebenbei noch jobben. Verdien mir ab und zu was im Call-Center." gestand Warum und kratzte sich am Kinn. "Also, was ist denn passiert?"

"Ihr Konkurrent Herr Blabla ist tot." eröffnete ihm Rau und blickte wieder auf Skizzen, die wie schon bei Blabla an der Wand klebten. Darauf hüpfte ein Känguru herum.

"Ah, der war ja gar noch nicht so alt." wunderte sich Warum.

"Jemand hat nachgeholfen!" erklärte der Kommissar ohne genaue Hinweise zu geben.

"Und da verdächtigen Sie mich? Romy war ein Freund. Wir haben uns immer ausgetauscht und er war mein konstruktivster Kritiker. Er hat mich ermutigt, weiter an Kloppy, dem kleptomanischen Känguru zu arbeiten." Dabei zeigte er auf seine Skizzen. "Ich konnte es schon an eine Modekette als Werbeträger verkaufen und stehe in Verhandlung mit einem großen Sportartikelhersteller."

"Gratuliere! Und wen haben Sie im Verdacht, Ihren Freund ermordet zu haben?"

"Pfff, die irre Lizzy! Ihr Name ist eigentlich Lisbett Flummi und sie zeichnet immer nur weibliche Figuren. Sie wohnt übrigens ganz nahe bei Romy: Uchatiusgasse 13!"

In besagtem Haus wohnte tatsächlich eine Frau Flummi, die Rau in einem verführerischen Negligé aufmachte und, als er ihr den Ausweis präsentierte, sogleich fragte: "Um Gottes Willen, wer ist denn umgekommen?"

"Einer Ihrer Kollegen, Herr Blabla."

"Oh, wie schrecklich, aber das hab ich kommen sehen!" murmelte sie und winkte Rau in ihre Wohnung, die erstaunlich aufgeräumt und gepflegt wirkte.

"Ach, gab es etwa Drohungen gegen ihn?"

"Nein, das nicht, aber ich habe immer wieder solche Intuitionen. Ich träume oft etwas, das dann tatsächlich geschieht. Und ich sah ihn und erschrak."

"Im Traum?"

"Ja, natürlich oder denken Sie gar, ich war Augenzeugin? Ich sah ihn ertrinken in einem Meer aus Blut. Es war ganz fürchterlich!" sagte sie händeringend. Da kam aus ihrem Schlafgemach plötzlich ein gut gebauter Mann in Unterhose heraus und erschrak als er Rau sah. "Das ist ein Kommissar von der Mordkommission, mein Schatz!"

"Und was will er?" fragte der Mann und rieb sich verschlafen die Augen. Rau ergriff das Wort: "Kennen Sie einen Comic-Zeichner namens Blabla?"

"Was? Unsern Romy hat's erwischt? Ich bin ja auch Karikaturist! Vielleicht

bin ich ja der Nächste!"
Frau Flummi verdrehte die Augen. "Ach, wer will *dich* schon killen?" Und zu Rau gewandt flötete sie: "Das ist mein Verlobter, Herr Plumster. Er zeichnet mit Vorliebe Fische. Haie, Hechte, Karpfen und hat schon große Erfolge in Japan."
"Mit Mangas?" vermutete Rau.
"Nein, ich zeichne keine Menschen. Warum sind Sie hergekommen? Verdächtigen Sie mich oder Lizzy?" fragte Plumster, der immer noch müde und unausgeschlafen wirkte.
"Grundsätzlich ist bei mir jeder verdächtig, der den Toten kannte. Und da Sie so nahe bei ihm logieren....."
"Also ich war noch nie in seiner Wohnung!" rief Plumster auf einmal hellwach.
"Ich ebensowenig!" stimmte Lizzy sofort mit ein. "Waren Sie schon bei Warum?"
"Jaja, der hat mich ja zu Ihnen geschickt!" entschlüpfte Rau.
"Typisch Mann! Schickt den Schnüffler sofort zu einer Femme Fatal!" ärgerte sie sich. "Naja, aber ich habe ja einen Zeugen. Wir waren die ganze Zeit zusammen."
"So? Woher wissen Sie denn, *wann* Blabla starb?" fragte Rau mit verengten Augen.
"Na, wann wird es wohl gewesen sein, wenn nicht vor kurzem." half ihr Plumster aus der Verlegenheit. "Es ist doch kaum anzunehmen, dass Sie erst eine Woche später auf Spurensuche gehen, wo doch die ersten 24 Stunden die wichtigsten sind, oder?"
"So ist es!" pflichtete sie ihm triumphierend bei. "Forschen Sie lieber nach dem Motiv! Und da kommt Warum gleich an erster Stelle. Der hat dauernd bei Blabla geklaut. Wie sein diebisches Känguru. Ich meine Plagiat! Hat Strips einfach abgekupfert!"
"Außerdem war Blabla ein unangenehmer Zeitgenosse. Überall sehr unbeliebt, aber was will man auch von einem, der sogar seine Haustiere zu füttern vergisst, pah!" eiferte sich Plumster und umschlang Lizzy von hinten, als wolle er sie in den Nacken küssen, was sie aber entschieden abwehrte.
"Lass das, wir wollen keine Peep-Show für die Polizei veranstalten! Jedenfalls sind Sie hier total an der falschen Adresse, Herr Oberkriminalrat! Sie sollten sich mal bei den anderen Zeichnern in der Umgebung umhören, die können Ihnen sicher auch so einiges von den schlechten Gewohnheiten von Blabla und Warum erzählen!"

"Na, ich denke, das kann ich mir sparen. Ich bin bei Ihnen genau richtig!" stellte Rau fest und lächelte siegessicher. "Einem von Ihnen ist grad ein Lapsus passiert!"
WAS MEINT ER?

Fall 36: Tödliche Tierversuche

Wolkenverhangener Himmel mit der Sonne als trüben Fleck, der den beginnenden miesen Arbeitstag von Kommissar Rau nur wenig erhellen konnte. Momentan befand er sich gerade in der Praxis eines Allgemeinmediziners, welcher ihm den Tod eines Fast-Patienten gemeldet hatte. "So etwas ist mir in meiner gesamten Laufbahn noch nie passiert! Stellen Sie sich vor: dieser Mann verlangt von meiner Sprechstundenhilfe, sofort zu mir vorgelassen zu werden, da er befürchtet hatte, vergiftet worden zu sein. Also schickt sie ihn zu mir herein, er setzt sich keuchend auf diesen Stuhl - wo er noch immer zusammengesackt sitzt - und will eben zu berichten beginnen, als er auch schon den Geist aufgibt! Ich musste sofort alle Patienten heimschicken!"
Rau rätselte was der Doktor mehr bedauerte: den Tod des nun Leider-doch-nicht-Patienten oder die Abweisung der andern Hilfesuchenden. "Hat er cine eCard vorweisen können?"
Der Doktor guckte auf seinen Bildschirm und sagte: "Ja klar, sonst hätte er natürlich nie Zutritt zu mir erhalten! Er hieß Theo Gutman und ist in der Mödlinger Straße 12 gemeldet. Aber da die eCard kein Foto aufgeprägt hat, ist es fraglich, dass es sich auch um den Nämlichen handelt. Aussehen tut er jedenfalls wie ein Obdachloser!"
Da musste ihm Rau rechtgeben. Der Tote trug Kleidung, die nicht nur vom Zeitgeist zerfetzt schien. Die Jeans schienen ein Relikt der 70er-Jahre zu sein und der bunte Kasack darüber erinnerte Rau auch an eine Hippie-Kommune. Die Turnschuhe waren noch am Neuesten. In den hinteren Hosentaschen der Jeans fand Rau eine zerschlissene Brieftasche mit einem Führerschein, der den toten Mann tatsächlich als Theo Gutman identifizierte. Weiters ein kleines Adressbüchlein, in welchem viele Namen und durchgestrichene Telefonnummern standen. Typisch, dachte Rau, da ist einer so heruntergekommen und die andern wollen nix mehr mit ihm zu tun haben und verschließen vor ihm die Türen ihrer heiligen Hallen. "Also, Herr Doktor, seien Sie so nett und rufen Sie die Spurensicherung an, hier ist die Telefonnummer!" sagte Rau und reichte dem Arzt eine Karte. "Und ich fahre ohne Verzögerung in die Wohnung des Toten, denn neben seinen

Personaldokumenten hab ich auch noch seinen Schlüsselbund gefunden."
Vor der Wohnung Gutmans angekommen, erlebte Rau die erste böse Überraschung: die Schlüssel sperrten nicht! Ja, sie schienen gar nicht zu dem Schloss zu passen. Erste Anlaufstelle in solchen Fällen waren immer die Nachbarn, also klingelte Rau bei der Nebenwohnung mit Schild Gebe und eine ältere Dame öffnete ihm. "Ja? Was wollen Sie von mir? Ich spende nix!"
"Keine Sorge, gnädige Frau, mein Name ist Rau von der Mordkommission (er zeigte seinen Ausweis) und ich habe leider eine traurige Nachricht: Ihr Nachbar ist gewaltsam zu Tode gekommen!"
"Das wundert mich nicht! Der hat sich überall unbeliebt gemacht!" klärte sie ihn auf und machte dazu eine abweisende Handbewegung. "Ich hab ihm gesagt, er soll das gefälligst lassen, denn ich wohne hier schon, da schwamm der noch in Abrahams Wurschtkessel herum!"
"Ach? Und was hat er sich zuschulden kommen lassen?" forschte Rau.
"Sie werden es mir nicht glauben, aber ich kann es Ihnen ja zeigen!" Mit diesen Worten verschwand sie kurz und kam mit einer Schuhschachtel wieder, in welcher sich eine tote riesige Spinne befand. "Da bitte!" meinte sie anklagend.
"Eine Tarantel?" entfuhr es Rau.
"Von wegen. Das ist eine Kreuzspinne, die dank seiner unerlaubten Tierversuche auf unnatürliche Größe angewachsen war und sich in meine Wohnung verirrte hat. Mit einer Schneeschaufel hab ich das Monster erschlagen, worauf er mich als Tiermörderin bezeichnet hat! Darauf hab ich ihm mit einer Anzeige gedroht, da seine Frankenstein-Brut immer über den Balkon zu mir gekrochen kam und ich alle Hände voll zu tun hatte, die Reptilien, Insekten und so weiter wieder zurückzuscheuchen! Auch heute hat er die Balkontür wieder offengelassen!"
"Oh, äh- kann ich über Ihren Balkon in seinen einsteigen?" fragte Rau erfreut.
"Keine Ahnung, ob Sie das können!" motzte Frau Gebe und ließ ihn herein. Also durchschritt er vorsichtig ihre sehr gepflegte Wohnung und hantelte sich über ihren Balkon zu jenem Gutmans hinüber. Als er in dessen Wohnung trat, erlebte er die zweite böse Überraschung: es schien sich um eine Messie-Wohnung zu handeln. Derart derangiert und zugemüllt, dass nur wenig freie Fläche zur Verfügung stand. Auch der Geruch fiel übel aus. Da nahte schon die dritte böse Überraschung: auf Rau kam quiekend ein Meerschweinchen zugelaufen, das die Größe einer fetten Katze erreicht hatte. Ein leichtes Grauen überkam den Kommissar, der doch schon einiges

gewohnt war. Welche Kreaturen mochten wohl noch hier lauern? Ein Leguan in Krokodillänge? Eine Katze in Tigergröße? Da krabbelte tatsächlich ein Feuersalamander von circa eineinhalb Meter auf ihn zu, worauf das Meerschwein sofort Fersengeld gab, und im Bett rekelte sich ein Regenwurm, der auf Boa-Constrictor-Länge angewachsen war. Das Läuten des Festnetzanschlusses riss Rau aus seiner Gruselstimmung. Er hob ab und meldete sich mit *Hallo?*
"Wer sind Sie?" erkundigte sich eine weibliche Stimme. Rau stellte sich mit Namen vor, verschwieg aber seine Mission, und so erklärte die Stimme: "Ich mache mir große Sorgen um Theo! Ich bin seine Ex, aber wir haben noch immer ein gutes Verhältnis, obwohl er meinen Hund zum Platzen brachte, aber das werden Sie wohl nicht verstehen!"
"Doch-doch! Ich hab ja bereits einige Tiere aus seiner Riesen-Sammlung erspäht. Wann haben Sie ihn denn zum letzten Mal gesehen, Frau-?"
"Tielman! Das war erst gestern mittags. Er kam zu mir und wollte wieder mit mir anbändeln. Er sah schrecklich aus." gestand sie und schluckte, als wäre sie den Tränen nahe. "Und ich hab ihn abgewimmelt!"
"Darf ich Sie vielleicht besuchen kommen?" fragte Rau und notierte sich ihre Adresse. "Vielen Dank! Können Sie sich eventuell denken, wer etwas gegen ihn hatte und ihm nach dem Leben trachtete?"
"Naja, da gibt es einige. Wissen Sie, die Leute wollen nicht, dass man Tiere verändert. Und er wollte so gern Mutanten züchten, um sie dann als nützliche Haushaltshelfer verkaufen zu können. Jedenfalls gibt es einen Herrn, der ihm gedroht hatte, mit ihm auch gefährliche Versuche zu veranstalten. Der heißt Gubler und wohnt Seeadlerweg 2. Ein fetter, unangenehmer Zeitgenosse."
Kurze Zeit später fand sich Rau also an der angegebenen Adresse wieder, klingelte allerdings vergeblich. Auf dem Rückweg zu seinem Auto traf er einen dicklichen Herrn, der eine Brechstange trug, und fragte auf Verdacht: "Herr Gubler?"
"Wer will das wissen?" bellte der Angesprochene empört und entsprach damit auch der Beschreibung ‚unangenehm'.
"Ich! (er zeigte ihm seinen Ausweis) Kennen Sie einen gewissen Theo Gutman?"
"Ja, leider! In der Gegend, wo ich aufwuchs, lebte ein Lumpensammler, geistig zurückgeblieben, ein langes Elend, den der Geruch nach nassem Hund begleitete." begann Gubler zu berichten.
"Warum erzählen Sie mir das?" wunderte sich Rau.

"Weil der, nach dem Sie fragten, dessen Wiedergeburt ist. Er hat mich gestern Abend zu sich bestellt, wie auch einen andern Kollegen aus der tierärztlichen Hochschule." erzählte Gubler und tupfte sich mit einem Taschentuch den Schweiß vom unrasierten Gesicht.
"Er war also Tierarzt?"
"Nein! Der war ein erfolgloser Wissenschaftler, der dauernd versucht hat, die tierische DNA so zu verändern, dass er damit das große Geld machen konnte. Was ihm gelang, war lediglich deren Größe zu fördern, mehr nicht!" berichtete Gubler missmutig und schwenkte das Brecheisen dabei hin und her.
"Können wir vielleicht in Ihr Haus, um uns weiter zu unterhalten?" fragte Rau.
"Nein, denn ich bin gerade auf dem Weg zu...(er schien kurz zu überlegen) einer wichtigen Besprechung."
"Wissen Sie was? Ich verhafte Sie wegen dringendem Mordverdacht an Theo Gutman!" eröffnete ihm Rau und holte schon die Handschellen aus seiner hinteren Gürtelschlaufe.
"Wie bitte? Sie haben doch nicht den geringsten Beweis! Wo sie Dienst machen, braucht es gar keine Verbrecher mehr!" empörte er sich.
"Ich kann Ihnen aber zwei Indizien nennen, die ad hoc für Sie als Täter sprechen!" eröffnete ihm Rau und legte ihm die Handschellen an.
WELCHE SIND DAS?

Fall 37: Gefallener Detektiv

Es war wieder einer dieser Tage, an denen sich Frustration und Depression die Hände zu reichen schienen, was oft Mord oder Totschlag zur Folge hatte. Momentan fand sich im 11. Bezirk, Simmering, eine männliche Leiche, um die bereits die Spurensicherungs-Leute kreisten. Kommissar Rau stand wieder einmal vor einem Rätsel und vor einem Baugerüst, von welchem der nun Mausetote wohl mutwillig vor ca. einer Stunde runtergestoßen worden sein musste. Der ca. 40jährige 1,80-Meter-Mann sah so gar nicht wie ein Bauarbeiter aus, sondern erinnerte in seiner braunen Kunstlederjacke eher an einen Privatdetektiv. Und als sich Rau seine Papiere anguckte, stellte sich das als richtige Vermutung heraus. Der nun aus dem Leben gerissene Mann hieß Manuel Potanko und hatte eine gültige Lizenz. Da im 4. Stock des Gerüsts ein Querbalken fehlte, schien gewiss, dass er von dort herab gestürzt war, weil er wohl jemanden gegenüber in einem Wohnhaus beobachtet hatte. Sein Kopf war so zertrümmert, dass man ad hoc nicht feststellen konnte, ob

er zuerst niedergeschlagen worden ist, oder sich die Verletzung beim Aufschlag zugezogen hatte. Leider fand sich bei dem Toten weder Kamera noch Handy, was die Ermittlungen natürlich erschwerte. Rau sah sich die Namensschilder an der Gegensprechanlage des bewussten Hauses an und drückte auf gut Glück eines in der 4. Reihe. Eine weibliche Stimme fragte: "Ja, was ist?"
"Leider ein Todesfall, im wahrsten Sinn des Wortes. Darf ich raufkommen?"
"Um Gottes Willen, ja natürlich!" Wenig später stellte sich die Dame als Frau Huber vor, die im rosa Morgenmantel ihre Wohnungstür geöffnet hatte. "Was ist denn geschehen um halb acht Uhr in der Früh?!?" fragte sie und wirkte noch ziemlich verschlafen.
"Sie haben noch gar nicht aus dem Fenster gesehen?" forschte Rau, und als die Dame den Kopf schüttelte, erklärte er ihr: "Vom Baugerüst gegenüber fiel ein Mann."
"Schrecklich, gestern noch hab ich die Bauarbeiter beobachtet. Wie die Ameisen sind die herumgekraxelt. Manche allerdings in Zeitlupe!"
"Der Tote war aber keiner von ihnen, sondern ein wohl emsiger Detektiv. Können Sie sich vorstellen, *wen* er hier observiert haben könnte?"
"In unsern Haus?...Höchstens die auftakelte Frau Weinwurm. Die hat immer verheiratete Freunderln. Gibt sich als Schauspiellehrerin aus. Ich seh' ein Reh im Schnee am See, es tut mir in der Seele weh, wenn ich das Reh am See im Schnee steh'n seh', wobei sie sich das Unterkiefer auszurenken scheint, wenn sie die Sätze langsam und eindringlich spricht, und ich schon glaubte, dass ihr dabei das weiße Krankenkassen-Gebiss herausfallen könnt'. Läuten's doch einmal bei ihr. Die müsst eh schon wach sein!" ermunterte sie den Kommissar.
Frau Weinwurm öffnete in einem cremefarbenen Hausanzug aus Satin und strich sich durch die blondgefärbte Mähne. "Ja, bitte?"
Rau zeigte seinen Ausweis: "Ich komme gleich zur Sache! Kennen Sie einen Herrn Potanko?"
"Ist das der arme, vom Baugerüst Gestürzte?" fragte sie und setzte eine mitleidige Miene auf.
"Ja, haben Sie etwas gesehen?" freute sich Rau.
"Nein, aber gehört! Die gute Frau Huber hat so ein lautes vulgäres Organ. Finden Sie mich wirklich aufgetakelt?"
"Äh-nein! Aber darum geht es mir gar nicht. Ich will herausfinden, wer den Toten auf dem Gewissen hat!" meinte Rau und lugte über ihre Schulter in ihre Wohnung.
"Ich bin allein und nein, ich habe keine verheirateten Freunde. Weder jetzt,

noch zu anderer Zeit gehabt!" stellte sie in klarem Burgtheater-Deutsch fest.
"Ich könnte mir nur denken, dass dieser Detektiv unsern Nachbarn Herrn
Dimon beobachtet haben könnte. Denn Herr Dimon ist ein umtriebiger
Geschäftsmann. Mehr weiß ich nicht!"
Also läutete Rau an der Tür von Denis Dimon, der in einer roten Unterhose
öffnete und mit vollem Mund fragte: "Wer stört?"
Wieder zeigte Rau seinen Ausweis und fragte: "Haben Sie vielleicht heute
schon aus dem Fenster geblickt?"
"Nein. Bin vor 5 Minuten aufgestanden und hab mir nach dem Klogang
gleich mein Frühstück einverleibt." erklärte er und putzte sich noch die
letzten Krümel vom Mund ab.
"Können Sie sich vorstellen, von jemandem überwacht worden zu sein?"
forschte Rau.
"Nein. Ich hab ein reines Gewissen. Hat Sie die Frau Huber auf mich
gehetzt? Die ist nämlich die Tratschtante hier im Haus. Wenn die mal stirbt
muss man ihre Goschen extra erschlagen!"
"Können wir kurz in Ihre Wohnung gehen?" fragte Rau, der berufsmäßig
sehr neugierig war.
"Bitte, wenn's denn sein muss!" sagte Dimon und ließ ihn widerwillig rein.
In der Küche roch es nach Kaffee und auf dem Tisch lagen noch die Reste
eines angebissenen Croissants. "Ist noch von gestern. Ich war heut noch
nicht draußen!"
"Welcher Art sind Ihre Geschäfte?"
"Import-Export! Alles was grad gebraucht wird. Im Augenblick sind das
Ersatzteile für LKWs. Ich habe noch einen Compagnon, aber der ist grad auf
Reisen."
"Könnte es nicht sein, dass er Ihnen einen Detektiv geschickt hat, der
überprüft, ob Sie während seiner Abwesenheit auch keinen Unfug treiben?"
erkundigte sich Rau.
"Ich weiß nicht, was Sie mit *Unfug* meinen, aber ich glaube, dass Sie auf der
falschen Spur sind! Heißer Tipp: Frau Weinwurm ist eine Femme Fatal
und da könnte es sein, dass ein Detektiv von einer eifersüchtigen Ehefrau
engagiert worden ist und von einem heißblütigen Fremdgänger in die Hölle
geschickt wurde! Ich hab Ihnen nix mehr zu sagen! Good Bye!"
Rau verabschiedete sich und hörte noch, wie die Waschmaschine in Dimons
Bad zu Schleudern begann. Sein Weg führte ihn geradewegs zurück
zur hübschen Frau Weinwurm, die ihm nunmehr in einem roten engen
Jersey-Kleid die Tür aufmachte.
"Tut mir leid, Sie erneut befragen zu müssen, aber ich kriege es ja sowieso

heraus, wenn Sie mit einem gebundenen Mann eine Affäre haben!" kündigte Rau siegessicher an und verschaffte sich Zutritt zu ihrer Wohnung, die sehr liebevoll eingerichtet war.
"Also gut!" gab sie mit schuldbewusstem Blick zu. "Ja, ich habe einen Freund und ja, er ist *noch* verheiratet. Aber er hat sich von seiner Frau bereits getrennt, also hat es wohl wenig Sinn, einen Detektiv auf uns anzusetzen, wenn die Situation zwischen den zukünftigen Ex-Eheleuten bereits geklärt ist!" erklärte sie mit einwandfreier Sprechstimme, die sie auch als Synchronsprecherin einsetzten hätte können.
"Ob etwas Sinn für den andern hat oder nicht, ist oft auf den ersten Blick gar nicht zu erkennen." belehrte sie Rau.
"Na schön, wenn Sie meinen. Eigentlich wollte ich meine Wäsche bügeln, aber ich bin gern bereit, mit Ihnen zur baldigen Ex-Gattin meines Verlobten zu kommen und die Sache zu bereinigen!" lenkte Frau Weinwurm ein.
"Äh-nicht nötig!" lehnte Rau ab, dem etwas Wichtiges eingefallen zu sein schien. "Ich habe schon jemand anderen der Lüge überführt! Leben Sie wohl!" verabschiedete er sich eilig.
WAS WAR IHM AUFGEFALLEN?

Fall 38: Der Sex-Trick

Wenn keine Leiche seine Aufmerksamkeit erforderte und auch kein Papierkram zu erledigen war, flanierte Rau gern durch die Innenstadt und ergötzte sich an alltäglichen Szenen normalen Lebens ohne Kriminalität. Am Stephansplatz sah er den Dompfaff- pardon Dompfarrer Toni Faber, der eben in sein Auto mit einem Stern vorne dran einstieg. Typisch, dachte Rau, der Sohn vom Chef ritt noch auf einem Esel und der benötigt einen Mercedes, aber wer weiß, vielleicht kriegt er von der deutschen Firma ja Rabatt, wenn er betet, dass der nächste Prototyp den Elchtest besteht. Auf dem Heldenplatz beobachtete er einen Raben, der sich mit einer weggeworfenen Sandwich-Plastikverpackung abmühte, als eine Frau Schubmayr, die er von einem Mordfall als Zeugin vor einem Jahr bereits kannte, aufgeregt auf ihn zulief. „So ein Glück im Unglück, Sie zu treffen, Herr Kommissar! Stellen Sie sich vor, mein Mann ist verschwunden!"
Oje, dachte Rau, der hat sich sicher auf Französisch verabschiedet und weilt schon bei einer anderen und die Arme denkt er liegt irgendwo tot im Rinnsal. "Wie lang ist er denn schon abgängig?"
"Na mindestens schon 16 Stunden. Gestern abends hatten wir noch unsern wöchentlichen Sex, als er merkte, dass er keine Zigaretten mehr hatte."

ratterte sie unbekümmert daher und fuhr sich nervös mit den Fingern durch die langen tizianrot-gefärbten Haare. Sie gehörte zu den Frauen, die sich beim Schminken nie entscheiden können, ob sie Augen oder Mund betonen sollen. "Er sagte also, er holt sich noch ein Packerl beim Automaten und seither ist er verschollen."
"Hhmmm", machte Rau. "Hat er seinen Pass mitgenommen?"
"Nein-nein, daran hab ich ja gleich gedacht, als er die Tür hinter sich zugeschlagen hat. Aber der ist eh schon abgelaufen. Dann hab ich noch all unsre Freunde aus dem Swinger-Club angerufen. Da gehen wir nämlich gern hin, wenn er wieder was haben will, wovor mir graust. Wissen Sie, manche Weiber machen ja alles, aber ich-"
"Jajaja!" wehrte Rau ab, der keine Lust auf die Schilderung sexueller Vorlieben hatte. "Beschränken wir uns auf die nützlichen Fakten. Was haben Sie also bei Ihren Telefonaten herausbekommen?" fragte Rau.
"Dass er bei keinem der Pärchen war und die alleinstehenden Frauen haben mir gesagt, dass sie froh sind, wenn ihnen kein Mann die Wohnung zumüllt." erzählte sie freimütig, während sie sich mit einer Hand den runtergerutschten BH-Träger unter der weißen Bluse wieder auf die Schulter zurückholte.
"Verstehe! Ist man in so einem Club nicht anonym?" wunderte er sich.
"Aber wir sind doch alles Stammgäste. Und das jahrelang. Da kennt man sich!"
"Aha! Und wem trauen Sie denn zu, dass er Ihren Mann, sagen wir mal, gegen seinen Willen festhält?" forschte Rau.
"Na am ehesten noch unsrer Nachbarin im Kleingartenverein, wo wir aber nur im Sommer sind. Sonst wohnen wir ja im ersten Bezirk in unsrer Eigentumswohnung."
Also fand sich der Kommissar gutmütig und pflichtbewusst bei besagter Dame namens Wendeline Wundl ein und teilte ihr den Verlust des Herrn Schubmayr mit. "Ach? Was meinen Sie mit vermisst? Ist er freiwillig von seiner Alten weg oder bei einer Wanderung abhanden gekommen?" fragte sie und zwinkerte ihm mit dem rechten Auge zu, welches sich wie das linke von falschen Wimpern umkränzt präsentierte.
"Äh, das versuche ich rauszufinden. Wie kommen Sie auf Wanderung?"
"Najaaa, wir kennen uns ja schon ewig und da haben wir's ein paar Mal in freier Natur getrieben. Ein herrliches Gefühl!" schwärmte sie und zeigte kurz ihre gebleichten Beißerchen zwischen den blutrot geschminkten Lippen. "Wenn das frische Gras in die zarte Haut sticht und man die Fingernägel in die Erde stecken kann und fleißige Bienen an einem vorbeisummen. Nur

einmal- da haben wir uns auf einem Ameisenhaufen vergnügt- Sie glauben gar nicht, wie die kleinen Biester zwicken können."

Dem Kommissar wurde ob so viel Offenheit leicht schummrig. "Ja gut, also. Wann haben Sie denn Herrn Schubgeier- äh-Schubmayr zuletzt gesehen?"

"Gestern, aber nur auf einem alten Video. Wir haben uns nämlich oft beim Sex gefilmt. Wenn mir fad ist, dann schau ich mir die verschiedenen Stellungen an und-"

Er atmete tief durch und unterbrach sie schroff: "Frau Wundl! Ich meinte persönlich!"

"Puh, ich glaub voriges Jahr im Sommer. Ich hab nämlich genug andre Freunde, die mir multiple Orgasmen besorgen können!"

"Könnt einer davon eventuell eifersüchtig geworden sein und sich an Ihrem Nachbarn vergriffen haben?" forschte Rau, dem die ganze Situation zunehmend peinlich war.

"Nö! Wir sind doch erwachsenen Menschen! Aber ich könnt mir vorstellen, dass es ihr mit ihm zu viel geworden ist. Dass sie ihn einfach abgeschafft hat!" meinte Frau Wundl und kicherte dabei. "Die wollt ja nur einmal Sex pro Woche, wo selbst der alte Luther immer gesagt hat: in der Woche zwi schadet weder dir noch mir!"

"Und Sie haben keine Ahnung, wohin er sich da abgesetzt haben könnte?"

"Hören Sie mir nicht zu? Ich hab nicht vom Absetzen, sondern Abschaffen gesprochen. Die hat ihn bestimmt übern Jordan geschickt und spielt jetzt die besorgte Gattin, damit sie die Wohnung und den Garten samt Haus einheimsen kann, kapito?"

Derart aufgestachelt sah sich Rau am Grundstück der Schubmayrs um und fand tatsächlich Spuren von Grabungsarbeiten auf dem ziemlich ungepflegten Rasen. In düsterer Vorahnung ließ er sofort die Spurensicherung antanzen, die sich ans Aufgraben machte, obwohl ein mitgebrachter Leichenspürhund nichts anzeigte. Das konnte aber auch daran liegen, dass man über die Leiche Säure und Beton gegossen hat. Kriminalromane waren voll von nützlichen Tipps für Mörder und Totschläger.

Kurz darauf erschien der Nachbar Krunz und spähte eine Weile, wobei er einige Male rief: "Roboti, roboti!" Dann erkundigte er sich nach dem Grund der rigorosen Wühl-Aktion.

"Wir haben berechtigten Grund zur Annahme, dass Herr Schubmayr in seinem eigenen Garten beerdigt worden ist." erklärte Rau und schaute den Kollegen bei der mühsamen Arbeit zu.

"Na, das wundert mich nicht, denn dieses Gesindel hat ja ein derart

widerwärtiges Sexualleben geführt, dass einem ehrbaren Bürger schlechtwerden kann. Sogar der Firmungs-Kakao kam mir beinahe hoch!" empörte sich Krunz und strich sich dabei über seinen Bierbauch. "Letztes Jahr, da haben die eine Orgie veranstaltet, das können Sie sich gar nicht vorstellen. Da waren die alten Römer ja Waisenknaben dagegen! Die haben ein simples Gartenfest zu einer SM-Party umfunktioniert. Am Baum hing ein gefesselter Nackter, den sie mit Matsch beworfen haben, in der Baumkrone saß die Wundl splitterfasernackt mit gespreizten Beinen und stöhnte wie am Spieß und der geile Bock, dieser Schubsteiger, hat abwechselnd die schamlosen weiblichen Teilnehmer, die in schwarzen Strapsen gekniet sind, von hinten besprungen, pfui Teufel! Da bekommt das alte Spiel *Bockspringen* eine ganz neue Bedeutung! Ich hab alles auf Band! Der hat sicher einige Viagras gefressen, damit er so eine Leistung hinkriegt! Kein Wunder, dass der Garten immer mehr verkommt. Keiner kümmert sich drum und ich hab denen schon vorsorglich einen Brief geschrieben: wenn die ihren Rasen nicht vertikutieren, ich das auf ihre Rechnung veranlassen werde, denn wir haben schließlich Statuten in unserm Kleingartenverein! Aber diese sexsüchtigen Schweine haben ja nur ihr perverses Vergnügen im Schädel! Bäch!! Aber typisch für Neurotiker! Rammeln bis die Fetzen fliegen! Immer nur die Befriedigung der niedersten Bedürfnisse-"
"Stopp!" schrie Rau aus vollem Hals und die Leute von der Spurensicherung sahen ihn verwundert an. "Man hat uns reingelegt! Aber das wird mir Frau Schubmayr büßen!"
WAS MEINT ER DAMIT?

Fall 39: Ein Sprayer weniger

Auf dem Tisch in der Gerichtsmedizin lag ein junger Mann, der Kommissar Rau nun stumm dazu aufforderte, seinen Mörder zu suchen. Pille der Pathologe, der ein eingeschworener Star-Trek-Fan war, erklärte den möglichen Tathergang: "Es sieht fast so aus, als wäre er zuerst mit einem stumpfen Gegenstand aufs Hinterhaupt geschlagen worden und dann, nachdem er aufs Gesicht gefallen war, mit voller Wucht ins Genick getreten. Das ganze muss gestern passiert sein."
"Gefunden wurde er heut Morgen auf der Westbahnstrecke." sagte Rau. "Er hieß laut Ausweis Harald Hammer und war einer aus der Graffiti-Szene. Auf seinem Handy hat er seine Kunstwerke verewigt. Der Junge hatte Talent."
"Tja, die fotografieren ihre Werke, weil sie bald von andern übersprüht werden oder von der ÖBB abgewaschen." mutmaßte Pille. "Da könnte

vielleicht ein Streitpunkt eskaliert sein."
An der Wohnadresse des Toten fand Rau seine beiden Mitbewohner vor, die ob der Todesnachricht wenig erschüttert schienen. "Haben Sie verstanden? Ihr Freund ist tot!"
"Ja sicher! Ein Sprayer weniger!" antwortete der Größere von beiden. "Jetzt müssen wir uns an einen neuen Kumpel gewöhnen, die Wohnung ist nämlich viel zu teuer für zwei!"
Mit erzürnter Miene forderte Rau nun die Namen der zwei emotionslosen Burschen.
"Bertram Bucher!" stellte sich der Kleinere vor. "Wir kannten uns noch nicht so lange, aber sein Ruf ist ihm schon vorausgeeilt, daher haben wir ihn voriges Monat aufgenommen, nachdem sein Vorgänger ins Ausland abgezischt ist."
"Wolf Kriesam!" nannte sich der Größere. "Und was den Ruf betrifft, nach dem Sie sicher gleich fragen werden: er war ganz gut! Nicht so ein Dilettant wie Puber, der nur seinen Namen auf alles sprüht, was eine glatte Oberfläche hat."
"Wie lange machen Sie beide diese so kurzlebige Sache denn schon?" forschte Rau.
"Ich erst seit ein paar Wochen!" gab Bucher zu. "Und Wolf auch nicht viel länger."
"Nein, aber ich weiß schon worauf es ankommt! Ich hab auch Talent!" meinte Kriesam und zeigte Rau stolz seine Handy-Aufnahmen.
"Sehr schön!" lobte Rau. "Aber warum verschwenden Sie Ihr Talent an Züge, wenn die doch wieder gereinigt werden? Warum sprühen Sie nicht auf Leinwand und versuchen Ihre Kunst zu verkaufen?"
Die beiden setzten ein überheblich-mitleidiges Grinsen auf. "Sie verstehen das nicht!" meinte Kriesam. "Es wird eine hegemoniale Outlaw-Männlichkeit durch Eroberung fremden Terrains und durch Zurschaustellen von Zielstrebigkeit, Kompromisslosigkeit, Mut und Durchsetzungsvermögen in einer repressiven gefahrvollen Umgebung inszeniert. Über Bild des Outlaw-Writers wird Authentizität und Männlichkeit konstruiert. Die Arbeit am eigenen Mythos fußt auf Performanz und Dokumentation männlicher Potenz beim aktiv vollzogenen Bruch gesellschaftlicher Regeln mit dem Ziel kreativer Interventionen."
"'Aahhh!" machte Rau. "Handelt es sich hierbei etwa um doppelte Distinktlogik? Abgrenzung sowohl von andern Männern als auch von Frauen, was ein charakteristisches Merkmal von Männerbünden ist?"
Jetzt machten die beiden erstaunte Gesichter und Bucher lobte Rau: "Diese

Erkenntnis hätte ich Ihnen gar nicht zugetraut!"
Rasch konterte Rau: "Und ich hätte hier keine Intellektualität erwartet. Könnte es sein, dass einer seinen Mythos eventuell mit einem Mord bereichern wollte?"
"Wir waren nie auf Gewalt aus!" beeilte sich Kriesam festzustellen. "Fragen Sie doch mal bei seinem Schulkollegen Matthias Ogrim nach, wo er vorher gewohnt hat. Der war zweimal zu Besuch und hat jedes Mal mit Harry gestritten auf Mord und Brand. Über Pipifax!"
"Geben Sie mir die Adresse. Und auch Ihre Alibis!"
"Bert und ich waren gestern zusammen unterwegs, weil Harry gern allein herumstreunte. Leider hat uns aber niemand gesehen, was wir sonst eigentlich sehr schätzen! Wie ist denn Harry umgebracht worden?"
"Darüber gebe ich vor Abschluss meiner Ermittlungen keine Auskunft!"
An Ogrims Adresse, einer Vorstadt-Villa, öffnete eine junge Dame die Haustür und ließ Rau, nachdem dieser seinen Ausweis präsentiert hatte, widerwillig ein. Der feudal eingerichtete Salon zeigte, dass hier Geld wohl kein Problem war. "Ich hab gleich gesagt, dass Matt mit diesem Hammer nur Troubles bekommen wird."
"Woher wissen Sie denn, warum ich komme?" wunderte sich Rau.
"Na, die beiden neuen Hammer-Freunde haben grade angerufen und Ihr Kommen angekündigt, weil den einer ausgelöscht hat." sprudelte die junge Dame heraus. "Und Matt ist nicht daheim! Und nein, ich weiß nicht wo er ist. Ich bin ja nur seine Schwester."
"Also gut, Frau Ogrim, wann haben Sie Ihren Bruder zuletzt gesehen?"
"Vorgestern!"
"Und da haben Sie sich nicht über sein Ausbleiben gesorgt?"
"Nein!" sagte sie gelangweilt. "Ich dachte, der spielt das neue Game of 72. Da muss man 3 Tage verschwinden und hoffen, dass nach einem gesucht wird."
"Na, die Hoffnung hat sich für Ihren Bruder offensichtlich nicht erfüllt." erkannte Rau.
"Was wollen Sie? Wir sind beide volljährig, unsere Eltern geschieden und wir haben unsere eigenen Probleme." erklärte sie. "Was den Tod von Harry betrifft...."
"Ja?" Rau vermutete sofort, dass zwischen den beiden eine Beziehung bestanden hat.
"Ich war mal mit ihm zusammen, aber das hab ich bald beendet. Der wollte doch nur seine Duftmarken hinterlassen. Primitiv wie ein Hund, der an jedes Straßeneck pinkelt!" Die Art, wie sie das sagte, zeigte Rau, dass da wohl

einiges an Gefühlen bei ihr verletzt worden sein musste. Just in diesem Augenblick drehte sich der Schlüssel im Schloss und herein kam der verlorene Bruder. "Matt, hier ist ein Kriminalbeamter, der eine Todesnachricht bringt."
Ogrim zog seine Jacke aus und sah Rau erwartungsvoll an.
"Ihr alter Schulfreund Harald weilt nicht mehr unter uns!" informierte ihn Rau. "Wo waren Sie gestern?"
"Im Theater! Allein, das heißt natürlich inmitten vieler. *Tote Seelen* hieß das gute Stück von Gogol." behauptete Ogrim und ließ sich ermattet auf einen Sessel fallen.
"Man hat mir berichtet, dass Sie öfters mit Herrn Hammer Streit hatten." forschte Rau.
"Ja, das haben Ihnen bestimmt die zwei Pappnasen gesteckt, mit denen sich Harry auf eine Kommune eingelassen hat." sagte Ogrim und schüttelte den Kopf. "Und jetzt ist er tot! Ermordet! Und ich steh unter Verdacht, was?"
"Ich geh dann mal. Ich war's sicher nicht, denn ich hab ja nicht genug Kraft als Mädchen!" verabschiedete sich seine Schwester.
"Wiedersehen!" sagte Rau beiläufig und wandte seine ganze Aufmerksamkeit Ogrim zu. "Worum drehte sich denn Ihr Streit?"
"Ach, nix Wesentliches. Ich fand, er verschwendet seine Jugend."
"Hätte er lieber mit Ihnen ins Theater gehen sollen?" lächelte Rau, der selbst früher gern ins Burgtheater ging.
"Zum Beispiel. Jedenfalls ist es doch keine befriedigende Tätigkeit, Scheiß-Graffitis quer in der Stadt zu hinterlassen, oder! Aber wenn man sich die großen Meister reinzieht, da kann man einiges fürs Leben lernen."
"Das interessiert mich." meinte Rau und setzte sich neben Ogrim auf die Sessellehne. "Was ist Ihre Erkenntnis beispielsweise aus diesem Gogol-Stück?"
"Bei dem gibt's eine Klassifizierung der Menschen: 1. die ganz einfachen, die tun Gutes für alle und schaden sich selbst dabei. 2. die Schlauen, die tun Gutes für sich und andere, es gelingt ihnen und sie machen dabei Gewinn für sich. 3. Gangster, die sich selbst was Gutes tun zum Schaden anderer. Und 4. die Schlimmsten: Idioten, die allen Schlechtes tun und sich dabei mit. Von der Sorte gibt es leider bei uns am meisten!" rekapitulierte Ogrim und zog eine Grimasse. "Und Sie? Haben Sie schon ermittelt, wer der Mörder sein könnte?"
Rau überlegte kurz, stand dann auf und eröffnete ihm dann: "JA! Eine Person hat sich verdächtig gemacht!"
WEN MEINT ER?

Fall 40: Todesschrei

Wie so oft, wenn Kommissar Rau den Tatort betrat, wuselte schon die Spurensicherung um das Mordopfer herum. Diesmal hatte es eine junge Frau erwischt, die in einer Doppelhaushälfte mit ihrem Gatten wohnte, welcher aber nicht daheim war. Offensichtlich hatte sie die Tür ihrem Mörder geöffnet, lag nun mit einer Wunde an der Schläfe neben einer antiken Kommode und starrte mit weit aufgerissenen Augen ins Leere. Mit an Sicherheit grenzender Wahrscheinlichkeit hatte er ihr einen Schlag versetzt und sie war gegen die Kante geknallt. Das Wohnzimmer zeigte keinerlei Kampfspuren, was auf eine eher eruptive Handlung schließen ließ. Rau sah sich um und bewunderte die geschmackvolle Einrichtung. Auf einem zur Kommode passenden Tisch stand ein Grammophon, das als Blumentopf diente, welch lustiger Einfall. Und im ebenfalls zum Stil der restlichen Möbel passenden Einbauschrank befand sich ein Tonbandgerät mit einem eingelegten Tonband. Junge Leute kannten so ein Ding nur mehr aus den Wiederholungen der beliebten Krimiserie Columbo. Gemeldet hatte die Tat die Nachbarin, Frau Fließgarten, eine gesprächige, neugierige ältere Dame - als Zeugin ein Geschenk des Himmels. Nicht umsonst hatte Agatha Christie Miss Marple als ältliche Lady geschaffen. "Wissen Sie Herr Kommissar, ich kümmere mich ja nicht um meine Nachbarn, aber die Wände sind so dünn, dass man alles hört, ohne ein leeres Glas an die Wand halten zu müssen." erklärte sie Rau eifrig, als er bei ihr im Haus war.
"Und was haben Sie gehört?" fragte er und nahm auf ihr Handzeichen Platz.
"Naja, die üblichen Ehestreits halt. Sie stritten sich meist über Geld, Hausarbeit und Sex, denn Kinder hatten sie ja nicht. Er meinte, sie gäbe zu viel Geld aus und arbeite zu wenig und sei beim Sex zu fordernd. Mir hat sie einmal anvertraut, dass sie sexuell einen anderen bräuchte und ihn nur geheiratet hat, weil er ein guter Handwerker ist. Und er vermutete auch einen Rivalen, was sie aber immer heftig bestritt. Aber *Clausi-Mausi*, piepste sie immer - er heißt Claus Vogt und ist Versicherungsmakler - hat einen Bart wie Heinrich IV und einen Blick wie Heinrich VIII, *ich mach doch sowas nicht!"* äffte Frau Fließgarten die hohe Stimme der toten Nachbarin nach.
"Und haben Sie je einen fremden Mann bei ihr gesehen?" forschte Rau.
"Glauben Sie vielleicht ich spioniere?" erkundigte sie sich skeptisch.
"Aber nein, ich halte Sie nur für eine ausgezeichnete Beobachterin!" schmeichelte er ihr und setzte sein charmantestes Lächeln auf.
"Ach so. Also vor zwei Wochen hatte sie Besuch von einem Mann, mit dem

ist sie auch weggefahren. Am nächsten Tag erzählte sie mir, dass sie sich fast verliebt hätte. Sie spüre Schwingungen, die von ihm ausgingen. Ich dachte, es sind ihre eigenen Schwingungen, die von ihm abprallen. Manche Frauen machen sich vollkommen falsche Illusionen. Die warten auf einen Märchenprinzen und wundern sich, wenn es doch nur wieder ein mieser Wixer ist, der-" stockte sie und blickte betreten zu Boden.
"Sprechen Sie nur weiter und nehmen sich kein Blatt vor den Mund." ermunterte sie Rau. "Das höre ich nicht zum ersten Mal!"
Ein Lächeln zauberte ihr die Plissee-Fältchen um den Mund weg. "Ich war auch einmal jung. Die Jugend wird als Wert gesehen, ist aber nur ein Zustand. Und nicht immer der beste. Man wird für unwissend gehalten und für dumm verkauft."
"Die Altersweisheit müsste einem angeboren sein!" warf Rau ein.
"Genau! Wir machen Fehler und viele können sie nicht mehr korrigieren, so sehr sie sich auch abmühen! Frau Vogt war ein Paradebeispiel. Anstatt sich von ihrem Mann zu trennen, stritt sie mit ihm und konnte gar keine Lösung finden. Sie begriff nicht, dass man sich wenn man ein Problem nicht lösen kann, von dem Problem lösen muss. Bevor man sich ein neues Problem anlacht. Scheinbar dachte sie, sie könne so lang bei ihrem Gatten bleiben, bis ein anderer Heiratswilliger an ihre Tür klopft. Und vorige Woche am Mittwoch war einer da, der sah aber wie ein Vertreter aus, hat allerdings so mit ihr geflüstert, dass ich beim besten Willen nix verstanden hab, trotz Glas an der Wand. Das fand ich schon mal verdächtig." meinte sie. "Aber Sie könnten auf Facebook nachgucken, ob sich einer mit der Tat brüstet, heutzutage brüsten die sich ja mit Dingen, für die man sich früher nur schämte! Wir leben in einer Zeit des Werteverfalls!"
"Jaja, und was war kurz bevor Sie die Polizei riefen?"
"Ach furchtbar! Sie war allein daheim, ich hab niemanden kommen gesehen und ihr Mann ist ja heut früh schon aus dem Haus gegangen, da hat er ihr zum Abschied noch zugerufen: Ich muss zu einem Kunden! Ich bring dir auch was Schönes mit, Liebling! - Das hat der noch nie gemacht, sowas zu ihr gesagt, aber vielleicht hatten sie ja nachts tollen Sex, während ich schlief. Jedenfalls hörte ich vor einer halben Stunde einen markerschütternden Schrei, wie sie ihn noch nie ausgestoßen hat. Ich hab gegen die Wand geklopft und gerufen: Frau Vogt! Ist alles in Ordnung? Und hab natürlich keine Antwort bekommen, also hab ich gleich die Funkstreife gerufen. Weglaufen gesehen hab ich aber niemanden." berichtete sie teils mit lauter Stimme.
"Na, da wissen wir wenigstens einmal auf die Minute genau die Todeszeit!"

freute sich Rau und verabschiedete sich.
Wieder im Haus der toten Frau Vogt erfuhr er allerdings Erstaunliches. Pille, der Rechtsmediziner mit dem Star-Trek-Faible, stellte fest: "Sie muss mindestens schon 2 Stunden tot sein, die Totenstarre setzt bereits ein."
Wie aufs Stichwort kam der nun verwitwete Gatte mit einem Blumenstrauß heim. "Nanu, was ist denn hier los? Um Gottes Willen, ist meiner Frau etwas passiert?" fragte Vogt und setzte ein überraschtes Gesicht auf.
"Sparen Sie sich Ihre Schauspielkünste!" zischte Rau erzürnt. "Als Sie das Haus verließen, war Ihre Gattin bereits mausetot! Beim Basteln Ihres Alibis, eines markerschütternden Schreis während Ihrer Abwesenheit, den die Nachbarin hören sollte, haben Sie leider die physiologischen Abläufe nach dem Tod eines Menschen nicht bedacht, die Ihr Alibi zunichte machen!"
"Was reden Sie denn da daher?" ärgerte sich Vogt und fuchtelte mit dem Blumenstrauß herum. "Wie kann eine Tote denn schreien?"
"Oh, ganz einfach, warten Sie, ich zeig's Ihnen!" kündigte Rau triumphierend an. - WAS TUT ER?

Fall 41: SM-Mord

Der tote Mann lag nackt, mit am Rücken gefesselten Händen im Lichthof eines Hauses in der Innenstadt und es war angesichts der riesigen Blutlache klar, dass er keinen Atemzug mehr tun konnte. Der Gesichtsschädel war völlig zertrümmert, sollte er seinen Personalausweis nicht im Anus stecken haben, würde es mit seiner Identifizierung wohl schwer werden, dachte Kommissar Rau, der diesmal noch vor der Spurensicherung am Tat- bzw. Fundort der Leiche eintraf. Der Streifenpolizist zeigte nach oben. "Der Hausmeister hat uns gerufen, nachdem er einen Schrei gehört und das Opfer hier gefunden hatte. Im 5. Stockwerk befindet sich ein nobler SM-Club. Der Kollege bewacht die anwesenden Verdächtigen, damit sie sich nicht absprechen können. Sie werden sich wundern, *wen* Sie dort oben vorfinden."
Rau stieg oben aus dem Lift, betrat das Etablissement und wunderte sich tatsächlich. Dort saßen auf einer schwarzen Ledercouch ein Politiker, ein Sportler und ein betuchter Geschäftsmann, alle aus den Seitenblicken und Gesellschaftsseiten der Boulevardpresse sattsam bekannt. Rau wies sich kurz aus und der diensthabende Polizist flüsterte ihm zu: "Nebenan steht noch das Fenster offen, aus dem der Tote gesprungen oder gestürzt wurde. Die honorigen Herren behaupten alle, sie hätten nichts von einem Fenstersturz bemerkt, ich hab sie nicht an das offene Fenster gelassen! Und alle wollten von mir wissen, was denn genau passiert ist, aber ich hab mich auf die

amtliche Verschwiegenheit bezogen."
"Danke!" sagte Rau und wandte sich an das betreten dreinblickende Trio, das um die Hüften blutrote Handtücher geschlungen hatte. "Wer kannte den Toten?"
Sofort ergriff der Politiker das Wort. "Darf ich Sie zuerst bitten, die ganze delikate Angelegenheit mit größtmöglicher Diskretion zu behandeln. Nennen Sie mich doch bitte einfach nur Herr äh-Schwarz!" bat er und meinte damit wohl seine Parteifarbe, obwohl Rau nicht wusste, welcher Unheilfraktion der leptosome Kerl momentan gerade angehörte, da er diesbezügliche Zeitungsberichte nur mehr kurz überflog.
"Oh ja!" stimmte der athletische Sportler zu. "Und mich können Sie Herr Rot nennen, oder nein- lieber Herr Gelb!"
"Dann nennen's mich einfach Herr Pink! Das ist die Lieblingsfarbe meiner Frau. Die soll möglichst auch nix davon erfahren, sonst muss ich ihr ein neues Auto kaufen!" meldete sich der Geschäftsmann, Typ Pykniker, zu Wort. "Die Domina ist übrigens gerade im Büro und bestellt sich online neue Schuhe vom Lablutein oder wie der heißt!"
"Und wie lautet die Antwort auf meine Frage?" bestand Rau schon ungeduldig.
"Also", sagte Herr Schwarz. "ich hab den Mann, um den es offensichtlich geht, noch nie gesehen. Wir trafen uns nur flüchtig im Umkleideraum. Ich hab den Spind Nummer 1 und er hatte die Nummer 4! In so einem Club spricht man nicht mit Fremden, auch wenn man keinen Knebel im Mund hat."
"Ich glaub, der war nicht prominent, sonst hätte ich ihn ja gekannt." meinte Herr Gelb. "Ich hab ihn nur an der Bar dort drüben gesehen, wo er einen Cognac getrunken hat und dann einfach weggegangen ist."
"Ja und ich kann Ihnen auch net sagen, wer er ist, obwohl… irgendwie kam er mir schon bekannt vor. Aber ich hab in meinem Leben schon so viele Leute getroffen. Na, ich bin auch der Älteste von uns, net!" grinste Herr Pink. "Und gesehen hab ich ihn hier. Also hier auf der Couch. Da wart ich immer, bevor mich die Wanda ans Kreuz bindet."
Rau guckte ins Nebenzimmer, wo sich das offene Fenster befand. Davor lag ein blutrotes Handtuch, welches der Gestürzte sicher verloren
hatte. Dort stand kein Kreuz, sondern ein Zahnarztstuhl mit den dazugehörigen Folterinstrumenten. Als er das Zimmer durchschritt, kam er in einen dunklen Raum, in welchem sich ein großes Y befand. Das musste wohl das Kreuz sein, dachte er und schüttelte den Kopf bei dem Gedanken, dass es Männer gab, die dafür eine Unsumme blechten, um daran

festgebunden zu werden. Angewidert kehrte er zu seinen farbenfrohen Verdächtigen zurück. "Meine Herren, wer glaubt, den Ermordeten denn zuletzt gesehen zu haben?"
Schwarz protestierte gleich: "Was heißt ermordet? Vielleicht ist er selber hinunter gesprungen."
Gelb grinste: "Na, mit Handschellen hat er doch das Fenster nicht aufmachen können!"
Pink zeigte auf: "Wissen Sie, mir kommt vor, der war des erste Mal da. Da hat er vielleicht noch gar nicht gewusst, um was es hier überhaupt geht!"
Rau ärgerte sich über die offensichtliche Ignoranz der Anwesenden: "Aber er wird sicher nicht hergekommen sein, um hier so brutal wie möglich sein Ende zu finden."
Wieder ergriff Schwarz das Wort, der das Reden ja beruflich gewohnt war: "Schauen Sie, Herr Kommissar! Gustos und Watschen sind halt verschieden, wie man volkstümlich sagt. Im Internet gibt es Foren, wo sogar Kannibalen willige Opfer finden."
Pink rümpfte die Nase: "Sie scheinen nicht viel Ahnung zu haben, von den Wünschen der reichen Leute."
Gelb pflichtete ihm bei: "Wie soll er auch. Mit den Peanuts, die er verdient, kann er sich höchstens einmal die Woche die Füße pediküren lassen. Übrigens hat erst kürzlich ein Mufti erklärt, dass beim Masturbieren die Hand geschwängert wird. Die Kinder warten im Jenseits. Da wartet auf uns alle eine ganze Armee, hahaha!"
Schwarz ergriff wieder das Wort und rief den Sportler zur Ordnung: "Bitte mein Lieber! Wir wollen den Herrn Kommissar doch nicht reizen. Er muss hier seine Arbeit tun, und ist nicht zum Vergnügen hier so wie wir." Zu Rau sagte er milde lächelnd: "Und ich bin sehr froh, dass es so tüchtige Leute wie Sie gibt, mein Bester!"
"Waren Sie drei ununterbrochen hier zusammen?" forschte Rau und atmete tief durch.
"Nein!" rief Gelb. "Ich war lang am WC und hab mir die Hände gewaschen!"
"Und ich war länger als der nun Tote in der Umkleidekabine." behauptete Schwarz.
"Ja und ich erinner' mich gar nicht mehr." überlegte Pink. "Ah ja, jetzt weiß ich wieder: ich war in der Küche und hab mir noch ein Brot zum Essen genommen. Vorm Sex bin ich immer leicht hungrig. Sonst knurrt mir auch der Magen und das killt die ganze Stimmung."
"Und wer war im Nebenzimmer?" fragte Rau und sah von einem zum

andern, erntete aber nur trotziges Schweigen. "Interessant."
"Ja, warum sind Sie nicht schon längst bei der Wanda und verhören sie?" erkundigte sich Schwarz erbost. "Die wird fürs Quälen ja schließlich bezahlt!"
"Weil die Dame sicher nicht ihre Kunden aus dem Fenster stürzen wird." antwortete Rau. "Allerdings einer von Ihnen, wenn ich auch das Motiv noch nicht kenne. Jedenfalls hat einer von Ihnen einen Satz gesagt, der darauf schließen lässt, dass er das Opfer knapp vorm Fall noch gesehen haben muss."
WELCHEN MEINT ER?

Fall 42: **Mordsmieter**

Am Anfang stand immer eine Leiche, bzw. lag eine Leiche, die Kommissar Rau posthum enträtseln musste. Diesmal stand er wieder einmal in der Prosektur, wohin in Rechtsmediziner Pille, der Star-Trek-Fan, gerufen hatte.
"Ich bin noch nicht dazu gekommen mich mit Frau Raubenkoller zu beschäftigen, aber ihre Schwester hat mich dringend gebeten es zu tun. Sie meinte, die Gute hätte sich in ihrem Haus so viele Feinde gemacht, dass sicher einer davon etwas mit ihrem Tod zu tun hätte."
"Hm, also gut, ich werde mich in dem Haus umhören." brummte Rau wenig begeistert.
"Ich kann dir nur sagen, dass sie seit gestern nachmittags nicht mehr unter uns weilt und keine äußeren Verletzungen aufweist. Der Amtsarzt schließt Herzinfarkt nicht aus oder ein geplatztes Aneurysma. Dort drüben auf dem Tisch liegt eine von der Schwester angefertigte Verdächtigenliste." fügte Pille noch hinzu, wandte sich ab, seinen Instrumenten zu und begann mit seiner morbiden Arbeit.
Rau schnappte sich die Liste und eilte davon. Auf dem Weg zum bewussten Haus musste er an einer roten Ampel halten und guckte sich die 4 Namen an, die in Normschrift notiert waren. Scheinbar war die Schwester wohl auch eine pedante Person, wie einst die Tote, denn Pedanten und Querulanten machten sich stets in ihrer Umgebung unbeliebt. Die Namen waren sogar alphabetisch gereiht. Ein lautes Hupen erinnerte Rau, dass er sich nun wieder auf den Früh-Verkehr konzentrieren musste.
Der erste auf der Liste wohnte im 2.Stock und hieß Achmed Al-Rubin. Schöner Name, wie aus einem Karl May-Roman, dachte Rau. Al-Rubin öffnete in einem weißen Kaftan und Rau nickte ihm zu, während er ihm den Ausweis kurz unter die Nase hielt. "Ich komme wegen Frau Raubenkoller."

"Ach! Hat sie mich wieder schlecht gemacht?" fragte Al-Rubin gereizt. "Wir Moslems sind einer Hexenjagd ausgeliefert. Nur weil man etwas arabisch aussieht, wird man gleich wie ein Staatsfeind behandelt. Was glauben Sie, wie oft ich schon kontrolliert worden bin!"
"Ich finde nicht, dass Sie arabisch aussehen!" log Rau, um eine Vertrauensbrücke aufzubauen.
"Ach nein? Sie wollen gut Wetter bei mir machen. Wie sehe ich denn aus?" wollte Al-Rubin nun wissen und durchbohrte Rau mit schwarzen Augen.
"Wie frisch aus dem Urlaub heimgekehrt. Toller Teint!"
"Sparen Sie sich Komplimente. Was hat die böse Frau über mich behauptet?"
"Nichts!" versicherte Rau. "Denn sie verstarb gestern!"
"Oh! Darum hab ich heute noch nichts von ihr gehört. Sie hat sich immer über irgendwelchen Lärm von mir beschwert, obwohl ich schon nur auf Zehenspitzen durch die Wohnung schlich." Dabei blickte Al-Rubin betroffen zu Boden, wohl auch um anzudeuten, dass die schwierige Tote unter ihm wohnte. "Hat gesagt, ich wär ein Schläfer. Ich wusste gar nicht, was das ist. Da hat sie gesagt, ein Terrorist, der in der Maske eines Biedermannes auf den Weckruf von einem Ayatollah wartet, um eine Bombe werfen zu können. Ich hab gesagt, schade, dass ich keine habe, sonst würd ich sie gleich auf Sie werfen! Da hat sie mich angezeigt."
"Das hat Sie sicher wütend gemacht?" vermutete Rau.
"Ja, aber ich hab mich mit ihr außergerichtlich geeinigt!"
"Und haben Sie einen Verdacht, wer hinter ihrem Tod stecken könnte?" fragte Rau.
"Nein! Eigentlich jeder im Haus!"
Der Nächste auf der Liste wohnte im Erdgeschoß und hieß Hans Brenna. Auch er war daheim und öffnete arglos. Als er Raus Ausweis sah schimpfte er gleich los: "Bestimmt hat Sie die Irre geschickt, die sich mit jedem hier anlegt!"
"Wenn Sie Frau Raubenkoller meinen, dann-"
"Die hat ihren Namen zu Recht. Raubt einem den letzten Nerv mit ihrem Koller. Was ist diesmal los?"
"Sie ist tot!" stellte Rau fest.
Erleichterung machte sich auf Brennas Antlitz breit. "Oh, das tut mir aber-" hier stockte er kurz und rückte mit der Wahrheit raus. "-gar nicht leid! Die Frau war keine Gute!"
"Was verstehen Sie unter *gut*? Jemand, der seine Steuern zahlt und Almosen verteilt?" wollte Rau wissen.

"Nein, eine, die ihren Müll trennt und die Nachbarn in Ruhe lässt! Sie hat hier im Haus immer Unfrieden gestiftet. Falls sie ermordet wurde, wovon bei der auszugehen ist, könnte es der Terrorist im 2. Stock gewesen sein!"
"Ich muss schon sehr bitten. Der Mann ist von der Toten nur als solcher bezeichnet worden. Ob er tatsächlich einer ist, wurde ja noch nicht festgestellt."
"Aber joohh!" johlte er störrisch. "Ein Araber muss ein Pferd sein, ein Afghane ein Hund und ein Perser ein Teppich! Dann kommt man mit solchen Ausländern gut aus."
"Klingt etwas rassistisch. Bleiben wir doch sachlich!" rief ihn Rau zur Ordnung.
"Ja, also äh, ich sag gar nix mehr!" entgegnete Brenna und warf die Tür zu.
Nummer 3 auf Raus Liste war die direkte Nachbarin des Opfers, Mathilde Burg, und öffnete im Morgenmantel, noch ziemlich verschlafen. Auf Raus Todesnachricht reagierte sie grinsend. "Tja, so geht es einer Nervensäge! Die hat mich immer verdächtigt, grundlos natürlich, und jetzt kommen Sie daher und verdächtigen mich."
"Keiner verdächtigt Sie. Ich muss nur ermitteln, was mit Ihrer Nachbarin geschehen ist." klärte sie Rau auf. "Warum hat sie Sie denn verdächtigt?"
"Weil ihr fad war! Ich hab in der Zeitung gelesen, dass in New York 2 Mörder ausgebrochen sind."
"Na, die werden es wohl nicht gewesen sein. Sagen Sie mir doch einfach, welchen Verdacht die Tote gegen Sie aussprach!" forderte sie Rau auf.
"Zuletzt bildete sie sich ein, dass ich den Kellerschlüssel hätte. Ich hab ihn nicht und wenn ich ihn hätte, würde ich ihn Ihnen in den äh-Arsch stopfen, hab ich geschrien!"
"Nicht grad die feine englische Art!" erkannte Rau. "Wann haben Sie sie denn zuletzt gesehen?"
"Äh, vorgestern, glaub ich, aber ich ging ihr ja absichtlich aus dem Weg!"
Der Letzte der 4 Verdächtigen war ein alter Herr namens Michel Moski im 3. Stock. Als ihm Rau seinen Ausweis zeigte, musste er sich erst seine Brille putzen, um sehen zu können, wer denn da vor ihm stand und vom Tod seiner Nachbarin berichtete.
"Und Sie glauben, ich hätte etwas mit ihrem Tod zu tun?" Geistig schien er jedenfalls noch hellwach zu sein. "Na schön, ich war mal mit ihr liiert, aber das ist lang her, als sie mich verlassen hat, tat es mir sogar leid und ich wollte sie wieder zurück!" "Warum? Weil nix Besseres nachkommt, oder weil Sie selber Schluss mit ihr machen wollten, um Ihren gekränkten Stolz zu befriedigen?" provozierte ihn Rau.

"Tsiss! Einfach aus einer nostalgischen Art heraus, würde ich sagen. Jedenfalls drohte sie mir, wenn ich keine Ruhe gebe, dann passiert etwas und daher hielt ich mich zurück und immer so gut es eben ging, von ihr fern!" erklärte er und wirkte dabei sehr müde. Scheinbar hatten die Jahre, die er einst mit ihr verbrachte, ihren Tribut gefordert und zählten nun doppelt auf seinem Lebenskonto. "Sehen Sie mich an, sehe ich wirklich aggressiv aus?"
"Nein, eher wie ein ziemlich geduldiger Zeitgenosse." stellte Rau fest.
"Oja, das musste man bei ihr auch sein. Aber tief in ihrem Inneren hatte sie einen guten Kern!" teilte er Rau mit. "Übrigens ist gelebte Aggression gegenüber einer Person auch eine Art von Zuneigung!"
"Na, da bin ich anderer Ansicht. Außer man ist ein Maso! Wiedersehen!"
Gerade, als er aus dem Haustor trat, erreichte ihn ein Anruf von Pille. "Es ist ziemlich klar, dass sie erstickt ist. Ich hab einen metallischen Gegenstand in ihrem Hals entdeckt. Ziemlich verbogen."
"Ha, ich weiß, wozu er diente und wer ihn dorthin brachte!" jubelte Rau und kehrte wie ein geölter Blitz in das Haus zurück.
BEI WEM KLINGELT ER NUN?

Fall 43: Tod im AMS

Der Anblick verlangte wirklich starke Nerven. Der Tote saß vor seinem Schreibtisch und hatte faktisch kein Gesicht mehr. Irgendjemand musste ihm wohl mit einem Hammer das Antlitz zerschlagen haben. Kaum vorstellbar, dass dieser Vorgang lautlos erfolgt war. Kommissar Rau war wie vom Schlag gerührt. Die Vorgesetzte des getöteten AMS-Beraters, eine Frau Vera Vertreiba, hielt sich die rechte Hand vor den Mund und konnte nur ganz leise die Fragen beantworten: "Herr Jochman war immer sehr korrekt und wurde nie bedroht. Er hatte den ersten Kunden um 8 Uhr. Ich hab Ihnen die Namen schon ausdrucken lassen. Ein gewisser Anton Haferknecht, arbeitslos seit 13 Jahren. Dann eine halbe Stunde später Frau Unfrieden, arbeitslos seit 8 Jahren und eine weitere halbe Stunde später einen Herrn Zoppl, arbeitslos seit 5 Jahren. Alle unbescholten, aber einer muss es wohl gewesen sein."
"Moment, wieso glauben Sie das?" fragte Rau, der sich die Unterlagen besah.
"Weil er bei keinem eine Aktennotiz vorgenommen hat und der 4. Kunde ihn vor wenigen Minuten so auffand und lauthals losschrie. Eigentlich ist ja der Eintritt nur nach Aufruf gestattet, aber wenn die Kunden einige Minuten warten müssen, dann treten sie auch unaufgefordert ein und fragen, wann sie endlich drankommen."

"Tja, Zeit ist kostbar, auch für einen Arbeitslosen!" merkte Rau an. "Ich werde mir die Verdächtigen gleich vornehmen. Die Spurensicherung ist schon verständigt. Passen Sie bitte auf, dass keiner mehr den Tatort betritt!"
Als er zum ersten Verdächtigen fuhr, las er sich bei einer roten Ampel nochmal dessen Akt durch. Haferknecht war 45 Jahre alt und hatte in 20 Jahren 25 Jobs gehabt. Das zeigte Rau, dass es sich bei ihm wohl um einen eher unsteten Charakter handeln musste, der von selbst ging oder sich so verhielt, dass er vom Arbeitgeber gegangen wurde, wie man so schön sagte. An Berufen hatte er so ziemlich alles durch, meist Hilfsarbeiter am Bau, aber auch Bürohengst und sogar Friseur. Mit Hämmern musste er sich jedenfalls auskennen, dachte Rau, als er schließlich im 16. Bezirk vor dem Gemeindebau des Vielberuflers landete. Haferknecht öffnete die Tür mit einem Kellner-Trinkgeld-Lächeln. "Ja?"
"Guten Tag!" sagte Rau höflich und zeigte ihm seinen Ausweis. "Es ist ein trauriger Anlass, der mich zu Ihnen führt."
"Bei mir ist alles traurig." bekannte Haferknecht. "Ich bin total am Sand!"
"Das zu hören tut mir leid, darf ich reinkommen?"
"Ja, wenn's sein muss!" brummte Haferknecht und ließ Rau in seine ziemlich unordentliche Bude eintreten, die wohl schon mindestens ein Jahr kein Putzmittel gesehen hatte. "Was gibt's denn?"
Herr Jochman ist tot!" sagte Rau.
"Wer? Ach so, mein AMS-Mann. Furchtbar, dass der mir in 13 Jahren keinen Job besorgen konnte. Ich will einem Toten ja nix nachsagen, aber unfähig war Trottel der schon!"
"Das interessiert mich nicht! Mich interessiert nur, wer ihn auf dem Gewissen hat!" erklärte Rau gepresst.
"Wohl ein gewissenloser Mensch!" antwortete Haferknecht schlagfertig. "Besuchen Sie jetzt alle seine Klienten? Dann werden Sie aber viel zu tun haben! Ich wette, der konnte keinen einzigen vermitteln! Aber besser nix tun, als mit viel Mühe nix schaffen!"
"Genaugenommen besuche ich nur seine letzten drei Kunden, denn einer davon ist ein Mörder!" stellte Rau fest. "Sie waren heute um 8 Uhr bei ihm geladen!"
"Ja, aber ich hab verschlafen. In so einem Fall melde ich mich immer krank. Ich geh heut nachmittags zum Arzt und sag, dass ich eine Sommergrippe erwischt hab!"
"Na, Sie machen es sich ja einfach!" meinte Rau empört. "Haben Sie kein Berufsethos?"

"Nein, denn ich hab ja keinen Beruf mehr, da wär Ethos nur ein Pflaster für a Leich! Und zwar, weil Herr Jochman es nicht schaffte, mich irgendwo unterzubringen. Nur in so hirnrissigen Kursen und sozialökonomischen Betrieben. Da musste ich doch tatsächlich mehr hackeln, als in all den Jahren zuvor und zwar für einen Hungerlohn!!!"
"Hmm- und wo haben Sie zuletzt gearbeitet?" erkundigte sich Rau.
"Pfff, weiß ich gar nimmer. Ah ja, vor eineinhalb Jahren bei so einem SÖB am Bau. Da musste ich Isolierschaum in Fugen spritzen. Öööde! Und dann haben die mir noch unterstellt, ich hätte Material geklaut!" Er machte ein Gesicht, als hätte man ihn eben geohrfeigt.
"Sie haben also die Wohnung heute noch nicht verlassen?"
"Doch, ich musste mir doch was zum Frühstück kaufen. Oder glauben's gar, mich bedienen die Heinzelmännchen?" ätzte Haferknecht grinsend.
Rau verließ ihn und fuhr zu Inge Unfrieden, die ebenfalls daheim war, als er bei ihr klingelte. Sie bewohnte ebenfalls eine Gemeindewohnung, die allerdings blitzblank geputzt war. "Nein, das ist ja schrecklich, was Sie da sagen. Ich hätte ja heute einen Termin gehabt, aber ich konnte ihn nicht wahrnehmen, da ich ein Vorstellgespräch hatte. Hier, bei Firma Putzteufel & Co KG. Um Punkt 8Uhr10 bis 8Uhr.20! Ich hab mir eine Zeitbestätigung geben lassen." sagte sie triumphierend und hielt Rau den Zettel unter die Nase.
"Ja, da hätten Sie aber danach noch zu ihm kommen können." meinte Rau. "Die Firma ist ja gar nicht weit weg vom AMS!"
"Also wirklich! Was verlangen Sie denn noch von mir? Ich hab Depressionen, weil ich schon so lange ohne sinnvolle Tätigkeit bin und dann soll ich mir an einem Tag die Hacken ablaufen, nur um einen völlig sinnfreien Termin bei einem unfähigen Berater wahrzunehmen?"
Rau sah sich um und erspähte einen Hammer auf einer Kommode. "Oh was ist denn das?" fragte er barsch und zeigte auf ihn.
"Na 3mal dürfen's raten. Es sieht einem Hammer täuschend ähnlich. Damit hab ich gerade ein Bild aufgehängt. Hier bitte! Das zeigt mich im letzten Urlaub vor 10 Jahren auf Mallorca!" Ihre Züge erheiterten sich schlagartig.
"Warum sind Sie denn überhaupt arbeitslos?" erlaubte sich Rau zu fragen.
"Tsiss! Sie haben Null Ahnung von gar nix! Ich hab in der Bezirkszeitung ein Interview vom Androsch gelesen, der vor ewigen Zeiten mal Finanzminister war. Erinnern Sie sich an den?" prüfte sie ihn mit verengten Augen.
"Ja sicher. Vielleicht will er ja noch Bundespräsident werden!"

"Na, bei dem seinem Lebenswandel wird ihn wohl keiner wählen. Der hat doch eine Zweitfamilie, und zwar ganz offiziell. Jedenfalls hat er gesagt: Vor 10 Jahren waren wir noch die besseren Deutschen, das ist vorbei. Die Deutschen haben die Arbeitslosigkeit halbiert, wir haben sie verdoppelt! Kapiert? Die Steuerbelastung ist in Deutschland und der Schweiz deutlich geringer! Dazu sind bei uns die Arbeitskosten gestiegen und der unnütze Vorschriftendschungel hat sich verdichtet! Die Bürokratiehürden sind höher geworden und dadurch hat die Wettbewerbsfähigkeit abgenommen und sich auch die Standortattraktivität verschlechtert! Wissen Sie was das heißt? Dass wir durch diese harten Fakten in diversen angeblich wertlosen Standort-Rankings zurückfallen! Und Sie fragen noch so blöd, warum ich auch unter den 250.000 Arbeitslosen bin!!!"

Rau ergriff die Flucht vor ihrem nicht enden wollenden Wortschwall und befand sich bald darauf in der Wohnung von Emil Zoppl, der ihn freundlich auf seinen Balkon bat. "Das ist ein Ausblick, was? Die einzige Freude, die ich in meinem Leben noch hab! Und wie ist denn der Jochman umgekommen?"

"So genau wissen wir das auch noch nicht. Sie hatten ja heute einen Termin bei-"

"Bedauerlicherweise konnte ich nicht hin, weil ich mich heute früh so schlecht gefühlt hab. Ich hab's mit'm Magen, wissen's! Da hab ich ihm ein eMail geschrieben, dass er mir einen neuen Termin geben soll. Kommt eh nie was dabei raus. Genauso gut könnt' ich zum Bademeister im Hallenbad gehen. Wissen Sie, die müssen immer nur schauen, ob eh kein Arbeitsloser das Land verlassen hat und womöglich ins Ausland auf Urlaub gefahren ist, weil die sind ja sowas von boshaft! Ärger als ein Wald voll Affen!"

"So, Sie waren heute noch nicht aus dem Haus?" resümierte Rau.

"Nein, warum sollt' ich? Ich bin froh, wenn ich meine Ruh' hab' und vom Balkon aus auf die Welt da unten runterspuck- äh-schau'n kann!"

"Könnte es sein, dass Sie gar nimmer arbeiten wollen?" erkannte Rau.

"Ich bin jetzt fast 60, ein Alter, in dem ich als Weib schon in den wohlverdienten Ruhestand gehen könnte, aber dank Gleichberechtigung von nur den Damen ist mir das bisher verwehrt geblieben. Jetzt sind die Jungen dran, aber für die sind auch nimmer genug Jobs übrig. In den 70er-Jahren gab es ein Wirtschaftsprogramm mit dem Titel 'Leistung, Aufstieg' Sicherheit', warum geht sowas heut' nimmer? Weil die Begriffe Leistung und Aufstieg zu parteipolitischen Verbotsvokabeln verkommen sind. Ich hab in meinem Leben schon genug geleistet! Und es kann nun mal keine Verteilungsgerechtigkeit ohne Leistungsgerechtigkeit geben. Die Wirtschaft ist wie ein schwer kranker Patient, um den zu viele erfolglose Ärzte herum scharwänzeln, die ihn mit den falschen Medikamenten nur ruhigstellen aber nie heilen können!" dozierte er.

"Was war Ihr letzter Job?" erkundigte sich Rau.

"Taxifahrer! Ich bin 2mal überfallen worden. Davon hab' ich mich einmal gewehrt und den Verbrecher derschossen und darum nur Schwierigkeiten g'habt! Sonst noch Fragen?"

Hatte Rau nicht. Zerknirscht fuhr er ins Präsidium, wo ihn der Anruf vom Gehilfen des Rechtsmediziners Pille erreichte. "Ja, Herr Kommissar. Ich bin zwar nur der Assistent vom Chef, aber ich hab schon die Todesursache entdeckt. In der Luftröhre des Opfers befindet sich eine harte Plastikmasse. Sieht aus wie sehr poröses Material. Fast wie Schaumstoff aber nicht mehr flexibel."

"Das ist die Lösung!" jubelte Rau. "Dem Opfer wurde vor dem Hammer-Schlag etwas in den Schlund gesprüht, das sich erhärtet hat und zum lautlosen Erstickungstod führte. Und ich weiß schon, wer dafür ein heißer Kandidat ist."

WER?

Fall 44: Schöne Leiche

Wasserleichen hatten immer etwas von einem schlechten Horrorfilm, vor allem der faulige Geruch war nur schwer zu ertragen. Doch bei der angeschwemmten toten Frau am Donauufer, war davon nichts zu bemerken. Sie sah aus, als schliefe sie nur, wartend auf den Prinz, der sie gleich wachküsst. Der Umstand, dass sie voll bekleidet da lag, schloss natürlich aus, dass sie freiwillig zum Baden in den dreckig-braunen Fluss gesprungen war, welcher laut dem Strauß-Schani einmal blau gewesen sein soll. Über sie gebeugt sah Rau nur den Assistenten von Pille, der wohl wieder bei einer Star-Trek-Convention weilte. "Morgen, Herr Kommissar, ich bin's leider nur wieder, Ewald. Dafür kann ich Ihnen die genaue Todeszeit sagen. Die junge Dame scheint gestern um 22Uhr11 ertrunken zu sein. Normalerweise tauchen Ertrunkene erst auf, wenn die Gase den Körper hochtreiben. Das arme Mädel scheint knapp vor'm Ufer die Kraft verlassen zu haben, denn sie verfing sich mit den Haaren an einem der vielen Gebüsche, die ins Wasser reichen. Die Strömung führte dazu, dass sie mit einem ihrer Arme zu winken schien. Jedenfalls ist ihre analoge Uhr um 10.11 stehen geblieben. Wenn sie sie nicht vergessen hat, aufzuziehen, dann-"

"So hübsch und akkurat wie sie gekleidet ist, können wir davon ausgehen, dass sie die Uhr brav aufgezogen und auch richtig eingestellt hatte." meinte Rau und blickte in Richtung der Reichsbrücke. "Sehr wahrscheinlich hat sie jemand von der Brücke geworfen. Die Frage ist wer, warum und ob er sie vorher getötet hat, oder sie ertrunken ist."

"Äußere Verletzungen konnte ich bisher noch keine feststellen und unter den Fingernägeln hatte sie keine Abwehrspuren wie Blut oder Hautfetzen. In ihrem Hosensack fand ich ein Schlüsseltäschchen mit Wohnungsschlüsseln einer Sicherheitstüre. Über die Seriennummer könnten Sie sicher die Adresse erfahren."

"Richtig gefolgert, Ewald!" lobte Rau und machte sich mit den Schlüsseln auf ins Büro. Einen Anruf später wusste er bereits, dass die Tote Marie Knopfloch hieß und im 2. Bezirk wohnte. An der angegebenen Adresse war auch eine Milla Knopfloch gemeldet. Mutter oder Schwester vermutete Rau und fürchtete sich schon vor der traurigen Pflicht, die Todesnachricht überbringen zu müssen. Die Frau, die er antraf, sah ihrer Schwester zum Verwechseln ähnlich und weinte herzzerreißend. "Ich hab sie immer gewarnt, sich mit diversen Männern abzugeben. Aber sie hat nur gelacht. Warten Sie, ich hab hier ihr Tagebuch, da steht sogar drin, wem sie einen Eifersuchtsangriff zutraut." sagte Milla und holte ein rosa Büchlein mit dem Hallo Kitty Motiv drauf. "Wir hatten keine Geheimnisse voreinander, sie hat mir erlaubt, dass ich auf diese Weise an ihrem aufregenden Leben teilhabe. Bei den heutigen Männern bleib ich nämlich lieber Single."

Rau nahm das Buch an sich und verließ die trauernde, vorsichtige Schwester. Der erste Verdächtige darin hieß Mario Bracho und wohnte ebenfalls im 2. Bezirk. Als Rau ihm seinen Ausweis präsentierte, hob der nur verwundert eine Augenbraue. "Nanu, hab ich was angestellt?"

"Das versuche ich herauszufinden. Kennen Sie eine Frau Marie Knopfloch?"

"Klar, wir sind in losem Kontakt. Wie geht's ihr?" fragte Bracho und ging Rau in seine luxuriös ausgestattete Junggesellenbude voran.

"Wie man's nimmt. Sie ist tot. Ermordet."

"Oh!" machte er nur und setzte sich auf eine weiße Ledercouch. "Das tut mir leid."

"Na, sehr betroffen sehen Sie nicht aus. Wo waren Sie gestern um 22 Uhr?"

"Leider allein vor'm Flat-TV! Hab mir 'Leben und Sterben in L.A.' angesehen. Ein toller Film. Wenn man bedenkt, dass er schon 1985 gedreht wurde, hat Friedkin schon viel vorausgeahnt. Selbstmordattentäter, Bungee-Jumping, und vor allem die wilde Autoverfolgungsjagd ist besser als 20 Jahre vorher in Bullit."

"Ja sicher, ich bin auch ein großer Cineast, vor allem Krimis haben mich

geprägt, vielleicht bin ich deshalb zur Kripo gegangen." räsonierte Rau.
"Und bedenken Sie, es ist in Wahrheit auch fast immer der, dem man es nicht zutraut." grinste Bracho. "Ich hätte keinen Grund gehabt, Marie zu töten. Sie war eine von vielen und ich war wohl auch nicht ihr Einziger. Jedenfalls hatte sie sexuell viel drauf!" Nun sah er tatsächlich ziemlich betroffen drein, erkannte er nun wohl, dass er sich fürderhin eine andere Granate suchen muss. "Nach außen ein stilles Wasser, aber mit vielen Untiefen!"
Der Nächste hieß Wolfram Holbein und wohnte im 1. Bezirk nahe dem Schwedenplatz, einem belebten Verkehrsknotenpunkt. Als er Raus Ausweis erblickte, stutzte er und fragte: "Nanu, wen hat's denn erwischt?"
"Ihre Freundin Marie!" antwortete Rau und sah sich in der ebenfalls luxiriösen Bleibe um. Die Putzfrau war gerade am Staubsaugen und verzog sich in die Küche, als Rau und Holbein das Wohnzimmer betraten. "Ein Jammer, sie war ein Prachtweib. So ein heißes Stück Fleisch krieg ich nicht so schnell wieder." meinte er und flätze sich in einen antiken Fauteuil. Er trug ein schwarzes T-Shirt, auf dem A.C.A.B. stand (All Cops are Bastards) und erklärte: "Das heißt Austrian Cops are better!"
"Wo waren Sie gestern um 22 Uhr?" fragte Rau ungerührt.
"Puh, da lag ich schon im Bettchen. Leider allein. Aber Marie hat ja noch andre neben mir gehabt. Sie lebte auch so ungesund. War Fleischfresserin, ich bin Veganer." posaunte er stolz aus, wobei er sich eine Zigarette anzündete.
"So? Ich las heut früh in der Zeitung, dass ein Chinese 420 Nierensteine von Tofu bekommen hat." sagte Rau und überlegte, ob er auch erzählen soll, dass israelische Forscher herausfanden, Kettenraucher hätten einen niedrigeren IQ, beließ es aber dabei. "Wann haben Sie sie zuletzt gesehen?"
"Da muss ich nachdenken, ich glaub vorgestern, ...ja, da war sie mittags hier bei mir. Dann weiß ich nicht mehr, wo sie hingehen wollte. Aber so tüchtig wie Sie sind, werden Sie bald rausfinden, wer die umtriebige Marie auf dem Gewissen hat. Gut, dass sie nicht zum Friedhof der Namenlosen getrieben wurde. Übrigens, Sie als schlauer Kopf, wer gewinnt die US-Präsidenten-Wahlen? Jeb oder Hillary? Ich hab nämlich ne Wette am Laufen." erklärte er und blies Rauchringe in die Luft.
"Wer den Namen Bush trägt, hat's nach all den teuren Kriegen sicher nicht leicht, gewählt zu werden, außerdem ist es selbst für die USA Zeit einer Frau mal das Ruder in die Hand zu geben." überlegte Rau, der sich über das Weltgeschehen immer am laufenden hielt.

"Ja, außerdem kennt sie durch ihren Mann die einflussreichen Leute vom Bilderbergtreffen. Alle Verschwörungstheoretiker wissen davon."
"Mag sein." sagte Rau und verabschiedete sich.
Der nächste Kandidat, ein gewisser Roman Zenta, war sogar rot unterstrichen in dem rosa Tagebuch. Als Rau an seiner Wohnungstür im 3. Bezirk klingelte, öffnete die Nachbarin und verkündete: "Der Herr Zenta ist in seinem Büro, er ist ja Vermögensberater. Gleich ums Eck."
Das Büro, ein Geschäftslokal im Parterre, war mit Glastischen möbliert. Wer so ein undurchsichtiges Gewerbe betrieb, wollte wenigstens mit den Tischen dem Kunden Durchblick gewähren, dachte Rau und fragte eine Angestellte, wo der Chef sei. Wortlos zeigte sie auf eine geschlossene Glastür im hinteren Bereich des Lokals. Rau trat ein und Zenta hob fragend den Kopf von seinen Unterlagen hoch. "Herr Zenta, ich hab eine schlechte Nachricht für Sie!"
"Ist der DAX schon wieder gefallen?" fragte er und sah wieder auf seine Papiere, die am Schreibtisch vor dem PC ausgebreitet lagen.
"Nein, keine Ahnung! Ihre Freundin Marie ist tot." stellte Rau ohne Umschweife fest, da er ahnte, es mit einem hartgesottenen Exemplar zu tun zu haben.
"Tja, bei mir ist auch nicht alles okay. Die Betriebsausgabenpauschale beträgt 12 % des Nettoumsatzes, aber maximal 26.400 €." verkündete Zenta trocken. Wenn er Emotionen hatte, konnte er diese gut verbergen.
"Das interessiert mich so wenig wie wenn in China ein Reiskorn zu Boden fällt."
"Für bestimmte Tätigkeiten beträgt sie 6 % bzw. maximal 13.200 € Das betrifft Einkünfte aus kaufmännischer oder technischer Beratung-" fuhr er fort.
"Herr Zenta!!" unterbrach ihn Rau barsch. "Ich ermittle in einem Mordfall! Mich kümmert ihre finanzielle Bredouille nicht!"
"Wer sagt, dass ich in der Bredouille sitze?" erkundigte sich Zenta beleidigt und sah Rau erzürnt an. "Ich will Ihnen nur erklären, dass ich andre Sorgen habe, als mich um verblichene Exen zu grämen! Wenn die Tätigkeit über eine bloße Beratung hinausgeht, beträgt die Pauschale 12 % Das gilt z. B. für die Erstellung von Bauplänen-"
"Herr Zenta, zum letzten Mal: Marie Knopfloch ist ermordet worden!!"
"Das haben Sie vorhin nicht erwähnt. Trotzdem: mit der Betriebsausgabenpauschale von 12 bzw. 6 % werden insbesondere abgegolten: AfA von Investitionen-"
"Wollen Sie mich verarschen? Dann kann ich Sie auch zum Verhör ins

Sicherheitsbüro bestellen, wenn Ihnen das lieber ist!" stellte Rau streng fest.
"Das lassen wir lieber. Ich hab hier so viel zu tun." Demonstrativ raschelte er mit den Papieren auf seinem Schreibtisch herum. Wie ein Daily-Soap-Darsteller, der einen wichtigen Konzernboss darstellen wollte.
"Wo waren Sie gestern um 22 Uhr?" forschte Rau, dem der Kragen zu platzen drohte, ob solcher Borniertheit.
"Ich trau es mich fast nicht zu sagen, aber ich hab hier allein im Büro gesessen und meine Betriebsausgabenpauschale berechnet!"
Enerviert verließ Rau das Geschäft, eilte zu seinem Wagen, setzte sich hinters Steuer und blickte erneut ins Tagebuch der Toten. Noch bevor er den nächsten Mann fand, der als Täter infrage kommen könnte, fiel ihm ein, dass der sich bereits verraten hatte, doch so geschickt ablenkte, dass es Rau nicht gleich erkannt hat.
WEN SUCHT ER ERNEUT AUF?

Fall 45: Horrorurlaub

Das Beste, was man von einem Urlaub mit heimbringen kann, ist eine heile Haut, besagt ein chinesisches Sprichwort. Leider ist Kommissar Rau bei der privaten Verfolgungsjagd eines Taschendiebes so dumm gestürzt, dass er nun seinen linken Arm in Gips tragen musste und daher marode seinen längst fälligen Urlaub angetreten hat. In dem hübschen Hotel Waldesruh im Weinviertel saß er nun mit einem guten Buch auf der Terrasse. Trotz spannender Lektüre nahm er doch die Umgebung bewusst wahr. Hier auf dem Land ganz ohne Stress konnte er seinen scharfen Blick der Natur widmen. Im Osten lugte fast schüchtern die Sonne am blauen Horizont hervor, während im Westen der hell erleuchtete Vollmond am wolkenlosen Himmel thronte. Rau wollte soeben weiterlesen, suchte die Stelle im Buch, an der die Spannung stieg, hob jedoch den Kopf empor, als sich eine ebenfalls im Hotel logierende Dame näherte. „Schönes Wetter! Oh, Sie haben ja einen Gipsarm!" eröffnete sie den Smalltalk.
„Wau, Sie verfügen über eine scharfe Beobachtungsgabe! Sie sollten auch zur Kripo gehen, gnä' Frau!" entgegnete Rau galant.
„Was lesen Sie denn da?" erkundigte sie sich und grinste breit. Irgendwie hatte sie ein Koboldsgesicht mit durchdringenden braunen Augen. Ihre rote Kleidung verlieh ihr eine aggressive Ausstrahlung.
„Soziopathen sterben selten!" antwortete Rau, der sicher war, dass sie den Titel nicht verstanden hatte. So simple Gemüter, die das Offensichtliche aussprachen, taten sich mit Fremdworten eher schwer.

„Aha! Wenn Sie bei der Polizei sind, interessiert Sie vielleicht, dass hier ein Zimmermädchen vorgestern zu Tode gestürzt wurde. Und zwar vom kleinen Balkon *Ihres* Zimmers! Was sagen Sie dazu?"

„War sie betrunken?" fragte Rau und klappte sein Buch zu.

„Keine Ahnung! Jedenfalls hat sie immer ihre Nase in Dinge gesteckt, die sie nix angingen. Einmal hab ich sie erwischt, wie sie die Unterwäsche in meiner Schublade durchwühlt hat. *Ich hab nur alles fein säuberlich zusammengelegt!* hat sie gesagt. - Oh, da kommt der Bärtige. Da geh ich, denn im Fernsehen haben sie gesagt, dass in so einem Bart mehr Bakterien sind, als auf einem öffentlichen Klo!" sprudelte sie heraus und eilte davon.

„Guten Morgen!" begrüßte Rau den Bärtigen. „Sie haben mich grad vor einer sehr nervigen Person gerettet!"

„Das war Frau Rettich, die immer zwanghaft Kontakt sucht." klärte ihn der bärtige Mann auf und setzte sich zu ihm. „Ich beschäftige mich viel mit Psychologie. Die Frau hat ein Problem."

„Naja, wer hat das nicht?" fragte Rau mehr scherzhaft.

„Ich! Mein Name ist Professor Fergus. Freud beschäftigte sich mit der Lust, Adler mit der Macht, Frankl mit dem Sinn und ich mich mit all diesen dreien!" offenbarte er.

Oje, dachte Rau, der ist vielleicht noch ärger als die Nervensäge. "Stimmt es, dass hier ein Zimmermädchen in den Tod gestürzt ist?" fragte er, um nicht weiter belehrt zu werden, denn dazu besuchte er Fortbildungsseminare.

„Äh ja... Schlimme Sache. Die Person war auch nicht ganz pflegeleicht. Hat den Gästen immer nachspioniert. Erzählte mir zum Beispiel welche Dame aus welchem Zimmer kam, oder welcher Herr in welches Auto stieg und so weiter, wenn Sie verstehen, was ich meine!" flüsterte er und zwinkerte vielsagend. „Entschuldigen Sie mich, aber ich habe noch nicht gefrühstückt. Es dauert oft eine geschlagene Stunde, bis das Personal endlich das Buffet arrangiert hat."

Rau guckte ihm nach, als ihm jemand auf die Schulter tippte. „Kuckuck! Sie sind wohl der Neuzugang, was?" Auf Raus verblüfftes Nicken fuhr er fort: "Hier kann man gut ausspannen. Man darf sich nur nicht mit den falschen Leuten unterhalten. Ich denke da an ein Braunauge und einen Bartträger. Gestatten, mein Name ist Grünanger! Beruflich bin ich Versicherungsmakler. Sie haben ja sicher einen gefährlichen Beruf, was?" Dabei deutete er auf Raus Gipsarm.

„Danke, ich hab auch schon eine Lebensversicherung." winkte Rau ab.

„Kannten Sie das tote Zimmermädchen?"

„Jaja. Eine aufdringliche notgeile Frau war sie. Man soll Toten ja nix

nachsagen, aber die hatte es schon auf die Männer abgesehen. Rühmte sich bei jeder Gelegenheit, einen schönen Körper zu haben, dabei trug die eine hässliche Blinddarmnarbe. Bei mir konnte sie jedenfalls nicht landen." stellte er fest und setzte seine Sonnenbrille auf.
„Nein, dafür ist sie auf dem Betonboden gelandet. Glauben Sie, es hat dabei jemand nachgeholfen?" forschte Rau und tat nur mäßig interessiert.
„Kann sein. Möglicherweise eine Frau, der sie den Mann ausspannen wollte. Aber ich will dazu nix sagen. So, jetzt lass ich mich massieren, bis später!"
Die Wirtin, Frau Heidenreich, erschien und rief Rau schon von weitem zu: „Frühstück ist fertig!" Sie trug ein hübsches Dirndlkleid und eine Zopffrisur.
„Danke, Sie haben mir gar nicht erzählt, dass jemand vom Personal verunglückt ist." beanstandete Rau fast vorwurfsvoll.
„Ach, unsre arme Rosi, ja, sie war ziemlich fleißig." sagte sie traurig.
„Ich hab mich mit bisher 3 Gästen unterhalten und jeder erzählte von ihr etwas anderes. Es ist, als wären eigentlich 3 Zimmermädchen aus meinem Fenster gestürzt." meinte Rau und erhob sich.
„Tja, so sind die Menschen, jeder sieht nur am andern das, was er sehen will. Ich kann nur so viel zu Rosi sagen, dass sie sehr beliebt war und sich keiner über sie beschwert hat. Verzeihen Sie, aber ich muss mich jetzt schon ums Mittagessen kümmern."
Hm, dachte Rau, verabschieden sich alle schnell, wenn es um etwas Unangenehmes geht. Im Frühstückszimmer setzte er sich an einen Einzeltisch und hörte, was Frau Rettich ihrer Tischnachbarin erzählte. „Die Bullen hier sind so langsam wie der Service. Glauben Sie, dass der Mörder des Mädchens gefunden wird?"
Die Angesprochene sah sie pikiert an. „Bitte! Ich bin beim Essen. Ich will mir gar nicht vorstellen, dass es überhaupt ein Mord gewesen ist. Oder wissen Sie mehr?"
„Nein! Aber ich kann mir nicht vorstellen, dass man so einfach aus dem Fenster fällt, wenn man kein Kind mehr ist."
Da kam Herr Grünanger herein und setzte sich zu Rau. „Meine Massage ist leider ausgefallen. Na, wie schmeckt Ihnen denn der Fraß hier?"
„Ausgezeichnet. Ich hab schon schlechter gegessen. Sagen Sie, hat Rosi Sie sexuell belästigt?" fragte Rau und nahm einen Schluck des Gebräus aus seiner Kaffeetasse.
„Nein, so würde ich das nicht darstellen. Aber sie hat schon versucht, mit mir anzubändeln, wie sie immer so nahe an mich rangetreten ist, wenn sie zum Aufräumen in mein Zimmer kam. Da bin ich natürlich immer gleich geflüchtet. Ich hab es nicht nötig, mich mit kleinen Angestellten auf ein

Abenteuer einzulassen."

Professor Fergus gesellte sich zu den beiden und fragte: „Wollen wir nachher eine Partie Skat dreschen, meine Herren?"

„Gerne." stimmte Rau zu. „Haben Sie eigentlich beobachtet, dass Rosi sich vorsätzlich für die Aktivitäten der Gäste interessierte oder war es mehr aus Langeweile von ihr?"

Der Professor überlegte kurz. „Weder noch. Ich vermute, sie wollte nur meine Aufmerksamkeit erlangen und spann sich so einiges zusammen."

„Jaja, die Frauen spinnen oft, was? Am besten man beachtet sie gar nicht, so wie ich." grinste Grünanger und stand auf. „Ich geh schon mal voraus in die Bibliothek und organisiere uns die Karten. „Ich schlage vor, wir spielen um einen 100er pro Partie!"

Als er verschwunden war, flüsterte der Professor Rau noch zu. „Bitte reden Sie nicht mehr von dem toten Zimmermädchen. Das macht mich so depressiv. Ich bin doch hier hergekommen, um mich zu amüsieren." Dann machte er sich auch auf den Weg in die besagte Bibliothek.

Rau war eigentlich auch hergekommen, um etwas Abstand zu seinem stressigen Beruf zu gewinnen, stattdessen verfolgten ihn geradezu zwielichtige Typen, die alle eine Macke zu haben schienen. Die Wirtin kam herbei und wischte sich die mehligen Hände an der Kittelschürze ab. Scheinbar gab es zu Mittag Knödel. „Und? Wie hat es Ihnen gemundet, Herr Rau?"

Er war direkt froh, seinen Namen ohne Verbindung mit dem Wort *Kommissar* zu hören. Trotz allem konnte er einfach nicht abschalten. „Das Essen war gut, die Gesellschaft weniger. Wissen Sie, ich denke, Ihre Rosi ist nicht von allein aus dem Fenster gefallen. Zumindest einer Ihrer Gäste hat mich in Bezug auf sie belogen."

WEN MEINT ER?

Fall 46: Massaker

Vom aufreibenden Urlaub zurück, musste sich Rau schon wieder mit einer Leiche herumschlagen - d.h. mit den Verdächtigen, denn es war auszuschließen, dass ein Mann sich selber mit der Motorsäge verhackstückte. Momentan saß dem Kommissar ein bulliger Verwandter des Opfers im Sicherheitsbüro gegenüber und zeigte wenig Kooperationsbereitschaft bei der Tätersuche zu helfen, nachdem er immer wieder betonte, es selber ja nicht gewesen zu sein. „Schauen Sie, Herr Kriminaloberrat, mein Vetter war ein – wie soll ich sagen – schwieriger

Mensch. Als er nach seiner zweiten Scheidung reich geworden ist, hat sein Charakter Schaden genommen und er hat sich zahlreiche Feinde gemacht. Als wollte der Widerling Mörder anlocken mit seiner unmöglichen Art."
"Können Sie das näher erläutern? Ich hab selten gehört, dass jemand Mörder anlockt."
"Naja, er war eben...wie die Axt im Walde."
"Oder eher die Motorsäge im Walde, nicht wahr?" erinnerte Rau an das traurige und schreckliche Ende von Eberhard Forster.
Sein Vetter Emmerich Forster druckste herum. "Naja, es tut mir schon leid, dass er auf diese Weise umkam, es war ja ein richtiges Massaker. Seine Tochter hat, als sie ihn so in seine Einzelteile zerlegt gefunden hat, einen Nervenarzt benötigt."
"Wobei noch nicht feststeht, ob der Mörder ihn nicht vorher auf andre Weise getötet hat und ihn nur zersägte, um verräterische Spuren zu vernichten." erklärte Rau.
"Welche Spuren? Tot ist tot." beharrte Forster uneinsichtig.
"Wenn er ihn zum Beispiel erschossen hat, könnte er den Torso mit der Motorsäge geöffnet haben, um die Kugel zu entfernen." meinte Rau.
"Ach, ich hab keinen Waffenschein und auch keine Waffe. Ich hasse Schusswaffen! Und wenn ich denke, in der Brust meines Vetters nach einem Stückchen Metall herumwühlen zu müssen, wird mir noch nachträglich schlecht. Erben tu ich jedenfalls nix! Er hat alles dem Tierschutzverein vermacht. Aus reiner Bosheit gegenüber seiner Familie! Weiter hab ich nix mehr zu sagen."
Die nächste aus der enterbten Familie war die Schwester des Opfers, Brunhilde Forster, die auch nicht gerade todtraurig über den Verlust schien.
"Kennen Sie Dr. Jekyll & Mr. Hyde? So war er! Zuerst scheißfreundlich, dann fuhr er einem urplötzlich mit dem Arsch ins Gesicht, furchtbar. Na, er hat ja auch ein furchtbares Ende genommen. Ich hätte mir eher erwartet, dass ihn einer in berechtigter Wut erschlägt. Aber so...." sagte sie und glättete mit einer Hand ihre blütenweiße Bluse. "Auch gut!"
"Wer könnte denn so eine große Wut gehabt haben?" bohrte Rau weiter.
"Jeder, der ihn kannte. Aber jetzt, wo Sie es sagen, unser Bruder Wilfried, der hat immer am öftesten mit ihm gestritten. Einmal hat er ihn sogar mit einem Messer bedroht und angekündigt, ihm vorne einen Zippverschluss zu machen. Emmerich ist dazwischen gegangen, sonst wär Eberhard schon früher unter der Erde gewesen. Mir tut er ja leid, aber er ist selber schuld."
Kurz darauf saß Wilfried Forster vor Rau und machte ein Gesicht, als hätte er eben einen Bauchschuss erlitten. "Mein armer Bruder! Ich kann gar nicht

aufhören, an ihn zu denken, an all unsere unsinnigen Streitigkeiten, die er immer angefangen hat."

"Worum ging es denn bei den Streitigkeiten?" fragte Rau.

"Um des Kaisers Bart. Es fing an mit einer Kleinigkeit und dann warf er uns immer vor, wir wären alle faul und blöd und was weiß ich noch alles. Dabei hat er selber nur Geld gemacht, indem er die richtige Frau geheiratet hat. Fragen Sie doch seine Geschiedene! Die Gute hat schließlich ihr halbes Vermögen an ihn abdrücken müssen. Das wird wohl nicht ganz ohne Gram passiert sein. Sie wohnt-"

"Ich weiß, wo sie wohnt und habe sie auch vorgeladen." unterbrauch ihn Rau. Eben wollte er fragen, warum er sich immer wieder mit einem Streithansel abgegeben hat, als das Telefon läutete und Pille, der Gerichtsmediziner mit dem Star-Trek-Faible, die genaue Todesursache bekanntgab: "Der toxikologische Befund ergab, dass der Tote mit Cyanwasserstoff vergiftet worden ist. Die Zerteilung erfolgte posthum." Hm, dachte Rau, bei Gift sind in der Mehrzahl der Fälle Frauen die Täter bzw. Täterinnen, aber da konnte man sich nie ganz sicher sein. "Also, Herr Forster, warum haben Sie sich denn immer mit Ihrem Bruder getroffen, wenn Sie doch wussten, dass es wieder Streit geben wird?"

"Tsiis, weil er immer überall dabei war. Keine Familienfeier ohne ihn. Kein offizieller Anlass wie z.B. unser Dorffest, ohne dass der große Zampano dabei war. Ein- oder zweimal bin ich eh daheim geblieben, aber dann hab ich mir gedacht, ich lass mir doch von so einem boshaften Affen nicht mein Sozialleben verderben!" brach es aus ihm heraus. "Und seine Geschiedene, die Gundl, hat auch immer gemeint, man müsse ihm die Stirn bieten. Am besten wär gewesen, wenn man ihn vorsorglich in ein Sanatorium gesperrt hätte. Der litt ja an Hirnkrätze!"

"Tja, wie sagt schon Pascal: Das ganze Übel auf der Welt kommt daher, dass die Menschen nicht fähig sind, allein in einem Raum zu bleiben. Oder so ähnlich. Sie meinen also auch, dass der Täter aus der Familie ist?"

"Nein, Herr Kriminaloberst, ich meine, dass es ein Verzweifelter war, der irgendwie mit ihm berufsmäßig verbunden war. Mein Bruder hat so selten Handwerker bezahlt, weil er immer einen Grund zur Beanstandung deren Arbeiten fand." erklärte Wilfried.

Als die geschiedene Frau des Zersägten vor Rau saß, fragte er sich, wie so eine tolle Frau auf so einen schwierigen Menschen hereinfallen konnte.

"Ich weiß, was Sie denken." überraschte ihn Gundl Forster. "Sie denken sich wohl, warum mein Ex überhaupt eine Frau bekommen hat, nachdem was Sie über ihn erfahren haben."

"Woher wissen Sie, was ich über Ihren verstorbenen Mann in Erfahrung bringen konnte?" erkundigte sich Rau, der vom betörenden Duft der Dame leicht betäubt war.
"Wenn alle die Wahrheit gesagt haben und nicht der Höflichkeit gefolgt sind, dass man über Tote nur Gutes sagt, dann haben Sie sicher schon von seinen engsten Verwandten gehört, dass Eberhard ein geiziger, aufbrausender und streitsüchtiger Unhold war. Und ich bestätige das alles. Denn bevor wir geheiratet haben, war er der Charme in Person. Nur ein Beispiel: er sagte, ich sehe mit meinen Kurven aus wie Marilyn Monroe. Nach der Heirat sagte er zu mir: Du siehst mit deiner Schminke aus wie Marilyn Manson! Und dann hat er schallend gelacht. Aber wer zuletzt lacht, lacht am besten!" stellte sie nicht ohne siegessicheres Lächeln fest.
"Darf ich fragen, wie Sie zu Ihrem Vermögen gekommen sind?" fragte Rau.
"Oh, ich bin in der Parfumbranche tätig. Sie riechen es vielleicht, mein Parfum, das ich am Körper trage, ist von mir selbst kreiert!"
"Chapeau! Man riecht es und man vergisst es nicht so leicht!" lobte Rau. "Verwenden Sie zur Herstellung auch Gifte?"
"Nein, natürlich nicht, alles biologisch abbaubar. Aber wo Sie von Gift reden, soviel ich weiß, waren der Bruder und der Vetter meines Ex-Mannes in der Kunststoff-Herstellung tätig. Da werden Gifte wie Blausäure und so weiter sehr wohl verwendet!" erläuterte sie.
Also lud sich Kommissar Rau Emmerich und Wilfried nochmal gemeinsam vor.
"So eine Unverschämtheit!" schäumte Emmerich. "Wer hat Ihnen das eingeredet?"
"Wieso überhaupt Gift?" fragte Wilfried. "Ich dachte er ist massakriert worden?"
"Ach, der glaubt, man hätte Eberhard vorher erschossen oder mit Gift ums Eck gebracht und erst nachher zerkleinert." erklärte Emmerich.
"Und jetzt sind wir die Hauptverdächtigen, weil wir mit Gift Kunststoff herstellen?"
"Moment", fiel Rau ein. "ich glaub, ich hab was überhört."
WAS?

Fall 47: Der Profikiller

Der Tod war Raus ständiger Begleiter. Sieht man von der Tatsache ab, dass er damit wohl oder übel sein Geld verdiente, war das nicht gerade die beste Zukunftsperspektive. Finanziell wäre es lukrativer gewesen, er hätte die

Seiten gewechselt und als Profikiller gearbeitet, aber es bereitete ihm immer wieder Genugtuung, wenn er einen bösen Typen dingfest machen konnte. Leider arbeitete die Polizei des Öfteren für die Papierkörbe der Justiz, d. h. es wurden Killer oft schneller entlassen, als es dauerte, sie hinter Schloss und Riegel zu bringen. So wunderte sich Rau auch nicht, als er im Park während seiner Mittagspause, als er die Zeitung von heute, dem 22. Juni 2015 las, Ruben Giamatti traf, den er 2013 nach kurzer Jagd und mit 2 Zeugen, die nun anonym im Ausland leben mussten, zur Strecke gebracht hatte und der nun, als wolle er dem einstigen Verfolger zeigen, dass er wieder voll da war, auf einer Bank in der Nähe saß und genüsslich ein Sandwich aß. Rau reagierte zunächst nicht, doch konnte er es sich nicht verkneifen, den einstigen Rivalen direkt anzusprechen. "Wieder aktiv?"
"Ach, Herr Kommissar, wie sollte ich, wo ich doch einen Deal mit Ihrer Staatsanwaltschaft eingegangen bin. Ich liefere denen die Hintermänner und darf dann ganz offiziell wieder meine Freiheit genießen."
Tatsächlich war es beim Prozess nicht gelungen, Giamatti die Namen seiner Auftraggeber zu entlocken. Rau vermutete sie im benachbarten Italien, doch bei den vielen Pizzerien in Wien, konnten sie auch genauso gut hier sein.
"Und Sie wissen wirklich nicht, wer Ihnen den Auftrag gab, die reiche Frau Genarro zu töten?"
"Aber keine Spur! Doch wenn ich hier ein wenig herumspaziere, dann werden die ganz sicher nervös und mit mir Kontakt aufnehmen und dann liefere ich sie aus!" versprach er mit spitzbübischem Augenzwinkern.
"Das hieße, dass die von Ihrer Freilassung wissen?" forschte Rau.
"Sicher, die wissen fast alles. Nur wer die nächsten Wahlen gewinnt nicht." spottete er und blinzelte in die Sonne. "War wirklich eine schlimme Sache mit der Zielperson." Es klang gefühllos als ginge es um eine zerdrückte Kakerlake.
Unverschämter Patron, dachte Rau, und gerade so einem gewährt die Staatsanwaltschaft oder wer auch immer einen so sittenwidrigen Kuhhandel.
"Na gut, aber was wenn die einen unangenehmen Ex-Killer auf dieselbe Art loswerden wollen, wie einst die italienische Dame?"
"Das seh ich anders, da ich ihre Namen ja nicht kenne, besteht zur Liquidation kein Grund. Nur zur Neugier und zu einem weiteren Auftrag! Klar soweit?"
"Sonnenklar!" sagte Rau und trottete wütend davon. Glaubte der tatsächlich, dass er ihm das abnahm? Der würde niemals mit der Polizei zusammen arbeiten oder gar jemanden verraten. Nicht aus Angst, sondern aus falsch verstandenem Ehrgefühl. Im Büro ließ sich Rau nochmal den Akt ausheben.

Verdächtig waren wie immer jene, die vom Tod des Opfers profitierten. Da kamen 2 Personen infrage. Zum einen der Ex-Ehemann, ein gewisser Rigoberto Genarro und ein Ex-Geschäftspartner, ein Herr Umberto Potaro oder auch beide im Verein. Laut Aussagen kannten sich die ehrenwerten Herren alle nicht. Erst beim Prozess vor 2 Jahren trafen sie aufeinander. Im Akt stand nichts, was auf eine Täterschaft bzw. Auftragsvergabe schließen ließ. Also beschloss Rau, einen nach dem andern persönlich nochmals aufzusuchen. Umberto lebte in Tarvis, Rigoberto in Wien, wo er auch eine Firma für Import-Export betrieb. Letzteren nahm er zuerst unter die Lupe. Genarro, ein soignierter Herr in den besten Jahren, empfing ihn verdutzt in seinem Büro im Millennium-Tower und fragte natürlich, was es mit dem plötzlichen Besuch auf sich hatte.
"Tja, Sie werden es nicht glauben, aber wir ermitteln immer noch in dem Fall Ihrer getöteten Ex-Frau. Solange wir nicht den Auftraggeber haben, solange ist der Fall nicht bei den Akten." meinte Rau. "Außerdem müssen wir davon ausgehen, dass er wieder zuschlägt. Er könnte von der Entlassung des Killers Wind bekommen haben und nun dessen Hinrichtung bei jemand anderen in Auftrag geben."
"Ach, Giamatti ist wieder draußen?" fragte Genarro und verzog den Mund. "Nach nur 2 Jahren???"
"Ja, er scheint mir irgendwie geläutert. Naja, 2 Jahre Haft hinterlassen Spuren. Können Sie sich noch an den Fall des Irren erinnern, der seiner Mutter den Kopf abhackte, ihn in einem Plastiksack spazieren trug und auch nach 2 Jahren in der Anstalt wieder als geheilt entlassen worden ist?" sagte Rau im Plauderton.
"Mag sein. Aber dieser Giamatti war ja nicht irre. Wohl gewissenlos, aber nicht irre!" stellte Genarro fest und sah dabei ein wenig ins Leere, so als versuche er, sich den Killer vor seinem geistige Auge vorzustellen.
"Gewissenlos waren eher seine Auftraggeber, oder?" warf Rau amüsiert ein.
"Ja, sicher. Und waren Sie schon bei Potaro?" erkundigte sich Rigoberto interessiert und sah nun Rau direkt in die Augen.
"Noch nicht. Hatten Sie seither mit ihm Kontakt?" fragte Rau wie beiläufig.
"Nein, ich sah ihn nur beim Prozess und bei der Fußball-EM." meinte er.
"Aha, ist Ihnen noch irgendetwas eingefallen, was Sie beim Prozess vielleicht vergessen haben?" forschte Rau.
"Nein, wirklich nicht."
Rau befand sich auf der Fahrt nach Tarvis, einer beliebten italienischen Einkaufs-Grenzstadt, und ließ nochmals alles Revue passieren, was in dem Fall so schrecklich war. Die Ermordete musste sterben, weil sie ein großes

Vermögen besaß, das sie in eine Stiftung einbringen wollten, was weder dem Ex-Mann noch dem Geschäftspartner recht war. Und dann starb sie auf dem Weg zu ihrem Auto in der Tiefgarage an einem Kopfschuss. Alle Kameras waren vorher unbrauchbar gemacht worden. Nur eine hatte den Täter bei dessen Abfahrt gefilmt.
Potaro empfing Rau in seinem protzigen Haus wie einen alten Freund.
"Hallo, Herr Kommissario! Wie schön, so einen tüchtigen Österreicher zu sehen."
"Hat Sie Genarro schon von meinem Kommen unterrichtet?" fragte Rau.
"Wer? Ach so, nein, den Kerl hab ich doch schon längst vergessen." schmunzelte er und putzte sich ein imaginäres Stäubchen von seinem dunkelgrauen Nadelstreif-Anzug.
Das kannst du der Blaschke-Tant erzählen, dachte Rau. "Ach, jetzt fällt mir etwas ein. Sie müssten sich doch an ein Treffen erinnern, welches vor dem Prozess stattgefunden hat." erinnerte sich Rau.
"Nein, wir trafen uns beim Prozess das erste Mal!" bestand Potaro.
"Dann hat sich Ihr alter Freund verplappert!" freute sich Rau.
WAS MEINT ER?

Fall 48: Die tote Erbtante

Raus Kopf fühlte sich wie ein Schraubstock an, in welchem sein Gehirn von allen Seiten zusammengequetscht wurde, während unsichtbare Hände seine Wirbelsäule verdrehten. Vorgestern hatte er morgens erhöhte Temperatur gemessen und sich nolens volens krank gemeldet. Heute saß er marode beim Küchentisch, schlürfte wieder Grünen Tee mit Zitrone und wartete ungeduldig auf die Wirkung der Parkemed-Tablette. Als das Telefon läutete, wollte er zuerst gar nicht rangehen, doch der Anrufer bewies engelhafte Geduld, also hob Rau widerwillig ab. "Endlich!" schnaufte die sonore Stimme des Polizeipräsidenten Bürschtl. "Rau, wir brauchen Ihren Scharfsinn zur Lösung des Falles der vergifteten Frau Schlipper."
"Aber das ist doch Meringers Fall. Soviel ich weiß, ist die Dame mit Morphium getötet worden, was darauf schließen lässt, dass der Täter um ihre Allergie dagegen gewusst hat."
"Das schätze ich so an Ihnen!" lobte Bürschtl. "Sie wissen sogar Details fremder Fälle. Es ist leider so, dass die Tote eine Freundin der Großmutter eines Ministers war, der nun bei mir Druck macht! Also bitte, nehmen Sie sich von Ihrer Erkrankung eine kurze Auszeit und holen Sie sich die Liste der Schlipper-Erben von Meringer! Wie ich Sie kenne, können Sie sich in

wenigen Stunden wieder ins Bett legen!"
Das hat mir gerade noch gefehlt, dachte Rau, nicht nur, dass ich andrer Leute Arbeit machen muss, verschafft mir die Aktion noch die Feindschaft eines Kollegen. Doch was half's - wenig später hatte er mit weniger brummendem Kopf schon die Liste zwischen seinen klammen Fingern und guckte sich die Namen drauf an. Franko Schlipper wohnte im 17. Bezirk in einer ziemlich heruntergekommenen Mietskaserne. Als Rau an seine Tür klopfte, öffnete der und erschrak ob des präsentierten Ausweises. "Huch! Was wollen *Sie* denn? Ich hab Ihrem Kollegen doch schon Rede und Antwort gestanden." ratterte er direkt frustriert herunter, so als würde er ein Gedicht aufsagen.
"Tut mir leid, aber ich muss alles nochmals überprüfen, denn wir haben den Mörder Ihrer lieben Tante noch nicht identifiziert." erklärte Rau und drängte sich an ihm vorbei in die Wohnung, wo er einen halb gepackten Koffer entdeckte. "Oh, wollen Sie verreisen?"
"Nein, auswandern. Haben Sie in der heutigen Zeitung nicht gelesen, dass die Stadt Sangi auf Sizilien hunderte Häuser verschenkt, wenn man bereit ist, diese innerhalb von 3 Jahren zu renovieren?"
"Nein, nur von der Pyramide am Mars!"
"So weit will ich nicht fahren!" scherzte Franko.
"Sie rechnen schon fix mit der Erbschaft!" erkannte Rau.
"Ja, und die Auszahlung hat noch Zeit, denn ich bin geschickter Handwerker! Sie sehen aber gar nicht gut aus, mein Herr!"
"Ja-äh ich bin leicht erkrankt!" untertrieb Rau und strich sich über die Stirne.
"Wollen Sie ein Pulver? Meine Hausapotheke ist gut gefüllt. Ich kann Ihnen alles anbieten, von Aspirin gegen Schnupfen über Mundidol gegen Schmerzen bis zu Zäpfchen gegen Verstopfung." bot Franko hilfsbereit an, wobei er sich aber sicher nur lieb Kind beim Kommissar machen wollte.
"Danke, aber meine eingeworfene Tablette zeigt langsam Wirkung. Also, wer glauben Sie hätte am meisten Grund, Ihre Tante schneller als die Altersschwäche ins Jenseits zu befördern?"
"Das weiß ich wirklich nicht. Tante Elsa war ohnehin so spendabel. Aber manche Verwandte kriegen ja den Hals nicht voll. Irmgard z.B. ist hoch verschuldet!"
Rau guckte auf die Liste. Irmi Schleifer stand als 3. Erbin drauf und wohnte im 5. Bezirk. "Gut, dann suche ich sie als nächstes auf." kündigte er an.
"Sehr gut! Wenn Sie schon bei ihr sind, bestellen Sie schöne Grüße von mir und sie soll mir meine 2.530 € bald rückerstatten, wenn sie geerbt hat." rief ihm Franko nach.
Irmi Schleifer strickte gerade einen schwarzen Schal, als sie Rau empfing.

"Soso, jetzt sollen Sie also das Schwarze Schaf in unserer Familie enttarnen. Na, da haben Sie ja viel zu tun." meinte sie ruhig, ohne von ihrer Strickerei aufzusehen.
"Was können Sie mir über Elsa Schlippers Tod sagen?" fragte Rau.
"Nur so viel, dass ich Tante Elsa seit Wochen nicht mehr besucht habe. Sie teilte mir mit, sie wolle endlich ein wenig Ruhe vor ihren bettelnden Verwandten haben. Aber Tante, hab ich gesagt, ich hab dich doch noch *nie* angebettelt. Ja, hat sie gesagt, aber du gehörst halt auch zu der feinen Familie!" berichtete sie emsig weiter strickend.
"Und von wem hat sie gesagt, dass er am öftesten betteln kommt?" fragte Rau.
"Von meinem Cousin Richard. Ein Spieler. Hat das Casino so gesponsert, dass die total neu renovieren konnten. Hab ich gehört! Ich verlasse ja kaum noch die Wohnung! Bin selber nicht mehr die jüngste!"
Also fuhr Rau - mit der U-Bahn übrigens, da er sich nicht fahrtüchtig genug fühlte, in den 12. Bezirk, wo Richard Schlipper eine Eigentumswohnung besaß. Bei ihm hatte sich die Bettelei scheinbar am meisten ausgezahlt.
"Guten Tag! Ich komme, um den Tod Ihrer lieben Tante zu klären."
"Na, Sie sehen auch viel klüger aus als Ihr Kollege. Der wirkte direkt desinteressiert. Wollen Sie eine Tasse Tee?" erkundigte sich Schlipper freundlich.
"Nein danke! Nur Informationen!" wehrte Rau ab, während er sich den Schweiß abtupfte. Puh, dachte er, so unwohl wie mir ist, werde ich wohl nichts herausbekommen.
"Tja also, wir sind ja eine große Familie, aber nicht jeder ist erbberechtigt. Wissen Sie, einige haben ihr Schäfchen schon im Trockenen. Ich stand bei Tante Elsa mit circa 6.500 € in der Kreide."
Ui, fiel Rau schuldbewusst ein, jetzt hab ich total vergessen, Irmi Schleifer zu bestellen, dass sie Franko Schlipper seine 2.530 € rückerstatten soll- aber was denke ich da, ich bin doch nicht der Laufjunge dieser feinen Familie.
"Und was wissen Sie von den Erben?"
"Dass alle die Tante zum Zwecke des Geldabzapfens oder Vorschusses aufs Erbe aufgesucht haben. Aber wann wer zuletzt bei ihr gewesen ist, kann ich natürlich nicht sagen. Ich war jedenfalls das letzte Mal bei ihr...Moment, ich seh im Kalender nach!"
"Ach, Sie schreiben sich Ihre Besuche immer auf?" fragte Rau verdutzt.
"Klar, ich wollte ihr ja das Geld wieder zurückgeben. Konnte doch nicht wissen, dass sie vorher das Zeitliche segnet, sonst hätte ich mich mehr beeilt. Da hab ich's schon, am 23. April diesen Jahres war ich bei ihr und erhielt

dankend 820 € - Oh, die muss ich ja noch zu den 6.500 dazu addieren." erkannte er und fizzelte etwas auf den Kalender.
"Ja, sagen Sie, ist unter den Erben ein Arzt, eine Krankenschwester oder sonst ein Mensch, der Spritzen setzen kann?" fragte Rau.
"Nein, solche Berufe gibt's bei uns nicht. Wir sind mehr Geistesarbeiter." bekannte er und deutete sich selbst an die Schläfe.
Ja, dachte Rau, ihr beschränkt euch vorwiegend aufs Nassauern. Kurzerhand verabschiedete er sich und fuhr heim. Nach einer neuerlichen Parkemed-Tablette rief er Meringer an. "Bedaure, Kollege, ich hab nichts Wesentliches herausgefunden. Medizinische Kenntnisse hatte keiner der Verdächtigen. Die Morphin-Spritze muss dem Opfer von einer gedungenen Person gesetzt worden sein."
"Aber das Gift wurde ihr doch oral verabreicht!" klärte ihn Meringer auf.
"Ach sooo, dann kann ich wohl doch einen Verdächtigen nennen!" jubelte Rau.
WEN?

Fall 49: Wer wirbt, stirbt

In der Werbebranche gilt immer noch, was einst Goebbels rausfand: eine einfache Botschaft so lang wiederholen, bis sie auch der Dümmste verstanden hat. Und auch mit den Konkurrenten ging man nicht zimperlich um. Der aufstrebende Werbeguru Kuno Zusag lag bäuchlings im Swimmingpool im Garten seiner Villa in Sievering. Post mortem schien er noch ein überlegenes Lächeln auf den Lippen zu haben. Rau sah sich sein Smartphone an, in welchem die Telefonnummern der wichtigen Kunden und auch Konkurrenten gespeichert waren. Alle hatten einen Zusatz wie z. B. Spitznamen oder Schwächen: Kettenraucher, Krebskandidat, Superzicke, Trampolin, Hungryeye, usw. Laut Rechtsmediziner-Assi Ewald war Zusag das Genick gebrochen worden, bevor er in der Badehose in den Pool geworfen oder gestoßen worden ist. Dass er nicht ertrunken sein konnte, sah Ewald, da der Tote noch seinen Kaugummi zwischen den Zähnen festgebissen hatte, was bei Ertrinkenden nicht vorkommt. Im Todeskampf öffneten sie den Mund, so als wollten sie den Sauerstoff aus dem Wasser saugen. Gefunden hatte Zusag die Putzfrau, welche täglich außer Sonn- und Feiertag um 9 Uhr vorbeikam. Da gestern Badewetter herrschte, musste er wohl mindestens 12 Stunden tot sein. Rau sah sich die gestrigen Telefonate an. Hungryeye, Superzicke und Kettenraucher hatten im Abstand von einer halben Stunde ein kurzes Gespräch mit Zusag geführt. Erstere hieß Aurelia

Agens und war laut ATB eine freie Werbefachfrau. Als Rau um dreiviertel 10 an die Tür ihrer Wohnung in Grinzing klingelte, öffnete sie nur einen Spalt breit und sah ihn mit einem durchdringenden Blick an. "Jaaa?"
"Guten Morgen, Frau Agens, ich bringe Ihnen leider eine traurige Nachricht." sagte Rau und zeigte ihr seinen Ausweis. Als sie den sah, bat sie Rau herein und wies ihm mit einer Hand einen Platz auf der roten Designer-Couch zu. Sie setzte sich in ihrem schmucken orangen Seiden-Pyjama ihm gegenüber auf einen antiken Fauteuil. "Jaa?"
"Sie kannten doch Herrn Zusag?" fragte Rau.
"Leider! Wir waren keine Freunde, auch wenn wir erst gestern miteinander telefoniert haben. Es ging um meine ausständige Gehaltsforderung, die er mir noch immer nicht überwiesen hat. Ich habe kurz für ihn gearbeitet, aber als mir einmal ein kleiner Fehler passiert ist, hat er mich wüst beschimpft und sofort die Zusammenarbeit beendet. Wie hat er denn abgedankt?" forschte sie amüsiert.
"Darüber kann ich noch keine Auskunft geben. Welcher Fehler führte denn zum Bruch zwischen Ihnen und was hat er genau gesagt?" erkundigte sich Rau, der wusste, dass solche Beendigungen selten auch das Ende einer Beziehung waren. Oft blieben die Kontrahenten weiter im Kontakt und machten einander das Leben schwer.
"Also, er wollte, dass ich einen Großkunden, Katzenfutterfabrikant, für ihn gewinne, ohne mir genaue Infos über den zu geben. So wusste ich natürlich nicht, dass der ein militanter Tierfreund war und bin unwissenderweise in meinem schwarzen Ledermantel bei ihm erschienen. Das allein wäre schon schlimm genug gewesen, aber als dieser Idiot noch meinte, man könne einer Katze nicht jeden Tag dasselbe Futter anbieten, widersprach ich und erklärte ihm, dass eine Katze in freier Natur ja auch nicht jeden Tag etwas anderes zu fressen findet. Nicht wahr? So ein Vieh findet heute keinen Lachs und morgen kein Kalb, die muss froh sein, wenn sie eine verweste Ratte erwischt. Aber Tierfreunde sind meist total verblödet!"
"Oje!" entfuhr es Rau, der ihr mehr Verhandlungsgeschick zugetraut hätte.
"Und einen Blick hatte dieser katzenverliebte Trottel drauf, wie Superman wenn er auf Röntgen schaltet!" fuhr sie entrüstet fort. "Dann hat Kuno, als er davon erfuhr, mich als unfähig für meinen Job bezeichnet, was ich sehr übel nahm. Aber ich hätte ihm deswegen kein Haar gekrümmt. Schließlich arbeite ich bereits für einen andern Werber! Gestern hatte ich beispielsweise ein Meeting mit ihm. Zobel & Company!"
Rau schrieb sich dessen Telefonnummer auf und fuhr zum Kettenraucher, einem Sigmund Sabrali, der in einem Haus in Währing wohnte und,

nachdem er von Zusags Tod erfuhr, auch wenig Anteilnahme zeigte. "Ach wissen Sie, Herr Kommissar, der war ein präpotenter Workaholic, hatte praktisch keine Freunde. Und wie geht es mit der Aufklärungsarbeit voran? Man liest in der Zeitung, dass die Polizei Verbrechen nicht mehr bekämpft, sondern nur noch verwaltet."
"Ich bekämpfe nicht das Verbrechen, sondern die Verbrecher!" stellte Rau klar. "Und darin bin ich gut! Worum ging es in Ihrem gestrigen Telefonat mit Zusag?"
"Ach, der wollte, dass ich als selbstständiger Werbe-Grafiker ausschließlich für ihn tätig bin, aber das würde mir zu wenig Einnahmen bringen." murmelte Sabrali und zündete sich eine Zigarette an. "Schade, dass man für Zigaretten nimmer werben darf, da hätte ich jede Menge zündende Ideen. Wissen Sie, warum Frauen am ehesten zu einem Sargnagel greifen?"
"Um schlank zu bleiben?" schätzte Rau.
"Ja, auch! Aber vor allem, weil sie sich gut dabei vorkommen. Das Ritual des Entzündens einer Zigarette und des Ausblasens des Rauches gefällt den dummen Trutscherln!" grinste er und blies demonstrativ einige Rauchringe in die Luft. „Dabei wären sie die ersten auf den Barrikaden, wenn uns der Staat zwingen würde Nervengift zu inhalieren!"
"Na, Sie halten wohl nicht viel vom weiblichen Geschlecht?"
"Es gibt auch dumme Männer, aber da sich die Weiber mir Männern einlassen, sind sie noch dümmer als diese! Ich kannte eine, die war noch stolz drauf, dass sich unzählige Männer an ihr die Schuhe abgeputzt haben, hähä! Diese Intelligenz-Allergikerin hielt Promiskuität für ein Verdienst!"
"Wir kommen vom Thema ab!" erinnerte Rau.
"Ach ja, Sie wollten wissen, wer Zusag abgeschafft hat....hmmm...da kämen viele infrage. Der war immer so überheblich, hat bis zuletzt dümmlich gegrinst. Aber ich habe ihn schon Monate nicht persönlich getroffen. Wir telefonierten gestern wegen einem Auftrag, der mir aber gar nicht in den Terminkalender passt. Bedauere!"
Wenig später stand Rau vor dem Schrebergarten von Superzicke, mit bürgerlichem Namen Vera Ficker, die in einem gepunkteten Bikini das Tor öffnete. "Ja bitte?"
"Guten Tag, Frau Ficker, mein Besuch betrifft das Ableben von Herrn Zusag."
"Oh, das ist ja wie im Film, wenn der Kommissar kommt und den Ausweis zeigt. Das Foto darauf ist aber schon alt, was?" mokierte sich Superzicke, die ihrem Namen alle Ehre machte.
"Schon, aber darum geht es nicht, darf ich reinkommen?"

"Natürlich!" stimmte sie zu und ließ ihn in den gepflegten Garten, geleitete ihn zu einer Hollywood-Schaukel. "Aber setzen Sie sich doch, Sie sehen sowieso aus, als könnten Sie nicht lange stehen."
"Keine Sorge, ich kann sogar noch Übeltäter verfolgen." wehrte sich Rau.
"Ach? Muss aber schlimm sein, Leute wie ein armseliger Vertreter abzuklappern, wenn man gar nichts Gescheites zu verkaufen hat!" provozierte sie weiter, als er sich setzte und die Schaukel in Schwung kam.
"Ansichtssache, mir kommen oft die Verbrecher armselig vor, besonders wenn sie das Unschuldslamm mimen!"
Jetzt stutzte sie kurz und fragte unwirsch: "Also, was wollen Sie wissen?"
"Nun, Sie haben gestern mit Kuno Zusag noch ein Gespräch geführt."
"Nur am Telefon!" betonte sie und ließ sich neben ihm auf der Schaukel nieder. "Der war mir ein Dorn im Auge. Früher habe ich als Büro-Chefin für ihn gearbeitet, wobei er mein Aufgabengebiet ständig erweitert hat. Der wollte, dass ich faktisch 3 Berufe für ein Gehalt erledige. Jedenfalls hab ich bald nach meiner Kündigung ein eigenes Werbebüro gegründet. Erfolgreich! Und daher schlug er gestern noch vor, wir sollten fusionieren. Nein, wirklich nicht! Das hab ich doch nicht nötig. Aber er schien arge Schwierigkeiten zu haben. Wenn Sie im Telefonbuch nachschlagen, finden Sie ja seitenweise Werbefuzzis und da dachte er sicher, wenn ich mich mit ihm zusammentue, hat er die besseren Chancen!"
"Sie haben sich also im Unfrieden getrennt." erkannte Rau.
"Der Kerl lag mit andern doch ständig im Streit. Ich schlug einmal vor, seine Firma Streitaxt im Werbewald zu nennen. Aber für solche Scherze hatte der keinen Sinn. Jedenfalls hab ich abgesagt. Ich bin auch von ihm weg und nicht etwa er von mir!"
"Hatten Sie privat mit ihm eine Affäre?"
"Nein, absolut nicht. Der lebte seine Profilneurosen aus, war unerträglich, wusste immer alles besser und wollte sich ständig den größeren Teil vom Kuchen sichern. Und wohin das führt, wissen wir ja!"
"Zum Mord offensichtlich!"
Sie erhob sich abrupt und holte sich ein Glas trüben Saft von einem Tischchen neben der Schaukel. Nicht einmal die umherschwirrenden Bienen rissen sich um das undurchsichtige Gesöff, aber sie stürzte es hinunter als wäre es Nektar.
"Haben Sie mir sonst noch was zu sagen, Frau Ficker?"
"Nein, aber ich bitte Sie, meinen Namen nicht so ordinär auszusprechen! Ich nenne mich Ficker und Sie sprechen es so aus: FIKKKER!" übertrieb sie Raus Aussprache.

"Oh, pardon! Haben Sie für gestern ein Alibi?" forschte er, während er schon aufstand und sich zum Gehen anschickte.
"Sicher, ich arbeite ja praktisch dauernd, außer heute, weil ich gestern eine lange Nacht hatte. Und die verbrachte ich, wie faktisch den ganzen gestrigen Tag mit meinem Verlobten, Herrn Adalbert Muschi!" erklärte sie triumphierend.
"Na dann, leben Sie wohl. Ich erkundige mich bei Herrn Muschi noch sicherheitshalber und äh- falls Sie ihn heiraten, können Sie es sich ja namensmäßig noch verbessern!" ätzte Rau und eilte davon.
Auf der Fahrt ließ er die Aussagen der 3 Verdächtigen nochmal Revue passieren und erkannte mit einem Mal, dass sich einer davon eine Blöße gegeben hatte, die darauf schließen ließ, dass er bei Zusags Tod zumindest dabei war.
WER?

Fall 50: Wiener Brut

Die männliche Leiche war gut gekleidet und hatte nur auf dem weißen Hemd einen Riesenblutfleck. "Den hat einer abg'stochen!" erklärte die Hausmeisterin des Gemeindebaus, dessen Hof der Tote nun verunzierte. Ein alter Ziegelbau, erbaut in den 20er-Jahren mit den Mitteln der Wohnbausteuer, dessen Bausubstanz bereits tot war. So tot wie der gut gekleidete Mann. "Womöglich mit an Brotmesser!"
"Kaum." meinte Rau, der als erster seiner Kollegen am Tat- oder Fundort eintraf. "Sehen Sie, die Wunde ist ganz klein!"
"Dann mit aner Stricknadel!" krächzte sie, die Hände lässig in ihrer Kittelschürze mit Paisley-Muster verborgen. "Net weit weg von de Mistkübeln, des sagt schon vül aus!"
"Kennen Sie den Mann?" fragte Rau, der ihn auf Ausweise untersuchte.
"Jein, er war ein Zeuge."
"Was? Zeuge eines Verbrechens??" Rau sah sie erstaunt an.
"Aber naaa, ein Zeuge Jehovas! Kennen Sie de net? De glauben, dass ma bald vom Jesus Christus besucht und abgeholt werden ins Paradies, dass i net lach!!"
Leider konnte Rau nichts an Ausweispapieren finden. Eine Nachbarin kam dazu und mischte sich ein: "Ja, aber nur de werden abgeholt, de bei dem Verein dabei san! Unser Nachbar, der si aus'm dritten Stock gestürzt hat, leider net!"
Die Hausmeisterin grinste: "Genau, Frau Wolscheit! Normalerweis san de

immer zu zweit, damit si kaner verirrt, des heißt, damit si kaner von an normalen Menschen abbringen lasst vom rechten Glauben! I hab amal gefragt, wer wird denn da bei Ihnen gekrönt, in dem Krönungssaal in der Marxergasse? Hat aner von denen gesagt: unser Herr Jesus Christus. Hab i drauf gesagt: wieder mit aner Dornenkrone? Der arme Teufel hat doch eh schon genug gelitten, was? Haha!"

Ein weiterer Nachbar gesellte sich dazu und erkundigte sich: "Was gibt's denn da Lustiges zum sehn?"

"Nur a Leich, Herr Tschek!" meldete die Hausmeisterin. "Und netamal a schene."

"Bitte, etwas mehr Pietät!" mahnte Rau. "Wer hat den Ermordeten zu Lebzeiten gesehen?"

"Ich!" gestand Herr Tschek und hob den rechten Zeigefinger. "Er fragt mi vur aner Stund, ob ich wisse, wann denn des Königreich Gottes käme. Und i hab gesagt: nach'm Tod, bei der Wiederauferstehung des Fleisches. Hat er g'sagt: naa, früher! Weil der Herrgott wird eingreifen, da die Menschen es nicht schaffen, ihre Probleme zu lösen! Hab i drauf g'meint: na, warum hat er si dann net scho beim 2. Weltkrieg unserer erbarmt? Da wär's do wirkli hoch an der Zeit gewesen!"

"Genau!" fiel ihm die Hausmeisterin ins Wort. "Da redet so aner daher wie a Prophet und wüll an nur anwerben, damit er dann abkassieren kann. So wie alle, de a Kirchen gründen!"

"Ja, bei de alten Leut probierns de immer wieder!" wusste Frau Wolscheit. "De san scharf auf's Erbe, diese falschen Propheten!"

Eine weitere Gemeindebau-Mieterin erschien in einem karminroten Jogging-Anzug und brachte einen Schraubenzieher mit. "G'hört der Ihna, Herr Tschek? Den hab i beim Metallcontainer g'funden!"

"Na wirkli net, Frau Wumser!" sagte er empört. "Wie kommen's denn auf mich?"

"Na, weil Sie halt so a begeisterter Bastler san. Sie schrauben do immer irgendwo herum!" gab Frau Wumser bekannt und hielt den Schraubenzieher hoch wie die Freiheitsstatue ihre Fackel. "I kenn mi mit sowas gar net aus!"

"Sie gebens wenigstens zu! De meisten Wiener haben ka Ahnung von gar nix, aber sie kennen sich aus!" spottete Herr Tschek verächtlich.

"Darf ich ihn nehmen?" fragte Rau, der schon ein Plastiksäckchen zum Verwahren aus der hinteren Hosentasche gezogen hatte. "Das könnte die Mordwaffe sein!"

"Wiaso Mord?" fragte Frau Wolscheit. "Wer wüll so an armen Narren von de Zeugen Jehovas denn morden?"

"Na aner, der von seine deppaten Reden genervt is! Oder aner, der schon um a Erbschaft wegen denen kommen is." erklärte Herr Tschek wild gestikulierend.
"Ja, des mit dem kommenden Königreich hat er mi ja a g'fragt und i hab g'fragt, *wann* denn des Königreich jetzt genau kummt. Und er hat g'meint: bald!" sagte die Hausmeisterin. "Und i hab g'sagt: besser aus dem *Bald* wird ein *Jetzt* bevur draus ein *Nie* wird, net wahr!"
"Se san gut!" freute sich Frau Wumser. "Fragens do den Begleiter von dem Hinichen,-"
"Von wem?" fragte Frau Wolscheit irritiert, deren Hörvermögen oft streikte.
"Na von dem Kaputten!" präzisierte Frau Wumser. "Fragens den, Herr Kommissar, warum er den Zeugen da, sein eigenen Kumpanen, mit an Schlitzmutterndreher abg'murkst hat!"
"Gehn's, der kann Ihna do nur die üblichen Phrasen dreschen. Aus der Offenbarung, zum Beispiel." meinte die Hausmeisterin. "Und Gott wird alle Tränen wegwischen, und es wird keine Schmerzen mehr geben und ka Erinnerung dran, und so weiter! Viel Unterhaltungswert, wenig Nährwert! Weil biblisches Manna regnet nimmamehr vom Himmel herab!"
Da kam schon ein Herr daher gelaufen, der, als er den Grund der Versammlung am Betonboden liegen sah, den Tränen nahe war. "Oh Gott! Die Sünder haben Herman gemeuchelt!" schrie er mit bebender Stimme und fiel neben dem Toten etwas theatralisch auf die Knie.
"Des muass er sein!" wusste Herr Tschek. "Der zweite Mann!"
"Jetzt fehlt uns nur der *dritte* Mann!" scherzte Frau Wolscheit.
"Zum Skat-Spüln?" fragte die Hausmeisterin.
"Na, für an neuen Wien-Krimi, hähä!" lachte Frau Wumser.
"Wer hat das getan?" rief der weinende Herr und sah zu Rau auf.
"Ich weiß, wer es war!" erwiderte Rau und sah jemanden aus der illustren Runde scharf an.
WEN?

Fall 51: Ein Frauenkrimi

In der Kläranlage ist eine weibliche Leiche gefunden worden. Gerichtsmediziner Matz und sein Assi Ewald hatten alle Hände voll zu tun, sie halbwegs wieder zu rekonstruieren, sodass man an ihrem Antlitz erkennen konnte, zu welcher Abgängigkeitsanzeige sie denn passen könnte. Schließlich stand fest, dass es sich bei der Toten um Frau Dr. Verena Verderber-Profit handelte, eine Schönheitsärztin mit eigener Praxis in der

Innenstadt, wo die Mieten schwindelerregend waren. Ihr Gatte, ein stadtbekannter Anwalt, musste sich bei der Identifizierung sehr beherrschen. Rau konnte an seinem wankenden Gang aus der Leichenhalle deutlich sehen, wie nahe ihm der Tod seiner Frau ging. Da er mit ihr nie über ihre und seine Arbeit sprach, konnte er Rau keine Hinweise auf den Täter geben. Nur die Angestellten in der Beauty-Praxis konnten etwas wissen. Frau Marita Handgriff, die alle Termine koordinierte, hatte einen Verdacht: „Einige Damen waren mit dem Ergebnis ihrer OP nicht zufrieden. Ich sag einmal so: ein Mensch ist keine Maschine und daher kann man ein zufriedenstellendes Ergebnis auch nicht garantieren. Aber die Patienten gehen einfach davon aus, verstehen Sie, Herr Kommissar?" Rau nickte und sie fuhr fort: „Ich habe hier 4 Briefe von Damen, die sich mit oft herben Worten über das unzufriedenstellende Ergebnis beklagten. Frau Senoleit, Frau Kriegla, Frau Jenke und Frau Peschokat. Hier bitte, haben Sie Kopien der Briefe und die Adressen der Damen. Darf ich fragen, *wie* denn die arme Frau Doktor ermordet worden ist?"

„Sie wurde mit einem Seidenstrumpf erdrosselt. Den trug sie noch um den Hals, als man sie zwischen den Kämmen der Kläranlage fand." antwortete Rau.

„Oh, wie entsetzlich! Das ist ein Verlust für die Patienten, denn die Frau Doktor war auf ihrem Gebiet eine absolute Koryphäe." stellte Frau Handgriff ergriffen aber doch gefasst fest.

Frau Melanie Sensoleit, eine Dame um die 40, empfing Rau in ihrem stilvoll eingerichteten Wochenendhaus in Mödling. „Kommen Sie nur weiter und nehmen Sie Platz, dann erzähle ich Ihnen etwas über die Doktorin!" eröffnete sie ihm ihre bereitwillige Kooperation, als Rau ihr den Grund für seinen Besuch genannt hatte.

„Sie waren laut Brief nicht zufrieden mit dem Ergebnis Ihres Facelifts, gnädige Frau, aber Sie sehen doch phantastisch aus." bemerkte Rau mit Blick auf das frische pralle Gesicht der Gastgeberin.

„Es handelt sich bei dem Kunstfehleropfer auch nicht um mich, sondern um meine Tochter gleichen Namens. Melanie wollte aussehen wie diese Ami-Skandalnudel Miley Cyrus. Und nun sieht sie so aus wie Miley Cyrus, wenn sie Mumps hat!" erklärte Frau Sensoleit mit belegter Stimme.

„Das tut mir leid zu hören. Aber vielleicht handelt es sich nur um Schwellungen, die später wieder abflauen." meinte Rau, der in dem wuchtigen alten Ledersessel fast untergewichtig wirkte.

„Eineinhalb Jahre nach der Operation? Wohl kaum! Wir waren auch schon bei einem renommierten Chirurgen, aber der lehnte die Behandlung ab, mit dem Hinweis, es wäre ihm zu riskant. Nun befindet sich die gepeinigte Melanie mit Depressionen in einer Nervenheilanstalt in Bayern. Tja, das kommt davon, wenn man sich in die Hände einer Frau mit Doppelnamen begibt. Ich habe meine Tochter noch gewarnt und erzählt, dass ich 2012 in einem Wirtschaftsmagazin eine Studie las, wonach Frauen mit Doppelnamen trotz Minderqualifikation mehr Erfolg im Job haben als andere. Aber sie sagte nur *‚Aber Mami, ich kann doch nicht warten, bis die Frau einen Doktor Sauerbruch heiratet'*. So war meine Melanie, immer fröhlich und nun sitzt sie teilnahmslos in einem bayrischen Sanatorium. Wir pflegen Leute, von denen wir bitter enttäuscht sind, nicht zu töten, sondern nur zu verklagen. Eine Klage ist anhängig. Und die Forderung auf Schmerzensgeld wird in die Verlassenschaft eingebracht werden!" sprach Frau Sensoleit ohne Hass aber mit Nachdruck.

Frau Kriegla, eine gepflegt wirkende Dame um die 60, ließ Rau nur widerwillig in ihre schöne Wohnung im 9. Bezirk. „Nanu, nun hat es diese Kurpfuscherin also erwischt. Schade, denn ich hätte sie gern persönlich durch die Mangel gedreht." meinte sie nur und rieb sich die Hände.

„Laut Ihrem Brief haben Sie die Verfärbung Ihrer Hände beanstandet." begann Rau und guckte auf die Hände von Frau Kriegla.

„Ja, sehen Sie, sie sind gelb! So wie auf Van Goghs Bildern. Die Verfärbung, von der ich dachte, sie sei nur temporär, ist leider irreversibel. Da waren die paar Pigmentflecken davor direkt harmlos und unauffällig. Tja, da weiß man als Mann, was man nicht hat: jede Menge Troubles mit der Schönheit, was?"

„Ach wissen Sie, Frau Kriegla, ich habe einmal mit meiner Exfrau lange über die angeblichen Vorteile ein Mann zu sein, diskutiert und wir stellten fest, dass sich ein Mann jeden Tag rasieren und bis 65 arbeiten muss. Das wäre nicht so schlimm, aber im Ernstfall für's Vaterland zur Waffe zu greifen, das hat ihr dann doch nicht gefallen." erklärte Rau mit verträumtem Blick in seine Vergangenheit als Ehemann.

„Nein, wir Frauen dürfen nur zahlen, wenn Krieg ist. Die USA gibt jährlich 50 Milliarden Dollar für Kriegsinvaliden aus!" räsonierte Frau Kriegla.

„Gut, dann verspreche ich Ihnen, im Ernstfall gleich zu sterben. Über mein Begräbnis brauchen Sie sich keine Gedanken machen, ich habe einen Leichenverein." entgegnete er pikiert. „Zurück zu Ihren Händen!"

„Oja, diese Hände können noch manches Werk vollbringen!" verkündete sie mit einem Fingerzeig auf ihren Strickkorb, aus welchem 4 lange Stricknadeln mit bunter Wolle dazwischen ragten.

„Sehr schön. Was stricken Sie sich denn, einen Schal?" fragte Rau.

„Nein, Fäustlinge! Denn der Winter ist meine neue Lieblingsjahreszeit. Früher war es der Sommer, als passionierte Seglerin. Aber egal. Ich kann Ihnen jedenfalls nicht weiterhelfen." meinte Frau Kriegla und presste ihre Lippen aufeinander, die Augen schon Richtung Tür gerichtet.
Frau Jenke bekrittelte in ihrem Brief, dass ihr Busen nun unbeweglich sei. Rau hatte Mühe, die steilen Stufen zu ihrer Mansardenwohnung im Dach eines 5stöckigen Hauses am Währinger Gürtel zu nehmen. Auf sein Klingeln erschien sie in einer bunt gestreiften Tunika mit einer Plastikteigschüssel im linken Arm und einem Holzkochlöffel darin. Während er sich vorstellte rührte sie wie wild im Teig herum, der wie schon mal gegessen aussah, und winkte ihn dann mit dem Kochlöffel in die bescheiden möblierte Wohnung.
„Kommens rein, ich guck grad einen Kriegsfilm. Gleich kommt eine spannende Stelle."
Verblüfft folgte er ihr ins Wohnzimmer, wo ein noch altes TV-Gerät stand. Eben näherte sich am Bildschirm ein Soldat unbedarft einer Tretmine. „Passens auf, gleich fliegt der in die Luft!" kündigte sie erwartungsfroh an, als es auch schon krachte. Der Soldat wurde nach einer Detonation durchs Bild geschleudert und sein abgetrenntes Bein kam ins Blickfeld.
„Ahahahaaa!" lachte Frau Jenke herzlich. „Wissens, mein eigenes Blut seh ich jedes Monat, darum freut mich so, wenn einmal ein Mann bluten muss, hahahaa!"
„Frau Jenke, ich komme wegen Ihrer Beschwerde an Frau Doktor-"
„Jaja", unterbrach sie ihn. „Ich hab geglaubt, dass meine Brüste für immer steif bleiben, aber das Implantat hat die Haut schon ausgedehnt und jetzt kann ich beide Brüste wieder im Takt zum Radetzkymarsch bewegen! Also nix für ungut! Wollens kosten?" Bei den letzten Worten zückte sie den teigbeschmierten Kochlöffel aus der Schüssel.
„Danke, bin auf Diät!" lehnte Rau angeekelt ab.
„Dann eben nicht!" Gebannt starrte sie wieder auf den Fernsehapparat und Rau zog sich eilig zurück.
Die letzte Beschwerdebriefschreiberin, Frau Peschokat, eine flotte Dame um die 30, fand Rau an ihrem Arbeitsplatz, einem Buchladen in Gürtelnähe, bei einer Straßenbahnhaltestelle. Der Platz schien gut gewählt, denn während der öden Wartezeit fanden sich immer Interessenten, die die Neuvorstellungen beäugten und sogar hin und wieder kauften. Die Schwüle des Sommers blieb draußen, als Rau ins klimatisierte Geschäft eintrat. Geduldig wartete er, bis Frau Peschokat eine Kundin bedient hatte und gab sich dann zu erkennen. „Es tut mir leid, Sie an Ihrem Arbeitsplatz behelligen zu müssen, aber ich suche den Mörder von Frau Dr. Verderber-Profit."

„Na, da werden Sie aber viele Frauen besuchen müssen. Diese unfähige Person ist doch nicht einmal zur Fußpflege geeignet. Sehen Sie sich meine Nase an." forderte sie ihn auf und präsentierte ein Riechorgan, das man als Habichtsnase bezeichnen konnte. „Hübsch, nicht wahr?"
„Naja…von vorne auf jeden Fall. Im Profil…"
„Sparen Sie sich alle Beschönigungsversuche. Ich sah vorher besser aus als nachher, aber sie verweigerte mir eine weitere Operation, da ich dann mit einer cruzified Nose, einer gekreuzigten Nase herumlaufen müsste. Aber mit einer Hakennase rumlaufen, das kann ich natürlich weiterhin! Pah!" sprudelte sie ihren ganzen Frust heraus. „Brauchen Sie ein Alibi?"
Da lag der Hase im Pfeffer. Die Todeszeit konnte nach dem längeren Aufenthalt im Wasser und der Kläranlage nicht mehr genau geschätzt werden, aber das verriet Rau natürlich nicht. „Tja, ich muss vorerst nach dem Motiv suchen."
„Na, das hat doch fast jede der Patientinnen." meinte Frau Peschokat. „Ich bin jedenfalls den ganzen Tag hier in meinem Geschäft. Sogar samstags und am Sonntag arbeite ich ehrenamtlich für das Rote Kreuz. Falls es gestern um 22 Uhr 34 passiert wäre, hätte ich ein Alibi: Da hat NTV die interessante Columbine-Doku unterbrochen, damit die beklopfte Merkel über die Griechenscheiße palavern konnte. Und ich wollte so gern die beiden Burschen auf ihrem Amok-Trip weiterschießen sehen. Frechheit!"
„Die von NTV wiederholen eh alles." beruhigte sie Rau.
„Mehr hab' ich Ihnen nicht zu sagen. Auf Wiedersehen!"
So stand Rau ziemlich belämmert an der Straßenbahnhaltestelle, schwitzte wie ein Schwein und fragte sich, wie er nun weiter vorgehen sollte. Ein Betrunkener pöbelte herum, was Rau an eine Episode in seiner Kindheit erinnerte. Damals stand er mit seiner Oma an einer Haltestelle, als ein Bursche ebenso herumpöbelte und die gutmütige Oma zu ihm sagte, wobei sie mit dem Finger auf den Störenfried zeigte: „Siehst du, das kommt davon, wenn man sich immer selbst befriedigt, dann wird man so deppat wie der dort!" Der Bursche hatte das gehört und war sofort verstummt, wohl aus Scham, von einer Fremden ertappt worden zu sein oder um zu demonstrieren, dass er es sich doch nicht selbst machen muss. Rau musste grinsen, als ihn ein Anruf des Rechtsmediziners Matz alias Pille, dem Star-Trek-Fan, erreichte. „Ich habe noch etwas herausgefunden, was dir vielleicht helfen könnte. Der Strumpf wurde mit einem speziellen Seemannsknoten um den Hals geschlungen. Vielleicht ist ein Seemann im Bekanntenkreis der Toten."

„Bingo! Ich habe schon mit jemanden gesprochen, der sich mit Seemannsknoten auskennen müsste." stellte Rau erfreut fest.
MIT WEM?

Fall 52: Mord nach Drehbuch

Zum Glück verursachten die menschlichen Abgründe, mit denen er beruflich zu tun hatte, Kommissar Rau immer eine Gänsehaut, wodurch er nicht sonderlich unter den herrschenden 40 Grad im Schatten litt. Diesmal stand er vor einer weiblichen Leiche im Prater, die halb entkleidet und mit Ästen gespickt war. Die entlaubten Astenden ragten aus klaffenden Fleischwunden empor, um die bereits die Fliegen kreisten.
"Liegt sicher schon mehrere Stunden hier!" stellte Pille, der Gerichtsmediziner, fest. "Und am verzerrten Gesicht erkenne ich, dass ihr die Verletzungen nicht post mortem zugefügt worden sind. Eine eindeutige Todesursache kann ich momentan nicht feststellen. Aber hier, aus der Hemdblusentasche, hab ich eine Visitenkarte mit Foto."
"Ja, das ist eindeutig die Tote." bemerkte Rau. "Was ist eine Script-Consulterin?"
"Ich vermute, außer dass es schlechtes Englisch ist, denn es müsste Script-Consultant heißen, eine Drehbuch-Beraterin!"
"Hm, dann muss ich wohl in Künstlerkreisen ermitteln." murmelte Rau. "Die sind auch nicht weniger grausam als unkreative Menschen."
Pille sah ihn an und bemerkte: "Jetzt weißt du, warum ich so gern in eine Phantasiewelt wie Star-Trek entfliehe."
Rau nickte und machte sich auf den Weg in den 7. Bezirk, Lindengasse, ins Büro der Ermordeten, wo er ein Chaos vorfand. Die Tür stand einen Spalt breit offen und im Inneren lagen Unterlagen wild verstreut herum, während der Laptop ziemlich verbogen im Papierkorb lag. Mit seinen behandschuhten Händen wühlte er im Papierkorb und fand wonach er suchte: handschriftliche Notizen zu ihren letzten Kunden. Auf einem Zettel stand mit Rotstift vermerkt: schwache Handlung, hölzerne Dialoge! Mark Miesenbach muss noch viel lernen. Auf einem zweiten Stück Papier war zu lesen: Handlung zu wenig durchdacht, aber ausbaufähig! Werde Helga Henlein helfen.
Mit seiner Ausbeute und nach einem obligaten Anruf bei der Spurensicherung, eilte Rau in sein Büro und ermittelte die Adressen zu den beiden Namen. Natürlich konnte der Täter *seinen* Zettel längst verschwinden haben lassen, aber sein Instinkt sagte Rau, dass der wohl nicht daran gedacht

hatte, sich zu versichern, im Papierkorb keinen Hinweis auf sich hinterlassen zu haben. Außerdem gehörte er sicher der Digital-Generation an, welche schnöden Papierschnipseln keine Aufmerksamkeit mehr schenkte. Nein, einer der beiden musste nicht ganz unschuldig am Tod der Script-Consulterin Karen Kelso sein. Kurz darauf fand er sich also in der Wohnung von Mark Miesenbach im 12. Bezirk ein. Miesenbach war augenscheinlich ein typischer Intellektueller, mit Hornbrille auf der Nase, durch die kleine Rattenäuglein lugten, und empfing Rau, der ihm seinen Ausweis kurz unter die Nase hielt, in einem roten Schlafrock. "Guten Tag! Ich komme in einer traurigen Angelegenheit. Kennen Sie eine Frau Kelso?"
"Ja leider!" gestand Miesenbach. "Hat sie einer umgebracht?"
"Wie kommen Sie darauf?"
"Na, wenn einer wie *Sie* daher kommt… Außerdem war die Frau die Pest!" begann er einen frustrierten Wortschwall. "Sie sagte doch tatsächlich, es wäre nicht nachvollziehbar, dass ein katholisch erzogenes Mädchen in den Dschihad ziehen würde. Und ich sagte: es ist auch für mich nicht nachvollziehbar, dass eine Script-Beraterin mein Script kritisiert. - Wem ist die Story eingefallen? Ihr oder mir? Soll die sich doch selbst eine Handlung ausdenken, wenn ihr meine nicht gefällt. Sie meinte, es wär glaubwürdiger, wenn die Hauptperson ein Mann wäre, der auf die versprochenen 77 Jungfrauen im Paradies scharf ist. Ich sagte: ist doch auch nicht nachvollziehbar: 77 sind für die Ewigkeit doch viel zu wenig! Oder wächst dort wieder was nach?"
Rau hatte aufmerksam zugehört, während er sich in der Wohnung umgesehen hatte. Alles war vorwiegend in Schwarz gestaltet. An den Wänden gerahmte Fotos von berühmten Filmen wie Clockwork Orange, Tanz der Teufel und Halloween sowie auch ein Bild von Stanley Kubrick fand sich dazwischen. "Und wie sind Sie mit ihr verblieben?"
"Ich verließ gestern um 18 Uhr wortlos ihr Büro und sah sie nie wieder." erwiderte er. "Ich hoffe, ich muss die nicht identifizieren. Sie war mir gleich unsympathisch! Ein Brechmittel auf zwei Beinen!"
Soviel Arroganz vertrug Rau gar nicht. Von Toten derart despektierlich zu sprechen, zeigte einen miesen Charakter. Nomen schien wirklich Omen zu sein.
Bei Frau Helga Henlein angekommen, die im 20. Bezirk in einer Kellerwohnung hauste, stellte Rau sofort eine körperliche Überlegenheit gegenüber dem Opfer fest. Henlein hatte offensichtlich ihre Muskeln trainiert und präsentierte sie stolz in einem weißen Tanktop. Irgendwie sah

sie mit ihrer Bodybuilder-Figur sehr deplatziert aus, in diesem miesen Kellerloch, das gerade eines Grottenolms würdig schien.
Nachdem Rau ihr vom Tod der Script-Beraterin berichtete, wie immer ohne die Einzelheiten zu erwähnen, machte sie ein zufriedenes Gesicht. "Na sieh mal einer an, da hat es doch mal die Richtige erwischt!" Dabei offenbarte sie ein Kampflächeln, das eher an Zähnefletschen gemahnte.
"Finden Sie?" Rau bemerkte auch an ihren Wänden ihre Vorbilder: Filmplakate von Freddy Krüger und Jason Vorhees. Diese berüchtigten Film-Bösewichter zierten in ihren bedrohlichsten Posen die schimmelbefallenen Wände. Mit Drehbuchschreiben schien sich in Wien kein Geld machen zu lassen. Aber Kunst war ja meistens brotlos und gerade viele österreichische Künstler fanden ihre letzte Ruhestatt im Armengrab.
"Wissen Sie, die Frau hatte null Ahnung von der Materie. Und so eine verdient Geld, indem sie vorgibt, andern zu helfen. Pah! Mir sagte die doch wirklich, ich solle mir zu jeder Figur in meinem Film einen Lebenslauf einfallen lassen. Dann wollte sie mit mir gar eine Drehbuch-Aufstellung machen. So wie eine Familien-Aufstellung. Da hab ich ihr die Meinung gegeigt! Ich bin doch nicht darauf neugierig, dass mir so eine dumme Funse Vorschriften macht und dann noch eine Art Psycho-Therapie meiner Figuren verordnet! Der Stoff ist so gut, dass er von so einer Schnepfe nicht mehr weiterentwickelt werden muss! Gestern, so gegen 16 Uhr war ich bei ihr und verließ das Büro nach ungefähr....15 Minuten wieder. Das war's mit uns beiden. Haben Sie noch Fragen?"
Hatte Rau nicht, auf dem Heimweg ließ er sich die beiden Begegnungen nochmals durch den Kopf gehen und erinnerte sich an einige Horrorfilme, die er im Laufe der Jahre gesehen hatte. Einer davon hatte eine Vergewaltigungsszene durch einen Baum im Script. Und einer der Verdächtigen hatte dazu die passenden Bilder an der Wand!
WER?

Fall 53: Spiel mal tot!

Der heiß ersehnte Regen nach der brütenden Hitze hatte einen großen Nachteil: er pflegte Verbrechensspuren immer ganz gut zu verwischen. Fußabdrücke z. B. oder verräterische Papiere, die er aufzuweichen vermochte, wurden faktisch weggespült. So auch rund um das Auto einer Toten im Prater. Der Audi war in der Hauptallee geparkt und ein Jogger hatte früh morgens die leblose Dame darin entdeckt und die Polizei gerufen. Die Funkstreifenbeamten dachten zuerst, die Autofahrerin wäre an einem

Hitzschlag gestorben, denn so ein Wagen konnte sich leicht in kurzer Zeit auf 60 Grad aufheizen Doch Inspektor Lampel entdeckte Würgespuren am faltigen Hals der nicht mehr ganz jungen Dame. Also alarmierte er noch vor der Spurensicherung Kommissar Rau, der sich wenig später mit einem großen Regenschirm einfand. Im Handschuhfach fanden sich die Papiere lautend auf Golda Mangl, ihres Zeichens Schauspiellehrerin am Reinhardtseminar. "Aha, da könnte doch die Leidenschaft mit einem Jungmimen durchgegangen sein." sagte Rau, der immer bei einem Fall eine gewissen Intuition hatte. "Da mach ich mich gleich auf den Weg zu ihrer Arbeitsstelle."

Dort im 14. Bezirk angekommen, empfing ihn der Institutsleiter Univ. Prof. Dr. Roßsprung, ein eingebildeter Mann mit einem gezwirbelten Schnurrbart. "Das sind ja trostlose Neuigkeiten, die Sie mir da überbringen." stellte er trocken fest. Seine Mimik blieb starr, ob aus Gewohnheit oder Schock schien schwer feststellbar.

"Nun ja", begann Rau, "Ich hoffe, ich werde als Bote der schlechten Nachricht nicht geköpft! Sehr zu Herzen geht Ihnen der Tod Ihrer Kollegin wohl nicht."

"Ach, wissen Sie, sie war ja nimmer die Jüngste. Aber in ihrem Fach ein absolutes Ass, ich werde sie sehr vermissen. Sie wollen sicher wissen, wer ein Interesse an Ihrem Tod haben könnte, da Sie ja vermuten, es handle sich um Mord." dozierte der Professor.

"Es geht weit über eine Vermutung hinaus, und ja, ich möchte natürlich wissen, wer ein Motiv hat. Hatte Frau Mangl Feinde?"

"Natürlich hat man in so einer wichtigen Position Feinde. Nur ein unwichtiger Mensch hat keine. Mitleid kriegt man geschenkt, aber Neid muss man sich erarbeiten. Bei unseren Prüflingen gibt es zwei Sorten: die Selbstdarsteller und die Versteller. Von ersteren gibt es schon zu viele auf Facebook."

"Verstehe. Und solche hat Frau Mangl durch die Mangel gedreht, also abgelehnt?"

"Ja, gestern zum Beispiel hatten wir wieder mal eine schwierige Aufnahmeprüfung." verkündete Professor Roßsprung. "Der Kandidat sagte, ich säße wohl auf dem hohen Ross und Frau Mangl sei eine abgehalfterte Schauspielerin, die es dank Parteipolitik geschafft hat, sich nunmehr ihre Pfründe als Pseudo-Schauspiellehrerin zu verdienen. Den Namen des Kandidaten hab ich mir natürlich gemerkt. Er hieß Nathan Wotruba."

"Und der war sicher kein Nathan der Weise." mutmaßte Rau und ließ sich dessen Adresse im Sekretariat aushändigen. Die miese Bude im 8 Bezirk, in

der Wotruba herumlungerte, hatte früher sicher als Stall gedient, denn es roch penetrant nach Pferdemist. Nachdem sich Rau ausgewiesen hatte und den Grund seines Besuches offenbarte, stellte er dem jungen Verdächtigen die Gretchenfrage: "Wo waren Sie gestern, als Frau Mangl umkam?"
"Vormittags hatte ich Aufnahmeprüfung. Der Termin, auf den ich hart hingearbeitet hatte, wurde mir von dieser alten Hexe gründlich versaut. Sie forderte mich auf: Spielen Sie mal tot! Und ich fiel sogleich wortlos um und blieb liegen! Sie ließ mich als toten Mann auf der Bühne und nahm den nächsten Kandidaten dran, einen gewissen Roman Padalök. Der baute mich gleich in seinen Vortrag ein. Leierte das Gedicht vom guten Kameraden herunter und an der Stelle *er liegt vor meinen Füßen als wär's ein Stück von mir* deutete er mehrmals auf mich. Ich hab ein offenes Auge riskiert und mich noch gewundert. Und genau das hat sie mir zum Vorwurf gemacht. *Sie haben ja geblinzelt, nicht einmal einen Toten können Sie darstellen, Sie Antitalent*!" äffte er sie nach.
"Hm, und da haben Sie Ihrem Ärger und Ihrer Enttäuschung Luft gemacht!" wusste Rau ja bereits vom Professor.
"Ja, das macht mich leicht verdächtig. Aber es war nur eine natürliche Reflexreaktion, der keine Taten gefolgt sind! Gehen Sie doch zu diesem Padalök, weil der wurde auch nicht aufgenommen. Er erzählte mir, dass er bei seiner Oma im 3. Bezirk wohnt. Erdbergstraße 138! Und was diese hämische Alte betrifft: die wär eh bald von selbst gestorben. Aber plusterte sich auf, als könnte sie wie die Gilda im Rigoletto mit einem Dolch in der Brust noch eine Arie schmettern. Bullshit!!! Von Schauspielkunst hat die so wenig Ahnung gehabt, wie unsere Regierung von der Budgetkonsolidierung! Und überhaupt, man braucht weniger Talent als vielmehr die Fähigkeit bei Regisseuren zu antichambrieren, um eine gute Rolle zu-"
"Danke!" fiel ihm Rau ins Wort. "Eventuell sehen wir uns wieder!"
In Erdberg sah sich Rau mit einem Schauspieler konfrontiert, der gern Pathos erklingen ließ. "Oh wie grausam ist die Botschaft, die Sie mir zuteil werden ließen. Was soll nun werden, wenn der Welt so eine grandiose Comedienne genommen wurde? Künftige Genrationen werden sich ob dieses Verlustes zu Tode grämen!"
"Lassen Sie das Getue! Ich habe Sie gefragt, wo Sie gestern gewesen sind." unterbrach Rau seinen gekünstelten Redeschwall.
"Nach der fehlgeschlagenen Prüfung bin ich heim. Das Weib war total auf Hass programmiert. Die war so wenig Schauspiellehrerin wie ein Politiker Philanthrop! Wahrscheinlich kann sie es nicht ertragen, frische Nachwuchstalente vor sich zu haben, wo sie doch schon am Ende ihrer

Halbwertszeit angekommen ist. Die sah aus, als wär sie von einem Wal verschluckt und gleich wieder ausgespuckt worden. Nachdem sie den Toten weggeschickt hatte, der vor mir dran war, hat sie von mir verlangt, ich soll eine Tomate darstellen. Da hab ich Anlauf genommen und bin auf sie draufgesprungen. Dann hab ich ihr erklärt, das wär ein fauler Paradeiser gewesen, der auf eine verschrobene Künstlerin geworfen worden ist. Das hat sie mir sehr übel genommen. Naja. Aber warum glauben Sie, ich wär ein Mörder? Vielleicht hat sie nur ein eifersüchtiger Othello auf dem Gewissen! Hähä!"

"Können Sie mir einen andern Verdächtigen nennen?" erkundigte sich Rau.

"Ja klar. Die kleine Blonde, die nach mir rausgeflogen ist. Hieß Kassandra Bell und wohnt Wiedner Hauptstraße 12. Ich hab die Adresse gehört, als sie ins Taxi stieg."

Kassandra Bell machte einen verweinten Eindruck, als Rau sie aufsuchte. Ihr pinker Barbiepuppenstyle stand in krassem Gegensatz zu den vom zerronnenen Eyeliner verursachten dunklen Augenschatten und den abgebissenen Fingernägeln. Nachdem sie vom Tod der Schauspiellehrerin erfahren hatte, änderte sie ihre Miene auf Frohsinn. "Aha, das ist wohl die Strafe für die Kuh, bei deren Anblick man Augenkrebs bekam. Goethe ist tot, aber die lebt, dachte ich, als sie mir den Abschied gab. Und nun muss ihr Hirn auch verfaulen. Jetzt wollen Sie sicher wissen, wo ich war, als ihr jemand das Lebenslicht ausgeblasen hat, was? Tut mir sorry, aber ich war allein daheim, obwohl mir der Kollege vor mir seine mentale Hilfe angeboten hatte. Dem schien die Sonne aus dem Arsch. Ist durchgefallen aber baggerte mich gleich an. Pah, auf so einen Versager verzichte ich! Tja, ich saß vor dem Fenster zur Welt, dem Flat-TV, und ließ mich von einem alten Film inspirieren. Eigentlich brauch ich gar keinen Unterricht mehr, aber ohne Zeugnis kriegt man kein Engagement, verstehen Sie?" piepste sie mit einer glockenhellen Stimme. "Mir erbarmt die Person kein bisschen, ich dachte gestern schon: dieser Breivik hat die Falschen erschossen! Die Alte hat mein Talent nicht erkannt. Ich konnte als Kind so gut Bauchweh vortäuschen, dass man mir den Blinddarm raus operierte!"

„Gratuliere!" sagte Rau und verabschiedete sich schnell.

Der Fall schien in einer Sackgasse zu stecken, da erinnerte sich Rau an eine Bemerkung, die einen der Verdächtigen als Täter enttarnt hatte. WELCHE?

Fall 54: 2 Kugeln für Santa

Von all den Leichen der letzten Zeit genervt und von der Bosheit der Menschen angewidert, guckte sich Kommissar Rau in seinem Büro am Computer Urlaubsangebote für Florida an. Obwohl dort die Kriminalitätsrate wohl um ein vielfaches höher als in Wien war, konnte man im Urlaubs- oder Rentnerghetto wohl davon ausgehen, weitgehend ungeschoren davon zu kommen. Da ließ das schrille Läuten seines Dienstapparates den in Tagträumen schwelgenden Kommissar hochschrecken. „Ja? Wo gibt's den nächsten Mord?" fragte er in trüber Vorahnung.
Pille meldete sich: „Hier in Floridsdorf. Du wirst es nicht glauben, aber jemand hat den Weihnachtsmann umgebracht!"
„Ach, dir glaube ich doch alles. Gib mir die Adresse und ich bin so gut wie da!"
Am Tatort, einem Hinterhof-Parkplatz neben einem schmuddeligen 2-Stern-Hotel, lag tatsächlich ein Mann im Kostüm des Santa Claus, einer Erfindung jener US-Firma, die eine braune Brauselimo produziert. Irgendwie schien ein Weihnachtsmann im Sommer ein Anachronismus zu sein, wobei es jedoch längst Usus ist, schon im Juli Lebkuchen in den Supermärkten anzubieten.
„Hm, wenn das da vorn an der Brust keine Mottenlöcher sind, gehe ich davon aus, dass ihn wohl jemand mit Kugeln durchlöchert hat."
„Exakt, und zwar nicht mit Weihnachtskugeln!" bestätigte Pille, der unter seinem weißen Mantel ein Star-Trek-T-Shirt trug. „Kleines Kaliber, das den Körper nicht durchschlagen hat. 2 Einschüsse aus einiger Entfernung. Keine Hülsen, es könnte also ein Revolver gewesen sein oder der Schütze hat sie rasch aufgesammelt. Im Hotel findet ein Seminar für Weihnachtsmänner statt. Gefunden hat ihn der Portier. Und zwar genau um 10 Uhr, also vor einer viertel Stunde, nachdem er einen lauten Knall gehört hatte. Die Spur ist also ganz heiß! Und er hörte kein Auto wegfahren!"
Im Hotel, welches den klingenden Namen *Cäsars Lounge* trug, fand Rau im Konferenzsaal eine ganze Gruppe von verkleideten Santas, die eben von einer hübschen Dame im korrekten Benehmen unterrichtet wurden. „Und ganz wichtig ist es, dass Sie keinem Kind Versprechungen machen. Sie sagen immer nur: *Ich werde tun, was ich kann, um Deinen Wunsch in Erfüllung gehen zu lassen!* Keinesfalls irgendetwas Konkretes oder dumme Bemerkungen wie zum Beispiel: Sei doch froh, wenn sich deine Eltern scheiden lassen, dann kriegst du eine Patchwork-Familie oder ähnlichen Unsinn! Haben Sie verstanden?"
Alle 7 anwesenden Weihnachtsmänner nickten stumm und einige davon schrieben sich sogar Notizen auf ein Blatt Papier.

Rau trat neben die Dame und präsentierte ihr seinen Dienstausweis. „Entschuldigen Sie die Störung, gnä' Frau, aber Sie haben sicher schon einen der Teilnehmer vermisst!"
Ziemlich entgeistert starrte sie kurz in die illustre Runde, zählte dann ab und erkannte schließlich: „Ja stimmt. Herr Protupetz fehlt!"
„Ich bewundere Sie! So schnell konnten Sie ausmachen, wer fehlt, wo doch alle gut verkleidet sind!" staunte Rau und beobachtete die Reaktionen der Santas.
Keiner bewegte sich viel, was wohl an der hohen Temperatur lag, denn der Saal verfügte über keine Klimaanlage. Die Dame trug eine luftiges rotes Sommerkleid und Stilettos und antwortete prompt: „Trotz Verkleidung kann ich doch gewisse Unterschiede feststellen. Und Herr Protupetz trug als einziger einen kürzeren weißen Rausche-Bart als die anderen."
Rau guckte nochmals alle 7 an und musste zustimmen. „So eine gute Beobachtungsgabe prädestiniert Sie auch für Polizeiarbeit. Vielleicht können Sie mir auch verraten, wer mit dem armen Protupetz Streit gehabt hat?"
„Oh, das tut mir leid, aber ich habe nur die Aufgabe, die Herren im richtigen Verhalten einzuschulen. Wer eine Stelle in einem Kaufhaus ergattern möchte, tut gut daran, sich bei uns in ein Seminar einzuschreiben." verkündete sie stolz.
Rau wandte sich nun an die vor sich hin schwitzenden Weihnachtsmänner und fragte sie: „Wer kam als letzter zu der Einschulung?"
Kurze Stille. Dann zeigte einer der roten bärtigen Männer auf einen andern und rief: „Manni!"
Der sprang empört auf und brüllte los: „Was erzählst du da für eine Scheiße! Willst eine in die Goschen oder einen Tritt in die Eier?!"
Die Dame wies ihn sofort zurecht: „Aber Herr Krimson! Was ist das für eine indiskutable Ausdrucksweise?"
Manni setzte sich wieder und sagte ganz ruhig: „Weil der Wix-äh-Wichtigtuer mich quasi beschuldigt. Wenn einer von uns fehlt und ein Kripo-Beamter auftaucht, dann ist doch klar, dass der Fehlende tot ist und ich jetzt den Schwarzen Peter zugeschoben bekomme. Aber mit mir spielt keiner Indianer! Außerdem war ich gar nicht der Letzte! Muamar kam gleich hinter mir!"
„No, no, no!" protestierte Muamar, der sich den weißen Bart vom Gesicht riss, unter dem er seinen eigenen schwarzen versteckt hatte. „Ich kommen gleichzeitig mit dir!"
„Ja, aber du hast dich praktisch ein wenig vorgedrängt." stellte Manni klar.
„Wo waren Sie denn vorher?" erkundigte sich Rau bei ihm.

„Na am Klo! Musste mal für kleine Weihnachtsmänner!" gestand Manni.
„Und ich war in Küche, musste noch Frühstück essen." ergänzte Muamar.
Rau wandte sich an die Dame und fragte sie: „Als Sie hereinkamen, waren da schon alle 5 andern Santas anwesend?"
Sie nickte und fügte noch hinzu: „Und dann kamen Manni und Muamar dazu!"
Jener Weihnachtsmann, der auf Manni gezeigt hatte, vervollständigte noch: „Und die Frau Wintersberger kam genau um Punkt 10 Uhr herein! Die 2 andern dann nach 5 Minuten."
„Ja, das ist korrekt, Herr Schürer!" pflichtete sie ihm bei.
Rau überlegte kurz. Natürlich konnte der Täter auch ein Hausfremder sein, der zu Fuß geflüchtet war, aber naturgemäß fanden die meisten Morde zwischen Leuten statt, die einander kannten und oft in Konkurrenz zueinander standen. Und zwischen diesen Weihnachtsmännern herrschte eine gewisse Anspannung, auch wenn alle so taten, als ginge sie das gar nichts an. Einer hatte dem Opfer wohl eine Ladung Blei geschenkt! Die Augen einiger Teilnehmer gingen nervös hin und her und sowohl Manni als auch Muamar ballten die Fäuste. Manni trug weiße Handschuhe, während Muamar seine Hände nackt in den abgenommenen Rauschebart verkrallt hatte. Einerseits wollte Rau feststellen, wo sich Herrentoilette und Küche befanden, andererseits wollte er die Teilnehmer nicht alleine lassen. „Frau Wintersberger, Sie kennen das Hotel ja bereits besser als die Teilnehmer. Wer hatte von den beiden, die zuletzt kamen, den weiteren Weg zum Saal zurückzulegen?"
Frau Wintersberger überlegte nicht lange und antwortete: „Muamar. Die Küche liegt weiter von unserm Saal entfernt, als die Toilette."
Daraufhin meldete sich Muamar zu Wort: „Ja, aber Manni hätte können doch aus Fenster klettern und Protupetz umbringen!"
Manni sprang erneut auf und schrie: „Halt die Fresse, du Kaffer! Du hättest gar nicht in die Küche dürfen! Du hast doch schon um 8 Uhr Frühstück gefressen!"
„Meine Herren, bitte! Befleißigen Sie sich einer schönen Sprache!" mahnte Frau Wintersberger.
Herr Schürer meldete sich wieder zu Wort: „Wenn wir andern unverdächtig sind, dürfen wir gehen?"
„Einen Moment, ich muss überlegen." murmelte Rau, der an den Knall dachte, welcher den Portier alarmiert hatte. Könnte dieses Geräusch mit dem Mord nichts zu tun gehabt haben? Hatte der Schütze einen Revolver benutzt, hätte es wohl keinen Sinn gehabt, einen Schalldämpfer aufzusetzen, da der

Knall dann durch die sich drehende Trommel entkommen wäre. Hatte er eine Pistole benutzt, musste er wohl noch rasch die Hülsen eingesteckt haben. „Warum tragen Sie keine Handschuhe, Herr Muamar?"
„Weil die mir zu klein waren." gab dieser an.
„Von wegen! Die hat er sicher weggeworfen, weil Schmauchspuren dran waren!" giftete Manni. „Das kenn ich aus den Fernseh-Krimis!"
„Ich nix hab geschossen!" verteidigte sich Muamar. „Immer auf Moslems!"
„Ja, ich kann doch auch nix dafür, dass du Muselmane bist!" entschuldigte sich Manni und rang die Hände theatralisch in die Höhe. „Jedenfalls gelten unsere Gesetze für euch Kameltreiber auch, basta!"
Frau Wintersberger mischte sich erneut ein: „Bitte, wir wollen doch politisch korrekt bleiben!"
„Wissen Sie, wo mich die Politik korrekt lecken kann?" entgegnete Manni.
Schürer meinte ganz ruhig: „Das ist doch ganz einfach, Herr Kriminalrat! Sie brauchen nur einen Durchsuchungsbefehl und dann finden Sie, was immer Sie auch suchen!"
„Nein, den kann ich mir sparen!" freute sich Rau, der wusste, wen er verhaften musste.
WEN?

Fall 55: Wer killte Paco?

Der Welt der Computerspiele fehlte es an Reiz für Kommissar Rau, sie zu betreten. Er fühlte sich zu sehr in der Realität verwurzelt, als dass er sich in die 2., 3. oder 4. Welt begeben wollte. Umso schwieriger erschien es ihm, einen Mordfall zu lösen, der einen PC-Spiele-Erfinder betraf, dem irgendjemand die Kehle eingedrückt hatte. Ernst Heislitz, Spitzname Paco, lag tot vor seinem Computer und es gab für ihn keine Möglichkeit mehr, in eine virtuelle Welt zu entkommen. Sein ausgemergelter Körper hatte die Hautfarbe eines Anämie-Kranken, dunkle Augenringe zeichneten sich im eingefallenen Gesicht ab und der Mund hatte aufgesprungene Lippen, so als hätte er vor lauter Spielen aufs Trinken vergessen. In seiner 2-Zimmer-Wohnung im 5. Stock in Wien-Margareten stank es nach Fäulnis, was auf die herumliegenden Essensreste von Junkfood wie Pizza, Pommes und Burger in vergammelten Verpackungen zurückzuführen war und nicht an der einzelnen Zigarettenkippe, die sich dazwischen fand. Entdeckt hatte ihn ein Gerüstbauer, der durch das geschlossene, vorhanglose Fenster gespäht hatte. Die Spurensicherung hatte schon ihre Arbeit beendet, den Todeszeitpunkt auf circa 12 Stunden vorher festgelegt, und der Kommissar sah sich vergeblich nach Papier um. Alles, was dieser Heislitz jemals geschrieben hatte, musste sich wohl in den Computer-Dateien verbergen, bzw. verborgen haben, denn laut dem Experten der Spurensicherung war alles gelöscht worden. Raus Hoffnung, dass man einiges davon wieder rekonstruieren könnte, hatte dieser schon zerstreut. Das Handy des Toten war verschwunden und ein Telefonbuch besaß er nicht. Die Nachbarn hatte Rau schon befragt, doch keiner kannte den Toten persönlich. Nur eine Dame, Frau Sunderle, hatte einmal Streit mit ihm, da er beim Sex sehr laut gewesen war, was aber nur einmal in dem halben Jahr vorkam, in welchem er hier dahin vegetierte, wie sie glaubhaft versicherte. Außerdem äußerte sie gleich einen Verdacht: „Das war sicher einer von diesen vielen Flüchtlingen, die unser Land überschwemmen. Mit diesen wilden, mongolischen Visagen. Kommen vom Arsch der Welt, fallen bei uns ein wie die Heuschrecken, wollen sich hier ein feines Leben erzwingen und bewerfen im Lager Polizisten mit ihren Lunchpaketen, aus Frust, dass ihnen bei uns die gebratenen Tauben nicht ins Maul fliegen! Schrecklich, sowas nennt man im Militärjargon *verdeckte Landnahme*! Eine richtige Invasion! Ich als Generalswitwe weiß das. Über das Gerüst könnten die leicht in meine Wohnung einsteigen."

Nach einem tiefen Atemzug gab Rau sein Insiderwissen preis: „Verehrte gnä' Frau, 98 % aller Morde spielen sich innerhalb des engsten sozialen Kreises ab. Die Täter sind Verwandte, Ehepartner, Freunde, Kollegen, Liebhaber- und Innen, Zufallsbekanntschaften, Saufkumpane oder Nachbarn der Opfer. Selbst Serienkiller bleiben nur in der eigenen Ethnie aktiv. Ich selber habe schon Mörder verhaftet, die wahre Engelsgesichter mit hitlerblauen Augen trugen. Sie können ganz sicher sein, dass Sie von keinem Flüchtling ermordet werden! Eher vom eigenen Enkelsohn!" Daraufhin guckte sie ihn wie ein Kindergarten-Stoppel an, dem die Tante die Nicht-Existenz des Osterhasen offenbart. Ihr entsetzter Blick verfolgte ihn bei seinem stummen Abgang.

Rau fotografierte den tätowierten Schriftzug PACO auf Heislitz rechtem Unterarm, bevor er die Leiche abholen ließ und machte sich mit dem Foto bei schon sinkender Sonne und hohen Temperaturen von einem Tätowier-Studio zum nächsten.

Schon beim dritten wurde er fündig. Der Chef des Studios, ein stämmiger Mann namens Samuel Stachl, erinnerte sich an Paco: „Das war doch dieser Nerd, der aussah wie ein Grottenolm. Erzählte mir, er hätte zahlreiche Games erfunden, wie zum Beispiel *Refugees-Rejection* wo man Flüchtlinge im Meer samt Booten versenken musste, um 10 Punkte zu erhalten. Wenn sie es trotzdem an Land schafften, konnte man sie entweder erschießen, dafür gab's 2 Punkte, mit Bio-Kampfstoffen zu Zombies umwandeln, dafür erhielt man 3 Punkte und für 5 Punkte musste man sie zu Terroristen umfunktionieren. Das hat er dann auf dem Dark-Net angeboten und gut damit verdient."

„Na, das sind ja Neuigkeiten, die mir gleich eine ganze Tätergruppe erschließen!" entfuhr es Rau, der für derlei Zynismus nichts übrig hatte.

„Falls Sie die Gutmenschen meinen, ich glaube kaum, dass die ihn deshalb gleich umbrachten. Er war übrigens nicht allein hier, sondern mit einer Puppe." offenbarte ihm Stachl, der bei dem Wort *Puppe* große Brüste bei sich andeutete, um sicherzustellen, dass der Kommissar verstand, dass es sich bei der Puppe um eine weibliche Person handelte. „Namen weiß ich keinen, aber auf ihrem Dekolleté prangte die Aufschrift *Grazia*. Vielleicht hilft's Ihnen ja."

Gegenüber dem Tätowier-Studio von Stachl befand sich eine Spelunke, die bei jungen und junggebliebenen Leuten sehr beliebt war. Das *Spanky Flor*, dem Rau gleich einen Besuch abstattete. Die Bedienung lümmelte an der Bar herum und bewegte nur den Kopf, als er eintrat. Das Lokal zeichnete sich durch diffuse Beleuchtung und dem Geruch von ranzigem Fett aus. „Einen Whisky!" verlangte Rau, der sich vorkam wie ein Westernheld, der in den Saloon einkehrt. Im Schneckentempo ließ die müde wirkende Bardame das Feuerwasser in ein nicht mehr ganz sauberes Glas fließen, doch Alkohol hatte ohnedies eine desinfizierende Wirkung. „Bitteschön!" flötete sie und setzte beim Servieren sogar ein gezwungenes Lächeln auf, das eine Zahnlücke offenlegte. „Sonst noch was?"

„Ja, wann war Paco das letzte Mal hier?" schoss Rau ins Blaue.

„Puh, den hab ich schon ewig nimmer gesehen! Sah ausgesprochen ungesund bei seinem letzten Besuch aus. Nichtmal die dauergeile Daisy ist mit ihm mitgegangen." säuselte sie und kratzte sich am Hinterkopf, wo ihre unnatürlich gachblond gefärbte Mähne zu einem dünnen Rossschwanz zusammengefasst war – eigentlich mehr ein Rattenschwanz.

Rau fragte sich, ob die ausgedünnte Haarpracht früher, vor dem Totfärben der Kopfhaut mit Wasserstoffsuperoxyd, mal üppiger war, hakte dann aber nach: „Und wann haben Sie Grazia zuletzt gesehen?"

„Ach, mit der hat es doch nicht lang gedauert. Das einzige, was die gemeinsam hatten, war, dass beide Nichtraucher sind. Mir hat sie erzählt, dass Paco zwar laut aber nicht leistungsstark war. Die war vorgestern hier mit ihrem neuen Stecher, einem Deutschen, der sich Floppy nannte. So sah er auch aus. Dürr ohne Ansatz von einem Muskel. Fast so ähnlich wie Paco,

aber doch noch energischer." erinnerte sie sich und gähnte dann. „Falls Sie ein Privatdetektiv sind…"
„Wie kommen Sie denn darauf? Hat schon mal einer nach Paco gefragt?"
„Jaja, weil der angeblich die Idee zu einem Computergame gestohlen haben soll." flüsterte sie, weniger um ein Geheimnis draus zu machen, sondern weil sie sichtlich schon im Stehen einschlief.
Was man so alles erfuhr, wenn man in einer miesen Spelunke billigen Whisky säuft, dachte Rau, wer weiß, eventuell ist Eifersucht oder Konkurrenzkampf das Motiv. „Bevor Sie mir wegdösen, haben Sie eine Adresse von Grazia?"
„Nein, aber von Ihrem Kollegen, der hat mir seine Karte dagelassen. Kostet Sie aber einen Fünfziger! Sie haben eh ein Spesenkonto." meinte sie schnippisch und schien auf einmal wieder hellwach zu sein, warf ihm sogar einen lasziven Blick zu.
Um einen 50-Euro-Schein leichter und mit der Karte eines gewissen Leopold Godams - Privat-Ermittler bewaffnet, machte sich Rau zur Semper Straße 39 auf, wo selbiger sein Büro hatte. Godam wirkte wie eine Figur aus einem zweitklassigen US-Krimi. Unrasiert, rauchend und scheinbar an seiner Umwelt desinteressiert, zeigte er sich der durch Rau repräsentierten Staatsgewalt gegenüber wenig kooperativ.
„Sie wissen doch, dass ich der Verschwiegenheitspflicht gegenüber meiner Klienten unterliege, werter Kommissar."
„Sicher, aber da einer Ihrer observierten Zielpersonen das Zeitliche gesegnet hat, und das leider nicht auf natürliche Art und Weise, rate ich Ihnen zu kooperieren, ansonsten könnte ihr Geschäft Schaden nehmen." drückte es Rau sehr diplomatisch aus.
„Lassen Sie das bloß, heutzutage bekomme ich selten genug einen Auftrag, und wenn, dann handelt es sich um fade Ehebrüche oder falsche Krankenstände, während denen rückenkranke Maurer dem Nachbarn beim Häuslbauen behilflich sind. Das Spannendste sind noch Kindes-Rückentführungen aus dem Ausland. Aber die sind leider sehr selten! Also gut, was wollen Sie wissen?" zeigte sich Godam letztendlich einsichtig.
„Alles, was Sie über Paco, Grazia und Floppy zusammengetragen haben." forderte Rau und ehe er sich's versah, knallte ihm Godam eine dicke Akte auf den Tisch, wobei er noch durch die Zähne zischte: „Werdens glücklich damit."
Mit der Akte unter dem Arm fuhr Rau mit der U-Bahn in seine Wohnung, wohlwissend, dass er diese Nacht wohl kaum Schlaf finden würde. Zu groß

waren seine Neugier und sein Fleiß so schnell wie möglich wieder einen Fall abschließen zu können.

Es war gegen Mitternacht, als er alle Fakten kannte: Godam war von Floppy alias Herman Hilpert beauftragt worden, über Paco ein Dossier anzulegen. In diesem stand der ganze Lebenslauf von Ernst Heislitz, ziemlich unergiebig, bis er sich der Erschaffung neuer virtueller Welten zur Aufgabe machte. Da bekam er Besuch von einigen Damen, die ihn über seine Fortschritte aushorchen sollten. Godam verschwieg die Namen, da er sie offenbar nicht eruieren konnte, wusste aber, dass Paco deswegen seine Wohnadresse änderte und in die bewusste Wohnung zog, in der ihn Rau so traurig auffand. Grazia hieß mit bürgerlichem Namen Sandra Legoff und war kurz bei einer IT-Firma beschäftigt. Bis sie vor 3 Monaten kündigte. Und das fiel genau in den Zeitraum, in dem sich Frau Sunderle über lautes Stöhnen aus Pacos Wohnung ärgerte. Damit war für Rau klar, dass sich Floppy von Grazia Infos über Pacos Errungenschaften erhofft hatte und seine plötzliche Liebe zu ihr wohl pure Berechnung war. Rau legte sich zufrieden ins Bett und nahm sich vor, gleich morgen früh der Femme fatale einen Besuch abzustatten.

Am nächsten Morgen um 8 Uhr, als die Stadt erst zu nervöser Geschäftigkeit erwachte, stand er also vor ihrer Wohnungstür im 6. Bezirk und wunderte sich nicht, als ein Mann öffnete, auf welchen Floppys Beschreibung passte.
„Guten Tag, ich möchte Frau Legoff sprechen."
„Immer nur rein, wenn's nicht das FBI ist." witzelte Floppy und ging voran in eine hübsch eingerichtete Bleibe. „Für dich, Schatz."
Grazia kam in einem gelben Nachthemd aus dem Badezimmer und erschrak, als sie Rau sah. „Was wollen Sie von mir?"
„Ihnen traurige Nachricht vom Tode ihres Exfreundes bringen!" stellte Rau fest.
Nun machte sie ein etwas ratloses Gesicht, scheinbar hatte sie mehrere davon.
Nach einem kurzen Moment der Stille nahm Floppy der Situation die Peinlichkeit und ergriff wieder das Wort: „Er meint Paco!"
„Ach *deer!*" entfuhr es ihr und sie schob die Unterlippe leicht hervor. „Die Niete ist doch schon lang passé bei mir!"
„Immerhin verdanken Sie seiner Gesprächigkeit Ihren Wohlstand!" erinnerte Rau und machte eine ausladende Geste durch die Wohnung.
„Falsch, wer immer das behauptet hat, der lügt. Und zwar so sehr, dass nicht einmal das Gegenteil davon stimmt! Mir ist die Idee zu dem Spiel ganz allein gekommen, ich brauchte Paco nur, damit er mir beim Artwork hilft."

„*Ach soo?* Mir hast du aber verklickert, du wärst ein Genie!" ätzte Floppy.
„Was soll das denn? Wieso sagst du das?" fragte sie ihn entgeistert.
„Wahrscheinlich, weil er weiß, dass sich die Schlinge um Sie beide zuzieht." verkündete Rau.
In diesem Moment begriff Grazia, dass es zwischen ihr und Floppy aus war und startete sofort den Gegenangriff: „Er wollte, dass ich Paco wiedertreffe und ihn über sein neuestes Projekt ausspioniere. aber ich hab mich geweigert, dann ist er vorgestern zu ihm und hat ihn-" An dieser heiklen Stelle stoppte Floppy ihren Redefluss und warnte eindringlich: „Pass auf, was du sagst! Ich war vorgestern nicht bei dir, also hast du kein Alibi!"
Verdutzt starrte sie von Rau zu Floppy und wieder zurück.
Hilpert blieb ganz cool, was wohl an seiner Arroganz lag. So als ginge ihn die Sache gar nichts an, zündete er sich eine Zigarette an und nahm einen tiefen Lungenzug.
„Ohne Anwalt sag ich gar nix mehr!" zischte Grazia trotzig.
„Sie brauchen nichts mehr zu sagen, für mich ist glasklar, wer Paco auf seinem Kerbholz hat!" tat Rau zufrieden kund.
WER?

Lösungen

Fall 1: Tödliche Trümpfe: Der Täter ist Zink. Seine unbedachte Bemerkung „*Vielleicht haben nur in paar Kinder Indianer gespielt.*" lässt den Schluss zu, dass er weiß, Kork wurde mit Pfeil und Bogen erschossen.
Fall 2: Der tote Läufer: Als Täter kommt nur Herr Bush infrage, da er ein starkes Motiv angibt, Golf spielen kann und seinen Nachbarn Musil verdächtig machen will. Fall 3: Der Tote aus Frankreich: Der Anrufer keuchte, weil es sich um Zoran Benzu handelt, der nach dem Joggen angerufen hat. Er hat auch ein gutes Motiv: das Geld seiner Gattin!
Fall 4: Verleihnix! Frau Klug hat sich unklugerweise verraten, indem sie lauthals verkündete, dass Verleihnix feig von hinten erschlagen worden ist.
Fall 5: Rau ist ratlos: Herr Frenzl hat sich verraten als er sagte „*Der alte Krauter wird auch wieder auftauchen.*" und dabei lachen musste, da er ja wusste: Wasserleichen tauchen wieder auf.
Fall 6: Ein typisches Opfer: Hilde Weis sagte: „*…bevor ich ausgehe, bleib ich lieber daheim und stricke.*" – Die Waffe könnte eine Stricknadel gewesen sein.

Fall 7: Kommissar Rau vs. die 3 Muskeltiere: Ahmed hat sich verraten, indem er sagte *Und überhaupt, so ein Finanzhai ist doch zäh wie Leder*.

Fall 8: Dreifach geschieden und tot: Der perverse Mock verriet sich, als er sagte:*„Bei dem Gedanken an meine verfaulte Frau packt mich das kalte Grauen."* Er konnte über ihren Zustand nichts wissen, wenn er nicht am Tatort war.

Fall 9: Tödlicher Flirt: Als Holmkoller seinen ehemaligen Freund Willi Zermus belastet, betont er: *„Und der hat immer von ihrem Schwanenhals geschwärmt!"*

Fall 10: Erfinder-Tod: Frau Wigl im zweiten Stock, die Rau kaum zu Wort kommen ließ, hat einen Kanarienvogel.

Fall 11: Lieber tot als verheiratet: Herbertl Löffat verplapperte sich, als er sich über den lauten Untermieter ärgerte: „Den möcht i a (auch) derschlogn! Der rennt in der oberen Wohnung herum, als hätt er Bleischuach an!"

Fall 12: 4 Hochzeiter + 1 Mordfall: Mikula hat sich verplappert*: „Außerdem kann ich's nicht gewesen sein, denn ich hab Höhenangst!"* –Woher wusste er sonst, dass die Braut vom Hochstand gestürzt worden ist.

Fall13: Auf Handtaschenjagd: Weil Kumpa doch behauptete, sein Ferrari sei in Reparatur, er kriege in erst morgen wieder.

Fall 14: Wer stirbt, verliert: Lobek hat gelogen. Laut Lovritsch' Brieftext von gestern tat er so, als erkenne er Lovritsch nicht. Rau sagte Lobek aber, er hätte sich vorgestern mit diesem prächtig unterhalten.

Fall 15: Die Stimme des Todes: Frau Pip erwähnte sogar: „ …Wäre sie morgens gestorben, hätte ich die Supermarkt-Kassiererin als Zeugin anführen können, aber sooo….."

Fall 16: Wer früher stirbt : Herr Rembek zog genüsslich an seiner Zigarre, die er in der linken Hand hielt!

Fall 17: Der Enkel mit der Posaune: Kaiser erwähnte: „…Ich weiß wirklich nicht, wo das Kellerkind sonst herumkugeln könnte."

Fall 18: Blutiger Valentinstag: Kulik versprach der Ermordeten, laut eigner Angabe noch, sie heut abends mit einem Leihwagen abzuholen! Wozu also ein Leihwagen, wenn sie ihm den ihren doch geliehen hatte?

Fall 19: Mords-Zeugnis: Herr Irsch ließ verlauten: „…Er hat mir eine auf's Dach gegeben und hat dafür selber eine auf's Dach gekriegt. Im wahrsten

Sinne des Wortes,..."

Fall 20: Happy Mordsday! Rau verdächtigt Sigi, welcher sagte: „3 kleine Blüten vom Goldregen genügen ja schon, um einen Erwachsenen zu töten." Das wusste er, da er von Alfons die Gärtnerkunst nahegebracht bekam, nachdem er bei diesem Quartier genommen hatte.

Fall 21: Schön, aber blöd und tot: Frau Wank verriet sich mit der Aussage: „Ironie der Geschichte, dass sie auch genauso sterben musste, wie einst Kaiserin Sisi mit ihren schönen Haaren, die von Luchesi mit der Feile erstochen worden ist."

Fall 22: Katastrophales Karma: Herr Fleck, dem Frau Lejeune eröffnete, dass seine abtrünnige Ehegattin früher mal seine vernachlässigte Tochter war.

Fall 23: Mord am Ball: Arno Alsbach sagte zuerst, nachdem er 80 Euro für Essen ausgab, wäre er pleite gewesen und hätte den Tatort verlassen. Dann behauptete er plötzlich, sich noch allein weiter amüsiert zu haben.

Fall 24: Date mit dem Tod: „Und für so ein Weichei, das sich nicht von seiner reichen Alten lösen kann, hat die Arme sich noch die Haare gefärbt." wetterte Habler und hat sich damit verraten, denn nur der Mörder konnte das wissen.

Fall 25: Tod im AKH: Schwester Marie gibt sich alle Mühe, Lernschwester Nicole die Schuld am Tod des Patienten zuzuschieben, da sie eifersüchtig ist.

Fall 26: Menschen im Hotel: Dufkin verrät mit der Bemerkung *"Ich hab doch nicht das zweite Gesicht wie die Dame hier und weiß, wer dem armen Teufel ein drittes Auge verpasst hat."* sein Wissen um die Einschussstelle.

Fall 27: Freitag der 13.: Frau Mugl hat sich verraten, indem sie sagte: „Also ich hab keine Ahnung, wer ihm den Lebensfaden so brutal durchgeschnitten hat, hihi!" – Das Mordwerkzeug war eine Schere!

Fall 28: Der Irre: Blümel erklärte: „Ne, für Frauen hab ich auch nicht viel über, selbst wenn sie freundlich zu mir sind, *diese drallen* Blondinen interessieren mich nicht!" –Woher wusste er, dass das Opfer drall war, wenn er sie nie gesehen hat?

Fall 29: Mordsgenie: Professor Semrad verkündete: „Von Hitchcock gefällt mir *Cocktail für eine Leiche* am besten, haha!" –Ein Film, in welchem 2 Studenten einen dritten nur deshalb töten, um zu beweisen, dass es den perfekten Mord gibt und sie ihn begehen könnten!

Fall 30: Unter die Autoren gekommen: Salkon lädt Rau ein: „Sicher, kommen Sie doch gleich zu mir, *ich wohne nur 20 Minuten entfernt*, Grinzinger Steig 11." – Woher weiß er die zeitliche Entfernung, wenn er doch - wie er später erklärte - die Wohnadresse des Opfers gar nicht kannte?

Fall 31: Tod eines Geizhalses: Frau Murat verrät sich, als sie verkündet: "Und in der neuen Vase dort hab ich *Goldregen* aus dem Garten meiner Mutter!" – Aus Goldregen gewinnt man den Giftstoff Cytisin.

Fall 32: Totalabsturz: Der Hundebesitzer verrät sich mit der Aussage: „Ja, wahrscheinlich wollte er die Sektflasche bis zur bitteren Neige leeren!" – Woher weiß er, dass auf der Terrasse, auf der er angeblich noch nie war, eine leere Flasche Sekt lag?

Fall 33: Leichenfledderer: Riobart sprach von Kollateralschäden. Offenbar hat er oder einer seiner Gehilfen Schlumpf erschlagen, um mit dem gestohlenen Genmaterial ungesehen entkommen zu können.

Fall 34: Ein SF-Fan klagt an: Herr Lassober entwickelt die Schwarz-Weiß-Fotos nach eigener Angabe noch immer selbst auf die altmodische Art und hat wohl im Eifer des Gefechts dem Opfer die Entwicklerflüssigkeit kredenzt.

Fall 35: Mordscomic: Plumster hat sich verplappert, als er sagte: "Außerdem war Blabla ein unangenehmer Zeitgenosse. Überall sehr unbeliebt, aber was will man auch von einem, der sogar seine Haustiere zu füttern vergisst,.." – Woher weiß er von den toten Fischen, wenn er noch nie in Blablas Wohnung war?

Fall 36: Tödliche Tierversuche: Das unrasierte Gesicht des Herrn Gubler, der doch zu einer Besprechung unterwegs ist, wie er erklärte, und die Brechstange, deuten darauf hin, dass er seit gestern nicht in sein Haus konnte, da er seine Schlüssel beim Opfer verloren hatte. Rau kann zudem versuchen, ob er mit dem bei Gutman gefundenen Schlüsselbund in Gublers Haus kommt.

Fall 37: Gefallener Detektiv: Rau verabschiedete sich und hörte noch, wie die Waschmaschine in Dimons Bad zu Schleudern begann. – Dimon kann also nicht erst - wie er behauptete - vor 5 Minuten aufgestanden sein!

Fall 38: Der Sex-Trick: Frau Schubmayr will sich die Rechnung für das

Vertikutieren ihres Rasens ersparen, indem sie die Polizei zum Graben animierte. Das gilt schon als Irreführung der Behörden.

Fall 39: Ein Sprayer weniger: Die junge Frau Ogrim machte sich mit den Worten verdächtig: "Ich geh dann mal. Ich war's sicher nicht, denn ich hab ja nicht genug Kraft als Mädchen!" – Woher wusste sie wie brutal das Opfer ums Leben kam?

Fall 40: Todesschrei: Im Einbauschrank befand sich ein Tonbandgerät mit einem eingelegten Tonband. - Rau braucht es nur zurückspulen und einschalten, dann wird es den vorher aufgezeichneten ‚Todesschrei' wiedergeben, den der Gatte als Alibi nutzte!

Fall 41: SM-Mord: Es war Gelb, der grinsend sagte: "Na, mit Handschellen hat er doch das Fenster nicht aufmachen können!" – Woher wusste er, dass der Tote Handschellen trug?

Fall 42: Mordsmieter: Frau Burg sprudelte heraus: "Zuletzt bildete sie sich ein, dass ich den Kellerschlüssel hätte. Ich hab ihn nicht und wenn ich ihn hätte, würde ich ihn Ihnen in den äh-Arsch stopfen, .." – Es ist anzunehmen, dass der verbogene Gegenstand im Hals des Opfers der Kellerschlüssel ist und Frau Burg die falsche Körperöffnung genannt hatte.

Fall 43: Tod im AMS: Herr Haferknecht erzählte: „…Da musste ich Isolierschaum in Fugen spritzen. Ööööde! Und dann haben die mir noch unterstellt, ich hätte Material geklaut!" -Bei dem porösen Material in Jochmans Schlund handelt es sich höchstwahrscheinlich um erhärteten Isolierschaum.

Fall 44: Schöne Leiche: Wolfram Holbein hat sich verplappert: „…Gut, dass sie nicht zum Friedhof der Namenlosen getrieben wurde." Dass sie in der Donau umkam, konnte nur der Mörder wissen.

Fall 45: Horrorurlaub: Herr Grünanger behauptete, immer gleich vor dem Zimmermädchen geflüchtet zu sein, wusste aber, dass sie eine hässliche Blinddarmnarbe trug!

Fall 46: Massaker: Gundl Forster verriet sich: „...soviel ich weiß, waren der Bruder und der Vetter meines Ex-Mannes in der Kunststoff-Herstellung tätig. Da werden Gifte wie Blausäure und so weiter sehr wohl verwendet!" - Woher wusste sie überhaupt, welches Gift verwendet wurde?

Fall 47: Der Profikiller: Genarro sagte: "Nein, ich sah ihn nur beim Prozess und bei der Fußball-EM." –Die Fußball-EM war schon 2012! Der Prozess erst 2013.

Fall 48: Die tote Erbtante: Franko Schlipper sagt hilfsbereit: „…Wollen Sie ein Pulver? Meine Hausapotheke ist gut gefüllt. Ich kann Ihnen alles anbieten, von Aspirin gegen Schnupfen über Mundidol gegen Schmerzen bis zu Zäpfchen gegen Verstopfung." –In Mundidol befindet sich Morphium!

Fall 49: Wer wirbt, stirbt: Kettenraucher Sabrali verkündete: „…Der war immer so überheblich, hat bis zuletzt dümmlich gegrinst." -Da der Tote ein überlegenes Lächeln auf den Lippen trug, sind die Worte *bis zuletzt* wohl wörtlich gemeint!

Fall 50: Wiener Brut: Frau Wumser behauptet erst, sie kenne sich mit Schraubenziehern gar nicht aus, benennt aber später die genaue Art, nämlich: Schlitzmutterndreher!

Fall 51: Ein Frauenkrimi: Frau Kriegla hat sich unvorsichtigerweise als passionierte Seglerin geoutet.

Fall 52: Mord nach Drehbuch: Im Film *Tanz der Teufel* (Originaltitel: Evil Dead) kommt die Szene vor, somit bietet sich Mark Miesenbach als Hauptverdächtiger an.

Fall 53: Spiel mal tot: Padalök sagte *Vielleicht hat sie nur ein eifersüchtiger Othello auf dem Gewissen!* – Und Othello hat Desdemona erwürgt.

Fall 54: 2 Kugeln für Santa: Manni sprach von Schmauchspuren, obwohl er doch nicht wissen konnte, dass Protupetz erschossen worden ist.

Fall 55: Wer killte Paco? Floppy ist Raucher, hat mit an Sicherheit grenzender Wahrscheinlichkeit in Pacos Wohnung geraucht, als er ihn erfolglos aushorchen wollte, und hernach die Kippe zu entsorgen vergessen.

Nicht alles erraten? Keine Sorge, die echten Kriminalbeamten können auch nicht all ihre Fälle lösen!

Herstellung und Verlag:
BoD – Books on Demand, Norderstedt
ISBN 978-3-7392-0496-3